KB114790

소설로 읽는 **한국음악사**1: 고대·중세편

서연비람은 조선 시대 왕궁 내, 강론의 자리였던 서연(書筵)에서 강관(講官)이 왕세자에게 가르치던 경전의 요지를 수집하여 기록한 책(비람備覽)을 말합니다. 서연비람 출판사는 민주주의 국가의 주인인 시민들 역시 지속 가능한 과거와 현재, 미래의 이치를 깨우치고 체현해야 한다는 믿음으로 엄착한 도서를 발간합니다.

소설로 읽는 한국문화사 시리즈

소설로 읽는 **한국음악사**1: 고대·중세편

초판 1쇄 2023년 8월 15일

지은이 김민주·김세인·김종성·김주성·은미희·이진·정우련·하아무
편집주간 김종성
편집장 이상기
펴낸이 윤진성
펴낸곳 서연비람
등록 2016년 6월 29일 제 2016-000147호
주소 서울시 강남구 남부순환로 2909, 2층 201-2호
전자주소 birambooks@daum.net

ⓒ 김민주·김세인·김종성 외, 2023, Printed in Korea.

ISBN 979-11-89171-59-9 04810
ISBN 979-11-89171-58-2 (세트)

값 14,500원

소설로 읽는

한국음악사 1

고대·중세편

(사) 한국작가회의 소설분과 위원회 편

서연비람

차례

책머리에

영국의 역사학자 트레벨리언(George M. Trevelyan)은 "역사의 변하지 않는 본질은 이야기에 있다"고 말하면서 역사의 설화성을 강조했다. 설화의 근간은 서사(narrative)이다. 1990년대 이후 한국 소설에서 서사가 사라졌다는 이야기가 유령처럼 떠돈다. 우리는 서사가 문학 작품뿐만 아니라 역사서의 기술에도 많이 사용해 왔다는 사실에 주목했다. 사마천(司馬遷)이 지은 『사기(史記)』의 상당 부분은 인물의 전기로 채워져 있고, 김부식의 『삼국사기』도 전기를 풍부하게 싣고 있다. 일연의 『삼국유사』는 불교 설화를 비롯한 여러 가지 서사가 풍부하게 실려 있다.

한국사를 총체적으로 살펴보려면 정치사뿐만 아니라 경제사·사회사·문학사·음악사·미술사·철학사·종교 사상사·교육사·과학 기술사·상업사·농업사·환경사·민중 운동사·여성사 등 한국 문화사를 들여다봐야 한다. 마침 한국 문화사를 소설가들이 소설로 접근하면 어떻겠느냐는 논의를 진행해온 ㈜ 서연비람이 ㈔ 한국작가회의 소설분과 위원회 소속 소설가들에게 집필을 의뢰하여 '소설로 읽는 한국문화사' 시리즈의 첫 번째 기획물인 『소설로 읽는 한국 여성사Ⅰ: 고대·중세편』과 『소설로 읽는 한국 여성사Ⅱ: 근세·현대편』에 이어 두 번째 기획물인 『소설로 읽는 한국음악사1: 고대·중세편』과 『소설로 읽는 한국음악사2: 근세·현대편』을 계약하게 되었다. ㈔ 한국작가회의 소설분과 위원회 회원들이 열심히 작품을 쓴 결과 총 17편의 중단편 소설이 모이게 되었다. 이 작품들 가운데 1편의 중편 소설과 7편의 단편 소설을 편집하여 『소설로 읽는 한국음악사1: 고대·중세편』을 출간하게 되었다.

『소설로 읽는 한국음악사1: 고대·중세편』에는 김종성 소설가가 집필한 중편 소설 1편과 정우련·김민주·이진·하아무·김세인·김주성·은미희 소설가가 집필한 7편의 단편 소설이 실려 있다. ㈔ 한국작가회의 소설분과 위원회 소속 8명의 소설가들이 한국사 속에서 치열한 삶을 살아갔던 물계자·우륵·왕산악·미마지·원효·옥보고·월명사·정서를 언어라는 존재의 집으로 초대해 그들의 삶과 사상을 탄탄한 문장으로 형상화했다.

많은 난관을 극복하여 모은 원고를 아름다운 책으로 만들어 준 ㈜서연비람 윤진성 대표와 이상기 편집장을 비롯한 편집진의 노고도 컸다. 끝으로 내외 환경이 어려운 이때 모든 힘을 다 기울여 창작 활동을 하는 ㈔ 한국작가회의(이사장 윤정모) 회원 여러분들과 『소설로 읽는 한국음악사1: 고대·중세편』을 출간하는 기쁨을 함께하고자 한다.

2023년 5월 25일
㈔ 한국작가회의 소설분과 위원회 위원장
김종성

1. 물계자 - 정우련

1

물계자는 신라 제10대 내해왕 때 사람이었다. 그는 장수였는데 키는 9척 장신에다 몸매 또한 검술로 단련되어 다부졌다. 검무에도 능해서 한 근 팔 량(1kg)이나 되는 검의 자루를 마치 부채를 든 듯 가볍게 들고 학처럼 춤을 추었다. 그뿐만이 아니었다. 시를 지어 노래를 만들었으며 가무에도 남다른 재주가 있었다. 그의 이런 비범함은 이웃 마을까지 소문이 자자해서 그에게 검술과 검무를 배우러 오는 사람이 끊이지 않았다. 사람들은 앉았다 하면 물계자 이야기로 꽃을 피웠다.

하루는 멀리 가락국에서 거문고를 맨 한 청년이 찾아왔다.

"가락에 사는 서린이라고 합니다. 저는 장차 장군이 되고 싶어서 물계자 님께 검술을 배우러 왔습니다."

"장군이 되고 싶다는 사람이 어찌 검을 매지 않고 악기를 매고 왔소?"

철 수출국이었던 가락국(지금의 김해시)은 신라보다 경제 사정이 좋아 왕족과 선비들뿐 아니라 서민들의 가정에도 거문고가 많이 보급되어 있었다. 하지만 신라에서는 보기 드문 악기였다. 물계자는 처음 보는 악기에 호기심을 느꼈다.

"칠점산에 사는 참시선인이 항상 거문고를 가지고 다니시는데 저도 그 본을 보아서 그렇사옵니다."

서린이 멋쩍은 듯이 머리를 긁으며 웃어 보였다. 그의 목소리는 커다란 항아리 속에서 울려 나오는 듯 웅숭깊었다.

"그 거문고 소리가 참으로 궁금하오."

소리를 좋아해서 풀피리를 만들어 불거나 대나무로 퉁소를 만들어 불기도 했지만 거문고 소리라니. 그는 거문고에서 눈을 떼지 못했다.

"어떻게 소리를 내는 것이오?"

"이 술대로 줄을 치거나 뜯어서 소리를 내지요. 금은 중국에서 온 악긴

데 이 일곱 줄로 못 내는 소리가 없답니다."

"악기 소리가 무척 궁금하오. 한번 들려주실 수 있겠소?"

서린은 별 망설임 없이 대청마루에 올라앉아 거문고를 오른쪽 무릎 위에 걸쳐놓고 왼쪽 무릎으로 거문고 뒷면을 비스듬히 고여 비켜 안았다. 물계자는 서린이 잠시 줄을 고르는 순간에도 처음 보는 악기 소리에 대한 기대감으로 조바심이 났다. 서린은 오른손에 술대를 쥐고 반원형을 그리며 팔을 들어 올렸다가 수직으로 떨어뜨렸다. 굵은 술대로 줄을 치거나 뜯어내어서 나는 탁하고 거친 거문고 소리가 높았다가 가늘어지고 가늘어지다가 높아졌다. 거문고의 안족이 줄을 떠받치고 있는 모습이 마치 거문고 소리가 춤을 추고 있는 것처럼 보여 그의 가슴이 그네를 뛰듯 뛰어놀았다. 소리가 둥둥 뜨는 것 같은 일찍이 경험하지 못한 농현의 깊은 울림은 그를 매혹시키기에 충분했다. 그는 처음 들어본 거문고 소리에 푹 빠지고 말았다.

"과연 거문고 소리는 어디서부터 오는 것인지요. 손가락 끝인가요 아니면 거문고 통이나 줄에서 오는 건가요. 정말 멋진 소리요."

물계자는 벅찬 가슴을 진정시키며 말했다.

"아이고 물계자님, 제 연주는 아무것도 아니어요. 그저 시늉만 겨우 내는 정도랍니다. 참시선인이 거문고를 연주하면 백학이며 황학이 날아와 춤을 추고 가는 걸요. 가락국 사람 중에는 그 연주를 한번 들으려고 배를 타고 칠점산까지 가는 사람이 있을 정도지요. 머리는 하얗게 센 백발인데 얼굴은 백옥같이 희고 깨끗해서 도무지 나이를 가늠할 수가 없지요. 140살이라고도 하고 150살이라고 하고 또 누구는 300살이라고도 하는데 그걸 누가 알겠어요."

물계자는 서린의 말을 들으며 참시선인의 모습을 마음속으로 그려보았다.

"어느 여름날 달밤이었지요. 칠점산 봉우리로 수련을 갔다가 제자들이 모여앉아 선인이 타는 거문고를 들었답니다. 지금도 그 연주를 잊을 수가 없어요. 중국에서 전해 내려오는 산곡 중 하나인데 연주 솜씨가 그야말로 천변만화였지요. 거친 광야에 퍼붓는 폭풍우처럼 휘몰아치다가 때로는 유유히 떠가는 솜털 구름처럼 부드러워지고 별빛에 취해 밤이 새는 줄도 모르고 꼿꼿하게 앉아서 거문고를 타는 모습을 보고 우리는 한숨을 쉬었지요. 제가 거문고를 배우게 된 것도 다 그 달밤의 연주 때문이었지요. 지금도 참시선인의 제자가 되어 칠점산에 눌러앉아 다시는 고향으로 돌아가지 못한 사람이 한둘이 아니랍니다."

물계자는 서린의 이야기에 빠져들었다. 언젠가는 참시선인을 만날 것 같은 예감이 몰래 가슴속에 자리 잡았다.

두 사람은 그날부터 의기투합했다. 서린이 가락으로 돌아가기까지의 짧은 기간 동안 함께 기거하면서 물계자는 서린에게 검술과 검무를, 서린은 물계자에게 거문고를 가르치면서 교분을 쌓았다. 서린은 말끝마다 참시선인은요, 참시선인은요, 했는데 그럴 때면 물계자의 눈이 반짝 빛났다.

"참시선인은요, 거문고는 손기술로 연주하는 게 아니고 가슴 저 밑바닥에서 끓어오르는 마음으로 연주하는 거라고 했어요. 음악이란 아무리 듣기 좋고 즐겁더라도 방종해서는 안 되며 아무리 슬퍼도 비탄에 빠져서는 안 된다고 해요."

물계자는 음악이 인간을 이상적인 경지로 이끄는 매개가 된다는 생각을 스스로도 하고 있었으므로 참시선인에 대한 외경심이 커져만 갔다.

불교가 아직 신라에 들어오기 훨씬 이전이었다. 불교가 삼국 중 중국과 제일 가까운 고구려에 들어온 것이 소수림왕 2년(372년) 이었고 서라벌에 들어온 것은 417년이었다. 물계자가 살았던 신라 내해왕 시절인 196년부터 230년쯤이었고 서민층에서 신선도가 유행하여 도처에 도인들이 출몰하던 시기였다.

2

사람은 한 번 태어나면 반드시 늙어 죽게 마련이다. 그 때문에 무병장
수하고 장생불사한다는 신선의 존재에 매료되는 것은 어쩌면 자연스럽고
당연한 현상인지도 모른다. 그들은 짧은 인생의 덧없음을 한탄하면서 속
세로부터 초탈하기를 원했다. 그리하여 깊은 산속으로 들어가 도를 닦아
신선이 되고자 했다. 그들은 속세에 얽매어 헤어나지 못하는 대중들에게
흠모의 대상이 되기에 충분했다. 초월계에 머물며 심신 수련과 악기 연주
와 이름난 명승지를 소요하며 삶과 죽음의 경계를 넘어선 삶을 살았다.
그들의 추종자 또한 수백 수천 명에 이르렀다.

단군은 아사달 산에 들어가 신선이 되었다. 아사달 산에 살면서 단군의
도를 전한 사람이 문박씨였는데 그는 깨끗하고 맑게 사는 가르침을 전하였
다. 이 가르침은 향미산에서 철죽장을 가지고 다녔다는 영랑에게로, 또 바
람을 타고 다니며 거문고를 안고 노래를 불렀다는 마한 시대의 신녀 보덕
에게로 전해졌다. 물계자는 그들 도인이나 선인들에게 관심이 많았고 마침
서린에게서 칠점산에 사는 참시선인의 이야기를 듣고 그를 흠모했다.

칠점산은 가락 땅에 있는 봉우리가 7개로 된 산인데 산세가 깊고 수려
했다. 참시선인은 늘 거문고를 안고 다닌다고 해서 금선이라고도 불리고
칠점산에 사는 신선이라고 해서 칠점선인이라고도 불렸다.

칠점산에 이른 봄의 매화 향기가 가득한 날이었다. 참시선인은 대청마
루에서 거문고를 비켜 안고서 연주를 하고 있었다. 흰옷에 수염을 하얗게
기른 그의 모습은 비 온 뒤의 연못에 핀 연꽃처럼 맑고 깨끗했다. 파란
하늘에는 흰 구름이 유유히 흐르고 앞마당에는 황학이며 백학이 날아와
날개를 펴고 서로 어우러져 춤을 추었다. 거문고 반주에 맞추어 춤을 추는
학들이 마치 하늘에서 내려온 선녀와 같았다. 이 기이한 광경 앞에 물계자
는 할 말을 잃고 말았다.

물계자는 참시선인이 잠시 거문고를 물리는 틈에 그의 발 앞에 나아가 무릎을 꿇고 절을 했다.

"어디서 온 누구신가?"

말소리가 마치 경을 읽는 법음과 같았다.

물계자는 구척장신의 다부진 신체와는 달리 타고나기를 성정이 여리고 감수성이 예민했다. 특히 소리에 민감했다. 하루살이의 짧은 목숨이 안타까워 밤잠을 이루지 못하는가 하면 아침 이슬이 쉬이 사라지는 것조차 애석해했으며 뒤뜰의 대나무밭에서 나는 바람 소리가 좋아서 밥 먹을 생각도 잊고 앉아 있곤 했다.

"저는 신라 사람 물계자라고 하옵니다. 하루살이나 아침 이슬처럼 덧없고 허망하게 스러지는 인생을 살고 싶지 않아서 배움을 청하려고 왔습니다. 저에게 도를 내려주십시오."

말없이 고개를 끄덕이는 참시선인의 얼굴은 과연 듣던 대로 백옥같이 맑게 빛나서 도무지 나이를 가늠할 수가 없었다.

참시선인은 선도의 조화 정신으로 선풍을 일으킨 유명한 선가(仙家)였다. 선도(仙道)는 종교의 차원을 넘어 신선으로 표상되는 전인적 인격체가 되는 심신 수련을 하였다. 하늘의 밝음과 사람 내면의 밝음을 하나로 보았다. 그는 가락의 왕과 조우할 정도로 신분 또한 높았다. 물계자는 그의 제자가 되어 깊은 산속의 명승지를 소요하면서 시와 검과 거문고를 배웠다.

"진정한 도인이 되려면 시와 음악과 검, 이 세 가지의 이치를 알아서 조화롭게 써야 되는 게야. 시와 음악은 인간의 본성을 찾아가는 즐거운 여정 같은 것이고, 칼은 사람을 죽이려고 쓰는 것이 아니라 사람을 살리기 위해 쓰는 것이니라."

물계자는 그 말의 뜻을 깊이 공감하고 고개를 끄덕였다. 물계자에게 검술을 배우러 오는 제자들이 언제나 반듯하기만 한 것은 아니었다. 섣불리 배운 검의 힘을 믿고 사소한 욕망 때문에 칼을 함부로 휘두르는 자도 있기 마련이었다. 그럴 때마다 물계자 또한 똑같은 말로 제자들을 다스리곤 했다.

"풍류에는 음악이 최고 정점이야. 음악을 모르면 인간 본성의 가장 아름다운 경지에 들 수가 없는 게야. 음악은 볼 수도 만질 수도 없는 것인데 형체도 없는 이 음악이 어떻게 인간의 폐부로 파고들어 사람의 감정을 온통 헤집어 놓는지 모를 일이야. 음악은 그토록 오묘한 경지에 올라가 있는 것이야. 또 음악에 흐르는 우주의 정기는 백성들을 순화시키고 인격을 높이는 신비한 힘을 가졌거든……."

법음 같은 선인의 목소리를 들으며 물계자는 풍류도에 빠져들었다.

"세상의 모든 소리에는 음악이 숨어있어. 저 감나무에 매달린 감이 빨갛게 익어가는 데도 음악이 들어있고 개울가에서 빨래하는 아낙네의 빨랫방망이 소리에도 석수장이의 돌깨는 소리에도 음악이 숨어있지."

참시선인이 말했다. 물계자가 사는 동네 끝자락에는 석수장이가 살고 있었다. 비 온 뒷날이면 정이나 망치가 돌을 또닥또닥 두드리는 소리가 멀리까지 퍼져서 물계자의 집 마당에서도 들렸다. 그는 그 돌 깨는 소리를 참 좋아했다. 마치 흐르는 강물을 보고 있는 듯 시간 가는 줄 몰랐다.

물계자는 어린 시절 동네 아이들과 어울리기보다는 혼자 놀기를 좋아했다. 자기들과 어울리지 않는 물계자에게 심통이 난 성질 고약한 아이가 해코지를 해서 맞고 와도 내색하거나 원망이 없었다. 그의 아버지는 아들의 그런 심성을 걱정했다. 일찍 어미를 여의고 외롭게 자라는 아들을 어떻게 하면 사내답게 키울까 생각하다 백 년 된 백양나무를 깎아 목검을 만들어 주었다. 아버지는 아들에게 목검을 들고 시선을 쓰는 법을 비롯하여 치고 베고 찌르는 법을 가르쳤다. 물계자는 금세 목검에 매료되었는데 무엇보다 목검이 팔목에 얹히는 그 묵직한 무게감이 그럴 수 없이 든든했다. 검이 바람을 힘껏 가를 때 나는 소리가 또한 근사했다. 검을 휘두르며 놀다가 지루하면 뒷산에 올라가 아름드리 소나무를 상대로 공격하고 방어하고 반격하면서 놀았다. 숨이 차면 바위에 걸터앉아 풀피리를 불고 흐르는 물소리와 새소리, 바람 소리에 마음을 자주 빼앗겼다. 그 소리를 들으며 노래를 흥얼거렸다.

"음악은 우주에 이미 존재해 있는 것이야. 그중에서 뽑아서 쓰면 연주 곡도 만들어지고 노래도 되는 것이야."

정말 그랬다. 물계자는 산속의 폭포수 소리를 들으면서도 시를 지어 노래를 만들었다. 노래 가사가 자주 자신을 찾아왔다. 참시선인은 음악을 좋아하고 악기를 연주했지만 노래를 만들 생각을 하지는 않았는데 물계자는 자기만의 노래를 지었다.

봄꽃이 시름없이 지고 시냇가 버드나무에 잔뜩 물이 오른 어느 날이었다. 참시선인의 뛰어난 덕을 사모하여 가락의 거등왕이 초선대를 짓고 그를 초청하였다. 초선대는 김해 동쪽 7리쯤 되는 곳에 있었다. 참시선인은 모처럼의 나들이에 제자인 가야금을 타는 선녀 섬섬과 선인의 거문고를 든 물계자를 동행했다. 칠점산에서 초선대까지는 배를 타고 가야 했다. 거등왕과 참시선인은 초선대에서 바둑을 두고 거문고 합주도 하면서 즐거운 시간을 보냈다. 거등왕은 왕자 시절에는 미처 생각지도 못했던 나라를 다스리는 어려움에 대해 참시선인에게 조언을 청했다.

"임금이 자연의 이치로 백성을 다스리면 백성도 저절로 자연스럽게 살 것입니다. 임금과 백성은 음악에서 화음을 이루듯이 조화로워야 하는 겁니다. 조화의 아름다움은 세상의 어떤 아름다움보다 으뜸에 있는 것입니다."

거등왕이 참시선인의 말에 기뻐하면서 신하에게 소를 잡아 대접할 것을 명했다. 이를 안 참시선인은 극구 만류하고 나섰다.

"그 마음은 고맙지만 저는 단풍나무진과 도라지면 충분합니다."

참시선인이 칠점산에서 먹는 것들도 실제로 곡식이 아니라 마, 흑임자, 복령, 영지, 단풍나무진, 산도라지 같은 것들이었다. 그의 뜻대로 단풍나무진과 도라지로 차린 상이 나오자 그마저도 그저 새 모이만큼 조금밖에 먹지 않았다. 그는 그렇게 먹고도 비탈진 산길을 실뱀이 기어가듯 스르스 르 걸어 올라가서 사람들을 놀라게 했다.

물계자가 참시선인 곁에서 두 계절을 보내는 동안 그의 아버지는 점점 쇠약해져 갔다. 급기야 부친이 위독하다는 전갈이 왔고 그는 신라로 돌아 와야 했다. 그는 자신의 불효를 깨닫고 사흘 밤낮을 쉬지 않고 고향 집을 향해 달려갔건만 아버지는 이미 이 세상 사람이 아니었다. 온몸의 힘이 달아나고 무릎이 푹 꺾였다. 초가집 마당에는 초상을 치르느라 멍석이 깔 리고 마을 사람들은 삼삼오오 모여앉아 막걸릿잔을 기울이고 있었다.

"우리 마을 뒷산의 나무 이름이며 약초 이름을 그 어른보다 더 많이 아 는 사람은 없었어."

"그 어른이 설장구를 치면 손이 안 보일 정도로 재빨랐지."

"당신이 점심을 먹고 나면 율리에 사는 역졸이 밥은 먹고 짐을 지는지 걱정돼서 역전에 나가 볼 정도로 정이 많은 양반이었지."

"아까운 어른이 너무 일찍 세상을 떠난 거야."

그는 마을 사람들의 이야기를 들으며 하염없이 흐르는 눈물을 감추지 못했다.

가만히 보니 마을 청년들은 어느새 장가를 들어 아이를 낳아 기르고 있 었고 등허리가 굽은 노인이 된 사람들도 보였다. 칠점산에서 겨우 두 계절 을 보냈을 뿐인데 무슨 조홧속인지 모를 일이었다. 세속적인 일에 초탈하 여 달밤이면 생소를 불고 노래를 만들며 풍류도에 빠져 지냈던 칠점산에 서 보낸 시간이 마치 선계에 머물다 온 것처럼 아득하게 느껴졌다.

그때 누군가 베옷을 입고 화덕 앞에서 부지런히 배추전을 부치고 있었 다. 가만히 보니 이웃 처녀 연화였다. 볼이 복사꽃처럼 발그레하던 그 소 녀가 맞나 싶을 만치 처녀티가 완연했다. 물계자는 자신도 모르게 얼굴을 붉혔다. 연화는 물계자보다 두 살이 위였다. 물계자네 초당이 있는 싸릿담 을 건너다보며 그의 행방을 살피던 연화와 눈이 마주친 적이 여러 번이었다. 그녀의 어머니 또한 그런 연화의 마음을 알고 딸을 물계자에게 시집보내고 싶어 했다. 몸이 약해서 자주 병석에 눕는 물계자의 아버지를 위해 죽을 끓여서 갖다주게 하는가 하면 심부름 보낼 일이 생기면 꼭 딸을 보내곤 했다. 연화 어머니의 호의적인 태도에 물계자네 식구들도 이웃인 연화네 가족들과 허물없이 지냈다. 마을 사람들이 병석에 누운 물계자의 아버지를 연화네 식구가 마지막까지 돌보고 임종까지 했다는 이야기를 전해주었다.

장례식이 끝나고 삼년상을 치른 뒤 물계자는 연화와 혼례식을 올렸다. 부지런한 아내와 텃밭을 가꾸고 산에 가서 땔감을 해오고 곧이어 태어난 아이들을 키우는 동안에도 물계자의 초당에는 검술을 배우러 오는 사람들이 끊이지 않았다. 검술을 배우러 왔다가 시와 음악과 그의 사람됨에 반해 제자가 된 사람도 많았다. 검술을 가르치는 물계자의 수련법은 좀 독특한 데가 있었다. 정신 수련이 먼저였고 그다음이 검술 수련이었다. 정신이 올바르지 못한 자가 칼을 드는 것은 남을 죽이고 자신까지 죽이는 일이라는 믿음 때문이었다. 수련 중에는 언제나 자신이 만든 노래를 가르치고 합창을 시켰다. 그에게 수련받은 사람들은 나이 여하를 막론하고 그의 사제가 되기 마련이었다. 그들은 모여 앉아 막걸릿잔이라도 기울일라치면 으레 물계자에게서 배운 노래를 합창하면서 덩실덩실 춤을 추곤 했다. 그 노래가 수련생들의 마음을 하나로 묶어주었다. 그의 수련은 시와 음악과 검이 모두 하나 같이 조화를 이루는 것이었다. 그것은 참시선인의 영향이기도 했다. 참시선인이 그리울 때면 거문고를 내려 연주하고 노래를 지었다. 그의 노래는 일상 가운데서 우연히 만들어지기도 했다. 이를테면 이런 식이었다. 뒷마당에 호두나무와 고욤나무가 한 그루씩 서 있었다. 나무들 옆에는 짚으로 지붕을 씌운 측간이 있어서 삭힌 짚단과 똥오줌을 섞은 똥거름을 쌓아두고 거적으로 덮어두었다. 그게 땅 밑으로 스며들어 거름이 된 탓인지 해마다 호두와 고욤이 실하게 열렸다. 그 열매들은 한두 철 간식으로 좋은 양식이 되었다. 가을이 되어 고욤이 익을 기미가 보이기 시작하면 물계자는 들며나며 고욤이 익었나 안 익었나 살피며 열매를 딸 때를 기다렸다. 같은 부모 밑에 난 자식이라도 다 철나는 때가 다르듯이 한 나무에 열리는 고욤이라도 한날한시에 똑같이 익는 것은 아니었다. 먼저 익는 것도 있고 더디 익는 것도 있기 마련이었다. 마침내 고욤이 알맞게 익었다 싶어서 따먹으려고 나무를 올려다보았다. 그때, 난데없이 맞은 편 호두나무 위에 앉아 역시 물계자와 마찬가지로 때를 보고 있던 까마귀가 날아와 쪼아 먹어버리는 것이었다. 물계자는 아이고 얄궂어라, 하며 이번에는 까마귀가 쪼아 먹기 전에 먼저 고욤을 따 먹겠다고 잔뜩 경계하며 눈독을 들였다. 그런데 이번에도 또 귀신같이 먼저 알고 날아온 까마귀에게 빼앗기고 말았다. 물계자와 까마귀가 둘이 서로 익어가는 고욤을 사이에 놓고 팽팽하게 경쟁을 벌여야 했다. 그때 머릿속에 노래 가사 하나가 떠올랐다. 제목을 '까마귀와 나'라고 지었다. 그러고는 벽에 걸린 거문고를 꺼내와서 곡을 붙여 노래를 만들었다.

고욤나무에 고욤이 맛있게도 익어가네
아침저녁 들며나며 점찍어 두었는데
까마귀란 놈이 먼저 채 가버리네
얄궂어라 저 고욤조차 내 것이 아니었는데
세상에 어찌 내 것이라 이를 게 있으랴
고욤 한 개도 까마귀와 내가
사이좋게 나누어 먹어야 할 밖에.

사람들은 물계자가 지어 부르는 노래들을 '물계자가'라고 불렀다. '물계자가'는 신라 초기 부족연맹 국가 시대에 나온 최초의 노래였다. 이전의 가무악이 비로소 가악과 무용으로 나뉘게 된 것이 이때부터였다.

물계자는 참시선인과 명승지를 유람하면서 풍류를 즐기던 때가 떠오르면 자기도 모르게 칠점산 쪽을 바라보았다. 그는 어느덧 장년의 나이가 되어 아이를 기르는 가장이었고 제자들에게도 길을 열어주는 선생 노릇을 해야 했다. 이제 다시는 칠점산으로 돌아가지 못할 것이었다.

"아버지 호두 좀 까주세요."

어린 아들은 호두라면 자다가도 벌떡 일어날 정도로 좋아해서 시도 때도 없이 호두를 까달라고 졸랐다. 껍질이 딱딱한 호두를 돌로 깨어 알을 꺼낼라치면 번번이 호두알이 부스러지기 일쑤였다. 그는 꾀를 내어 수확기가 되어 호두를 전부 따서는 거적으로 덮어두었다. 한 주일쯤 지나자 딱딱한 호두 껍데기가 푹 썩어서 바닥에 깔리고 알맹이가 하얗게 드러나 있었다. 그걸 항아리에 담아 광에 두고 아이들 간식으로 주거나 손님이 오면 곶감 쌈을 해서 다식으로 내놓곤 했다. 물계자의 양지바른 초당에는 드나드는 사람들이 많아서 늘 먹거리가 떨어지지 않았다. 넉넉지 않은 살림살이였지만 부지런한 그의 아내가 수고를 아끼지 않은 덕분이었다. 농사에는 열의도 재주도 없는 남편 때문에 그의 아내는 텃밭 농사를 짓고 산으로 들로 다니면서 나물이나 약초를 캐어 와서 사철 먹거리를 만드느라 분주했다. 그렇게 평화로운 나날이 지나가는가 싶었는데 낙동강을 경계로 국경을 맞대고 있던 신라 변경에서 전쟁이 일어나고 말았다.

내해왕 14년(209년) 가을의 일이었다.

골포국(지금의 창원시 마산합포·회원구), 칠포국(지금의 함안군 칠원면), 보라국(미상), 고자국(지금의 고성군 고성읍), 사물국(지금의 사천시 사천읍) 등 포상팔국이 연합하여 아라가야(함안)를 침공하였다. 이에 아라가야국이 신라에 황급히 구원을 요청했다. 아라가야국은 신라와 우호적인 사이였고 포상팔국의 연합은 신라에도 부담스러운 존재가 아닐 수 없었다. 내해왕은 왕손 내음(榛音)과 장군 일벌 등으로 하여금 6부의 군사를 모아 포상팔국을 공격하라고 명령을 내렸다. 하지만 포상팔국의 연합군대와 맞서 싸우기에는 내음과 일벌 등이 이끄는 신라 관군으로서는 턱없는 열세였다. 장군 일벌은 신라 일대에서 검술로 소문이 자자한 물계자의 존재를 이미 알고 있었다.

"우리 신라에는 물계자라는 훌륭한 장수가 있다하오. 그에게 검술을 배우는 제자들이 하나같이 스승을 일심으로 따른다고 하니 이번 전쟁에 그도 함께 나갈 수 있도록 함이 어떠한지요."

태자는 장군 일벌의 말에 귀가 솔깃하여 흔쾌히 물계자의 초당으로 전령군을 보냈다. 물계자는 포상팔국이 워낙 위협적이어서 전세가 몹시 불리한 상황이란 전갈을 듣고 생각하고 말고 할 것도 없이 갑주를 갖추고 칼을 메고 나섰다. 두말없이 전령군을 따라나서는 물계자를 지켜보는 아내의 얼굴에는 수심이 가득했다. 장수가 되어 전쟁터로 나가 적군과 싸운다는 것은 살생을 의미하는 일이었다. 또 나라를 위해서는 불가피한 일이라지만 남편이 전쟁터에 나간다는 건 적군에게 목숨을 잃을 수도 있는 일이었다. 물계자는 아내의 상심한 얼굴을 보고 다가가서 말했다.

"들어오면 어버이에게 효도하고 나서면 임금에게 충성하는 것이 사람의 도리라 했소. 환란을 당해서는 사생을 돌보지 않는 것이 충이 아니겠소. 그러니 나는 지금 사람의 도리를 다하러 가는 것이니 너무 걱정 마시오. 잘 싸우고 돌아오리다."

그렇게 말하고 씽긋 웃어 보이는 남편에게 그의 아내는 더 이상 걱정스러운 얼굴을 내보일 수가 없었다.

그는 제자들에게 긴급히 전갈을 넣고 거리로 나섰다.

"신라 변경에 포상팔국이 침입했다 하오. 나라가 위태로우니 제군들은 나를 따르시오."

물계자의 청년 사제들은 두말없이 무장하고 그를 뒤따랐다. 그들의 함성은 하늘을 찌를 듯했다. 위축되어 있던 내음이 이끄는 관군들은 물계자의 군사들이 달려오는 것을 보고 천군만마를 얻은 듯 기뻐서 어쩔 줄 몰랐다. 물계자는 칠점산에서 참시선인과 바둑을 두면서 들었던 말들을 떠올렸다.

"어떤 경우든 눈앞의 작은 이익에 연연해서는 안 되느니라. 작은 것을 잃더라도 큰 것을 쥐어라. 위태로움에 봉착하면 욕심을 버려라."

그 말들은 바둑에 해당되는 말이었지만 전쟁 때에나 삶에서나 고스란히 해당되는 말이기도 했다. 그는 그 말들을 염두에 두고 적군을 향해 달려갔다. 물계자의 군대는 목숨을 두려워하지 않고 싸웠다. 물계자의 칼날이 춤추듯 허공을 한 바퀴 가르면 적군이 수숫단처럼 우수수 쓰러졌다. 그 모습은 적군의 간담을 서늘하게 했다. 적장 하나가 용감하게 물계자의 칼날에 맞섰지만 속수무책이었다. 적장조차 물계자의 칼날에 베어지자 적군은 동요하기 시작했다. 그 틈에 신라의 군사들은 여세를 몰아 적군을 물리치고 전쟁을 승리로 이끌었다. 백기를 든 적군을 보며 물계자의 군사들은 관군과 어우러져 환호했다. 내음은 처음 보는 장수 물계자의 눈부신 활약을 가까이에서 고스란히 지켜보았다. 구척장신인 장수가 큰 칼과 한 몸이 되어 춤추듯 날아다니는 그 힘차고 유연한 동작에 숨이 막힐 지경이었다. 그는 일찍이 그토록 칼을 자유자재로 쓰는 장수를 본 적이 없었다. 내음은 그 위대한 광경을 기억하며 남몰래 가슴을 쓸어내렸다. 왕궁에서 유명한 장수에게 검술을 배운 그로서는 벼슬도 없고 집안조차 변변찮은 물계자의 등장에 심한 열등감을 느꼈다. 누가 봐도 이번 승전의 전과는 물계자의 것이었다. 그것이 왕에게 보고된다면 자신의 미욱함이 드러날 게 뻔한 일이었다. 그와 달리 장군 일벌은 물계자의 눈부신 활약에 흥분을 감추지 못했다. 신라에 물계자 같은 장수가 나타났다는 사실을 내해왕에게 알려 장차 나라를 지킬 대장군으로 키운다면 그보다 더 든든한 일이 없을 터였다.

"이번 전쟁의 승리는 온전히 물계자의 공이요. 왕에게 보고하여 큰 포상을 내리는 게 마땅한 일인 줄 아오. 신라에 이런 훌륭한 장수가 숨어 있었다는 사실이 얼마나 기쁜지 모르겠소."

장군 일벌이 말했다. 내음은 숨은 칼에 심장이 찔린 듯 가슴이 뜨끔했다. 마냥 승전을 기뻐하기에는 물계자의 존재가 그에게 양날의 칼과 같았다.

"그건 제가 알아서 보고할 일이니 장군은 가만히 계시오."

일벌은 내음의 날 선 반응에 잠시 어리둥절했다. 여러 날을 두고 엎치락뒤치락하다 전세가 기울어 위기를 맞았던 전쟁을 단숨에 승리로 이끈 것은 분명 물계자의 공임에 틀림이 없었다. 그 수훈을 흔쾌히 받아들이지 못하는 내음의 삿된 태도에 불쾌했다. 내음은 질투심에 눈이 멀어 되레 물계자를 백안시했다. 물계자에게 어떤 공훈도 주지 않은 것은 물론 아예 전쟁에 참가한 사실조차 입에 올리지 못하게 단단히 입막음을 했다.

그 사실을 알게 된 물계자는 허탈했다. 하지만 그런 기분도 잠시뿐이었다. 부모에게 자식이 어떠한 대가를 바라고 효를 다하는 것이 아니듯이 임금에 대한 충 또한 마찬가지였다. 그저 나라를 위해 임금을 위해 사지로 나갔을 뿐 거기에 어떤 계산이 있을 수 없었다.

그는 이내 마음의 동요를 가라앉히고 평정을 되찾았다. 하지만 목숨을 걸고 자신을 따랐던 제자들에게는 면목이 서지 않았다. 그들은 적잖이 실망해서 드러내놓고 불만을 터뜨리기도 했다.

"누가 뭐라 해도 이번 전쟁의 위기에서 나라를 구한 일등 공신은 우리 물계자님인데 어떻게 저리 씻은 듯이 입을 닫고 아무런 포상도 하지 않을 수 있단 말입니까."

전장으로 떠난 남편을 위해 매일 아침 새벽같이 일어나 정화수를 떠 놓고 치성을 드렸던 그의 아내 또한 같은 심정이었다. 그는 그의 초당으로 찾아와 울분을 감추지 못하는 제자들에게 말했다.

"이보시게 제자님들. 임금이 위에 계시는데 왕손을 원망하는 건 불충이 아니겠소? 자기 공을 내세우자고 남의 허물을 드러내고 자기 공을 자랑하고 이름을 구하는 것은 지사나 선비가 할 바가 아니요. 이번에 그대들이 나서서 나라의 위기를 구해낸 경험을 토대로 힘써 검술을 연마하고 마음을 닦아서 언제 또 위기에 닥칠지 모르는 신라를 위해서 내실을 다질 기회로 삼도록 하는 게 좋지 않겠소. 나 또한 힘써 무술을 연마하여 후일을 기다릴 뿐이오."

물계자는 그렇듯 세상일에 호들갑을 떠는 법이 없었다. 그저 물처럼 바람처럼 구름처럼 자연스럽게 흘려보내면 그만이었다. 지난 일에 대해서 곱씹거나 잘잘못을 따져 마음에 두지 않았다. 사람들은 그것이 그의 남다른 비범함이란 것을 알아차리고 마음속에 더욱더 존경심을 품었다.

<h1 style="text-align:center">3</h1>

물계자가 무술을 연마하여 언젠가 신라에 위기가 왔을 때 나라를 위해 떨치고 나서야 한다는 말이 무슨 예언이나 되는 듯 그로부터 딱 3년 뒤인 내해왕 17년(212년)에 또다시 전쟁이 일어났다. 포상팔국 중에서 골포국, 칠포국, 고사포국 등 3국이 연합하여 신라의 해상 관문인 갈화성(지금의 울산광역시 굴화)을 침공한 것이었다.

내해왕은 군대를 이끌고 직접 출전했다. 이때에도 장수 물계자는 그의 제자들과 전쟁터에 나갔다. 이 갈화성 전투에서도 물계자의 활약은 눈부신 것이었다. 그가 칼을 쓰는 모습은 참으로 독특했다. 검술이라기보다는 차라리 검무에 가까웠다. 그 또한 단지 칼춤이랄 수 없었다. 물계자의 몸은 칼과 마치 하나가 된 듯 보였다. 우렁찬 기합 소리와 함께 물계자의 몸이 공중으로 떠오르면 그의 긴 칼이 반 박자 늦게 뒤따르며 길게 칼선을 만들어 냈다. 그 긴 칼끝에 햇빛이 번쩍하는 순간 바람에 밀리듯 적장들이 땅바닥으로 쓰러졌다. 물계자를 향해 달려들던 장수들은 그 모습에 간담이 서늘할 지경이었다. 그렇게 한바탕 종횡무진 전장을 휘몰아치는 물계자의 맹활약으로 갈화성 전투 또한 승전으로 이끌었다. 물계자의 제자들은 입을 모아 그가 지은 '물계자가'를 소리 높여 불렀다. 물계자의 검술이 적장들에게까지 소문이 난 마당에 포상이 내릴 것은 두말하면 잔소리였다. 하지만 어찌 된 셈인지 이번에도 아무런 말이 없었다. 조정에서 물계자의 전공에 대한 포상을 논의했지만 왕손의 권위를 업은 날음의 반대로 무산되었다는 소문이 무성했다. 사람들은 이 부당한 처사에 대해 너도나도 입을 보태며 입방아를 찧어댔다.

제자들의 실망은 이만저만 큰 게 아니었다. 울분을 터뜨리면서 왕손의 부당한 처사를 비난하는가 하면 아무 일 없었던 것처럼 태연한 물계자의 태도를 답답해했다. 물계자는 참으로 난처했다.

"제자님. 우리는 신라를 위해서 나가 싸웠고 적을 물리쳐 승리했소. 응당 할 일을 했으니 그것으로 충분한 게 아니겠소. 의로운 일을 했다고 해서 반드시 대가를 바라는 것은 소인배들이나 하는 염치없고 낯부끄러운 일이요. 공훈의 표창이야 나라님이 정하실 일이지 우리가 왈가왈부할 일이 아니지 않겠는가. 이 물계자의 제자님들이라면 이제 그만한 일쯤 물처럼 흘려보내면 좋지 않겠소."

하지만 물계자 앞에서는 그의 말을 수긍하고 감복하면서도 그가 없는 자리에 모여앉아서 여전히 불만을 숨기지 못하고 흥분하는 제자들이 있었다.

"정말이지 아무리 그래도 이것은 부당한 처사요 저렇게 번번이 물계자님의 혁혁한 공이 무시당하는 것을 보고서 앞으로 신라 청년들 중에 누가 나라를 위해 목숨을 걸고 싸우러 나가겠소."

스승을 누구보다 존경하는 제자 하나가 울분을 참지 못해 목소리를 높였다.

"이렇게 억울한 일을 매번 가만히 앉아서 당할 수만은 없습니다. 직접 조정에 이 부당한 사실을 알려서 물계자님의 공로를 찾아드려야 하지 않겠습니까."

"옳은 말이요."

제자들의 원성이 물계자의 귀에까지 들어오자 그는 마음이 편치 않았다. 그는 아내에게 술상을 차려오게 해서 제자들을 한 자리에 불러 모았다.

"자, 내 술이나 한잔 받으시오."

물계자는 불만이 제일 많은 제자에게 술을 권했다. 그러고는 목청을 뽑아 노래를 선창했다. 모여있던 제자들은 그의 선창에 맞추어 '물계자가'를 불렀다. 흥이 난 제자들이 물계자에게 거문고 연주를 청했다. 그는 마치 기다렸다는 듯이 거문고를 안고 자신이 지은 곡을 연주하면서 노래를 불렀다. 그의 목소리는 여느 때보다 더 단단하고 묵직했다. 연주는 바람이 대나무 가지 사이를 빠져나가듯 날렵했다. 도무지 격하거나 처량한 느낌이라고는 조금도 없는, 잡음 하나 섞이지 않은 맑고 그윽한 연주였다. 거문고 연주에 맞추어 덩실덩실 춤을 추던 제자 하나가 문득 동작을 멈추었다. 모여있던 제자들 또한 약속이나 한 듯이 미동도 하지 않고 신비한 금의 소리 속으로 빠져들어 갔다. 훗날 제자들은 그날 물계자님의 연주가 어딘지 좀 이상했노라고, 세상에 대한 어떤 욕망도 남아 있지 않은 마음을 통째로 비운 사람의 연주 같았다고들 말했다.

제자들이 모두 돌아간 뒤, 물계자는 침통한 목소리로 아내에게 말했다.

"임금을 섬기는 공은 나라가 위태할 때는 목숨을 바치고, 환란을 당해서는 자기 몸을 잊어버리고 절의만을 지키고 사생을 돌보지 않는 것이라고 했소.. 보라와 갈화의 싸움은 진실로 나라의 환란이었고 임금의 위기였는데도 나는 일찍이 자기를 잊고 목숨을 바친 용맹이 없었으니 이것은 불충이 심한 것이요. 돌아가신 아버님께도 누를 끼쳤으니 어찌 이를 효라고 하겠소? 내 이미 충효의 도를 잃었으니 무슨 면목으로 거리에 나가 사람들을 만날 것이며 조정과 시정에 설 수 있겠소? 인제 그만 사체산으로 들어가서 노래나 지으면서 살았으면 하오."

사체산은 일찍이 그가 참시선인을 모시고 명승지를 유람하면서 가본

산 중에 가장 깊은 산 중의 한 곳이었다. 그의 아내는 이미 남편의 속내를 다 알고 있었다는 듯 아무런 동요도 대꾸도 없이 방바닥에 가만히 이부자리를 깔 뿐이었다.

4

사체산은 한없이 깊고 또 깊었다. 봄 산에는 진달래 개나리가 흐드러지게 피고 아까시나무 향기가 온 산을 진동했다. 소나무, 잣나무, 밤나무, 떡갈나무가 숲을 이루고, 끝없이 피어오르는 뭉게구름, 골짜기를 굽이쳐 흘러 수직으로 떨어지는 폭포수가 포효하고, 머루, 다래, 고사리, 참나물, 임자 없는 불로초 등 먹거리 또한 지천이었다. 노루 사슴이 뛰어놀고 온갖 새들이 지저귀는 사체산 깊은 골에는 그런 자연만 있는 게 아니었다. 세상을 등지고 산속에서 자기만의 세계를 가꾸어 나가는 사람들도 살고 있었다. 숯을 구워 마을에 내다 팔면서 그 숯으로 기가 막힌 그림을 그리는 사람도 있었고 축지법을 쓰는 사람도 있었다.

물계자는 사체산에 들어간 이후로는 마을에 내려가는 법이 없었다. 여름날에는 거문고를 매고 시원한 숲으로 들어가서 노래를 지었다. 때로는 대나무의 곧은 성벽에다 자신을 빗대어 시를 짓고 바람 소리 새소리에도 자신의 마음을 실어 노래를 지었다. 너럭바위에 올라앉아 폭포수 소리를 들으면서도 노래를 지었다.

수직으로 내리꽂히는 저 폭포수는
한 무리의 적군이 한꺼번에 달려들며
아우성치는 소리와 같네

이러쿵저러쿵 시비하고 따지고 드는
세상 사람들 소리 듣기 싫어
사체산 이마 높이 올라왔더니
폭포수가 포효하며 기억을 일깨우네

　노래를 지으면서도 물계자는 포상팔국과의 전쟁에서 대승하여 적장의
목을 베고 포로로 잡혀있던 6,000여 명을 본국으로 다시 돌려보낸 일을
떠올리며 오래 폭포수 아래에서 거문고를 연주했다. 그의 아내는 거문고
소리를 듣고 남편이 어디쯤에 있는지를 알았다.
　물계자는 칼을 버리고 달랑 거문고 하나만 들고 사체산에 들어간 지라
거문고를 마치 새색시처럼 아꼈다. 세상에 다시 없는 훌륭한 소리를 내는
악기였다. 간혹 처음 자신에게 거문고를 가르쳐주던 서린의 얼굴이 떠올
랐다 사라지곤 했다. 음악 또한 그렇게 연주하는 그 순간에 사라지고 마는
것이어서 참시선인이나 서린이 타던 가락을 기억해 내 연주하거나 구전심
수의 가락을 연주하기도 했다.

5

　물계자가 사체산에 들어간 지 이태가 되는 어느 따뜻한 봄날이었다. 햇
살이 좋은 마루에 앉아 한참 거문고를 타며 노래를 만들고 있었다. 그때,
누군가 구음으로 노래를 따라 부르는 것이었다. 그는 화들짝 놀랐다. 배우
가 마치 무대에 오르는 것처럼 거문고를 어깨에 멘 서린이 나타난 것이었
다. 그것은 마치 동굴 속이거나 커다란 항아리에서 울려 나오는 것처럼
깊고 그윽한 목소리였다. 물계자는 뜻밖의 조우에 반가워하며 술상을 보
아 그간의 지나온 일들을 이야기 나누었다. 그러면서도 물계자는 참시선

인의 안부를 묻지 않았다. 군이 묻지 않아도 참시선인은 여전히 그 법음 같은 목소리로 후학들을 가르치고 거문고를 연주하며 죽지 않고 살아있을 거란 믿음 때문이었다. 술이 몇 순배 돌자 물계자는 서린에게 자신이 지은 노래를 불러보게 했다. 서린의 웅숭깊은 목소리는 물계자가 지은 노래에 그럴 수 없이 잘 어울렸다. 그 때문에 서린의 목소리를 떠올리면서 노래를 만들곤 했는데 봄빛이 짙어갈 무렵 서린은 온다간다 말없이 사라지고 말 았다.

물계자가 사체산 깊숙이 은거한 이후에도 어떻게 알았는지 그 깊은 산 속으로 그를 찾아와 선도를 연마하는 후학들이 있었다. 그는 그들을 교도 하며 여러 산을 돌아다녔다. 예로부터 신령스러운 산이며 도인이 탄생하 는 땅으로 불린 지리산에서 온 도선에게는 풍수지리법과 권법을 가르쳐주 기도 했다. 사체산에 들어온 이후로 어찌 된 셈인지 물계자는 점점 참시선 인을 닮아가는 듯 목소리는 법음 같고 얼굴은 백옥같이 희었다. 도선이 훗날 금강산에서 그를 만났다고 하는데 그의 얼굴은 어린아이같이 천진하 고 살결이 눈처럼 희었다고 한다. 그는 물병을 들고 노래를 부르고 있었는 데 그 노래는 자신이 직접 지은 '물계자가'였다. 그 당시 그의 나이를 150 세라고도 하고 200세에 가까웠다고도 했다. 그는 젊은 날 그가 흠모했던 참시선인과 같은 신선이 되어 있었던 것이다. 그는 신라의 충신이었으나 공명을 버리고 고결한 음악을 택했다. 물계자는 현실을 비유하거나 시냇 물 소리 새소리 바람 소리에 비겨 거문고를 타며 곡을 붙인 금곡 가악의 원조였다. 그것이 바로 물계자가였다.

2. 우록 – 김종성

1

512년 겨울 12월 달솔 우영이 이끄는 백제 군사들이 깃발을 나부끼며 대사강(섬진강)을 향하여 출발했다. 군사들의 행렬이 길게 꼬리를 물고 이어졌다. 기병이 2천 명이나 되었고, 보병이 7천 명이나 되었다. 그리고 군량을 실어 나르거나 무기를 운반하는 군사들의 수효도 많았다. 군사들의 전체 규모는 1만 명이 넘었다. 지리산 능선을 휩쓸고 지나온 바람이 백제 군사들의 행렬의 옆구리를 때렸다. 군사들은 살갗을 파고드는 칼바람을 견뎌내며 계속 남쪽으로 나아갔다. 얼어 죽는 군사들이 끊임없이 생겨났다. 해가 거우듬할 무렵 백제 군사들은 대사강변에 진을 쳤다. 팔공산 계곡에서 발원하여 남해로 흘러드는 대사강은 모래가 고와 두치강·모래가람·모래내·다사강·사천·기문하 등으로 불렸다.

반파국(叛波國) 국경 봉수대에서 봉화가 올랐다.

반파국 봉화대에서 봉화가 올랐다는 파발이 기문국 국읍(國邑)으로 날아들었다. 기문국 한기(旱岐)의 길쭉한 얼굴이 긴장감에 휩싸여 굳어졌다. 상다리국 국경으로 향해 가는 백제 군사들의 규모가 1만 명이나 된다는 이야기를 들은 대신들은 모두 겁먹은 표정을 하고 좀처럼 입을 열려고 하지 않았다.

"달솔 우영이 이끄는 백제 군사들이 상다리국 국경까지 이르러 진을 치고 상다리국을 공격할 준비를 하고 있다니 어찌하면 좋겠소? 상다리국이 무너지면 하다리국·사타국·모루국이 무너지는 건 시간 문제요."

기문국 한기의 목소리는 가늘게 떨리고 있었다. 상다리국·하다리국·사타국·모루국은 백제와 인접해 있었고, 반로국(半路國)과는 멀리 떨어져 있었다.

"반로국의 지원병은 왜 오지 않고 있습니까?"

키가 크고 누르께한 얼굴의 대신이 달구치듯이 말했다.

"반로국은 제 코가 석 자요. 신라 군사들이 금세 황산하(낙동강)를 건너올 것처럼 황산하 둔치에 진을 치고 있다 하지 않소."

기문국 한기가 말했다.

"……."

"상다리국 군사들이 잘 버텨야 할 텐데……."

차한기가 눈을 깔뜨고 말끝을 흐렸다.

'장차 어떻게 하면 좋을꼬.' 기문국 한기는 용포(龍袍) 앞자락을 구깃거리며 안절부절못했다.

백제 군사들이 활시위를 잡아당겼다. 화살이 상다리국 국수(國守)가 탄 수레를 향해 날아갔다. 상다리국 군사들이 방패를 들어 날아오는 화살을 막았다. 화살이 부러져 풀밭 위에 떨어졌다. 그때마다 배가 기우뚱거렸다.

백제 군사들은 계속 화살을 쏘아댔으나 상다리국 국수를 맞추지는 못했다. 상다리국 군사들이 성문을 열고 달려와 백제 군사들을 향해 화살을 퍼부어 대기 시작했다. 백제 군사들이 말머리를 돌려 달아났다. 이윽고 상다리국 국수가 탄 수레가 성문에 이르렀다.

달솔 우영이 앞장서서 상다리국 군사들을 향해 말을 몰았다. 그가 칼을 휘두를 때마다 상다리국 군사들이 쓰러졌다. 백제 기병들이 함성을 지르며 상다리국 진영으로 몰려갔다. 상다리국 군사들이 흩어졌다. 상다리국 군사들이 백제 군사들이 휘두른 칼날에 쓰러졌다. 상다리국 국읍 안이 붉게 피로 물들었다.

상다리국의 국읍을 무너뜨린 백제 군사들은 하다리국의 국읍을 무너뜨리고 사타국과 모루국을 점령해 한기와 왕족들을 끌고 가 대사강으로 던졌다. 사타국과 모루국의 한기와 왕족들의 시체가 대사강 물을 붉게 물들이자, 대사국 귀족들과 백성들은 겁에 질렸다. 백제는 반로국을 비롯한 가야 소국들이 교역 항구로 이용하는 대사진을 빼앗으려고 대사강변에 군영을 차렸다.

황산하 건너 둔치에 군영을 차려 놓고 뗏목을 만들고 있는 신라 군사들과 대치하고 있는 반로국 군사들은 삼엄한 경계를 펼치고 있었다. 백제 군사들이 기문국 변새(邊塞)를 포위했다는 침입했다는 파발이 전해진 후 기문국으로부터 소식이 끊어졌다.

반로국 이뇌왕은 대신들을 대전으로 들라는 명령을 내렸다. 이따금 바람 소리만이 스쳐 지나갈 뿐 궁궐은 적요 속에 잠겨 있었다. 대전은 마치 죽음처럼 깊은 침묵 속에 싸여 있었다.

"기문국에서 군대를 파견해달라는 파발이 왔다. 어찌하면 좋겠느냐?"

이뇌왕이 갸름한 얼굴을 일그러뜨린 채 입을 열었다.

"군대를 기문국으로 파견해서는 안 됩니다."

상수위 고전해가 나서서 말했다.

"그렇사옵니다. 신라 군사들이 그 틈을 노려 황산하를 건너기라도 한다면 도성이 위험에 빠지게 됩니다."

작년에 이수위 자리에 오른 길수전이 말했다.

백제 군사들이 한 걸음 더 나가, 기문국 국읍의 성벽을 공격했다. 기문국 한기가 성벽 위에서 활시위를 당겼다. 달솔 우영이 말 위에서 떨어졌다. 방패를 든 백제 군사들이 몰려가 그를 둘러쌌다. 기문국 군사들이 화살을 쏘아댔다. 백제 군사들이 성벽 위로 화살을 퍼부어 댔다. 성벽 위로 백제 군사들이 새까맣게 달라붙었다. 공방전은 오래가지 못했다. 국읍 안으로 진입한 백제 군사들은 닥치는 대로 검(劍)을 휘둘러 기문국 군사들과 대신들을 도륙했다. 국읍을 가로지르는 월천은 붉은 피로 물들었다. 패색이 짙어지자, 기문국 한기는 왕비 및 두 아들과 함께 자기 나라의 재물과 보물을 가지고 반파국 도성으로 피신했다. 반파국 한기는 그들을 예를 갖추어 맞이했다.

반파국 한기는 대사국 국수에게 성을 쌓도록 지원하고, 자탄과 대사에 성을 쌓아 만해에 이어지도록 지원했다. 백제 군사들이 기문국 궁궐을 불태우고 돌아가자, 기문국 한기는 국읍으로 돌아왔다.

『신찬성씨록』에서 〈토지와 인민 역시 부요(富饒)하다〉고 한 반파국은 지금의 전라북도 장수군 장계 분지에 도성을 두었던 것으로 비정되는 가야 소국으로 대사강 하구의 대사진 항구에 대한 지배권을 놓고 백제와 대립하고 있었다. 대사강 수로를 운송로로 하여 제철 산업을 일으킨 반파국은 독자적으로 세력을 키우고 있었다. 그러나 반파국과 백제는 반파국의 운봉 고원에서 생산된 철광석과 철제품을 대사강 수로로 운송하는 문제와 백제의 곡나철산이 있는 욕내(欲乃, 지금의 전라남도 곡성군)에서 산출된 철광석과 철제품을 대사강 수로로 운송하는 문제를 놓고 서로 충돌했다. 반파국과 백제는 대사강 유역 전체의 지배권을 둘러싸고 나라의 명운을 걸고 대립하고 있었던 것이다. 반파국이 대사강을 통해 왜국과 교역 체계를 만들려고 시도하자, 백제가 외교적 압력을 가해왔다. 백제는 왜국의 사신을 대사강 유역에 자리 잡고 있는 대사국으로 불러들여 왜국과 국제 교역을 시도했다.

백제 사신 문귀 장군 등이 왜국에서 귀국할 때 왜인 모노노베노무라지(物部連)가 호송했다. 백제 사신 일행이 사도도(沙都島, 지금의 거제도로 비정됨)에 이르렀다.

"반파국 사람들이 사납게 군다."

오른쪽 눈알이 벌겋게 핏발이 든 노인이 말했다.

"뭍에 상륙하도록 하십시오."

노인의 말을 귀 넘겨듣던 모노노베노무라지가 허리를 곧추세우고 말했다.

문귀 장군이 신라 땅에 상륙했다. 모노노베노무라지는 수군 500명을 이끌고 곧장 대사강에 이르렀다. 여름 4월 모노노베노무라지 등은 대사강에서 6일 동안 머물렀다. 얼마 후 반파국 군사들이 그들을 공격했다. 반파국 군사들이 왜인들의 옷을 벗기고 가지고 간 물건들을 가리단죽했다. 불

타오르는 막사를 바라보며, 모노노베노무라지 등은 반파국 군사들의 위세에 눌려 두려움에 떨었다. 그들은 도망쳐 숨어서 겨우 목숨을 보존하여 문모라(汶慕羅)에 머물렀다.

문모라에 후퇴해 있던 왜인들은 그다음 해에 결국 기문국까지 도착했다. 백제는 이들을 도성에 불러들여 의상·덩이쇠[鐵鋌]·비단 등을 후하게 주었다.

"무릇 조공하는 사자는 항상 섬 구비를 피하고 매번 풍파에 시달리오. 그렇기 때문에 가져가는 것들은 모두 젖어 손상되고 빛깔이 죽게 되오. 우리 백제가 대사진(帶沙津)을 교역하는 나루로 삼게 해주오."

무령왕이 하다리국 국수 호즈미노 오시야마노오미(穗積押山臣)에게 말했다.

오경박사 고안무(高安茂)를 왜국에 보내 문화를 전파하도록 한 무령왕은 반파국이 대사강 하구를 통해 왜국과 교역하려고 한다는 보고를 받고, 달솔 우영에게 반파국을 공격하도록 명했다. 백제 국경 가까이에 자리 잡고 있는 봉수대에서 봉화가 두 번 올랐다. 육십령 고갯마루의 봉화대에서 봉화가 세 번 올랐다. 이 무렵 반파국은 곳곳에 봉수대를 축조하고, 광대한 봉화망을 운용하고 있었다. 봉화대는 일정한 영역을 차지하고 있는 국가에서 축조가 가능한 시설이었다.

대사강 하구는 반파국이 남해로 나가는 수송 관문이었다. 운봉 고원과 장계 분지의 곳곳에는 철광산과 쇠부리터[冶鐵場]가 있었다. 백제와 신라는 물론 왜국까지도 기문국을 세력을 뻗치는 반파국의 움직임에 촉각을 곤두세우고 있었다.

달솔 우영이 이끄는 백제 군사들은 대사강변에 진을 치고 있는 반파국 군사들을 공격했다. 그러자 반파국 군사들은 바위틈에 똬리를 틀고 있다가 순식간에 공격을 가하는 까치살모사처럼 고개를 쳐들고 백제 군사들을 위협했다. 반파국은 자신들의 중요한 교역 창구를 백제에게 내줄 수 없었던 것이다. 하지만 반파국은 날로 팽창하는 백제의 군사력을 당해낼 수 없었다. 반파국은 자신의 세력권인 기문국이 백제에게 점령당한 이후 대사국과 자타국마저 백제에 빼앗길 위기에 봉착하게 되었다. 누란(累卵)의 위기에 처한 반파국은 군사 지원을 요청하기 위해 반로국으로 사신을 보냈다. 그러나 아무런 답신도 들을 수 없었다. 북쪽과 남쪽에서 동시에 들이치는 백제 군사들을 막을 수 없었던 대사국은 백제에 무너졌다. 대사국 침공을 끝으로 대사강 하구의 점령을 완료한 백제는 반파국의 도성을 공격해 마지막 숨통을 끊었다. 반파국 한기와 귀족들은 백제 군사들의 검날에 검붉은 피를 쏟으며 쓰러졌다. 백제 군사들은 반파국 한기와 왕비, 그리고 왕자와 공주들의 시체를 수레에 실어다 들판에 내던졌다. 독수리들이 달려들어 시체를 물어뜯었다. 백제 군사들이 귀족들의 시체를 밧줄에 묶어 끌고 와 들판에 내팽개쳤다. 피비린내가 진동했다. 독수리들이 날갯짓을 거칠게 해대며 날아올랐다. 붉은 살점이 허공에 흩어졌다. 독수리들이 날개를 치며 시체 무더기로 다가왔다. 백제는 새로 점령한 지역에 군령(郡令)과 성주(城主)를 파견하여 이 지역에 대한 지배권을 확립하였다.

반파국과 기문국마저 점령한 백제가 왜국과의 교류에서 유리한 고지를 차지하게 되자, 반로국은 국제 외교 무대에서 점점 고립되어 갔다. 위기에서 벗어날 방법을 궁리하던 이뇌왕은 522년 봄 3월 신라에 사신을 보내 법흥왕에게 혼인을 요청했다. 일명 이부리지가(已富利知加)라고도 하는 이뇌왕의 청혼을 받은 법흥왕은 황산하 중상류로 진출할 좋은 기회라고 판단하고 이뇌왕에게 이찬 비조부의 누이를 보내기로 했다.

비조부의 누이가 시종들을 거느리고 서라벌에서 출발했다. 강을 건너 산허리를 안고 돌아 나와 들판을 가로질렀다. 들판 위로 햇살이 빗질하듯 내리고 있었다. 비조부의 누이가 햇살을 가리려는 듯이 인동덩굴 무늬가 수놓아져 있는 소매로 갸름한 얼굴을 가렸다. 반로국으로 가는 행렬이 황산하에 이르렀다. 며칠째 내린 비로 황토물이 넘실거렸다. 비조부의 누이와 시종들은 황포 돛배를 나누어 타고 황산하를 건너기 시작했다. 강가의 버드나무 줄기가 바람에 너풀거리는 것을 바라보던 비조부의 누이가 눈길을 천천히 돌려 방금 지나온 강 건너 마을을 지그시 바라보았다. 비조부 누이의 우수에 찬 눈빛은 촉촉이 젖어 있었다. 황포 돛배가 개포 나루 선착장에 닿았다. 향나무 수레와 구슬로 꾸민 말들이 길게 뻗쳤다. 길이 메이고 구경꾼들이 담을 두른 것 같았다.

니문이 바짝 말린 오동나무 널빤지를 안고 뒤란에서 나왔다. 스무 살을 갓 넘긴 그는 재작년부터 악기를 만들 나무를 구하기 위해 가야산 골짜기를 헤맸다. 니문은 열서넛 살 무렵부터 아버지를 따라 악기를 만들 나무를 구하기 위해 가야산을 한 달에도 서너 번씩 오르내렸다. 운이 좋아 쓸만한 오동나무를 만나면, 오동나무를 조심스럽게 잘라서 널빤지를 만들었다.

마당으로 성큼 들어서는 우륵을 보고 니문이 둥그스름한 얼굴에 환한 미소를 지었다. 정초에 다녀간 후 발걸음이 뜸하다가, 불쑥 찾아온 우륵은 오동나무 널빤지의 가장자리를 나무망치로 두들겼다.

"아직 나무 안쪽은 덜 말랐구나."

우륵이 나뭇결을 따라 망치로 두들겼다.

"더 말려야 할 거 같아요."

니문이 짙은 눈썹을 꿈틀거렸다.

"겨울을 두 번은 더 넘겨야겠구나."

다시 우륵이 천천히 입을 열었다.

"네. 얼었다가 녹았다가 하다 보면 제대로 마르겠지요."

니문이 말했다.

"오동나무는 잘 말려야 좋은 소리를 얻을 수 있지."

"말릴 때 거꾸로 매달아 놓고 말리는 게 좋다고 아버지한테 배웠어요."

"뒤판은 무슨 나무를 사용했느냐?"

"3년 이상 말린 단단한 밤나무를 사용했어요."

"안족(雁足)은 무슨 나무를 사용했느냐?"

"돌배나무와 벗나무를 사용했어요."

"악기 만들 때 사용하는 나무는 모두 제대로 골랐구나. 나무를 잘 골라 만들어야 현(絃)이 잘 떨리고 공명(共鳴)하여 밖으로 퍼져나가게 될 것이야."

"말린 오동나무 두께가 너무 얇으면, 소리가 흩어지고, 너무 두꺼우면 소리가 거칠고 굵어진다고 아버지가 가르쳐주셨어요."

우륵은 니문한테서 그늘에서 바짝 말린 오동나무 널빤지를 받아 개진 나루로 나왔다. 개진 나루로 가라국 군사들이 대열을 이루어 행진하고 있었다. 황포 돛배들이 황산하를 가로질러 왔다. 가라국 군사들이 선착장을 에워쌌다. 비조부의 누이가 탄 수레 뒤로 시종들이 열을 지어 따랐다. 우륵은 발걸음을 멈추고 내리덮힌 눈가죽을 들어 비조부의 누이 일행의 행렬을 물끄러미 바라보았다. 그는 수레의 뒤를 따르는 시종들의 옷차림을 곁눈으로 훑어내렸다. 반로국 사람들의 옷차림이 아니었다.

해가 주산 위에서 잔광을 흩뿌릴 즈음에 이뇌왕이 전단량(旃檀梁) 앞에서 비조부의 누이를 영접하고 위로했다. 가야어로 '문(門)'을 '량(梁)'이라 한다. 법흥왕이 비조부의 누이를 반로국에 보낼 때 100인을 아울러 보내 그녀의 시종으로 삼도록 했다. 이뇌왕은 시종의 일부만 반로국에 머물게 하고, 나머지는 반로국의 세력이 미치는 가야의 소국들에 흩어져 살게 했다. 그리고 신라의 요청대로 신라의 의복을 입도록 했다.

탁순국의 대신들이 신라의 의복을 걸친 시종들을 마뜩잖은 눈초리로 응시하며 고개를 갸웃거렸다. 탁순국 조정이 술렁거렸다.

"왜 신라의 시종을 탁순국에 살게 한단 말인가."

탁순국 한기 아리사등(阿利斯等)의 눈에서 불길이 확 일었다.

"혹시 이뇌왕이 신라와 짜고 우리 탁순국을 염탐하려는 게 아닐까요."

"틀림없어요."

"시종들을 쫓아버려야 해요."

대신들이 크게 반발했다.

털수세에 양쪽 광대뼈가 불거져 나온 아리사등은 탁순국에 와 있던 시종들이 입고 있는 옷을 트집 잡아 반로국에 사전에 통보도 하지 않고 시종들을 신라로 쫓아버렸다.

시종들이 쫓겨왔다는 소식이 법흥왕에게 전해졌다.

"반로국과의 결혼 동맹을 파기한다."

법흥왕은 크게 부끄러워하여 이찬 비조부의 누이를 도로 돌아오게 하려고 반로국에 사신을 보냈다.

"우리 대왕이 보내는 편지를 가져왔소."

신라의 사신은 서리 같은 눈씨를 한 이뇌왕에게 편지를 전했다.

"전에 그대가 장가드는 것을 받아들여 나는 즉시 혼인을 허락했으나, 지금 이미 이처럼 되었으니 이찬 비조부의 누이를 돌려주기 바라오. …… 이게 무슨 말이오?"

편지를 읽다가 말고 고개를 든 이뇌왕은 잘못을 꾸중하듯 매서운 눈씨로 신라의 사신을 노려보았다.

"……."

신라의 사신은 아무런 대답도 하지 않았다.

"부부로 짝지어졌는데 어찌 다시 헤어질 수 있겠소? 또한 아이가 있으니 그를 버리면 어디로 가겠소?"

눈가죽이 모래알이 달린 것처럼 까칠까칠해진 이뇌왕이 물었다.

"……."

귓전을 도는 이뇌왕의 말에 신라의 사신은 입 밖으로 튀어나오는 말을 혀끝으로 꾹 눌러 참았다.

신라의 사신은 반로국 궁궐을 떠나, 국경 밖에 대기하고 있던 신라 군사들에게 반로국이 이 문제에 깊이 개입하기를 꺼리는 것 같다고 말했다.

그런데 비조부의 누이를 따라갔던 사절단은 단순한 사절단이 아니라 무장한 군대였다. 신라 군사들은 탁순국을 공격했다. 그러나 탁순국의 저항이 워낙 거세, 탁순국의 북쪽 국경 5성과 도가성 등 3성을 함락시켰을 뿐이었다.

그 결과 탁순국은 멸망하지 않았으나, 그곳에 이르는 길목에 자리 잡은 탁기탄국은 크게 흔들리게 되었다. 황산하 동쪽 기슭에 숨 죽은 듯 도사리고 있던 탁기탄국은 가야 소국들 가운데에서 신라의 국경에 가장 가까이 자리 잡고 있었다.

반로국이 자신들을 지켜주지 못한다는 사실을 간파하고 있던 탁기탄국의 함파 한기는 반로국에 두 마음을 품어서 반로국이 모르게 신라에 줄을 대고 있었다. 탁기탄국은 살아남기 위하여 몸부림을 쳤다. 동쪽으로는 신라의 엄청난 무력과 남쪽으로는 황산하에 가로막혀, 크게 울음도 못 터뜨리고 신라 군사들의 말발굽 아래에 짓밟히게 되었다. 탁기탄국의 멸망에 대한 기사는 『일본서기』「흠명기(欽明紀)」'5년 3월'조에 보인다. 〈무릇 탁국(卓國)의 멸망은 다른 데 이유가 있는 것이 아닙니다. 탁국의 함파 한기가 반로국에 두 마음을 품어서 신라에 내응하여, 반로국은 밖으로부터 전쟁에 참가하게 되었습니다. 이 때문에 멸망한 것입니다. 만약 함파 한기로 하여금 내응치 못하게 했다면 탁국이 비록 작더라도 반드시 망하지 않았을 것입니다. 탁순국에 대해서도 역시 마찬가지입니다. 만일 탁순국 한기로 하여금 신라에 내응하여 도적을 불러들이지 못하게 했다면 어찌 멸망에 이르렀겠습니까? 여러 나라가 패망한 재난을 두루 살펴보니, 모두 두 마음을 품고 내응한 사람에 의한 것입니다〉 '탁국'은 '탁기탄국'의 약칭이다. 반로국이 모르는 체하는 바람에 탁기탄국이 신라에 멸망하자, 가야 소국들은 커다란 충격을 받았다.

2

주산을 타고 내려온 바람이 궁전의 뜰로 미끄러져 내렸다. 궁전의 뜰에 낙엽이 뒹굴었다. 넓고 길쭉하게 생긴 얼굴을 들어 가실왕은 주산의 능선에 눈길을 던졌다. 그다지 높지 않은 데다 산세 또한 부드러운 주산 정상에서 아래까지 포도송이처럼 들어선 선왕들의 무덤과 귀족들의 무덤이 능선을 따라 낙타 등처럼 볼록하게 솟아올라 있었다. 선왕들은 주산의 정상 가까운 곳에 무덤을 조성했고, 능선을 따라 그 아래에 귀족들의 무덤을 조성했다.

이뇌왕이 어전 회의 중에 얼굴에 식은땀이 맺히고, 기침을 토해내기 시작한 것은 월광 태자가 태어난 지 5년이 지난 초겨울 어느 날이었다. 왕은 등을 구부리고, 울컥 가래를 뱉어냈다. 시녀들이 왕을 부축하고 침전으로 향했다. 허리가 가느다란 시녀가 타구를 왕의 턱밑으로 갖다 댔다. 왕이 울컥울컥 피가 섞인 가래를 뱉어냈다. 왕은 그해 겨울을 넘기지 못하고 숨을 거두었다.

이뇌왕과 비조부의 누이 사이에 태어난 월광 태자 대신 상수위 고전해를 비롯한 친(親)백제계 신하들의 추대로 가실왕이 왕위에 올랐다. 친백제 대신들이 조정을 장악하자, 가라국은 다시 신라와 멀어졌다. 신라인의 피가 섞여 있는 월광 태자와 신라 출신 왕비인 비조부의 누이는 목숨마저 위태롭게 되었다. 비조부의 누이와 월광 태자는 칠흑 같은 야음을 타서 황산하를 건너 신라로 달아났다. 신라는 가라국의 왕비와 태자로부터 가라국의 사정을 샅샅이 듣게 되었다.

백제도 가라국의 혼란한 정세를 고전해를 통해 파악했다. 가실왕은 가야 소국들과 함께 힘을 합쳐 이 위기를 벗어날 방법을 찾고 있었다. 음악을 무척 좋아하는 그는 국사를 돌보다가 머리가 지끈거리면 궁중 악사들을 대전으로 불러 악기를 연주하게 했다.

궁중 악사가 현을 튕겼다. 가늘고 높은 소리가 났다. 연주가 끝나자, 가실왕이 가냘픈 몸의 궁중 악사가 연주한 악기에 눈길을 주었다.

"저 악사가 연주한 악기의 이름이 무엇이냐?"

가실왕이 집사장에게 물었다.

"제(齊)나라에서 건너온 쟁(箏)이라는 악기입니다."

희끗희끗한 머리숱을 가진 집사장이 두꺼운 입술을 열어 짧게 대답했다.

"악기를 이리 가져 와 보게."

가실왕이 악기를 가리키며 말했다.

집사장이 악사가 건네주는 쟁을 받아 들고 가실왕에게 바쳤다.

쟁을 건네받은 가실왕의 납작한 눈두덩 위의 진한 눈썹이 꿈틀거렸다. 족제비눈으로 쟁을 살펴보던 그가 손을 뻗어 현을 튕겨 보았다. 몇 번 음을 고르고 나서 그는 고개를 들어 주산을 바라보았다.

이뇌왕이 주산에 묻힌 지도 1년여의 시간이 흘렀다. 독로국과 미리미동국이 신라에 떨어진 지는 오래되었다. 비사벌국이 신라의 부용국이 된 데 이어 탁순국과 가락국도 흔들리고 있었다. 이윽고 가실왕은 고개를 돌려 쟁을 바라보며 보며 생각에 잠겼다. 나라마다 백성들이 쓰는 말이 다르거늘 어째서 음악이 다 같을 수 있겠는가. 현이 15개 있는 쟁은 하늘을 본떠 위를 둥글게 만들었고, 땅을 본떠 아래는 평평하게 만들었다. 다른 나라의 악기를 그대로 쓸 것이 아니라, 쟁과 축(築)의 좋은 점을 취하여 우리나라의 음악을 연주하기에 알맞은 새로운 악기로 고쳐 만들어 보면 어떨까. 가실왕은 혼잣소리로 중얼거렸다.

다음 날 가실왕은 대신들을 대전으로 들게 했다. 대신들이 하나둘 대전으로 모여들었다.

"자, 저 악기를 보시오. 쟁이라는 악기요."

가실왕이 오른손을 들어 쟁을 가리켰다.

대신들은 뜨악한 표정으로 가실왕의 손끝이 가리키는 곳을 바라보았다.

"긴 널빤지 위에 기러기발이라고 부르는 발을 세우고, 그 위에 현을 각각 걸어놓고, 오른 손가락으로 현을 뜯어 소리를 내게 하는 것이요."

가실왕이 쟁을 소개하며 운을 뗐다.

기원전 237년 이전에 이미 진(秦)나라에서 유행했기 때문에 '진쟁(秦箏)'이라는 이름으로도 불리는 쟁은 나무로 만든 직사각형의 몸체 위에 이동이 가능한 기러기발이 13현을 괴고 있었다.

"자, 설명만 들어서는 쟁이 무엇인지 알 수 없으니, 한 번 연주해 보거라."

가실왕이 가느다란 눈매의 악사를 향해 말했다.

악사가 기러기발들을 움직여 5성 음계에 맞추어 음높이를 조절한 뒤, 왼손 손가락으로 비단실로 만든 현을 누르고 오른손 손가락으로 현을 퉁겼다. 날카로운 소리가 현에서 튕겨 나왔다.

"쟁은 우리 반로국의 악기가 아니다. 쟁을 참고하여 가락국의 가락금보다 더 나은 악기를 만들려고 한다. 변한과 진한에도 현악기가 있었다. 물계자와 백결이 금(琴)을 뜯었다는 이야기가 전해오고 있다. 우리 반로국에서 가락금 같은 악기를 만들지 못한다는 법이 없다. 악기를 잘 만들 사람이 없을까?"

가실왕이 대신들을 휘둘러보며 말했다. 그의 한마디 한마디에 금에 대한 정성이 어느 정도인지 짐작하고도 남음이 있었다.

"전하, 개진 나루 근처에 사는 니문이라는 젊은이가 악기를 만들 줄 안다고 합니다."

가느다란 눈매의 악사가 말했다.

"니문이라는 젊은이가 악기를 만들 줄 안다고?"

"네 그러하옵니다. 그의 아버지 해강과 함께 몇 해 전에 개진 나루로 왔다고 합니다. 어디에서 살다 왔는지 모르나, 원래 조상이 가락국 봉황성에서 대대로 살아왔는데, 덩이쇠와 해산물을 싣고 개진 나루를 오고 가며 저잣거리에서 팔다가 개진 나루에 눌러앉아 살게 되었다고 합니다. 해강은 악기 만드는 것을 가업으로 삼아 그 아들 니문에게도 악기 만드는 법을 전수해 주었다 합니다."

"그래? 그 덩이쇠와 해산물을 배에 싣고 와 저잣거리에서 팔던 사람이 어떻게 악기를 만들 수 있단 말인가?"

"가락국 도성인 봉황성은 일찍부터 낙랑국, 연나라, 제나라 등과 무역선이 오고 가던 해상 교통의 요충지입니다. 질지왕 때 제나라에서 가져온 쟁이라는 악기가 널리 퍼져 있어 봉황성에 쟁을 연주하는 소리가 끊이지 않았다 하옵니다."

"허왕후가 수로왕에게 시집올 때 한사잡물(漢肆雜物, 한나라의 사치스러운 여러 물건)을 가득 싣고 왔다는 이야기는 가야 여러 나라에 널리 알려져 있는 이야기지."

가실왕이 말했다.

"그렇사옵니다. 가락국은 우리들의 어머니와 같은 나라로 가야 여러 나라의 본국이었습니다."

상수위가 말했다. 기다란 콧마루, 짙은 눈썹, 거무스름한 턱수염, 그리고 싸리꽃같이 흰 살결로 하여 예사롭지 않은 풍모를 보여주는 그는 백성들로부터 신망을 얻고 있었다.

"옳거니. 왕후의 할아버지도 고조할아버지도 가락국에서 벼슬을 했었느니라."

가실왕은 왕후가 가락 9촌을 통합하여 가락국을 세운 수로왕의 후손이라는 것을 늘 자랑스러워했다.

"대왕께서 가야 소국들의 본국이었던 가락국을 비롯하여 안라국·다라국 등 가야 소국들을 아울러야 하옵니다. 가락국의 질지왕이 옛날의 영광을 되찾고자 불교를 받아들여 절을 짓고, 바다 건너 남제(南齊)에 사신을 보냈다는 이야기를 소신이 들었사옵니다."

방위장(防圍將)이 딱 벌어진 어깨를 으쓱하며 말했다.

"나도 그 이야기를 들어 알고 있다. 질지왕이 수로왕과 허왕후의 명복을 빌기 위해 허왕후가 처음 수로왕과 만나 성례를 치른 곳에 왕후사라는 사찰을 짓고, 전(田) 10결(結)을 바쳐 그 비용으로 쓰게 하는 등 백성의 교화와 나라의 발전을 위해 불교의 융창을 도모했고, 광개토왕의 남정(南征)으로 기울어진 가락국을 부흥시키고자 선진 문물을 받아들이기 위해 남제에 사신을 파견하여 불교 경전과 쟁을 가져왔다는 이야기를 짐도 들어 알고 있다."

가실왕이 만면에 웃음을 띠며 말했다.

479년 가락국의 질지왕은 선진 문화를 받아들이기 위해 남제에 사신을 파견하였다. 양(梁)의 소자현(蕭子顯)이 중국 남조 제나라의 역사를 기록한 『남제서(南齊書)』「열전(列傳)」'동남이전(東南夷傳) 동이(東夷)'조에 다음과 같은 기록이 보인다. 〈가라국은 삼한의 한 종족이다. 건원 원년(479년)에 국왕 하지가 사신을 보내 공물을 바쳤다. 이에 남제의 고제가 조서를 내려 말하기를 '널리 헤아려 비로소 조정에 올라오니 이제 멀리 떨어져 있는 오랑캐들까지 교화가 미치게 되었다. 가라왕 하지가 동쪽의 먼바다 밖에서 방문하여 정성으로 폐백을 받들고 관문을 두드렸다. 가히 보국 장군(輔國將軍) 본국왕(本國王)으로 삼을 만하도다.'〉. 가라국이 남제에 통교한 479년에 왕위에 있던 가라국 왕은 가락국의 질지왕이라고 볼 수 있다. 질지왕이 가락국을 다스리던 시기와 하지왕이 가락국을 다스리던 시기가 일치한다. 가라국 왕 하지(荷知)의 '하(荷)' 자(字)가 '질 하(負也)' 자(字)이므로 하지(荷知)와 질지(銍知)는 상통한다. '보국 장군 본국왕'에서 '본국'은 가야 소국들의 본국인 가락국을 가리키는 말로 볼 수 있다.

"소신도 들었사옵니다."

몸집이 크고 매사에 깐깐한 내위장(內衛將)이 말했다.

"그러나 질지왕이 붕어한 뒤 가락국이 여러모로 어려워졌다 하옵니다. 신라가 물금성과 복천성을 차지한 뒤로부터 가락국은 황산하 수로를 이용해 교역을 하지 못하게 되어 타격이 크다 하옵니다."

틀거지가 있어 보이는 방위장의 말은 사리에 합했다.

"우리 반로국도 서쪽으로 백제가, 동쪽으로 신라가 팽창해 오는데 가만히 앉아 있을 수는 없어, 백성들이 한데 뭉쳐야 한다는 정신을 담은 노래를 만들고자 한다. 경들의 생각은 어떤가?"

가실왕이 대신들을 휘둘러보았다.

"악기를 만드는 일보다 백제의 침공에 시급히 대처해야 할 일이 옵니다. 어제도 봉화가 올라와 국경에서 파발이 왔습니다."

목이 작은 수소처럼 살찐 방위장이 카랑카랑한 목소리로 말했다.

"그렇사옵니다. 악기를 만드는 일보다 우선 백제의 침공에 대비책을 세워야 합니다."

내위장이 낮은 목소리로 말했다.

"전하께서 그걸 모르겠소. 우리 주위의 나라들의 한기들이 백제와 신라에 내응하여 두 가지 마음을 품는 게 문제가 되고 있소이다. 전하는 음악으로 우리 반로국이 중심이 되어 가야 여러 나라들이 모두 하나가 되게 뭉쳐보자는 뜻을 가지고 있으신 거 같소이다."

상수위의 쩌렁쩌렁한 목소리가 대전을 울렸다.

"상수위가 짐의 뜻을 정확하게 꿰뚫어 보았도다. 가야 여러 나라들이 하나가 되어 뭉치지 않으니 우리 백성들조차 하나로 뭉치지 않고 있다. 백제와 신라 땅으로 도망쳐 가는 백성들이 해마다 늘어나고 있다. 음악으로 정신을 다잡아야 백성들의 이탈을 막을 수 있다."

가실왕의 말에 대전이 찬물을 끼얹은 듯 조용해졌다.

어전 회의가 끝나자마자, 내위장은 내위군을 이끌고 개진 나루로 말을 몰았다.

가야산 등성이를 휘돌아 내려온 물줄기는 능선이 두 갈래로 갈라지는 곳에서 가천과 야천이 되어 도성을 향해 흘러내렸다. 두 물줄기는 도성에서 만나 회천이 되어 정정골[琴谷]을 지나 황산하로 흘러들었다.

주산에서 미끄러져 온 바람이 정정골을 휩쓸었다. 가늘고 파란 댓잎들이 쓰러졌다가 다시 일어섰다. 물새 떼가 새까맣게 하늘로 솟아올랐다. 대나무숲으로 둘러싸인 초가집의 뒤란에서 니문이 오동나무를 자귀로 깎고 있었고, 안늙은이가 명주실을 몇 가닥씩 꼬아 타래에 감고 있었다.

"자귀질이 끝났으면 내가 하는 걸 잘 보아 두거라. 현의 굵기가 다르면 소리가 다르게 난다. 여러 가닥의 실을 몇 번 합치느냐에 따라 소리가 다르단다. 명심하거라."

음식을 잘 먹지 않는 고삭부리 체질의 안늙은이가 연방 명주실을 꼬아 타래에 감으며 말했다.

"네, 어머니."

니문이 자귀를 고쳐 잡으며 짧게 대답했다.

말 울음소리가 나자, 털이 세 가지 색깔인 길고양이가 재빨리 대나무숲으로 몸을 숨겼다. 내위장이 내위군을 이끌고 대나무와 싸리를 엮어서 만든 사립문을 밀고 마당으로 들어섰다.

"해강 선생 있습니까?"

내위장이 말했다.

니문과 안늙은이가 마당에 넙죽 엎드렸다.

"전하께서 해강 선생과 니문을 데리고 오라고 명하셨다."

"아버지는 지난봄 세상을 떠났습니다."

니문이 말했다.

"세상을 떠났다고?"

내위장이 되물었다.

"네 정정골에서 대나무를 베어 온 뒤로부터 병석에 누웠다가 끝내……."

니문이 말끝을 잇지 못했다.

"그럼 할 수 없구나. 니문 혼자만이라도 가야겠다."

내위장이 말했다.

"어머니 다녀오겠습니다."

니문이 내위군을 따라 전단량으로 향했다.

3

"전하, 사이기국에 우륵이라는 악사가 살고 있는데 악기에 대해 잘 알고 있을 뿐만 아니라, 악기를 다루는 솜씨가 뛰어납니다. 사이기국과 다라국에 그 명성이 자자 합니다."

니문이 말했다.

"다라국에까지?"

가실왕이 나직하게 되물었다.

"네 그러하옵니다. 실은 우륵 악사가 원래 가락국 백성이라고 합니다. 우륵 악사의 먼 조상이 서역(西域)의 악사인데 고구려로 흘러 들어와 살다가 고구려의 광개토왕이 남정을 할 때 군악대로 따라왔다가 말 위에서 떨어져 크게 다쳐, 고구려로 돌아가지 못하고 가락국에 뿌리를 내리고 살게 되었답니다."

니문이 떨리는 목소리로 말했다.

"하, 그래. 사연이 많은 악사군."

가실왕이 혼잣말처럼 중얼거렸다.

"네 그러하온 줄 압니다. ……우륵 악사는 원래 가락국에서 궁정 악사

노릇을 하다가 다라국으로 건너가 다라국 연회에서 금을 연주하기도 하다가 사이기국으로 넘어와 살게 되었다 합니다."

니문이 말했다.

"역마살이 있는 사람이로구나."

"……."

"궁정 악사를 했다고?"

"네 그러하옵니다."

"가락국에서 궁정 악사를 했다면 재능이 보통 아니겠구나."

"우륵 악사가 가락금을 연주하면 하늘을 날아가던 새들도 나무에 앉아, 그 소리를 듣곤 했다는 이야기가 가락국에 회자되고 있습니다. 쿨룩, 쿨룩."

니문이 말을 끝내고, 손으로 입을 가렸다.

"그래…… 오늘 수고가 많았다. 그만 돌아가 쉬도록 하라."

가실왕이 근심 어린 눈으로 니문을 내려다보았다.

가실왕은 연방 머리를 주억거리며 생각에 잠겼다. 니문은 반로국 땅인 개진 나루에서 살고 있어 입궐하게 하는 데 아무런 어려움이 없었으나, 우륵을 어떻게 데려온다…… 이윽고 결심이 선 가실왕은 집사장에게 시위장을 입궐하라 이르라고 명했다. 잠시 후 시위장이 빠른 걸음으로 대전에 들어왔다.

"시위장은 이 길로 사이기국으로 가서 우륵을 데려오도록 해라. 사이기국 관원들과 군사들에게 들키지 않도록 주도면밀하게 계획을 짜서 데려와야 할 거야."

가실왕이 시위장에게 말했다.

"전하의 명을 받들도록 하겠습니다."

시위장은 대전을 빠져나왔다. 쇠뿔도 단김에 빼라는 속언을 떠올리고, 시위장은 시위군들을 불러 모았다. 가실왕이 악기에 빠져, 정사를 소홀히

한다고 생각하는 대신들이 많다는 것을 알고 있는 시위장은 시위군들에게 명령하는 말을 한마디도 발설하지 말 것을 당부했다. 만약에 발설했다가는 목숨이 온전치 못할 것이라고 말했다. 시위장은 날랜 시위군 2명을 선발대로 사이기국에 보내 국경과 국읍의 경계 태세와 우륵의 집 주위 지물(地物)을 알아 오도록 했다.

이틀 후, 사이기국으로 떠났던 시위군들이 도성으로 돌아왔다. 국경과 사이기국의 국읍의 경계 태세는 그리 삼엄하지 않았으며, 우륵은 사이기국 국읍 외곽의 대나무 숲으로 둘러싸인 초가에 살고 있다고 보고했다. 덧붙여 초가 옆에 측간이 있고 측간 위로 감나무가 가지를 길게 늘어뜨리고 있다고 말했다.

시위장은 시위군들을 배불리 먹인 다음 그들을 이끌고 사이기국을 향해 떠났다. 사이기국은 『삼국사기』「지리지」'강양군'조에 〈의상현은 본래 신이현으로서 경덕왕이 이름을 의상현으로 고쳤으니 지금의 신번현이다〉라고 한 그 신번현에 해당하는 가야 소국의 하나였다. 사이기국을 다스리는 한기는 안라국을 뒷배 삼아 반로국과 신라의 압력을 잘 견뎌내고 있었다.

동이 번히 터올 무렵 반로국의 시위군들은 사이기국 국읍 가까이에 있는 신수림에 도착했다. 신수림은 소도가 있었던 곳으로 울창한 나무들이 빼곡히 들어차 있어, 대낮에도 사람들이 잘 접근하지 않는 곳이었다. 싸리꽃 덤불로 뒤덮여 있는 관목 숲에 시위군들은 몸을 감추었다. 싸리꽃들이 내뿜는 향기가 시위군을 감쌌다. 남강을 타고 온 어스름이 신수림에 깔리기 시작하자, 시위군은 재빨리 대나무숲을 향하여 걸음을 재촉했다. 고샅에 길게 드리워진 대나무숲 그림자를 지나 시위군들이 재게 발을 놀렸다.

대나무를 엮어서 울바자를 빙 둘러친 초가집에서 가느다란 불빛이 흘러나오고 있었다. 측간 위로 길게 늘어뜨려진 감나무 가지를 덩치가 큰 시위군이 힘껏 잡아당겼다. 뚝하는 소리와 함께 감나무 가지가 찢어졌다.

개들이 자지러지게 짖어대기 시작했다. 훤칠한 키의 우륵이 섬돌을 딛고 마당으로 나섰다. 그때 울바자 아래에 바짝 엎드려 있던 시위군들이 달려들어 우륵의 팔을 잡아챘다. 키가 몸집에 비해 자그마한 시위군이 방 안으로 들어가 가락금을 둘러매고 나왔다.

"가락금은 왜 둘러메고 나오는 거요?"

우륵의 가슴은 덜컥 무너져 내렸다.

"아무 말 말고 갑시다."

솔봉이로 보이는 시위군이 말했다.

"어딜 간단 말이오?"

우륵이 숨을 크게 몰아쉬며 물었다.

"우린 반로국에서 왔소."

시위장이 메마른 목소리로 말했다.

"반로국에서 왜 날 잡아간단 말이오?"

"잡아가다니요…… 우리 전하께서 악사 선생을 데리고 오라고 명을 내렸소."

시위군들은 우륵을 말에 태워 앞서거니 뒤서거니 하며 남강변을 달렸다. 남강은 달빛을 받아 반짝거리며 황산하가 만나는 모래 언덕으로 길게 이어졌다. 물오리들이 날갯짓을 거칠게 해대며 날아올랐다. 시위군들은 황산하 연변을 따라 계속 달렸다. 달빛이 모래 언덕을 푸르스름하게 적시고 있었다.

달빛이 강물 위에 줄기차게 내려앉았다. 넘실거리는 강물 위로 달빛이 일렁였다. 얼마를 달렸을까. 버드나무 가지에 매달린 달빛이 사위었다. 우륵은 울컥울컥 치미는 화를 삭이며 고개를 들어 주위를 살펴보았다. 동이 번히 터오고 있었다. 산줄기가 끝나는 곳에 다소곳하게 모여 있는 초가집 굴뚝에서 연기가 몽글몽글 피어올랐다.

마을을 다 벗어나자, 국경 수비대가 앞을 가로막았다.

"시위장이다. 예를 올려라."

시위군 중에서도 나이배기인 군사가 말했다.

수문장이 시위장을 맞았다.

해자(垓字)를 지나 한참 가자 전단량이 나타났다. 시위군이 성안으로 들어섰다. 주산 자락에 궁궐이 아늑하게 자리 잡고 있었다.

"여기서부터는 내려서 걸어가야 하네."

시위장이 고개를 돌려 말했다.

수문장으로부터 시위장이 우륵을 데리고 성안으로 들어왔다는 보고를 전달받고, 가실왕은 집사장을 불러 우륵이 곧 도착한다고 말했다.

"우륵을 하루 정도 쉬게 한 다음, 편전으로 데리고 와라."

가실왕이 말했다.

시위군들이 경계를 서는 동안 우륵은 밥을 먹고, 몸을 씻고, 잠을 잤다.

"자, 이 가락금을 받으시오."

시위장이 가락금을 우륵에게 건네주었다.

"아마도 전하께서 가락금을 연주해 보라 하실 거요."

시위장이 말했다.

"……."

우륵은 아무 대답도 안 하고 가락금을 무릎 위에 올려놓고 현을 손가락으로 튕겼다. 맑은소리가 났다.

집사장이 보낸 궁리(宮吏)가 왔다. 우륵은 궁리를 따라 궁궐로 갔다.

"우륵이라고 합니다. 전하를 뵙습니다."

우륵이 허리를 숙여 가실왕에게 인사를 했다.

"먼 길을 오느라고 고생했구나."

가실왕이 입가에 잔잔한 미소를 지으며 말했다.

"낯선 군사들에게 갑자기 붙들려 오게 되어 뭐가 뭔지 모르겠습니다."

우륵이 말했다.

"그 점은 미안하게 되었다. 우리 반로국 백성이 아닌 그대를 데려오는 방법이 그 방법밖에 없었다. 이해해 주기 바란다."

가실왕이 말했다.

"네 나이가 올해 몇이냐?"

"서른한 살이옵니다."

"흠, 그래 서른한 살이면 나라를 위해 큰일을 할 때이구나."

"……."

"그래 악기를 몇 년 동안이나 다루었느냐?"

"10여 년 다루었습니다."

"편전에서 악기를 한번 연주해 보겠느냐."

"네, 전하."

우륵이 계수나무 기러기발이 있는 가락금을 연주하기 시작했다. 오른손 집게손가락을 이용해 현을 뜯고, 왼손으로는 현을 주물렀다. 우륵은 음을 흩트려 버리지 않고 간결하게 뚝뚝 끊듯이 연주했다. 힘을 주어 꾸욱 눌러 음을 강하게 연주했고, 길이는 짧게 연주했다. 가락과 가락 사이의 여백의 시간에 스며 나오는 처연함은 순간순간 외로움을 뿜어냈다.

연주가 끝나자, 가실왕이 일어서서 우륵에게 가까이 다가갔다.

"그대의 연주를 들어보니 그대는 젊은 나이인데도 많은 풍파를 겪고 한을 가슴 한구석에 품고 살아온 게 틀림없네."

"……."

"그래 몇 살 때부터 악기를 다루었느냐?"

"열한 살 때부터입니다."

"열한 살?"

"그러하옵니다. 제가 열한 살 때, 아버지께서는 상선에 덩이쇠와 해산물을 싣고, 황산하 뱃길을 오르내리며 장사를 했지요."

우륵이 말했다.

어느 날 우륵의 아버지가 목탄과 죽세공품을 잔뜩 싣고 돌아왔다. 그때 그의 아버지와 함께 쟁이라는 악기를 가진 사람이 집으로 왔다. 그는 가락국 궁정 악사 일을 하던 사람인데 겸지왕이 국정은 제대로 돌보지 않고, 음란하고 말초적인 음악을 즐겨 나라를 어지럽히고 백성을 고단하게 만드는 것에 실망을 느끼고, 악기를 메고 황산하 연변을 떠돌다가 아버지를 만나게 되어 그의 집에 오게 되었다. 우륵이 그가 가지고 온 쟁에 관심을 보이자, 그가 쟁을 타는 법을 가르쳐 주었다.

　"가족들은 어떻게 되느냐? 그간 살아온 이야기를 좀 해보거라."

　"어머니는 아버지께서 세상을 떠나신 후 시름시름 앓다가 세상을 떠나서 구지봉 기슭의 아버지 무덤 옆에 묻어드렸지요. 그 이듬해 아내와 함께 가락국을 떠났지요."

　"왜, 가락국을 떠나게 되었지?"

　가실왕이 물었다.

　"그게……."

　우륵은 말을 잇지 못하고 숨을 크게 들이쉬었다. 그의 머릿속이 지근거렸다.

　"말해 보거라. 필시 사연이 있었을 게다."

　가실왕이 상체를 굽히며 말했다.

　"겸지왕이 용모가 아름다운 여자들을 궁궐로 불러들여 황음(荒淫)을 일삼아, 백성들의 원성을 샀지요."

　우륵이 잠시 말을 멈추었다. 우륵의 아내는 정조가 굳고 용모가 아름다워 사람들이 칭찬을 많이 했다. 그의 아내에 대한 칭찬이 봉황성에 퍼져나갔다. 마침내 그 소문은 겸지왕의 귀에까지 들어갔다. 무릇 여자의 덕은 비록 정결을 위주로 한다고 하나 만약 어두침침하고 사람이 없는 곳에서 교묘한 말로 꾀면 제가 아무리 정조가 굳다 해도 그 마음이 안 움직이지 않는 사람이 없을 거라면서 겸지왕이 궁궐로 그의 아내를 들라고 했다. 궁궐로 불려 간 그의 아내는 '상감마마를 모시게 되었는데 어찌 감히 명령을 어기겠습니까. 하오나 지금은 제가 월경을 하는 중이라 몸이 깨끗하지 못합니다. 청하옵건대 다른 날을 기다려 깨끗하게 목욕을 한 다음 모시러 오겠나이다'라고 거짓말을 하고 집으로 돌아왔다.

"그래서 어떻게 되었나?"

"저와 아내는 감시가 소홀한 틈을 타 봉황성을 벗어나 강가에 이르러 거룻배를 탔어요."

우륵이 말을 이어갔다. 은어들이 떼거리를 지어 강물을 거슬러 올라가고 있었다. 은어들이 뒤척일 때마다 햇살을 받아 사금파리 조각처럼 하얗게 빛났다. 우륵과 그의 아내가 탄 거룻배가 모래 언덕에 닿았다. 그들은 거룻배에서 내려 모래 언덕을 올라가 산골짜기로 들어갔다. 해종일 푸나무 서리를 헤치고 풀뿌리를 캐서 텅 빈 배 속을 채운 그들은 다라국으로 갔다. 뉘엿뉘엿한 낙일(落日)이 붉은빛을 내며 작아졌다. 다라국 사람들은 그들의 이야기를 듣고 불쌍히 여겨 옷과 밥을 주었다. 그 이듬해 봄 우륵의 아내는 아기를 낳다가 잘못되어 죽고 말았다. 우륵은 아내를 양지바른 언덕에 묻어주었다. 그는 자기 마음속에서 넘쳐나는 슬픔을 주체할 수 없었다. 가락금을 둘러매고 정처 없이 떠돌았다. 머리를 풀어 헤친 사내가 악기를 둘러매고 마을을 배회한다는 소문이 다라국의 도성에 돌았다. 다라국의 관원들이 그가 한때 가락국에서 궁정 악사 노릇을 했다는 이야기를 듣고 국읍에 머물 수 있도록 해주었다.

"가락금이라 함은 질지왕이 남제의 쟁을 개량해 만들었다는 금(琴)을 말하느냐?"

가실왕이 궁금하다는 듯이 물었다.

"그렇사옵니다."

"그래…… 다라국에서 뭘 하고 지냈느냐?"

"낚시를 하며 소일하다가 다라국 관원이 부르면 연회에 나가 금을 타기도 하면서 살았습니다."

"다라국 궁궐에는 진기한 보물이 많다는 소문이 돌던데 사실인가?"

"파란빛을 뿜어내는 진기한 유리잔이 있었습니다. 둥글게 말린 장식이 달린 감청색 유리잔인데 멀리 서역에서 왔다고 들었습니다."

"호오 그래."

가실왕이 호기심이 서려 있는 얼굴로 우륵을 바라보았다.

"가락금을 둘러매고 떠돌다가 다라국의 관원에게 붙잡혔었다고?"

"네. 그러하옵니다."

"전하, 상수위 고전해 대령했사옵니다."

집사장이 아뢰었다.

"알았다. 우륵이 생활에 불편하지 않게 보살펴 주도록 하라."

가실왕이 집사장에게 명했다.

4

반로국으로 온 지 사흘째 되는 날, 우륵은 집사장을 따라 대전으로 갔다. 쟁을 살펴보고 있던 가실왕이 쟁을 악사에게 건네주고 일어섰다.

"복희씨(伏羲氏)가 사악함을 물리치고, 음탕한 마음을 막아내며, 수신과 수양을 통해서 이성을 찾고, 하늘이 내려준 천성을 회복하도록 하고자 하는 취지로 금(琴)이라는 악기를 만들었다."

가실왕이 말했다.

"천지조화의 이치와 우주 생성의 비밀을 녹아내어 금을 만든 거로 알고 있습니다."

우륵이 긴장된 얼굴을 한 채 말했다.

"길이를 3자 6치 6푼으로 한 건 366일을 뜻하고, 넓이가 6치인 건 육합(六合)을 나타낸 것이며, 오동나무 판 위에 움푹 파인 못 모양은 물처럼 공평함을 의미한다. 또한 공명통(共鳴桶)을 빈(濱)이라고 하는 데 섭리의 순행을 비는 기도를 했다. 앞머리가 넓고 뒤쪽이 좁은 건 세상에 지위·신분 등의 높음과 낮음이 언제나 존재함을 의미하는 것이고, 위가 둥글고 아래에 모난 건 복희씨가 세상을 다스리던 때 우주관이었던 하늘이 둥글고 땅이 모남을 본떴던 것이고, 5줄은 오행(五行)이며, 큰 줄은 군왕, 나머지는 신하, 백성 등을 의미하는 것이다."

가실왕이 조금 큰 소리로 말했다.

"악기 하나에도 그러한 심오한 뜻이 있다는 걸 알아갈 때마다 문득문득 긴장하게 됩니다."

우륵이 말했다.

"내가 새로운 악기를 만들려고 하고 있다. 지난봄 세상을 떠난 해강의 아들인 니문을 불러 일을 맡기려고 했다. 하지만 니문이 그 아버지한테서 악기 만드는 일을 배웠다 하나 경험이 부족하여 아직 악기를 만들 만큼의 기술을 익히지 못했다. 나라 안에서 사람을 찾을 수 없어 나라 밖에서 찾다 보니 좀 무리를 한 거 같다. 이해해 주기 바란다."

"해강이라 하시면 소인도 들어 본 적이 있사옵니다."

"그럴 테지, 악기를 잘 만들기로 이름이 나 있었다. 우리 반로국에서는 모르는 사람이 없었다. 하지만 니문은 너무 젊고 악기 만드는 기술도 초보 단계라…… 아직 악기를 만들기는 이르다."

가실왕이 잠시 말을 멈추었다.

"바다 건너에서 온 쟁이라는 현악기가 소리가 좋다 하나, 삼한의 소리가 아니다. 네가 쟁보다 아름다운 소리를 내는 삼한의 소리를 내는 악기를 만들 수 있겠느냐?"

"소인이 그 큰일을 할 수 있을지 저어됩니다."

우륵은 감정을 추스를 겨를도 없이 반로국에서 할 일을 당나귀 찬물 건너가듯 추려 보았다.

"삼한에서는 해마다 씨를 뿌리고 난 뒤인 5월의 수릿날과 추수가 끝난 뒤의 10월에 추수 감사제를 열어 하늘에 제사를 지냈다. 이러한 제천 행사(祭天行事) 때에는 온 나라 사람들이 모두 모여서 음식과 술을 마련하여 노래를 부르고 춤을 추며 술을 마시는데 밤낮으로 쉬지 않았다. 일찍이 삼한 땅에서도 현악기가 있었다. 마한의 옛 땅과 진한의 옛 땅에도 있었고, 변한의 옛 땅에서도 현악기가 있었다."

"그러하옵니까?"

"내가 악공들을 시켜 마한의 옛땅과 진한의 옛땅과 변한의 옛땅을 찾아다니며 악기의 흔적을 찾아보라 했다. 마한의 옛땅에서 찾은 악기와 진한의 옛땅에서 찾은 악기와 변한의 옛땅에서 찾은 악기가 크기는 다소 다르지만 모양새는 거의 똑같았다. 게다가 중요한 사실은 악기들이 모두 음주 가무를 즐기기 위한 도구만으로 쓰기 위해 만든 것은 아니었다는 것이다."

"악기들이 음주 가무를 즐기기 위한 도구만은 아니었다면 어떤 용도로 쓰였을까요?"

"짐이 생각건대 마한·진한·변한의 거수들은 악기를 단순히 음주 가무를 즐기기 위한 도구만으로 생각했던 게 아니다. 감정이 소리에 나타나 그 소리가 율려(律呂)를 이루게 되면 그것을 가락이라고 한다. 다스려진 세상의 가락은 편안하고 즐겁고 화평하지만 어지러운 세상의 가락은 슬프고 시름겹고, 그 백성은 고달프다고 했다. 악기에는 음률이 있듯, 권력자도 규율과 법률로 다스렸음을 상기하면 악기가 지배자의 권위를 상징하는 위세품이었을 게다."

"하오면 전하께서 지배자의 권위를 상징하는 위세품으로 악기를 만들고자 하옵니까?"

"아니다. 짐이 만들고자 하는 금은 12현의 금이다. 12음률을 본뜬 것으로 가야 열두 나라들의 힘을 한데 뭉치자는 뜻을 담고자 한다."

가실왕이 말했다.

"정녕 그러하옵니까?"

우륵이 물었다.

"벽에 틈이 생기면 바람이 들어오고, 마음에 틈이 생기면 마(魔)가 침범한다는 말이 있다. 가야 여러 나라들의 틈이 무엇인가 하면 분열이다."

가실왕이 말했다.

"가야 여러 나라들이 분열하게 되면 백제와 신라에 먹히게 된다는 말씀이군요."

우륵이 말했다.

"그렇다. 그대는 가락국에서 살았다 하니까 이시품왕에 대해 들었을 게다."

가실왕이 말했다. 이시품왕은 신라가 황산하 수로를 끊어버리면 가락국의 장래가 어두워진다는 걸 내다보고 있었다.

"네. 소인도 할아버지로부터 이시품왕의 기상에 대해 들은 적이 있사옵니다."

"그렇다면 광개토왕에 대해서도 들었겠구만."

"그렇사옵니다."

"지금 우리가 살고 있는 시대의 형세나 이시품왕이 살던 시대의 형세나 똑같은 형세야."

"……."

"우리 반로국은 물론 골짜기마다 흩어져 있는 가야 여러 나라들의 형세도 이시품왕 시대와 별반 다른 점이 없어. 언제나 신라와 백제는 가야 여러 나라들의 땅을 빼앗으려고 범이 눈을 부릅뜨고 먹이를 노려보는 것처럼 노리고 있어."

우륵은 가실왕이 이시품왕의 기상을 닮은 것이 아닌가 하는 생각을 떠올렸다.

포상팔국의 공격으로 흔들렸던 가락국은 4세기 중엽에 재기의 기틀을 마련했다. 낙랑군과 대방군을 대신하여 중국 남조(南朝)의 선진 문물을 독점적으로 수입해 세력을 넓혀가고 있던 근초고왕이 남조의 선진 문물을 가야 소국들에게 공급하여 주면서 탁순국을 통하여 왜국으로 연결되는 교역로를 개척하자, 가락국은 이 교역권에 가담하여 4세기 후반에 최대 영역을 확보했던 것이다.

398년 봄 2월, 백제의 아신왕은 진무 장군을 병관좌평으로 승진시키고, 사두를 좌장으로 임명하는 등 전열을 가다듬었다. 봄 3월에 아신왕이 고구려와의 약속을 저버리고 쌍현성을 쌓았다. 가을 8월에 아신왕이 장차 고구려를 치려고 군사를 출동시켜 한산 북쪽의 목책에 이르렀다. 그날 밤 큰 별이 군영 가운데로 떨어졌다. 아신왕이 매우 언짢게 여겨 고구려를 침공할 계획을 중지했다.

"아니, 영원히 노예가 되겠다고 약속하고는 또 군사를 출동시켜, 아신왕을 그냥 둬서는 안 되겠구만."

광개토왕은 아신왕의 이러한 행동에 벌컥 성을 내듯 말했다.

"상감마마, 이 기회에 백제를 쳐 아신왕의 목을 베어야 합니다."

대신들이 머리를 조아렸다.

399년 겨울 11월 남산을 타고 내려온 차가운 바람이 서라벌의 성벽을 휘감았다. 으스스한 한기를 느끼며 수주촌의 촌주 벌보말은 서라벌을 빠져나와 말을 몰아 평양성으로 향했다. 그는 내물마립간이 고구려의 광개토왕에게 보내는 밀서를 휴대하고 있었다. 그 무렵 광개토왕은 도성인 국내성을 떠나 순행길에 올라 평양성의 별궁에 머무르고 있었다.

패수를 건너 평양성문 앞에 들어선 벌보말은 말에서 내렸다.

경비병의 안내에 따라 벌보말은 천천히 걸음을 옮겼다.

"대왕마마, 저희 신라는 임나가라(가락국)와 왜국 연합군의 공격을 받아 나라의 운명이 백 자나 되는 높은 장대 위에 올라서 있는 누란과 같은 위기에 처해 있습니다. 대왕마마의 구원의 손길이 절실합니다. 지금 임나가라 군사들과 왜군들이 도성을 포위하고 있고, 백제 군사들은 저희 나라 북쪽을 점령하여 황산하 상류 지역으로 밀려오고 있습니다."

벌보말이 허리를 굽혀 예를 표한 다음, 품속에서 내물마립간의 새서(璽書, 옥새가 찍혀 있는 문서)를 꺼내 광개토왕에게 받쳐 올렸다.

"너희 나라는 맨날 그 모양인고…… 쯧쯧."

용상에 앉은 광개토왕이 안타까운 듯 혀를 찼다.

내물마립간의 새서의 내용은 「광개토왕릉비문」 '영락 10년' 조에 기록되어 있다. 〈영락 9년 기해(399년)에, 백제가 맹세를 어기고 왜국과 화통하였다. 이에 왕이 평양으로 순행하여 내려갔다. 신라가 사신을 보내 왕께 아뢰기를, '왜인이 신라 국경 내에 가득 차서 성을 무너뜨리고 못을 부수며 내물마립간을 왜국의 민(民)으로 삼으려 하고 있사오니 왕께 귀의해 구원을 청합니다'라고 하였다. 광개토왕이 은혜롭고 자애롭게 그 충성을 칭찬하고, 특별히 사신을 돌려보내어 비밀스러운 계책을 일러주었다. 영락 10년 경자(400년)에 보병(步兵)과 기병(騎兵) 도합 5만 명을 보내어 신라를 구원하게 하였다. 남거성을 거쳐 신라 왕성에 이르니 왜군이 그곳에 가득했다. 고구려군이 막 도착하니 왜적이 퇴각했다. 고구려군은 배후로부터 급히 추격하여 임나가라의 종발성에 이르렀다. 성이 곧 항복하였다. 이에 신라인 수병(戍兵, 국경을 지키어 막는 병사)을 안치하였다.〉「광개토왕릉비문」의 기사는 마멸되어 판독되지 않은 글자가 많아 온전한 내용을 알 수 없다. 대략 전체적인 맥락을 짚어 내용을 짐작해 보면, 임나가라·왜국 연합군의 침공으로 도성이 함락될 위기에 처하자, 신라를 구원하기 위해 5만 명의 기병과 보병으로 이루어진 고구려군이 임나가라 종발성까지 진격하여 승리를 거두었다는 내용이다. 임나가라·왜국·백제·연합군과 신라·고구려 연합군의 전쟁에 관한 기록은 『삼국사기』와 『삼국유사』는 물론 중국 역사서와 일본 역사서에도 기록되어 있지 않고 유일하게 「광개토왕릉비문」에만 보인다.

어려서부터 체격이 크고 뜻이 고상했던 광개토왕은 17세에 왕위에 올랐다. 왕위에 오른 지 10여 년 사이에 거란을 공격하여 북쪽 지역을 정복하고, 백제를 공격하여 아신왕으로부터 항복을 받아낸 광개토왕은 벌보말이 사세(事勢)가 얼마나 급박하면 촌각을 다투어 달려왔는가를 꿰뚫어 보고 있었다. 만약 신라가 임나가라·백제·왜국 연합군에게 점령된다면, 그다음 차례는 고구려가 될 것은 불을 보듯 뻔한 일이었다.

400년 임나가라·왜국 연합군이 신라를 공격했다. 이시품왕이 이끄는 임나가라 군사들과 왜국의 군사들이 신라의 도성을 포위하고, 백제 군사들은 신라 북쪽 변경을 점령하였다. 사태가 위급하게 되었다.

"백제를 먼저 칠 게 아니라, 임나가라와 신라가 인접해 있으니 먼저 임나가라와 왜국 연합군부터 쳐야겠구나."

광개토왕이 쩌렁쩌렁한 목소리로 말했다.

신라의 도성인 서라벌을 포위한 임나가라와 왜국 연합군은 서라벌 주위의 신라의 성을 무너뜨렸다. 신라의 성은 쑥대밭이 되었다. 신라의 성은 임나가라 군사들과 왜국의 군사들로 가득 찼다.

보병과 기병으로 이루어진 5만 명의 고구려 군사가 신라를 향해 출발했다. 광개토왕의 남정(南征)이 시작된 것이었다.

광개토왕이 보낸 5만 명의 고구려 군사들이 내려오고 있다는 소식이 임나가라의 도성인 봉황성에 전해졌다. 고구려 군사들과 맞붙은 임나가라 군사들과 왜국의 군사들은 수적으로도 열세였다. 고구려 군사들에게 밀린 임나가라 군사들과 왜국의 군사들은 종발성까지 후퇴했다. 임나가라는 수로왕이 나라를 세운 이래 최대의 위기에 휩싸였다.

"이제 우리나라는 고구려 군사들의 말발굽 아래 짓밟히느냐, 아니냐는 갈림길에 서 있다. 용사들이여, 죽을힘을 다해 고구려 군사들과 싸워야 한다."

깊은 주름살이 패인 얼굴을 앞으로 내밀면서 이시품왕이 비장한 목소리로 말했다.

임나가라 군사들은 끝까지 고구려 군사들과 싸워야겠다고 스스로 다짐했다. 고구려 군사들과 임나가라 군사들이 서로 맞붙었다. 임나가라가 군사들은 잘 싸웠으나, 고구려 군사보다 군사들의 숫자가 적었다. 전쟁에서 진 임나가라는 비록 땅덩어리의 크기와 인민의 수로 볼 때 큰 나라는 아니었으나, 상당한 정도의 경제력과 군사력을 갖추고 있었음을 알 수 있다. 임나가라가 바다를 건너온 왜국의 군사들과 연합하여 고구려·신라 연합국과 맞서 싸웠다는 것은 결코 낮게 평가할 수 없는 일이었다.

임나가라·왜국 연합군의 공격으로부터 신라를 구원해 낸 고구려는 신라의 정치에 간섭을 하기 시작했다. 고구려는 임나가라·왜국 연합군으로부터 신라를 지킨다는 구실로 신라 영토 안에 군사를 주둔시켰다. 광개토왕의 남정으로 신라는 고구려군의 도움으로 낙동강 중하류 주변 세력을 신라의 세력권 안으로 끌고 가 대국으로의 길을 걸어가게 되었다. 반면에 비자발국·미리미동국·독로국 등 낙동강 주변 가야 소국들을 잃게 된 가락국은 타격을 입고 전기 가야의 중심 세력으로서 가야 소국들과 결속 관계에 틈이 벌어지게 되었고, 해상 운송의 이익을 상실하게 되는 등 국력이 위축되었다. 가락국은 가야 소국들을 이끄는 힘을 상실하는 길로 들어서게 된 것이다.

"지금 우리 반로국을 비롯한 가야 여러 나라들이 처해 있는 처지가 풍전등화 같은 처지라는 거는 알고 있겠지?"

가실왕이 천천히 입을 열어 물었다.

"네, 가야 여러 나라들이 당면해 있는 처지가 바람 앞에 놓인 등불 같은 처지라 뜻으로 이해하고 있습니다."

우륵은 얼결에 대답했다.

우륵은 고개를 숙이고 가실왕의 속내는 무엇일까 곰곰이 생각해 보았다. 그는 본국인 가락국이 겸지왕의 실정으로 휘청거리는 틈새를 노려 가락국을 비롯한 가야 여러 나라들을 통합하려는 생각을 하고 있는 것이 틀림없었다.

"고구려·백제·신라는 모두 통일 국가가 되어 모든 권력이 중앙에 집중되어 있어 힘을 한군데 모을 수 있지만, 열두 개 나라로 쪼개져 있는 가야는 권력이 열두 개 가야 소국들에 흩어져 있어 힘을 한군데 모으기 어려울 것으로 사료되옵니다."

"그대의 관찰력이나 판단력이 날카롭고 정확하구나. 우리 반로국 백성들뿐만 아니라, 흩어져 있는 가야 여러 나라 백성들의 마음을 달래줄 악기를 만들고 싶구나. 질지왕이 만들었다는 가락금이 훌륭한 악기임에는 틀림없으나 변한의 금을 바탕으로 남제의 쟁을 조금 개량한 금에 불과하다."

"……."

"가락금을 뛰어넘는 금을 만들도록 해라."

가실왕이 말했다.

"제가 비록 재주는 없사오나 성심을 다해보겠습니다."

우륵이 말했다.

5

반로국은 회천의 물을 이용해 벼농사를 짓는 등 안정적으로 농사를 짓기에 좋은 입지 조건을 갖추고 있었다. 그뿐만이 아니었다. 반로국은 가야산의 야로 철광을 개발하여 빠르게 발전해 나갔다. 북쪽의 가야 소국들의 물산과 남쪽의 가야 소국들의 물산들이 황산하 수로를 통해 개진 나루로 집결했다. 가야산 골짜기에서 생산된 숯과 철광석이 황포 돛배와 거룻배로 개진 나루에 실려 왔다.

쇠부리터에 불매꾼 · 쇠장이 · 숯장이 · 골편수들이 분주히 움직였다. 토독 위로 연기가 피어올랐다.

"불매 올려라."

광대뼈가 두드러진 야장 백가가 카랑카랑한 목소리로 호령했다. 그는 쇠부리터의 작업 전반을 총괄하면서 숯장이 · 쇠장이 · 풀무꾼을 지휘했다.

어절시구 불매야 저절시구 불매야
이쪽구비 불매야 저쪽구비 불매야
쿵덕쿵덕 디뎌보소 쿵덕쿵덕 디뎌보소

들메끈을 단단히 쥔 불매꾼들이 불매 소리에 맞춰 불매를 디뎠다. 풀무에서 나온 바람으로 숯에 불이 붙었다. 이윽고 토독 전체가 시뻘겋게 이글거렸다.

"쇠 넣어라."

야장 백가가 쇠장이에게 지시했다.

두 사람의 쇠장이가 바소쿠리에 철광석을 담아 토독 위에서 쏟아부었다. 수건을 이마에 질끈 동여맨 숯장이가 야장 백가의 지시에 따라 숯을 넣었다. 토독이 열기를 줄기차게 뿜어냈다. 키가 큰 쇠장이가 열기를 피해 주춤거리며 뒤로 물러섰다. 우륵은 토독을 쳐다보며 야철장이 예사롭지 않다고 생각했다. 쇠부리터는 토철이나 사철, 철광석과 같은 원료를 녹여 쇠를 뽑아내 무기나 농기구를 만드는 곳을 말한다. 철을 뽑아내기 위해서는 쇳물의 재료가 되는 철광석, 불을 지피는 숯, 생산된 농기구와 무기의 운반을 위한 교통로를 갖추어야만 했다.

가야 소국들은 각자가 쇠부리터를 가지고 있었다. 가야의 철은 일찍부터 해외에도 이름이 알려져 있었다. 우륵이 살고 있던 사이기국의 쇠부리터는 반로국의 쇠부리터에 비하면 보잘것없었다. 사이기국의 쇠부리터도 창과 검, 그리고 농기구를 생산했다. 그러나 그 생산량이 턱없이 부족해 사이기국은 철제 무기와 철제 농기구를 반로국에서 수입해 써야만 했다. 황산하 지류인 대가천과 안림천 유역의 충적평야에 터를 잡았던 반로국은 5세기 전반에 광개토왕의 임나가라 정벌 이후 가락국에서 유입되어 온 이주민들의 활약으로 철제 농기구와 철제 무기를 생산하는 쇠부리터가 가야산 골짜기를 중심으로 여러 곳에 들어섰다. 뿐만 아니라 반로국은 백제가 고구려 군사들에 의해 도성인 한성이 함락당하고, 웅진으로 도성을 옮기는 등, 수세에 몰린 틈을 타 세력을 넓혀 갔다. 대사강 중상류 지역에 자리 잡고 있는 가야 소국들로부터 철광석과 덩이쇠를 수입해 와 농기구와 무기를 만들었다.

백제에 반파국과 기문국이 멸망당하고 대사강 하구의 가야 소국들이 점령당하자, 반로국은 남쪽의 대사강 수로를 백제에 빼앗겨 독 안에 쥐가 될 처지에 놓이게 되었다. 동쪽의 황산하 하구는 신라로부터 줄기차게 위협을 당하고 있었다. 대사강을 통해서 광양만에 이르던 길을 고스란히 백제에게 빼앗기면서 반로국은 모든 교역이 어려움에 부닥치게 된 것이었다. 가야 소국들을 점점 좁혀 오는 위기에 가실왕은 등골이 서늘했다. 가야 소국들은 백 자나 되는 높은 장대 위에 올라선 것처럼 더할 수 없이 어렵고 위태로울 지경에 이르게 되었다. 광개토왕이 보낸 5만의 군사들을 상대로 전투를 벌였던 임나가라 이시품왕의 기상은 어디로 사라지고 만 것인가. 백제와 신라를 상대하여 우리 반로국이 혼자서 대응할 수 있는 때는 지나가 버렸어. 현재 시점에서 다른 방법은 없어. 우리가 살아남을 수 있는 길은 가야 소국들이 힘을 다해 백제와 신라를 상대로 싸우는 길밖에 없어. 침소에

든 가실왕은 몸을 이리저리 뒤척이며 잠을 이루지 못했다.

반로국의 대신들이 대전으로 모여들었다.

"경들은 들으라. 일찍이 가야 산신 정견모주(正見母主)가 천신인 이비가지(夷毗訶之)에게 감응(感應)되어 반로국의 왕 뇌질주일(惱窒朱日)과 가락국의 왕 뇌질청예(惱窒靑裔) 두 사람을 낳으셨다. 뇌질주일은 곧 이진아시왕(伊珍阿鼓王)의 별칭이고, 뇌질청예는 수로왕의 별칭이다. 오늘 우리는 이진아시왕의 대업을 이어받아 우리 반로국을 대가라(大加羅)라 개칭하고, 가야 본국인 가락국은 물론 우리나라 주위에 흩어져 있는 가야 여러 나라들과 손을 잡고 우리 대가라의 흥성을 세상에 알리고 만세에 전하고자 음악을 더욱 장려하고 노래와 춤에 뛰어난 사람들을 두루 발탁하고자 하노라."

가실왕이 말했다.

『신증동국여지승람』 「고령현」 '건치 연혁' 조에는 반로국(대가야)의 시조 이진아시왕과 가락국(금관가야)의 시조 뇌질청예가 형제라는 것과 반로국이 시조 이진아시왕부터 마지막 왕 도설지왕까지 16세 520년간 존속했다는 것이 기술되어 있다. 고령군 장기리 바위그림[岩刻畵]은 그 근원을 가야산에 두고, 청동기 문화를 배경으로 가진 지신족과 철기문화를 배경으로 가진 천신족의 결합을 그 기본 요소로 하는 「이진아시왕 신화」와 관련이 있는 것으로 추정된다. 이진아시왕의 다른 이름인 뇌질주일에서 '붉은 해'로 풀이되는 '주일(朱日)'은 장기리 바위그림에 새겨져 있는 겹 둥근 무늬와 연결된다. 「이진아시왕 신화」에서 주목되는 점은 가락국 시조 수로왕이 알에서 태어나는 것과는 달리 반로국 시조 이진아시왕이 천신인 이비가지와 가야산 산신인 여신 정견모주의 결합에 의해 태어났다는 것이다. 대성동 고분군·양동리 고분군·복천동 고분군·기장군 고촌리 고분군에서 출토된 고고학적 유물들이 증명하듯이 황산하 하구에 자리 잡은 가락국이 전기 가야 시대의 중심국으로 선진 사회 상태였을 때, 경상도 내륙에 자리 잡고 있던 반로국은 가야 소국의 하나로 후진 사회 상태에 머물러 있었다. 따라서 반로국 시조 이진아시왕이 형으로 가락국 시조 수로왕이 동생으로 되어 있는 「이진아시왕 신화」의 형제 관계 설정은 가야사의 전개 과정과 정반대이다.

내륙 지방에 위치해서 고구려 군사들의 공격을 벗어나 있었기 때문에 전쟁의 피해를 덜 입고, 가야산 자락에서 세력을 키우고 있던 지산동 고분군 축조 집단이 반로국이라는 이름으로 동아시아사의 문헌에 처음 기록된 것은 『삼국지(三國志)』 「위서(魏書)」 '오환선비동이전 한(韓)' 조이다. 변한에 속한 12국은 미리미동국 · 접도국 · 고자미동국 · 고순시국 · 반로국 · 낙노국 · 미오야마국 · 감로국 · 구야국 · 주조마국 · 안야국 · 독로국이다. 변한 땅인 황산하 하구 지역에 기원전 2세기 말~1세기 초 고급의 금속 문화인 철기 문화를 가진 수로 집단이 가락국을 건설한 것이 변한 구야국의 시작이었고, 가야사의 시작이었다. 변한은 마한처럼 여러 개의 읍락이 하나의 소국을 이루고 각 소국에는 거수(巨帥)라 불리는 우두머리들이 국읍에 거주하고 있었다. 가락국 사람들이 유입된 반로국은 5세기 후기 이후 성장하기 시작했다. 반로국은 후기 가야의 중심국으로 떠오르면서 가락국을 동생으로 설정하고, 자신들을 형으로 설정했다. 그리고 반로국은 자신들의 이름을 '대가라국'이라고 스스로 칭했다. 이것은 전기 가야에서 '대가락국(가락국)'이 차지하고 있던 맹주국의 지위를 '대가라국(반로국)'이 계승하겠다는 인식을 드러내 보인 것이라 할 수 있다.

6

니문이 도끼와 낫을 창고에서 꺼냈다. 바람이 대숲을 흔들었다. 그때마다 갑옷과 투구가 부딪치는 소리가 났다. 주산 위로 솟아오른 태양이 골짜기 위로 햇볕을 흩뿌렸다. 나뭇가지 사이로 내리쬐는 햇볕에 몸을 맡긴 채 다람쥐들이 바위 위에서 굴밤을 먹고 있었다. 니문이 계속해서 도끼로 대나무를 잘라냈다. 대나무들이 쓰러졌다. 꽤 넓은 공터가 생겨났다. 공터에 평상을 놓았다.

니문이 오동나무 널판과 명주실을 창고에서 꺼내 왔다. 아버지를 따라 야로에서 소달구지에 싣고 온 것들이었다. 야로에는 통나무를 켜는 제재소도 있었을 뿐만 아니라, 철을 생산하는 철광산도 있었고, 쇠부리터도 여러 곳 있었다. 철을 제련할 때는 많은 나무가 필요했다. 가야산 자락의 야로에는 오동나무·참나무 같은 교목뿐만 아니라, 대나무숲도 많았다.

"오동나무 널빤지는 쉽게 갈라지지 않고 소리가 맑아야 한다."

우륵이 오동나무 널빤지를 손가락으로 두드리며 말했다.

"이 오동나무 널빤지는 양지쪽 하천가에서 자란 신령한 오동나무여서 금(琴)의 앞뒤 판으로 제격일 겁니다요. 말리는 데만 5년이 걸렸습니다."

니문이 말했다.

"좋은 소리는 좋은 나무에서 나지."

우륵이 말했다.

"아버님이 악기를 만들면서 말씀하셨지요. 좋은 나무를 구해서 깎고, 붙이고, 줄을 감아올리는 공정이 쉽지 않다고 말씀하셨습니다."

니문이 말했다.

큰 오동나무를 악기의 모양대로 자르고, 그 속을 파내어 공명통을 만들었다. 악기의 몸통 끝에 있는 양이두(羊耳頭)에다 열두 개의 구멍을 뚫고 금의 12줄을 잡아맸다. 12음률을 본뜬 것으로 1년 열두 달 모든 가야 사람이 사이좋게 지내자는 뜻을 담았다.

"니문아, 왜 양이두가 양의 귀처럼 양쪽으로 비쭉 나왔는지 아느냐?"

우륵이 뒤돌아보고 물었다.

"글쎄요. 저도 왜 양 머리 모양으로 만들었을까, 궁금했어요."

"가야금의 원형이 되는 가락금을 처음 만든 사람은 가락국 질지왕이야."

"그래요?"

"질지왕의 조상이 되는 수로왕이 서역(西域) 대원국(大宛國)의 후손이었거든."

"서역 대원국요?"

"흉노(匈奴)의 서쪽 오손(烏孫)의 남쪽에 자리 잡고 있던 서역은 북쪽의 천산산맥(天山山脈)과 남쪽의 객라곤륜산맥(喀喇崑崙山脈), 곤륜산맥(崑崙山脈), 아이금산맥(阿爾金山脈)에 둘러싸여 있고, 탑리목하(塔里木河, 타림강)가 동쪽으로 흐르고 있는 땅이야."

"상상도 못 할 정도로 넓고 높은 땅이겠네요?"

"그렇지."

"서역에 많은 나라들이 자리 잡고 있었겠네요?"

"서역에는 본래 36국이 있었는데, 차츰 쪼개져 나중에는 50여 국이 있었어. 그 나라들 가운데 대원국이라는 나라가 있었지. 흉노족이 세운 나라였지. 말을 타고 서역의 초원을 누비던 대원국 사람들이 가락국까지 와서 정착해 살았지."

"서역 초원을 누비던 사람들한테 양은 친근한 동물이겠네요?"

"그렇지. 양은 대원 사람들에게 가족과 같은 동물들이지."

"이제. 악기 현을 고정시키는 구조물을 양머리로 했던 이유를 알겠니?"

"알 거 같기도 하네요."

"공명통 위에 명주 줄을 팽팽하게 당겨 올려놓아서 소리를 내는 가락금은 명주실을 여러 가닥으로 꼬아서 만든 줄을 물에 담가놓았다가 다시 삶아내는 등 공정이 까다롭지."

우륵이 말했다.

"이제 새로운 금이 제 모습을 갖춘 거 같군요."

니문이 말했다.

새로운 금은 대체로 가락금과 같은 모양을 하고 있었다. 울림판 위에 기러기발이 버티고 있고, 그 위에 열두 줄을 각각 걸어놓았다. 특히 쟁과 다른 점은 머리 좌우로 뿔 같은 모양이 삐죽 나온 것이었다. 오동나무로 만든 좁고 긴 직사각형의 공명통 위에 안족을 놓고, 명주실로 꼰 12개의 줄을 걸고, 줄마다 기러기발을 받쳐 놓았다.

우륵은 책상다리를 틀고 앉아, 공명통의 오른쪽을 무릎 위에 비스듬히 올려놓았다. 왼손으로는 기러기발 바깥쪽을 눌렀다 놓았다 하면서 오른손으로 현을 뜯기 시작했다. 부드러운 선율이 대숲으로 은은하게 퍼져나갔다. 물항아리가 서로 부딪치는 소리가 나는가 싶더니, 짐승의 울부짖는 소리가 울려 나왔다.

"소리가 날카로워요."

니문이 말했다.

"음. 그래."

우륵이 고개를 끄덕거리며 대꾸했다.

"전반적으로 좋았어요."

니문이 목재로 만든 장에서 비단을 꺼냈다.

"왕궁에 들어갔다 오마."

우륵은 새 금을 비단에 싸서 어깨에 걸쳐 매고 왕궁으로 갔다.

"겉모습이 물 찬 제비처럼 날렵하군."

가실왕이 말했다.

"유교적 예악 사상을 바탕으로 하여 설명하겠습니다. 금의 모양이 위가 둥근 것은 하늘을 상징하고 아래가 평평한 것은 땅을 상징하옵니다. 가운데가 빈 것은 천지와 사방을 의미하며 줄이 열두 개인 것은 1년 12개월을 상징하는 것입니다. 이 악기에 세상의 이치를 담으려고 노력했습니다."

우륵이 말했다.

"무엇보다도 유교의 예악 사상을 바탕으로 해 금을 만들었다니, 짐이 의도하는 바를 우륵이 훤히 꿰뚫고 있었다는 이야기다. 정말 대단하고, 수고했도다."

가실왕이 말했다.

"과찬의 말씀이옵니다."

우륵이 말했다.

"이 악기의 이름을 가야금이라고 부르면 어떻겠느냐?"

"왜 가라금이라고 부르지 않고 가야금이라고 부르려고 하는 지요? 가야는 가락국 본국을 가리키는 말이 아닙니까?"

"가락과 가라는 모두 '물고기'라는 뜻으로 신독(身毒, 인도)말이라고 들었다."

"소신도 그 말을 들은 적이 있사옵니다. 신독의 아유타국 왕족과 백성들이 쌍어 신앙을 갖고 있었다 합니다. 물고기 두 마리가 마주 보고 있는 쌍어(雙魚)는 신성한 물고기라는 뜻에서 신어(神魚)라고도 한답니다. 가락국에 신어산(神魚山)이라는 산이 있습니다."

"신어산이 가락국에 있다는 말은 진즉부터 듣고 있어 알고 있다. …… 가락국이 가야를 대표하는 본국이라는 것을 내 모르는 바는 아니다. '가야금'은 단순한 악기 이름이 아니다. '가야금'에는 가야 12국을 통합하려는 짐의 뜻이 담겨 있다."

"그렇게 깊은 뜻이 담겨 있는 걸 소신은 몰랐사옵니다."

"이제 가락국은 머지않아 신라로 넘어가게 될 게다. 이미 가락국 귀족들이 신라 귀족들의 자녀를 며느리로 삼고 있다고 한다."

"그 이야긴 소신도 들어 알고 있습니다."

"……신라의 가락국 침탈 공작이 집요해지고 있다."

"큰일입니다."

우륵은 고개를 들어 가실왕을 바라보았다. 그가 가락국의 실정을 정확하게 꿰뚫어 보고 있었던 것이다.

"……손 놓고 앉아 있을 수만 없는 일이 아니냐?"

"……."

"이제 새로운 금을 만들었으니, 새로운 노래를 지어야 한다."

"새로운 노래를 지어야 한다 했습니까?"

"그렇다. 신라의 유리니사금이 나라 안을 순행하다가 굶주리고 얼어 죽어가는 할머니를 발견하고, 자기가 잘못한 탓이라 하며 가엾은 백성들을 구제하는 방책을 세우도록 했다. 이 해에 「도솔가」를 처음 지었는데, 이것이 우리나라 가악의 처음 시작이었다. 「도솔가」는 궁중 의례에 사용된 인륜 세교적(人倫世敎的)인 정풍가악(正風歌樂)의 최초의 작품이라고 볼 수 있다. 일명 회악이라고 하는 「회소곡」은 유리니사금대부터 팔월 보름의 가배 때 길쌈 내기에서 진 편이 탄식하는 조로 불렀다고 한다. 내해니사금 대에 물계자가 지은 「물계자가」는 금곡(琴曲)의 가락에 맞추어 불린 노래인데 가무악(歌舞樂)이 비로소 가악과 무용으로 분화되기 시작한 거라 볼 수 있다."

가실왕이 말을 끝내고 우륵을 지그시 내려다보았다.

"전하께서는 정풍가악(正風歌樂)을 새로 짓기를 원하옵십니까?"

"그렇다. 우리 가야 12국을 아우를 수 있는 정풍가악 12곡을 짓도록 하라."

가실왕이 가야금을 어루만지며 말했다.

"정풍(正風)은 중국 고대의 시집 『시전(詩傳)』에 나오는 말로 알고 있는데 각 지방의 민요인 국풍(國風) 가운데 주남(周南)과 소남(召南) 등을 이르는 말이 아닙니까?"

우륵이 말했다.

"그대는 『시전』이 어떤 책인지 알고 있는가?"

"경전입니다."

"누가 지었는가?"

"당시의 시인이 지었습니다."

"누가 이를 취했는가?"

"공자입니다."

"누가 주(註)를 달았는지 알고 있는가?"

"집주(集註)는 주자(朱子)가 하였고, 전주(箋註)는 한나라의 유자(儒者)들이 한 거로 알고 있습니다."

"그 큰 뜻은 무엇이라고 생각하는가?"

"사무사(思無邪), 즉 생각함에 사특함이 없는 겁니다. 공자님이 시 305편을 산정(刪定)한 후 한 말입니다."

"그 효용은 무엇이라고 생각하는가?"

"백성을 교화하여 선(善)을 이루도록 하는 겁니다."

"그대는 주남과 소남을 읽어보았는가?"

"네. 읽어보았습니다."

"주남이니 소남이니 하는 게 무엇인가?"

"국풍(國風)이라고 생각합니다."

"그래…… 국풍이 말하고자 하는 바는 무엇이라고 생각하는가?"

"대다수가 여자의 일을 이야기하고 있습니다. 주남의 시는 열한 편인데 부녀들에 관한 말이 그중에 아홉을 차지하고, 소남의 시는 열네 편인데 부녀들에 관한 말이 아닌 것은 겨우 세 편뿐인 걸로 알고 있습니다."

"시라는 것은 장차 사람의 정감을 이야기하려는 건데, 사람의 정감 가운데 말할 만한 게 부녀들의 정감만큼 절실함이 없네. 그러니 이게 바로 국풍에 부녀들에 관한 말이 많은 까닭이야."

"국풍에 부녀들에 관한 말이 많으면 진정한 국풍의 의미를 얻었다고 말할 수 있습니까?"

"그렇다면 그렇고, 아니라면 아닌 거야. 그 정감이 정당하다는 것을 말한 것이 정풍이 되었고, 그 정감이 부정하다는 것을 말하여 그 말이 지나친 것은 변풍(變風)이 된 거다."

"전하의 뜻은 가야 12국을 아우를 수 있는 정풍가악 12곡을 지으려면 가야 12국 각각의 민요를 알아야 한다는 것으로 이해하겠습니다."

"그대가 이제 가리사니가 터지는 모양이군."

가실왕이 웃음을 지으며 말했다.

"그런데 한꺼번에 12곡이나 만들기는 무리가 아닌가 하옵니다."

우륵이 난처한 표정을 지었다.

"짐이 12곡을 지으라는 건 다 뜻이 있어 그러는 거다. 우리 반로국이 앞으로 가락국 대신 가야를 이끌어야 한다. 가락국이 가야 여러 나라의 본국이지만, 열두 나라가 서로 힘껏 뭉치지 못하고 있다. 우리 가야 열두 나라에는 각 나라마다 즐겨 부르는 노래가 있다. 그 노래를 그대가 채집하여 다듬어서 보다 훌륭한 노래로 지으란 말이다. 가야를 대표하는 악기가 생겼으니 가야 여러 나라를 하나로 통합하는 음악도 있어야 하지 않겠느냐?"

가실왕이 말을 끝내고 가야금을 우륵에게 건네주었다.

우륵은 가실왕의 의중을 알 것 같은 느낌을 받았다. 가실왕은 남조의 제나라로부터 보국 장군 본국왕의 작호를 받은 질지왕이 꿈꾸었던 꿈을 자신이 이루려고 하는 게 틀림없었다. 가실왕은 가야금의 음률을 통해 열두 나라로 나누어져 서로 도토리 키재기를 하는 가야 소국들을 하나로 통합하려는 꿈을 꾸고 있는 것이다. 현에서 튕겨져 나오는 소리가 단순한 소리로 끝나는 게 아니라, 가야 소국들을 통합하고 가야 소국 백성들을 하나로 융화하는 예악(禮樂)으로 거듭나는 꿈을 꾸고 있다니. 가실왕은 질지왕이 환생한 것이 아닌가.

7

우륵과 니문은 초팔국 국경을 넘어 다라국 도성으로 들어갔다. 그곳에서 쇠부리터를 비롯한 다라국 구석구석을 살피며 악곡을 채록하다가 떠났다. 그들의 발걸음은 어느새 황산하에 이르렀다. 황포 돛배의 뱃사공이 막 떠날 채비를 하고 있었다.

"조금만 늦게 왔더라면 배를 못 얻어 탈 뻔했네."

우륵이 가쁜 숨을 몰아쉬며 배 안을 훑어보았다. 그때 그의 눈에 차림새는 거지꼴이나 두 눈에서 광채가 빛나는 젊은이의 모습이 들어왔다. 아무리 살펴보아도 반로국 사람 같지는 않았다.

'탁기탄국 유민이 아닐까?' 우륵은 곁눈질로 그를 살폈다. 얼굴이 갸름하고 키도 큰 편이 아닌 사내는 좌우를 두리번거렸다.

"혹시 탁기탄국에서 오시는 분 아니십니까?"

우륵은 대뜸 사내 앞으로 다가가 낮은 목소리로 물었다.

"탁기탄국에서 오다니요? 당치도 않은 말씀입니다. 나는 여길 지나가는 길손입니다."

사내가 손을 앞으로 내저으며 퉁명하게 대꾸했다.

"우리는 길손을 헤칠 사람들이 아니옵니다. 탁기탄국에 대해 좀 물어볼 말이 있습니다."

"글쎄, 나는 탁기탄국 사람이 아니라니깐요. 사람을 잘못 보셨습니다."

사내는 뒤로 돌아앉으며 입을 꾹 다물었다.

어느덧 황포 돛배는 강언덕 선착장에 닿았다. 사내는 재빨리 황포 돛배에서 내려 뒤도 돌아보지 않고 걸어갔다. 우륵과 니문은 사내를 뒤쫓아갔다.

그들은 서로 옥신각신하다가 커다란 은행나무 아래에 이르렀다.

"탁기탄국이 신라에 무너진 후의 형편을 좀 알아보려고 그럽니다."

우륵이 말했다.

"사실 나는 탁기탄국 사람이오."

그 자신이 탁기탄국 사람이라는 것을 숨길 필요가 없다고 생각한 사내는 탁기탄국에서 일어나고 있는 일에 대해 상세히 말해주었다.

"탁기탄국을 지나 비자화로 가는 건 위험하겠군요."

"그렇소. 왕족들과 대신들을 비롯한 수많은 탁기탄국 사람들이 신라군이 휘두른 시퍼런 검날에 피를 흘리며 쓰러지거나 끈에 묶여 포로로 질질 끌려갔소."

뒤로는 황산하를 등에 업고, 앞으로는 신라 군사들의 위협에 시달렸던 탁기탄국의 한기와 백성들은 가야 소국들의 본국인 가락국은 물론 이웃한 가라국에서도 구원군이 오지 않자, 절망했다.

"어디로 가려고 하는 거요?"

침묵을 밀어내며 니문이 물었다.

"봉황성으로 가려고 하오."

"봉황성에?"

"봉황성에 가면 왜국으로 가는 배를 탈 수 있을까 해서요."

"……."

"왜국으로 탁기탄 왕족들과 백성들이 많이 탈출해 갔소."

황포 돛배가 봉황성 나루터에 닿았다. 탁기탄국 멸망 이후 오히려 평온해 보이는 북쪽과 달리 남쪽 가락국의 국경은 전쟁이 일어나려는 험악한 형세로 달음질을 치고 있었다. 가락국은 신라의 줄기찬 위협에 시달리고 있었다. 반로국과 동맹을 맺었던 백제도 틈만 있으면 가야 소국들을 집어삼키려고 하였다. 반로국은 오히려 신라 쪽으로 기울고 있었다.

수로왕릉 정문의 문설주 위에 빛바랜 그림이 보였다. 코끼리의 긴 코와 연꽃무늬가 새겨져 있고, 그 아래에 두 마리 물고기가 석탑을 마주 보고 있는 모습을 하고 있었다.

"쌍어문이네요."

니문이 말했다.

"가락국 도처에 쌍어문이 새겨진 그림이 있지."

우륵이 말했다.

가락국의 도성인 봉황성이 자리 잡은 신답평은 신어산이 배후를 이루고, 앞쪽에는 황산하가 두 갈래로 갈라져 창해로 흘러 들어갔다. 봉황성 포구는 거룻배 열한 척과 황포 돛배 스무 척이 정박하고 있었고, 그 위로 철새들이 한가하게 하늘을 날아다니고 있었다. 은하사로 가는 길은 경사가 급하지만, 일주문까지 인적이 드문 산길이 이어졌다. 은하사 뒤편의 신어산 정상부는 깎아지른 듯한 암벽이 병풍처럼 둘러쳐져 있다.

우륵과 니문은 대웅전으로 올라갔다. 대웅전의 벽화 밑 수미단(須彌壇)에는 물고기 4마리가 양각되어 있었다. 세 마리의 물고기는 머리를 동쪽으로 향하고 있었고, 한 마리의 물고기는 머리를 서쪽으로 향하는 구도를 하고 있었다.

우륵과 니문은 봉황성 나루터에서 황포 돛배를 타고 용당 나루에서 내렸다.

"북쪽의 국경 지대는 조금만 건드려도 곧 폭발할 것 같은 몹시 위험한 상태인데, 남쪽에선 사자기(獅子伎) 공연이나 하고 있네요."

니문이 사자들의 동작에 눈길을 주며 말했다.

탈춤놀이의 하나인 사자기는 본디 서역에서 전래된 놀이였다. 최치원이 민간에서 연행되던 놀이인 오기(五伎)를 주제로 하여 쓴 '향악잡영오수(鄕樂雜詠五首)'를 통해 그 편린을 살펴볼 수 있다. 오수(五首)는 「금환(金丸)」·「산예(狻猊)」·「월전(月顚)」·「속독(束毒)」·「대면(大面)」을 말한다. 이것들이 어떤 놀이인지 자세한 기록이 전해지지는 않는다. 다만 금환은 여러 개의 금칠을 한 방울을 공중에 던졌다 받는 놀이이며, 산예는 서역에서 건너온 무악(舞樂)으로 동물 의장무(擬裝舞)이며, 월전은 서역 우전국(于闐國)에서 전해진 탈춤의 일종으로 노래와 춤이 결부된 해학극이었으며, 속독은 중앙아시아의 타슈켄트를 비롯한 사마르칸트 지방에 자리 잡고 있었던 소그드(粟特) 여러 나라에서 전래한 건무(健舞)의 일종으로 쑥대머리에 남색 탈을 쓰고 북소리에 맞추어 떼를 지어 이리 뛰고 저리 뛰면서 추는 놀이이며, 대면은 황금빛 탈을 쓰고 구슬 달린 채찍으로 귀신 쫓는 시늉을 하며 추는 춤이다.

악공들이 주악을 울리자, 사자가 한바탕 사자춤을 추었다. 사자가 안뜰을 거쳐 안방과 부엌에 들어가서 입을 벌려 무엇인가를 잡아먹는 시늉을 했다. 다시 사자들이 마당에 나와 춤을 추었다. 활달하고 기교가 넘쳐나는 춤이었다. 사자가 놀다가 기진하여 쓰러졌다. 사람들이 와 하고 웃음을 터뜨렸다.

우륵은 가야금을 고쳐 매고 산줄기를 바라보았다. 북쪽에서 내리뻗은 산줄기는 황산하를 휘달아 남으로 흘러내리고 있었다. 강가의 벼랑바위에 뿌리를 내리고 있는 소나무들이 어제와 다르게 푸르러 있었고, 수양버들은 가느다란 가지를 강물 위로 길게 늘어뜨리고 있었다.

"서쪽으로 갈까, 북쪽으로 갈까."

우륵이 웅얼거리듯 말했다.

"여까지 온 김에 무척산에 올라가 보는 게 어떻겠습니까?"

니문이 말했다.

일명 식산이라고도 불리는 무척산은 산의 높이에 비해 계곡이 깊고 기묘한 바위들이 서로 어우러져 있는 산세가 험했다. 무척산의 꼭대기에는 천지라는 못이 있었다.

"천지를 한번 보고 싶네요. 수로왕을 장사지낼 때 장지에 물이 고여 정상에 못을 파서 물이 고이는 것을 막았다는 전설이 전해져 내려오는 못이라 하잖아요."

"니문이 네가 모르게 없구나."

우륵이 니문을 향해 말했다.

"뭘요⋯⋯ 그냥 저잣거리에서 주워들은 이야기예요."

니문이 겸연쩍은 듯 무척산을 바라보면서 말했다.

"그래, 이왕 여기까지 온 거 한번 올라가 보자꾸나."

우륵은 니문을 뒤따라 천천히 걸음을 옮겼다. 몸은 천근이나 되는 쇠뭉치처럼 자꾸만 무거워졌다. 길가의 아무 데나 누워 한잠 푹 잤으면 하는 생각이 들었다. 그러나 그럴 수는 없었다. 니문은 가야금을 고쳐 매고 발걸음을 다시 뗐다. 산길을 따라 얼마를 걸었을까. 피리 소리가 들려왔다. 우조(羽調)였다. 우조는 오음(五音)의 하나로 용장(勇壯)한 느낌을 준다. 우륵의 심장이 마구 뛰놀았다. 하늘을 찌를 듯한 기운이 솟구쳤을 때 곡조가 천천히 계면조로 변했다.

우륵은 걸음을 빨리했다. 푸두득 소리를 내며 까투리가 나뭇가지 사이로 날아올랐다. 갑자기 장검을 뽑아 든 사내들이 나무들 사이에서 후다닥 튀어나왔다. 나뭇가지들이 마구 흔들렸다.

우륵과 니문은 화적 일당에게 붙잡혔다. 좁은 산길에 병장기를 든 사내들이 길게 행렬을 이루었다.

"악기 장수냐?"

주먹코가 우륵이 둘러맨 가야금에 눈길을 주며 물었다.

"악기 장수는 아니고, 떠돌아다니는 악사입니다."

우륵이 대답했다.

"떠돌아다니는 악사라고? 하여간 산채로 가자."

주먹코가 말하는 본새가 부드러워졌다.

고개에 오르자 산안개 아래 겹겹이 누워있는 산너울이 황산하를 사이에 두고 펼쳐졌다. 무척산의 산그늘이 빨리 다가왔다. 산골짜기가 더 깊어졌다. 나무껍질과 갈대로 지붕을 인 집들이 늘어 서 있는 곳에 이르렀다.

인가들 뒤로 돈대에 관아와 같은 큰 집이 두 채 서 있었다. 대문이 여러 겹이었다. 사내들이 대문에 보초를 서고 있었다. 겹겹이 겹친 문을 열고 우두머리인 듯한 사내가 나왔다. 그의 뒤를 따라 호리호리한 병졸이 따라 나왔다.

"저자들은 누군가?"

대장이 뜰 아래로 내려오며 물었다.

"악사들이라고 합니다."

주먹코가 짧게 대답했다.

"악사?"

대장이 고개를 갸웃거렸다.

통나무로 지은 본부 건물 마루 위에 교의도 놓여 있었고, 본부 건물 축대 아래 물고기 두 마리가 서로 마주 보는 문양을 새긴 기치(旗幟)가 펄럭이고 있었다. 본부 건물 앞에는 여러 가지 빛깔의 기치 외에 창과 검, 그리고 작은 도끼와 큰 도끼를 간격을 두고 세워 놓고 있었다. 털벙거지를 쓰고 군복을 입은 두령들과 머리를 수건으로 질끈질끈 동여맨 병졸들이 본부 건물 앞마당으로 모여들었다. 칼잡이·창잡이·활잡이가 다 각각 열을 지어 섰다.

"점고를 시작하라."

대장이 교의에 앉았다.

"점고를 시작 하랍신다."

주먹코가 소리쳤다.

"네이."

두령들이 대답했다.

둥, 둥, 둥. 북소리가 났다. 본부 건물 앞 마당에 서 있는 두령들과 병졸들은 입을 꾹 다물고 주먹코의 입만 바라보고 있었다.

"삼불이."

"네, 등대하였소."

"개동이."

"네, 등대하였소."

"정남이."

"네, 등대하였소."

산그늘이 산채를 뒤덮은 뒤에야 점고가 끝이 났다. 북소리가 둥둥둥 나며 홍기 아래는 와글와글하였다.

대장이 우륵을 유심히 바라보았다.

"나를 모르겠는가? 지난날 봉황성에 살던 김연규네."

광대뼈가 나오고 볼이 들어간 연규가 우륵의 손을 잡고 말했다.

"어떻게 여기에 있는가?"

우륵이 눈을 크게 뜨며 물었다.

"살아서 영웅적 기질을 한 번 펼 수 없기에 울적한 마음으로 인하여 잘못 길을 들었을 뿐이네. 대장부가 만약 당대에 쓰임을 얻는다면 어찌 이 길에 이르렀겠는가?"

우륵이 봉황성을 떠나던 해였다. 연규의 아버지가 덩이쇠를 몰래 사이기국에 팔았다는 죄목(罪目)으로 관가에 끌려가 매질을 당한 후, 열흘 앓다가 세상을 떠났다. 그 이듬해 연규의 어머니마저 화병으로 세상을 등졌다. 연규는 봉황성을 나와 정처 없이 황산하를 따라가다가, 무척산에 이르렀다. 날이 저물어 걸음을 재촉하던 연규는 길을 잃고 낯선 사내들에게 붙잡혀 산속으로 들어가게 되었다. 그때부터 그는 화적이 되었던 것이다.

"어찌 양민으로 돌아가지 않는가?"

"귀족들은 다 신라 귀족들의 딸과 결혼하여 나라야 어찌 되든지 일신의 부귀영화에만 몰두하고, 왕은 유약하여 허구한 날 신라에 휘둘리고, 백성들은 의지할 데 없게 되니 차라리 도둑의 우두머리가 될지언정 돌아가고 싶지는 않아."

"돌아가지 않고서 사람을 죽이거나 사물을 흐트러뜨리지 않을 수 있을까?"

"나는 다만 부하에게 명령하여 큰 부잣집에 가서 반분(半分)하고 귀족들에게 가서 완전히 빼앗게 할 따름이네."

"그래 큰 부잣집과 귀족들에게서 빼앗은 재물을 모아 무얼 하는데 쓸려고 하나?"

우륵이 물었다.

"머지않아 썩을 대로 썩은 가락국 왕실이 무너지고, 가락국 강토와 백성들을 신라가 집어삼킬 걸세."

약간 피곤한 빛을 띠고 있는 얼굴을 앞으로 내민 연규는 눈만이 겨울의 밤하늘을 밝히는 별처럼 광채가 일어났다.

"……."

"그때를 대비해 재물과 군사들을 모아 가락국 부흥군을 만들어 군사를 일으킬 생각일세."

"가락국 부흥군?"

"어쩌면 우륵, 자네 같은 사람이 가락국 부흥군에 필요한 사람일지도 몰라."

"나 같은 악사가 무슨 필요가 있겠는가?"

"사람 앞일이란 아무도 모르는 걸세."

"아무튼 몸조심하게."

연규는 주먹코에게 우륵과 니문을 제1 초소까지 데려다주도록 했다. 제1 초소 앞에서 주먹코가 우륵에게 쌍어문이 그려진 종이 전단을 전해주며, 초소를 지날 때마다 제시하라고 말했다. 우륵은 내려가는 길에 화적이 잠복해 있는 처소를 지날 적마다 종이 전단을 제시했다. 그때마다 화적은 아무런 제지 없이 우륵과 니문을 지나가게 했다.

가야 소국들을 순방하고 돌아온 우륵은 12곡을 작곡했다. 12곡명 중

첫째는 하가라도(下加羅都), 둘째는 상가라도(上加羅都), 셋째는 보기(寶伎), 넷째는 달이(達己), 다섯째는 사물(思勿), 여섯째는 물혜(勿慧), 일곱째는 하기물(下奇物), 여덟째는 사자기(師子伎), 아홉째는 거열(居烈), 열 번째는 사팔혜(沙八兮), 열한 번째는 이사(爾赦), 열두 번째는 상기물(上奇物)이다.

하가라도는 지금의 경상남도 김해시로 비정되는 가락국의 노래였다. 상가라도는 지금의 경상북도 고령군 대가야읍으로 비정되는 가라국의 노래였다. 달이는 『일본서기』「계체기」'6년 12월'조에 기록되어 있는 상다리·하다리와 관련지어 전라남도 여수시 및 돌산읍으로 비정되는 상다리국·하다리국의 노래였다. 사물은 현재의 경상남도 사천시로 비정되는 사물국의 노래였다. 물혜는 『일본서기』「계체기」'6년 12월'조에 보이는 모루와 『일본서기』「계체기」'8년 3월'조에 보이는 만해, 『양직공도(梁職貢圖)』「백제국사신도경(百濟國使臣圖經)」에 보이는 마연 등과 관련하여 전라남도 광양시 광양읍 일대로 비정되는 모루국의 노래였다. 하기물은 『일본서기』「계체기」'7년 6월'조의 기문과 관련하여 지금의 전라북도 임실군 지방으로 비정한다. 하기물은 하기문국의 노래였다. 사자기는 사자 모습의 탈춤놀이를 할 때 연주하는 노래로 오늘날 사자의 가면을 쓰고 연주하는 사자무(獅子舞)의 반주 음악으로 추정된다. 최치원의 「향악잡영(鄕樂雜詠)」 5수 중 사자의 일종인 산예(狻猊)와 관계가 있을 것으로 보인다. 거열은 경상남도 거창으로 비정되는 거열국의 노래였다. 사팔혜는 현재의 경상남도 합천군 초계면 일대로 비정되는 초팔국의 노래였다. 이사는 『일본서기』「흠명기」'23년'에 보이는 임나 10국 중 사이기국과 같은 것으로 보아 경상남도 의령군 부림면 일대로 비정되는 사이기국의 노래로 보는 견해도 있으나 확실하지 않다. 상기물은 『일본서기』「계체기」'7년 6월'조의 기문과 관련하여 지금의 전라북도 남원시 지방으로 비정한다. 상기물은 상기문국의 노래였다.

우륵 12곡은 우륵이 가야금을 위한 기악곡으로 편곡했든지, 아니면 성악곡을 위한 가야금 반주 음악으로 개작했으리라는 추측이 가능하다. 12곡 가운데 10곡은 가야 소국의 이름으로 곡명을 정했고, 나머지 2곡은 기악(伎樂)인 사자기와 보기였다.

"사자기는 가야 소국의 이름으로 곡명을 정한 건 아니지요?"

니문이 말했다.

"사실 사자기는 나의 조상님들이 서역의 누란에 살 때 사자의 탈을 쓰고 춤추며 노는 민속놀이였어."

우륵이 말했다.

"보기도 가야 소국의 이름으로 곡명을 정한 건 아니지요?"

"보기도 서역의 누란 사람들이 여러 개의 공을 돌리는 기예를 보일 때 연주하는 노래였어."

"깊은 사연이 있는 노래군요."

"사연이 없는 사람이 어디 있고, 연기(緣起)가 없는 노래가 어디 있겠느냐."

8

가락국 사람들이 신라 군사들의 모습을 아주 가까이에서 본 것은 무더위가 막바지에 이르고 있을 때였다. 가락국을 노리는 신라 군사들이 뗏목을 타고 황산하를 건너 공세를 계속 퍼부었다. 가락국 군사들은 성문을 굳게 닫고 말을 타고 황산하 연변을 오르내리는 신라 기병들을 바라볼 뿐이었다.

이사부가 강 건너편을 바라보았다. 가락국 군사들의 진영이 눈에 들어왔다.

"가락국 군사의 진영이 생각보다 허술해 보이는구나. 당장 저들을 공격해도 되겠구나."

이사부가 말했다.

가락국의 멸망 직전의 상황은 『일본서기』 「계체기」 '23년(529년) 4월' 조에 기록되어 있다. 〈이에 따라 신라는 다시 상신(上臣) 이질부례간기(伊叱夫禮智干岐, 이사부)를 보내 무리 3천 명을 이끌고 와서 조칙 듣기를 청했다. 아후미노 게나노오미(近江毛野臣)는 멀리서 병장기에 둘러싸인 무리 수천 명을 보고 웅천에서 기질기리성(己叱己利城, 지금의 경상남도 창원시 지역으로 비정됨)에 들어갔다. 이질부례간기가 다다라원(多多羅原, 지금의 부산광역시 사하구 다대포로 비정되는 곳)에 머무르면서 돌아가지 않고 3개월을 기다리며 여러 차례 조칙을 듣고자 청했으나 끝내 전하지 않았다〉 신라는 대신을 상신이라고 하는데, 신라의 상신이 일본의 조칙 듣기를 청했다는 구절은 『일본서기』 편찬자들이 과장하여 기록한 것이므로 주목할 필요가 없다. 신라는 황산하와 창해(남해)가 만나는 요충지에 자리잡은 가락국이 백제와 왜국의 영향권에 들어갈까 봐 이질부례간기, 즉 이사부를 신라와 가락국 국경 지대에 파견했다. 이질부례간기가 군사들을 이끌고 다다라원에 주둔하면서 시위를 벌이자, 아후미노 게나노오미가 웅천에서 기질기리성으로 들어갔다. 이것은 왜국이 신라와 탁순국의 전쟁에 휘말리지 않겠다는 태도를 보여준 것이라고 할 수 있다.

구형왕은 백제와 신라의 눈치를 살피며 두 나라의 완충 지역으로서 살아남을 수는 없을까 곰곰이 생각하고 있었다.

봉황성에 있는 연자루가 커다란 소리를 내며 울었다.

"연자루가 울다니, 괴이한 일이야."

봉황성 사람들은 두서너 명만 모여도 연자루 이야기를 했다. 나라 안이 온통 뒤숭숭해졌다.

"연자루를 헐어버려라."

구형왕이 명령했다.

한편 법흥왕은 율령을 만들어 널리 펴고, 병부 및 상대등을 새로 설치하였다. 백제가 황산하 하류 지역으로 세력을 뻗쳐오자 법흥왕은 불안해졌다.

"가락국을 정복하도록 하시오."

신라의 법흥왕이 장군 이사부에게 명령을 내렸다.

"있는 힘을 다해 가락국을 정복하겠습니다."

이사부가 군사를 이끌고 황산하를 건너 가락국을 공격하기 시작했다. 구형왕은 군사들을 이끌고 봉황성을 나왔다. 갑옷을 갖추어 입고 투구를 쓴 20대 초반의 여전사들이 대열을 이루어 말을 타고, 구형왕이 이끄는 부대의 뒤를 따랐다. 여전사들은 한쪽 손에 창을 들고 옆구리에 칼을 차고 있었다. 황산하를 사이에 두고 전투가 벌어졌다. 옛날의 영광은 빛이 바랬으나, 고구려 군사 5만 명과 싸웠던 가락국의 군사들이었다. 그러나 가락국의 군사들 숫자가 워낙 적었다. 신라 군사들이 뗏목을 타고 황산하를 건너 진격해 왔다. 말을 탄 여전사들이 뾰족한 창을 들고 신라 군사들을 향해 달려갔다. 가락국의 보병들이 허공으로 활시위를 당겨 여전사들을 엄호했다. 신라 궁수들이 쏜 화살이 여전사들이 탄 말의 허벅지에 꽂혔다. 말들이 거친 숨을 토해 내며 쓰러졌다. 신라 기병이 휘두르는 칼날에 여전사들이 풀밭으로 고꾸라졌다. 신라 기병들이 함성을 지르며 몰려왔다. 가락국 기병들이 쓰러졌다.

"후퇴하라."

구형왕의 거센 목소리가 울려 퍼졌다.

가락국 군사들은 후퇴했다.

마침내 가락국은 신라에 다다라(多多羅)·수나라(須那羅)·화다(和多)·비지(費智)의 4촌을 빼앗기고 말았다. 가락국은 순식간에 혼란의 도가니에 휩싸여 버렸다.

'결과가 뻔한 싸움…… 죄 없는 백성들이 죽어가는 모습을 보니…….' 구형왕은 신라에 항복할 것을 결심하고, 형제인 탈지니질금을 본국에 머물러 있게 했다. 밀양의 이견대에서 구형왕은 왕비와 아들 셋과 함께 나라의 보물과 재물을 가지고 법흥왕에게 항복하여 신라로 들어갔다. 『삼국사기』「신라본기」 '법흥왕' 조에 다음과 같은 기록이 보인다. 〈금관국주 김구해가 왕비 및 세 아들인 맏아들 노종, 둘째 아들 무덕, 막내아들 무력과 함께 자기 나라의 보물과 재물을 가지고 와서 항복했다. 법흥왕은 이들을 예로 대접하여 상등의 관위를 주고 본래 그들의 나라를 식읍(食邑)으로 삼게 하였다. 그 아들 무력은 벼슬이 각간에까지 이르렀다〉 김구해(구형왕)는 아버지가 겸지왕이고, 어머니는 출충 각간의 딸 숙(淑)으로 구형왕 원년(521년)에 왕위에 올라, 11년 동안 가락국을 다스렸다. 『개황록』에 금관국(가락국)이 〈양(梁)나라 대통 4년 임자(532년)에 신라에 항복했다〉라고 기록되어 있다. 이로써 가락국은 42년 수로왕이 가락국을 세운 지 490년 만에 멸망하게 되었다.

법흥왕은 구형왕을 진골로 편입시켜, 그가 다스리던 땅을 식읍으로 주었다. 한편 법흥왕은 구형왕의 아들 셋에게도 벼슬을 주었다. 이 소식을 들은 가라국 대신들 가운데 신라와 친해져야 대접을 받을 수 있다고 생각하는 사람들이 늘어났다. 그러나 상수위 고전해를 비롯한 친 백제계 신하들은 백제와 힘을 합쳐야 한다고 생각했다.

가락국의 멸망은 가야 소국들의 앞날에 결정적인 타격을 주었다. 가락국의 영토를 차지하게 된 신라는 황산하 뱃길을 장악할 기회를 잡고, 낙동강과 창해를 연결하는 교통 요충지를 차지하게 되었다. 신라는 가야 소국들의 정복에 있어서 백제보다 유리한 입장에 서게 되었다.

9

538년 봄, 백제의 성왕은 도성을 웅진에서 서남쪽에 있는 사비 지역으로 옮겼다. 그는 『삼국사기』에 〈지혜와 식견이 뛰어나고 결단성이 있어 나라 사람들이 '성왕(聖王)'으로 일컬었다〉라고 기록되어 있고, 『일본서기』에는 〈천도·지리에 통달해 그 이름이 사방에 퍼졌다〉라고 기록되어 있다. 성왕의 인물 됨됨이가 비범했고, 왕으로서 이상적인 면모를 갖추고 있는 사람이었음을 알 수 있다.

한성 함락으로 황급히 천도한 웅진은 공간이 매우 좁아 항구적인 도성으로서의 입지로 적합하지 않았다. 사비 지역은 백마강이 북쪽으로부터 서쪽까지 반달처럼 사비성을 휘감고 흐르고 있고, 동쪽으로는 계룡산에서 대둔산까지 산줄기가 이어져 있었다. 천연적인 성벽을 이루고 있는 사비 지역은 국경을 지키는 데 있어서 좋은 조건을 갖추고 있었을 뿐만 아니라, 서쪽으로는 서해로 금강이 흘러가고 있어, 배를 타고 중국이나 왜국으로 오고 갈 수 있는 물길이 트인 교통의 요지였다.

성왕이 사비성으로 도성을 옮기는 일에 사비 지역에서 예로부터 자리 잡고 살아오던 사씨들의 정치적인 지지가 강하게 작용하였다.

"이제 좀 안심이 되는구나. 한성은 너무 적에게 드러나 있어서 적이 공격을 해오면 지키기 어려웠고, 웅진은 너무 좁아서 도성으로 적합하지 않았는데, 사비로 도성을 옮겨오니 이제 백성들은 안심하고 잠을 잘 수 있을 게다."

성왕은 말을 끝내고 대신들을 바라보았다.

"사비로 도성을 옮겨 조금은 안심이 되오나, 줄기차게 침입해 오는 고구려군들을 물리치기 위해서는 신라와의 동맹을 튼튼히 하여야 한다고 생각합니다."

상좌평이 고개를 숙였다.

"이제 도성도 옮기고 하였으니 모든 걸 새로 시작하는 기분으로 해야 할 거요. 이왕 새로 시작하는 거 나라 이름도 남부여(南扶餘)로 고치는 게 어떻겠소?"

성왕이 말했다.

"좋을 거 같습니다."

상좌평이 찬성의 뜻을 나타냈다.

"이제부터 나라 이름을 남부여로 고쳐 부르도록 합시다. 우리나라는 옛 날 웅장하던 백제의 기상을 회복할 수 있을 만큼 나라가 안정되었소. 고구 려에게 빼앗긴 한성을 되찾을 날이 가까워져 가고 있소. 신라군과 가라군 이 함께 우리와 싸우기로 했소. 고구려를 쳐부수기에 아주 좋은 기회요."

성왕이 비장한 어조로 말했다.

남쪽의 부여란 뜻의 '남부여'는 부여를 중심에 둔 인식의 소산으로 백 제가 북쪽의 부여족에서 갈려 나왔음을 뜻하는 말이었다. 남부여가 시조 온조왕이 계승한 부여족의 정통성을 이어받고 있다는 것을 드러내 보인 것이었다.

황산하 하구를 장악한 신라는 황산하 서안의 가야 소국들에 대한 공세 의 고삐를 더욱 다잡았다. 위기의식을 느낀 가야 소국들은 백제와의 회의 를 통해 가야 소국들의 존립을 보장받기 위해 백제로부터 군사적 지원을 보장받기를 원했다.

541년 여름 4월, 안라국의 차한기 이탄해·대불손·구취유리 등과 가 라국의 상수위 고전해, 졸마국의 한기, 산반해국의 한기의 아들, 다라국의 하한기 이타, 사이기국의 한기의 아들, 자타국의 한기 등 가야 소국들의 사신들이 사비성에 도착했다.

북나성과 동나성으로 구분되는 나성이 왕궁·관청·사찰 등이 자리 잡 고 있는 도성을 둘러싸고 있었다. 나성의 길이가 6.4킬로미터나 되는 나 성은 서북 지역은 백마강을 자연 해자로 이용하고 있었고, 동북 지역은 산의 능선을 따라 성벽을 축조해 놓고 있었다.

성토한 대지 위에 세운 대형 전각 건물 위로 비둘기들이 날아가고 있었고, 연지(蓮池)에는 물고기들이 유유히 헤엄치고 있었다.

"도성의 안팎을 구분하면서 도심의 시가지를 나성으로 둘러싸고 있는 사비성을 도성으로 정한 성왕은 비범한 인물임이 틀림없습니다."

우륵이 말했다.

"내가 보기에도 사비성은 도성으로는 최고의 입지인 거 같소."

상수위 고전해가 말했다.

"우리 가라국의 도성은 주산이 둘러싸고 있어 북쪽 방어선은 그럭저럭 지킬 수 있으나, 황산하를 건너 적이 침입하면 방어할 자연 해자가 없는 것이 문제입니다."

우륵이 말했다.

"신라의 공격을 우리 가라국의 힘으로 막기 어려운 게 문제요."

고전해가 말했다.

객관에 짐을 푼 가야 소국들의 사신들은 후좌평이 주관한 연회에 참석한 후 객관으로 돌아와 이내 잠자리에 들었다.

후좌평이 주관한 연회 내내 어두운 얼굴을 하고 있었던 고전해는 도무지 잠을 이룰 수 없었다. 5명의 좌평 가운데 후좌평 한 사람만 연회에 참석했고, 상좌평·전좌평·중좌평·하좌평은 참석하지 않았다. 백제가 과연 가야 소국들을 지켜줄 수 있을까. 의문이 꼬리를 물었다.

사비성 위로 해가 솟아오르자, 가야 소국의 사신들은 대전으로 가 성왕을 알현했다.

"임나를 다시 건립하는 것이 당면 과제요. 이제 어떤 계책을 써서 임나를 일으켜 세울 수 있겠소?"

성왕이 굳은 얼굴로 물었다.

"전에 두 차례 신라와 의논하려 했으나 신라에서 회답을 주지 않았습니다. 도모하는 취지를 다시 신라에 알렸으나 아직 대답이 없습니다."

가라국의 상수위 고전해가 말했다.

"그렇사옵니다. 임나의 경계는 신라의 경계와 접해 있으니, 항상 불안합니다."

안라국의 차한기 이탄해가 말했다.

"옛날 나의 선조인 근초고왕 근구수왕의 시대에 안라 한기, 가라 한기, 탁순 한기 등이 처음으로 사신을 보내 서로 통하고 친교를 두터이 맺어, 자제로 삼아 항상 융성하기를 바랐소. 그러나 신라의 속임수에 넘어가 임나가 능멸을 당했소."

성왕이 말했다. 피로가 그의 눈꺼풀 위에 스며들었다.

"탁순·탁기탄·가락국 등과 같은 재난을 불러들일까 봐 두렵사옵니다."

다라국의 하한기 이타가 말했다.

"신라가 틈을 엿보아 임나 여러 나라들에 쳐들어온다면 내가 마땅히 가서 구해 줄 테니 걱정할 것 없소. 그러나 잘 수비하고 경계함에 소홀치 마시오. 신라가 스스로 강하기 때문에 탁순을 쳐들어갈 수 있었던 것은 아니오. 탁기탄은 임나 여러 나라들과 신라의 경계 사이에 있어서 매년 공격받아 패하는데도 임나가 구원할 능력이 없었기 때문에 망했소. 임나 본국인 가락국은 갑자기 준비하지 못하고 의탁할 곳을 몰랐기 때문에 망했소. 이런 것들로 미루어 보건대, 세 나라의 패망은 참으로 그 원인이 있었던 것이오. 옛날에 신라가 고구려가 도움을 청하여서 임나와 백제를 공격하였어도 오히려 이기지 못하였는데, 신라가 어찌 혼자서 임나를 멸망시킬 수 있겠소? 이제 과인이 그대들과 힘을 합하고 마음을 같이 하면 임나는 반드시 일어날 것이오."

성왕이 말했다.

그러고 나서 성왕은 가야 소국 사절들에게 각기 차등 있게 선물들을 나누어 주었다. 가야 소국의 사신들은 백제 성왕에게 자신들의 독립을 보장할 것을 요구하고, 신라의 공격에 대해 우려를 표명했다. 그러나 고구려의 군사적 위협에 맞서고 있는 백제로서는 동맹 세력이었던 신라를 적대 세력으로 돌릴 수 없었다. 오히려 성왕은 가야 소국들이 신라와 백제에 대하여 이중적인 자세를 보이고 있다고 생각하고 있었다. 신라에 대한 입장이 가야 소국들의 입장과 달랐던 성왕은 가야 소국들의 군사적 지원 요청을 무마하려 했다. 가야 문제에 대한 백제의 안이한 자세로 1차 사비 회의는 별다른 성과 없이 끝났다.

1차 사비 회의 때처럼 2차 사비 회의에서도 아무런 성과도 거두지 못했다. 안라국·가라국·졸마국·사이기국·산반해국·다라국·자타국·구차국 등 가야 소국의 사절들에게 성왕은 가야 소국에 주둔한 백제의 군령과 성주를 내보낼 수 없다는 요지의 변명 등 가야 소국들을 포섭하는 방안에 치우친 계책들을 내놓아 가야 소국 사신들은 별다른 소득도 없이 성왕이 나눠준 선물을 들고 귀국길에 올라야만 했다.

10

550년 봄 정월 성왕은 장군 달기로 하여금 군사 1만 명을 거느리고 가서 고구려의 도살성을 공격하도록 했다. 봄 3월에 도살성을 백제에게 빼앗긴 고구려는 이에 질세라 군사들을 보내 백제의 금현성을 에워쌌다. 이 무렵 신라는 죽령과 조령의 두 고개조차 넘지 못하고 한반도의 동남쪽 구석에 웅크리고 앉아 있었다. 신라는 중국으로 통하는 항구를 차지하는 게 꿈이었다. 진흥왕은 백제가 차지한 한강 하류 지역도 차지할 야심을 품었다. 그는 나제동맹 관계를 무시하고 고구려와 비밀히 약속을 맺어, 신라가 한강 하류를 차지해도 고구려가 모른 척하기로 했다. 이 무렵 고구려는 남쪽과 북쪽 양쪽에서 군사적 위기에 처해 있었기 때문에 신라와의 사이를 원만하게 할 필요가 있었다.

"백제와 고구려 군사들은 서로 싸움 끝에 지칠 대로 지쳐 있을 게다. 이 틈을 놓쳐서는 안 된다."

진흥왕이 병부령 이사부의 번들거리는 구릿빛 얼굴을 바라보았다.

이사부는 내물마립간의 4세손으로 하슬라주의 군주로 있을 때 나무로 사자를 만들어 전선(戰船)에 나누어 싣고 가서 계교를 써서 우산국을 복속시킨 장군이었다.

진흥왕은 이사부에게 도살성과 금현성을 치게 했다. 이사부는 도살성과 금현성을 빼앗아, 성을 증축하고, 갑옷 입은 1,000명의 군사를 주둔시켜 지키게 했다. 이어 금현성 탈환을 위해 고구려가 군사를 보내 금현성을 공격하다가 이기지 못하고 돌아가는 것을 추격하여 대파했다.

550년 전후하여 세워진 단양신라적성비의 비문 첫머리에 10명의 고관의 이름이 나오고 있어 주목된다. 10명은 이간 이사부·피진간 두미·대아간 서부질·대아간 거칠부·대아간 내례부·고두림·아간 비차부·아간 무력·급간 도설·급간 조흑부 등이다. '이사부'는 이사부 장군을 가리키고, '무력'은 김유신의 할아버지 김무력 장군을 가리킨다. 그리고 '도설'은 급간의 관등을 가지고 추문촌의 당주(幢主)가 된 도설지, 즉 월광 태자를 가리키는 것으로 보인다. 550년 이전 시기에 월광 태자가 신라로 망명하여 장군 도설지로 활약하고 있었던 것이다.

신라가 도살성과 금현성을 공격해 차지했다는 파발을 받은 성왕은 화가 머리끝까지 치밀어 올랐다. 그러나 고구려와 신라 두 나라를 동시에 적으로 삼기에는 아직 백제의 힘이 너무 미약했다. 백제의 처지를 간파하고 있던 진흥왕은 백제에 사신을 파견했다. 신라와 백제의 동맹 관계는 일단 파국을 면했다.

'우리 신라는 아직 죽령과 조령을 넘지 못하고 있어. 우리 신라는 한강 유역과 서해의 남양만을 확보해야만 해.' 진흥왕의 가슴속에는 야망이 잉걸불처럼 이글이글 피어올랐다.

551년 가라국을 출발한 지원군들이 드디어 사비성에 도착했다. 백제·신라·가라국 연합군은 북쪽으로 나아갔다. 백제 군사들이 먼저 고구려의 남평양을 공격했다. 남평양은 지금의 서울을 이르던 말로 고구려가 남진정책(南進政策)을 펼칠 때의 기지로서, 도성 평양에 버금가는 호칭을 붙였던 것이다. 이 전투에서 고구려군은 백제군에게 격파당했다. 연합군의 작전은 크게 성공하여 백제와 신라는 고구려가 차지하고 있던 한강 유역을 탈환하는 데 성공하게 되었다. 백제와 신라는 고구려를 들이칠 계획을 짜고 연합하여 군사를 일으켰다. 성왕은 군사들을 이끌고 고구려의 남평양을 공격하기 위해 사비성을 출발했다.

신라 군사들을 이끄는 총사령관은 거칠부였다.

"충성스러운 군사들아! 나를 따르라."

거칠부가 긴 칼을 뽑아 들어 높이 치켜들었다.

"와! 와! 와!"

거칠부의 긴 칼끝을 바라보던 신라 군사들이 함성을 질렀다.

백마 위에 앉은 거칠부의 뒤를 대각간 구진·각간 비대·잡찬 탐지·잡찬 비서·파진찬 노부·파진찬 서력부·파진찬 비차부·대아찬 미진부 등 8명의 장군이 탄 말들이 따랐다.

가라국 군사들도 포함된 백제 군사들과 거칠부가 이끄는 신라 군사들은 연합하여 동쪽으로 죽령 이북의 고구려 땅을 빼앗고, 서쪽으로 나아가 한강 유역 공격에 나섰다. 본래 백제 땅이었기 때문에 백제 군사들은 한강 주변의 지형에 밝았다. 그들은 고구려 군사들을 밀어내고 한강 이남의 땅을 되찾았다.

백제 군사들이 먼저 남평양을 쳐부수자 거칠부 등이 승세를 타고 죽령 바깥쪽 고현 안쪽 한강 상류의 10개 군을 고구려로부터 빼앗았다. 백제 군사들이 한성(漢城)을 비롯한 한강 유역의 6군을 고구려로부터 탈환하는 사이에 거칠부가 이끄는 신라군은 한강 상류 10군을 확보한 것이다.

고구려 군사들이 물러간 무너진 성에서 가사를 길게 늘어뜨린 승려가 무리를 데리고 천천히 걸어 나왔다. 온유한 표정의 얼굴에 주름살이 서너 줄 이맛전을 지나가고 있으나 혜량을, 거칠부는 금세 알아볼 수 있었다.

"혜량 스님이 아니옵니까?"

거칠부는 깜짝 놀라며 말에서 뛰어내렸다. 그는 혜량에게 공손히 인사를 하였다.

"이게 얼마 만인가?"

혜량이 거칠부의 손을 잡으며 말했다.

내물마립간 계통의 왕족 후손으로 태어난 거칠부는 어려서부터 스스로 행동에 구애되지 않았다. 그는 머리를 깎고 승려가 되어 전국의 산천을 떠돌아다녔다. 마침내 국경을 넘어 고구려에 몰래 들어갔다. 혜량이 법당을 짓고 불경을 강설한다는 말을 듣고 혜량을 찾아갔다. 그는 한쪽 구석에 다소곳이 앉아 혜량이 강설하는 것을 조용히 들었다.

어느 날 혜량이 거칠부를 보자, 피부가 메마르고 거칠긴 하나 형형한 눈빛을 보고 범상치 않다고 생각했다.

"사미(沙彌)는 어디서 왔는고?"

혜량이 물었다.

"신라에서 왔습니다."

거칠부가 대답했다.

그날 밤 혜량이 거칠부를 조용히 따로 불렀다.

"나는 사람을 많이 만나 보았소. 사미의 생김새를 보니 반드시 보통 사람이 아니오. 그대는 가슴 속에 딴마음을 품고 있지 아니 한가?"

혜량이 낮은 목소리로 물었다.

"저는 신라의 한쪽 구석 지방에서 태어났기 때문에, 아직 불교의 진리를 듣지 못했습니다. 스님의 높은 이름을 듣잡고 이렇게 찾아왔습니다. 원하옵건대 이를 거절하지 마시고, 어리석음을 깨우쳐 주시옵소서."

거칠부는 머리를 조아리고 가르침을 청하였다.

"내 비록 늙고 아는 것이 부족하지만, 자세히 보니 그대는 보통 인물이 아니오. 이 나라가 비록 작다고는 하지만 사람을 알아보는 사람이 없다고는 할 수 없소. 그대를 신라 사람으로 알아보고 그대를 붙잡을까 염려되어 이를 가만히 알려주는 거요. 빨리 신라로 돌아가는 게 좋을 것이오."

"……."

"내 눈이 틀림없을 것이오. 그대의 인상을 보니 제비와 같은 턱과 매와 같은 눈은 장차 그대가 반드시 장수가 될 걸 말해주고 있소. 만약 장차 군사를 일으켜 고구려로 쳐들어오게 되는 날이 오거든 나를 잊지 말아 주시오."

혜량은 앞날을 내다보고 있었다.

"……만약 스님의 말씀대로 되는 날에는 스님과 좋게 지내지 않겠습니까? 그것은 밝은 햇빛과 같이 분명할 것입니다."

거칠부는 말을 끝내고 떨어지지 않는 발걸음을 돌렸다.

이렇게 고구려에서 신라로 돌아온 거칠부는 벼슬길에 나서 마침내, 대아찬에 이르렀던 것이다.

"그때 스님 덕택으로 이 목숨을 보전할 수 있었습니다. 무엇으로 그 은혜를 갚아야 할지 모르겠습니다."

"우리 고구려는 지금 정치가 어지러워 멸망할 날이 머지않은 것 같소. 그대의 나라로 가서 살기를 원하오."

혜량이 담담한 목소리로 말했다.

"스님 같은 분을 우리 신라에서 모실 수 있다니…… 꿈만 같습니다."

거칠부는 혜량을 모시고 서라벌로 돌아왔다.

진흥왕은 혜량을 승려로서는 제일 높은 자리인 승통(僧統)으로 임명하였다. 그는 진흥왕의 불교 정책에 대한 여러 가지 자문을 했다.

혜량은 불교의 체계를 정비하였을 뿐만 아니라, 불교의 여러 사무를 통괄하고, 유명한 고승(高僧)을 초청하여 『인왕경』을 읽으면서 국가의 안위를 기원하는 법회인 백고좌 법회(百高座法會)와 종래 제천 의식과 불교가 결합되어 행해진 의식인 팔관회를 최초로 개최하였다.

백제는 잃어버렸던 한강 하류의 6군을 회복하였고, 신라는 한강 북쪽 10군을 차지하였다. 이 무렵 고구려는 북쪽으로는 말갈과 싸움을 벌이고 있었고, 남쪽으로는 백제·신라·가라국 연합군과 싸움을 벌이고 있었다. 신라 진흥왕은 비밀리에 고구려로 사신을 보내, 고구려와 밀약을 맺었다. 백제는 장악했던 한강 하류 지역을 포기하게 되었다. 신라는 한강 유역 전체를 장악하게 되었다. 신라와 백제의 동맹 관계는 파국을 맞이하게 되었다.

11

신라 군사들이 빗속을 뚫고 황산하로 몰려오고 있다는 파발이 날아왔다. 가실왕은 상수위 고전해에게 부월(斧鉞)을 내려 결사대 4천 명을 거느리고 개진 나루로 출동하게 했다. 어전회의가 끝났다. 대신들이 입을 굳게 다물고 대전을 나섰다.

하늘은 온통 시커먼 구름으로 뒤덮였다. 집으로 향하는 고전해의 머리는 몹시 무거웠다. 빗방울이 굵어졌다. 집에 도착할 무렵 하늘이 뚫린 것처럼 피가 내리퍼붓기 시작했다.

집에 도착한 고전해는 아내와 아들들을 자기 앞에 불러 앉혔다.

"이제부터 내가 하는 말을 잘 들어라. 2만 명이 넘는 신라 군사들이 쳐들어오고 있다. 나는 4천 명의 결사대를 이끌고 막으러 가지만 가라국 군사들은 신라 군사들과 대적하기에 너무나 부족하다. 나라의 운명이 몹시 위태롭다. 이번에 싸움터에 나가면 내가 살아서 돌아오면 다행이겠지만……."

고전해의 목소리는 몹시 무겁고 어둡다 못해 도리어 울음에 가까웠다.

"여보, '살아서 돌아오면 다행이겠지만'이란 말이 무슨 말이에요?"

아내가 몹시 놀란 얼굴로 고전해 앞으로 바짝 다가앉았다.

"……내가 살아오지 못하면, 가라국에 남아 있는 가족들은 잡혀서 종이 되거나 욕을 본다. 너희들은 종으로 살아남기를 바라지는 않는다면 만반의 준비를 해두었다가 어머니를 모시고 야장 백가를 찾아가서 백제로 도망치거라."

고전해가 두 아들들의 등을 어루만지며 말했다.

그는 자기의 눈물을 아내와 아들들에게 보이지 않으려고 고개를 돌렸다.

고진해의 말이 비수처럼 아내의 가슴에 와 꽂혔다. 어리둥절한 듯 큰아들이 커다란 눈을 끔벅거리며 아버지의 얼굴을 바라보았다. 그제서야 작은아들이 정신이 번쩍 돌아온 것처럼 아버지, 아버지 하고 울음을 터뜨렸다.

"야장 백가라 함은 개진 나루에서 쇠부리터를 운영하는 그 노인을 말씀하시는 거죠?"

아내가 다물고 있던 입을 열었다.

"……그렇소. 백가는 오래전부터 백제를 드나들며, 덩이쇠를 백제에게 넘기고 했소이다."

고전해가 말했다.

"이중 간자 노릇을 한 거로 보이는 백가를 어떻게 믿습니까?"

큰아들이 울음 섞인 목소리로 말했다.

"내가 백가의 뒷덜미를 잡고 있으니 걱정 마라."

고전해가 단호하게 말했다.

"아버지 몸조심하세요."

작은아들이 어깨를 들먹이며 울먹였다.

결사대를 이끌고 전단량을 나서는 고전해를 응시하는 가실왕의 가는 눈에 이슬이 맺혔다.

고전해는 결사대를 이끌고 개진 나루로 나갔다. 개진 나루는 역병이 휩쓸고 지나간 것처럼 깊은 적막에 묻혀 있었다. 개진 나루에 흩어져 살고 있던 백성들은 집을 비우고, 황산하를 건너 신라 땅으로 도망치거나, 가야산 골짜기로 피난을 가버려 인적이 드물었다. 말 탄 가라국 군사들이 강가를 오르내리며 강 건너 신라 군사들의 움직임을 감시하고 있었다.

살대 같은 빗줄기가 점점 거세지고 있었다. 군 막사 옆의 도랑의 물이 세차게 흐르기 시작했다.

"우리 가라국의 본국인 가락국의 이시품왕은 신라의 도성으로 진격하여 점령하고, 신라를 구원하러 온 고구려의 5만 군사들을 상대로 싸운 기개가 있는 왕이었다. 가실왕의 명을 받들어 오늘 신라군들을 무찔러 나라의 은혜를 갚도록 하라."

세차게 흐르는 물소리가 고전해의 목소리를 헤치고 들려왔다. 살대 같은 빗발이 병사들이 든 가지극과 칼을 마구 내리쳤다.

가라국 군사들은 뗏목을 타고 황산하를 건너온 신라 군사들을 세 번 공격하여 세 번 모두 이겼다. 가라국 군사들을 황산하 연변을 따라 방어선을 구축했다.

신라 군사들은 줄기차게 뗏목을 타고 황산하를 건너 가라국 군사들을 공격했다. 그러나 신라 군사들은 가라국 군사들의 방어선은 좀처럼 뚫지 못했다. 거칠부는 비가 줄기차게 내려 황산하의 물이 불어나자, 초조해졌다. 뗏목을 타고 황산하를 건너던 신라 군사들이 비명을 지르며 강물 속으로 떠내려갔다. 누런 강물 속에 허우적거리며 떠내려가는 군사들을 바라보던 거칠부가 퇴각하라는 명령을 내렸다.

거칠부가 군사들을 이끌고 서라벌로 돌아간 지 보름이 안 되어, 진흥왕은 가실왕을 그대로 두었다가는 내물마립간이 왕위에 있을 때 왜국과 연합하여 군사들을 이끌고 서라벌로 쳐들어왔던 가라국의 이시품왕처럼 뭔가 큰일을 낼 것으로 예측하고, 이찬 탈부를 가라국으로 보냈다. 진기한 보석과 비단을 싸 들고 탈부는 날랜 군사들을 데리고 황산하를 건넜다. 이찬 탈부 일행이 탄 황포 돛배가 개진 나루 선착장에 닿자, 집사장이 방패와 창을 든 병사들과 함께 탈부 일행을 맞이했다. 강물 위에 있는 범선 두 척의 돛대에 매달린 푸른 돛들이 강바람에 펄럭였다. 탈부는 부장(副將)에게 상자를 가져오라 해서 집사장에게 전했다. 바다 건너서 온 거요. 탈부가 입가에 미소를 흘리며 말했다. 가라국과 신라국이 잘 지내보자는 뜻으로 받겠습니다. 집사장은 상자를 배젊은 병사에게 건넸다. 왕궁에 도착한 탈부는 가실왕에게 진흥왕의 선물을 가져왔다고 말했다. 가실왕은 집사장에게 명해 탈부를 환영하는 연회를 베풀도록 했다. 가실왕은 기뻐하며 탈부와 함께 술을 마셨다. 좌중에 술이 몇 순배 돌아갔다. 왕의 얼굴에 얼근한 기운이 돌았다. 고전해가 자리에서 일어나 시위장을 향해 걸어갔다. 탈부는 왕에게 은밀히 이야기를 나누고 싶다고 말했다. 왕이 탈부 쪽으로 몸을 기울였다. 그 순간 탈부가 허리에 숨기고 있던 단도를 꺼내 소매를 잡고 왕을 찔렀다. 왕이 짧게 비명을 지르며 쓰러졌다. 고전해가 달려와 장검으로 탈부를 내리쳤다. 시위장이 달려들어 탈부의 머리를 발로 밟았다. 고전해가 장검을 탈부의 목에 내리꽂았.

　가느다랗게 숨을 내쉬던 가실왕은 새벽녘에 붉은 피를 울컥울컥 토해 놓고 죽었다. 집사장은 재빨리 젊은 시녀를 고전해에게 보내 가실왕의 죽음을 알렸다. 고전해가 빠른 걸음으로 대전으로 들어오자, 집사장이 시녀들에게 비빈들에게 왕의 죽음을 알리도록 했다. 내위군들이 대전 지붕 위로 올라가 왕의 죽음을 알렸다. 고전해는 내위장을 시켜 야장 백가에게 환두대도 2개를 만들어 오도록 했다. 내위군들이 대전과 침전 뜰의 화에 불을 붙였다. 횃불이 어둠을 밀어내며 타올랐다.

날이 밝아오자, 고전해와 내위장은 일관과 함께 주산 능선으로 가, 가실왕이 묻힐 자리를 살폈다. 내위장의 지시로 일관이 정한 자리에 산역꾼들이 무덤을 만들기 시작했다. 상복으로 갈아입은 야장 백가가 전단량으로 향했다. 침전 뜰에서 곡(哭)을 마치고 침전으로 천천히 들어갔다. 가실왕의 시신은 침방 가운데에 놓여 있었다.

야장 백가는 무릎을 꿇고 손잡이에 용(龍)과 봉(鳳)의 무늬가 금으로 새겨진 환두대도 두 자루를 왕의 허리띠 고리에 걸었다. 고전해는 고개를 들어 푸른 빛을 뿜어내는 환두대도와 황금빛을 뿜어내는 출(出)자 금관을 바라보았다. 그는 가야 소국들의 통합을 열망했던 가실왕의 죽음은 가라국을 점점 더 큰 혼란 속으로 빠져들게 할 거라고 속으로 되뇌며 고개를 숙였다.

누가 왕위를 이을 것인가를 둘러싸고 친백제계 대신들과 친신라계 대신들의 대립이 격화되었다. 친신라계 대신들이 재빨리 밀사를 신라에 파견하여 이뇌왕과 비조부의 누이 사이에 태어난 월광 태자(도설지)를 데려왔다.

친신라계 대신들의 추대로 왕위에 오른 도설지왕은 가라국을 중심으로 가야의 소국들을 통합해 목을 죄어들어 오는 신라에 대항하려고 했다. 그러나 이미 가라국 주변의 소국들은 신라의 입김이 작용하여 동조하지 않았다. 도설지왕은 가실왕의 정책을 이어받아 가라국의 군사력으로 신라의 침략에 대비하는 한편, 가야 소국을 통합하려는 정책을 계속 펼쳐나가고자 했다. 그러나 자신을 왕위에 올린 친신라계 대신들이 가야 소국 통합 정책을 방해하고 나섰다. 게다가 예악(禮樂)을 중심으로 한 유교문화에 바탕을 둔 내부적인 개혁의 추진을 둘러싸고, 친백제계 대신들과 친신라계 대신들의 대립이 더욱 격화되었다. 어느 것 하나 제대로 정책을 추진할수 없었다.

동남부 가야 소국들은 스스로 살길을 찾아 안라국을 중심으로 뭉쳐 새로운 동맹을 만들려고 했다. 안라국은 새로 고당(高堂)을 지어서 백제·왜국·신라 등의 사신을 초빙하여 국제회의를 개최하였다. 아로 한기가 영도하는 안라국은 가야 소국들의 새로운 중심 세력으로 대두했다. 결국 가야 소국들은 남과 북으로 분열되어 가라국·안라국 이원 체제가 형성되었다. 가야 소국들이 분열되자, 백제와 신라는 가야 소국들을 침탈할 야욕을 드러냈다. 안라국을 침공한 백제는 걸탁성에 군대를 진주시키고, 구례모라성(久禮牟羅城, 지금의 경상남도 함안군 칠원면으로 추정됨)을 축성하고 군대를 주둔시켰다.

신라 군사들이 뗏목으로 황산하를 건너고 있다는 파발을 접한 도설지왕은 대신들을 궁정으로 불러들였다. 대신들의 만류에도 도설지왕은 친히 기병 1천과 보병 4천을 거느리고 황산하를 향해 나아갔다. 그는 신라 군사들을 격퇴하여 선왕처럼 백성의 존경을 받고 싶었다.

"지금 이사부 장군이 많은 군사를 이끌고 쳐들어왔으니 곧 맞붙어 싸워서는 이길 수 없을 것 같습니다."

고전해가 말했다.

"그렇다면 어떠한 방도가 있겠소?"

도설지왕이 허리를 펴고 소리를 낮추어 물었다.

"소신의 생각으로는 신라 군사들과 맞붙어 싸우지 말고 성을 굳게 지키고 있다가 신라 군사들을 지치게 만든 다음, 한편으로는 가만히 기병들을 보내 신라 군사들의 보급로를 끊어 버리는 겁니다. 그렇게 하면 신라 군사들은 병기와 식량이 끊어져서 싸우려고 해도 싸울 수 없게 될 겁니다."

고전해가 대답했다.

"맞붙어 싸우지 않고 그렇게 기다리고 있다가 오히려 우리 편 병기와 식량이 떨어지면 그때는 어찌하겠소?"

도설지왕이 날 선 목소리로 말을 마쳤다.

"제가 사람을 보내 백제에 지원을 요청해 놨습니다."

고전해가 말했다.

고전해는 대아찬 미진부가 신라 군사들을 이끌고 공격해 오자, 무릎을 '탁' 치며 웃었다. 그는 날샌 기병 1천 명을 보내 신라 군사들을 유인해 오도록 했다. 신라 기병들이 말발굽 소리를 요란하게 내며 달려왔다. 고전해는 가라국 군사들에게 공격 명령을 내렸다. 가라국 군사들은 신라 군사들과 싸우는 체하다가 말머리를 돌려 급히 뒤로 내뺐다.

"겁쟁이 가라국 군사들이 도망간다. 추격하라."

그때 대아찬 미진부가 이끄는 신라 군사들은 가라국 군사들의 꾀에 넘어가는 줄도 모르고 거짓 패한체하며 도망치는 가라국 군사들의 뒤를 쫓아갔다. 신라 군사들을 주산 골짜기 깊숙이 끌어들인 가라국 군사들은 사방에서 신라 군사들을 공격했다. 그제서야 대아찬 미진부는 고진해의 꾀에 속은 줄 알아차렸으나, 때는 이미 늦었었다. 신라 군사들은 독 안에 든 쥐처럼 꼼짝도 못 하고 가라국 군사들이 휘두른 칼에 피를 흘리며 죽어갔다. 마침내 신라 군사들은 개진 나루로 물러나 황산하를 건너가기 시작했다.

"신라 군사들이 우리나라 군사들이 죽기 살기로 대항하니까 물러갔다. 그러나 언제 신라 군사들이 다시 쳐들어올지 모른다. 신라 군사들이 계속 공격하면 우리나라 군사들이 방어하는 것도 한계가 있다."

우륵이 말했다.

"스승님, 신라 군사들은 워낙 숫자가 많습니다. 안타까운 일이지만, 우리나라 군사들이 싸워 이길 승산은 거의 없습니다. 이제 가라국의 운명은 더할 수 없이 어렵고 위태로운 지경에 이른 거 같습니다. 우선 신라로 가는 게 지금 형편에 제일 나을 거 같습니다. 여기 가만히 계시다가 목숨을 부지하기 어려울 거 같습니다."

니문이 말했다.

"가락국을 떠나 사이기국에 살다가 가라국까지 끌려와 살아온 내가 가라국을 떠나 또 어디로 간단 말이냐?"

우륵이 쓸쓸한 얼굴로 말했다. 그는 가슴 한구석이 휑하게 뚫린 것처럼 허전한 마음을 가누기 어려웠다.

"스승님은 가실왕의 명을 받아 가야금을 만드셨습니다. 게다가 가야 소국들의 결속을 도모하기 위해 가야 소국들의 혼이 담긴 12곡을 지으셨습니다. 신라 군사들이 도성을 점령하게 되면 가라국 왕족들과 신하들을 가만두겠습니까. 가야의 혼을 빼앗기 위해서라도 12곡을 지으신 스승님을 가만두지 않을 겁니다."

니문이 단호한 목소리로 말했다.

12

고전해는 군사들에게 도성 안에 있는 솜이란 솜, 헝겊이란 헝겊을 다 모아 오도록 했다. 그리고 기름이란 기름은 다 모아 그릇에 담아두도록 했다.

신라 군사들이 황산하를 건넌 지 보름 만에 도성을 에워쌌다. 이사부는 전단량 앞에 진지를 구축하라고 명했다. 신라 군사들이 도성의 성벽으로 새까맣게 기어 올라왔다. 신라 군사들이 성루(城樓)로 활시위를 겨눴다.

북소리가 울렸다. 함성과 함께 가라국 군사들이 일제히 불화살을 쏘아 댔다. 미리 모아 놓은 솜이나 헝겊을 화살촉에 감아 기름을 발라 불을 붙인 다음 쏘아대는 것이다. 신라 군사들은 옷에 불이 붙어 비명을 지르며 팔짝팔짝 뛰었다. 옷에 불이 붙은 신라 군사들이 성벽 아래로 구르기 시작했다.

신라군의 진지로 불화살이 비 오듯 쏟아졌다. 신라군 진지는 순식간에 거대한 불구덩이가 되었다. 고전해가 공격 명령을 내렸다. 성문을 열고 달려 나간 가라국 기병들의 공격에 신라군 진지는 아수라장이 되었다. 보름

동안 신라 군사들이 피땀 흘려 쌓은 구축한 진지가 단 하루 만에 가라국 군사들에게 점령당했다.

"곧 겨울이 닥쳐올 겁니다. 군사들도 지치고 양식도 바닥이 나가고 있으니 이제 그만 돌아가는 게 좋을 듯합니다."

참모장이 떨리는 목소리로 말했다.

"그래 참모장 말이 옳은 것 같다. 곧 추위가 닥칠 텐데…… 돌아가자."

이사부가 침울한 목소리로 말했다.

이사부가 군사들을 이끌고 말머리를 돌려 황산하로 물러갔다.

이사부가 이끄는 신라 군사들을 가라국 군사들이 물리친 뒤 자만에 빠진 도설지왕은 차츰차츰 사치와 방종에 흐르게 되었다. 도설지왕은 나랏일을 내팽개치고 계집을 탐하며 술독 속으로 빠져들었다. 그는 아리따운 여자들을 궁궐로 불러들여 술과 노래와 춤으로 나날을 보냈다. 이에 백성의 마음은 멀어져 갔고, 나라의 살림은 기울기 시작했다.

"여봐라, 가야금을 울려라."

도설지왕이 아리따운 여자들을 옆구리에 끼고 소리쳤다.

악사들이 가야금을 켰다. 시녀들이 춤을 추었다.

"노래가 어찌 그리 슬프냐. 당장 연주를 멈추어라."

도설지왕이 이맛살을 찌푸리며 말했다.

마흔 살 안팎 나이의 악사가 가야금 연주를 멈추었다.

"연주하느라 수고가 많았다."

도설지왕은 악사를 당상으로 올려 앉히며 시녀를 불러들였다.

"이 악사에게 술 권하라."

코가 오똑한 시녀가 술을 들고 권주가를 불렀다.

"잡으시오, 잡으시오, 이 술 한 잔 잡으시오. 이 술 한 잔 잡으시면 천년만년 사시리라. 이는 술이 아니오라 한무제(漢武帝)가 하늘에서 내리는 불로장생의 감로수를 받아먹기 위하여 만들었다는 쟁반인 승로반에 이슬 받은 것이오니 쓰나 다나 잡수시오."

악사는 술잔을 받아 들고 마신 뒤 다시 가야금의 현을 당겼다.

가야금 소리는 시녀들의 비음 섞인 노래와 뒤섞여 대전에 흘러넘쳤다.

고전해는 도설지왕의 방탕함을 가만두고 볼 수 없었다. 그는 우륵을 집으로 불렀다. 그의 집은 궁궐에서 남쪽으로 조금 떨어진 곳에 있었다. 풍악 소리가 바람 소리에 섞여 들려왔다.

"큰일입니다. 상감마마께서 나랏일을 돌보지 않고 술과 여자로 밤인지 낮인지 모르고 있으니 장차 어찌하면 좋겠소?"

고전해가 굳은 얼굴로 말했다.

"정말 큰일입니다. 임금이 아주 딴 분이 되었습니다."

우륵이 침통한 목소리로 말했다.

"지금 신라에서는 진흥왕이 왕위에 올라, 우리나라를 치려고 잔뜩 벼르고 있다 합니다."

고전해가 입을 열었다.

"진흥왕이 누구입니까? 백제가 차지하고 있던 한강 유역의 요지를 빼앗은 군주가 아닙니까?"

"진흥왕이 그토록 한강 유역에 관심을 기울인 이유는 백제를 거치지 않고 대륙과 직접 교류하기 위해서였습니다. 백제만 없다면 당항성을 통해 바로 교역할 수 있기 때문입니다."

"진흥왕은 만만한 사람이 아닙니다."

"정복한 지역에 신주(新州)를 설치하고 아찬 김무력을 초대 군주(軍主)로 임명해 통치케 한 것만 보아도 야망이 큰 군주라는 걸 알 수 있어요."

그들은 머리를 맞대고 가라국을 위기에서 구할 방법을 찾아 보았다. 별 뾰족한 방법이 없었다. 문제는 도설지왕에게 있었기 때문이었다.

"지금이라도 상감마마께서 정신을 차리시고 나라를 똑바로 다스리면 우리나라가 살아날 텐데."

고전해가 흰 수염을 쓰다듬었다.

"그러게 말입니다. 진흥왕이 병부령 이사부를 보내 우리나라를 공격해 온다면 큰일 아닙니까?"

우륵이 고전해를 바라보았다.

"정말 그렇습니다. 병부령 이사부가 군사들을 이끌고 우리나라를 공격해 오면 막기 힘들다는 것은 불을 보듯 뻔한 일입니다."

고전해가 말했다.

잠시 침묵이 흘렀다. 그들은 입을 꾹 다물고 각기 생각에 잠겼다.

"이대로 가만히 있다가는 우리 가라국이 망할 것이오. 고전해 상수위께서 다시 한번 상감마마에게 말씀을 올려 보십시오."

"궁궐에서 술 잔치판을 벌이는 것을 그만두고, 세금을 줄이고, 여기저기 벌려 놓은 토목공사를 중단시켜 백성들을 보살피면 나라 형편이 좋아질 겁니다."

"상감마마께서 워낙 고집이 센 분이라 내 말을 들으실지 모르겠소. 그러나 이대로 가만있다가는 우리나라가 망할 게 틀림없소. 내가 상감마마에게 나아가 말씀을 아뢰어 보리라."

우륵이 돌아가자, 고전해는 어떻게 하면 도설지왕을 설득시킬 수 있을까 궁리해 보았다.

다음날 주산 위로 태양이 떠오르자, 고전해는 의관을 갖추고 궁궐로 들어갔다.

"상감마마!"

고전해가 머리를 조아렸다.

"상수위가 웬일인가?"

도설지왕이 말끝을 높였다.

"임금은 의롭고 인자한 정치를 펴서 만백성의 어버이 노릇을 해야 한다고 합니다. 굶주림에 지쳐 길바닥에 쓰러져 죽어가 가고 있는 백성들이 한두 사람이 아니고, 신라가 우리나라로 쳐들어온다는 소문으로 백성들이 불안에 떨고 있습니다. 상감마마, 나라의 운명이 바람 앞에 등불과 같사옵니다. 술잔치를 그만두고, 여자들을 멀리하옵소서."

고전해의 흰 수염이 떨렸다.

"뭐라고 술잔치를 그만두고 계집들을 멀리하라고?"

도설지왕은 술병을 집어 고전해의 머리를 향해 던졌다. 다행히 술병은 고전해의 머리를 빗나가 떨어졌다.

"상수위, 그대가 아직 계집이 올리는 술맛을 못 봐서 그런 소리를 하는 거다. 여봐라 상수위에게 술 한 잔 올려라."

시녀 하나가 도설지왕이 내린 금잔에 술을 부어 상수위에게 올렸다. 상수위가 술잔을 받아 내던졌다.

"이 무슨 무례한 짓이냐, 상수위."

도설지왕이 얼굴을 붉히며 말했다.

"상감마마, 제발 정신 차리옵소서."

고전해가 눈물을 뚝뚝 흘렸다.

"에잇 꼴 보기 싫다. 저놈을 끌고 가 옥에 가둬라."

도설지왕이 벌떡 일어섰다.

고전해는 옥에 갇힌 뒤로 음식을 거의 입에 대지 않았다. 그의 몸은 점점 쇠약해져 갔다. 옥에 갇힌 지도 여러 달이 지나가고 있었다. 이제 오줌을 누는 것조차 힘들게 되었다. 죽음의 그림자가 눈앞에 어른거렸다. 고전해는 이곳을 벗어나지 못하면 그의 목숨이 위태로워진다는 것을 알고 있었다. 어떡하든지 이곳을 벗어나야겠다고 그는 생각했다. 그는 옥리(獄吏)를 불러 종이를 가져다 달라고 부탁했다.

고전해는 어금니로 손가락을 깨물었다. 손가락에서 피가 뚝뚝 떨어졌다. 피로 글씨를 쓰기 시작했다.

머지않아 신라가 황산하를 건너 공격해 올 것만 같습니다. 우리 대가라국이 대비하지 않으면 도성이 일격에 점령당할 수 있습니다. 무릇 군사를 쓸 때는 그 지리적 조건을 잘 살펴 대비해야 합니다. 군사들은 물론 백성들까지 동원해 신라 군사들이 황산하를 건너오지 못하도록 방책을 세워야 합니다. 황산하를 건너오는 신라 군사들은 개포 나루에 못 들어오게 한 뒤, 주산 산성에 의지하여 싸우면 승산이 있습니다.

"그래도 나라 걱정을 하는 신하는 상수위뿐이구나."
고전해가 피로 쓴 글을 받아본 도설지왕은 생각에 잠겼다.
"신라가 황산하를 건너 쳐들어온다고? 내가 왜 그 사실을 잊고 있었지."
도설지왕은 두 손으로 머리를 감쌌다.
"상감마마, 상수위를 풀어주면 안 됩니다."
"통촉하옵소서."
친신라계 신하들이 들고일어났다.
"고전해를 풀어주도록 하라."
도설지왕이 명했다.
고전해가 풀려나자, 귀족들과 관원들이 하나, 둘 가라국을 떠나 신라로 도망치기 시작했다. 고전해가 풀려난 지 사흘째 되는 날 밤, 야장 백가가 아들과 함께 황포 돛배에 덩이쇠와 병장기를 싣고 황산하를 건너 신라로 도망쳤다.

13

가야산에서 뻗어 내린 가천과 야천은 마을들을 꿰뚫고 흘러내리는 동안 피로 물들기 시작했다. 두 물줄기는 도성에서 만나 회천이 되어 검붉은 피로 물들어 황산하로 흘러들었다. 골짜기의 마을마다 피 묻은 병장기들과 죽은 말들의 사체가 널브러져 있었다. 하늘에는 까마귀와 독수리 떼가 들끓었다. 백성들과 관원들은 살길을 찾아 뿔뿔이 흩어지고 있었다.

고전해는 어깨를 축 늘이고, 대전을 빠져나와 말안장에 엉덩이를 얹었다. 말고삐를 천천히 당겼다. 전단량을 빠져나오자, 동네 아이들이 토제 방울을 흔들며 노래를 부르며 걸어왔다.

거북아 거북아
머리를 내밀어라
만약 내밀지 않으면
구워서 먹으리.

龜何龜何(구하구하)
首其現也(수기현야)
若不現也(약불현야)
燔灼而喫也(번작이끽야).

고전해는 아이들이 부르는 노래가 도성의 거리에서 거리로 가득 퍼지고 있다는 이야기를 듣고 있었다. 곁들어 가라국 유민들의 아이들이 거북 등 껍데기, 관을 쓴 남자, 하늘에서 줄에 매달려 내려오는 자루, 하늘을 우러러보는 사람, 남자의 성기, 춤을 추는 여자를 새긴 토제 방울을 흔들며 노래를 부르고 다닌다는 이야기도 들었다. 가락국은 망했으나 그대로 남아 있을 산천과 바다를 그리워하는 가락국 유민들의 '님의 나라'에 대한 그리움이 담겨 있는 노래였다.

한 번도 경험한 일이 없는 상황이 이미 경험한 것처럼 친숙하게 느껴졌다. 이건 기시감이 아니라 그대로 역사의 반복이다. 고전해는 혼잣소리로 중얼거렸다. 30여 년 전 가락국이 멸망할 때와 똑같은 상황이 지금 가라국에서 벌어지고 있었다.

고전해도 결단을 해야 할 순간이 다가오고 있었다. 이대로 가만히 있다가 신라 군사들의 검날에 목을 내밀어야 할지, 아니면 가라국을 떠나 새로운 땅에서 새 삶을 일구어야 할지 결단을 내려야만 할 시간이 닥쳐오고 있는 것이다.

야장 백가가 신라로 도망친 지 한 달도 채 안 되어 상수위 고전해가 가족들을 데리고 백제로 망명하자, 가라국 사람들을 충격에 빠졌다. 백성들은 친어버이 같은 고전해가 자신들을 내팽개쳐 놓고 가족들을 데리고 한밤중에 도망친 것이 슬프고 분했다. 도설지왕을 원망하는 백성들의 소리가 점점 높아갔다.

고전해의 망명은 가라국의 멸망을 재촉하는 겨울비와 같은 것이었다. 이 무렵부터 가라국에는 상서롭지 못한 조짐이 잇달아 나타났다. 도성의 어정이 핏빛으로 변했다. 이상한 일이었다. 그뿐만이 아니었다. 대가천과 안림천 가장자리 모래사장 위로 작은 고기들이 수없이 뛰어올라 죽었다.

개구리 수만 마리가 떼를 지어 나뭇가지 위에 올라 들끓어 댔다.

"백제와 언로가 열려 있던 상수위 고전해는 백제로 간 건 비빌 언덕이 있다고 생각해 갔겠지만…… 백제로 갈 수 없고… 신라로도 갈 수 없고…… 가라국에 있으나 다른 나라로 가나 내 운명은 똑같을 게다."

우륵이 넋두리처럼 중얼거렸다.

가라국의 조정은 갈기갈기 찢겨져 자멸을 초래하고 있었다. 가실왕이 지핀 개혁 정치의 불꽃은 활활 타오르지 못하고 사그라들고 말았다. 가실왕의 명을 받아 12곡을 만들려고 가야 소국들을 순방하고 다녔던 우륵은 매우 딱한 처지에 놓이게 되었다.

"아아, 가야금과 가야 소국들의 얼이 서려 있는 가야 악곡의 운명은 여기까지인가." 가야 소국들의 얼이 담긴 곡을 연주하던 가야금을 어루만지며 우륵은 깊은 고뇌에 빠졌다.

530년대 이후 가야 소국들은 중앙 집권적 영역 국가로 발전한 백제와 신라 사이에 껴서 이리 치이고 저리 치여 멍들어버렸다. 황산하와 남강, 그리고 대사강으로 이어지는 골짜기마다 자리 잡고 있던 가야 소국들은 상호 간에 견제와 균형이 이루어져 중앙 집권적 영역 국가로 발전하지 못하고 분열과 쇠퇴를 거듭하고 있었다. 가락국이 멸망한 후, 가라국을 비롯한 황산하 수로를 통해 교역을 하던 가야 소국들은 타격을 입게 되었다. 그뿐만 아니라, 비록 광개토왕의 남정으로 타격을 입긴 했으나, 가야 소국들의 본국으로 어머니의 품 같았던 가락국의 멸망은 가야 소국들의 존립을 뿌리째 흔들었다. 게다가 가락국 대신 서남부 지역 가야 소국들의 큰형님 역할을 기대했던 안라국도 국경을 접하게 된 신라와 남강 유역을 점령해 오는 백제 사이에서 크게 흔들리고 있었다.

"가라국은 물론 가야 소국들은 거센 바람 앞에 선 촛불 같은 운명이야."

우륵이 깊은 한숨을 몰아쉬었다.

"스승님, 이제 결단을 내려야 합니다. 가라국은 침몰하고 있는 황포 돛배입니다. 고전해 상수위가 재빨리 백제로 망명한 거 보십시오."

니문이 기어들어 가는 목소리로 말했다.

"상수위 고전해가 백제로 망명한 후에 가라국의 많은 백성들이 백제 땅으로 넘어갔지……."

우륵이 말끝을 흐렸다.

"스승님, 신라에는 김무력 장군님이 있지 않습니까?"

"그렇지, 김무력 장군이 있지."

"김무력 장군님을 찾아가면 가락국 백성이었던 스승님과 저를 죽이기야 하겠습니까?"

"죽이기야 하겠느냐. 백성들을 친자식처럼 사랑했던 구형왕의 아드님이신데……."

"……그나저나 신라에 가서 가야금과 가야악을 지킬 수 있을까?"

우륵이 니문을 지그시 바라보았다.

"백제로 가는 거보다 신라로 가는 게 더 나을 거 같습니다."

니문이 우륵을 향해 말했다.

우륵은 피곤한 몸을 이끌고 방으로 들어갔다. 옷을 벗지 않은 채 그는 자리에 누웠다. '앞으로 어떻게 할 것인가? 앞이 보이지 않아.' 우륵은 몸을 뒤척이며 잠을 이루지 못했다. 어느덧 새벽 어스름이 문살에 가득 매달려 있었다. 그는 자리에서 벌떡 일어나 앉았다. 벽면을 응시하고 눈을 감았다. 니문도 신라로 가는 것이 좋다고 하지 않았던가. 가라국의 도성은 좁은 데도 백성이 많았다. 식량과 음용수가 적었다. 백제나 신라 군사들이 한 달만 포위하고 있으면 가라국 군사와 백성들은 고스란히 굶주려 죽게 된다. 게다가 도성이 가야 소국들과 외따로 떨어져 있었다. 황산하만 건너면 신라 땅이었다. 만약 위급한 사태가 발생할 때는 외부로부터 도움을 받을 수 없었다. 그리고 또 있었다. 수만의 신라 군사들과 맞서 싸우기에는 수적으로도 너무 적었다. 아무래도 세력을 나날이 키워가는 신라를 가라국 혼자 힘으로는 이길 수 없었다.

우륵은 니문을 방안으로 불러들였다.

"난 여기를 떠나기로 결심했다."

"잘 생각하셨습니다."

"떠날 준비를 하도록 하라."

우륵은 가야금을 비단에 싸서 어깨에 둘러메고 나설 채비를 하였다. 대숲으로 어둠발이 내리는 모습을 물끄러미 바라보던 그는 섬돌 아래로 내려서서 주위를 휘둘러 보았다.

"서둘러라."

"네, 스승님."

왼쪽 어깨에 가야금을 둘러멘 니문이 오른쪽 손에 보따리를 들고 뒤란에서 나왔다. 우륵과 니문은 어둠발이 번져가는 마당을 가로질러 사립을 나섰다.

갈대숲으로 바람이 몰려갔다. 우수수, 우수수 소리를 게워 내며. 갈댓잎이 강물 위로 흩어졌다. 황포 돛배가 개진 나루 선착장에 닿았다. 우륵과 니문은 조심스럽게 황포 돛배에 올라탔다. 황포 돛배가 서서히 강물 위로 미끄러져 갔다.

니문은 천천히 고개를 돌려 개진 나루를 바라보았다. 그는 바람이 밟고 지나가는 대나무숲을 바라보면서 두 눈을 조용히 감았다. 보리가 누렇게 익어갈 무렵 세상을 떠난 어머니를 가야산 자락에 묻고 돌아올 때 귀에 잡히던 소쩍새 울음소리가 귓바퀴에 맴도는 것 같았다. '어머니…….' 그는 중얼거리며 눈을 떴다.

뒤늦게 우륵과 니문이 전단량을 빠져나갔다는 소식을 들은 도설지왕은 크게 놀라 군사들에게 우륵과 니문을 뒤쫓아가 잡아들이도록 명했다. 다섯 명의 말을 탄 가라국 군사들이 개진 나루에 이르렀을 때 우륵과 니문의 모습은 보이지 않았다.

"한발 늦었구나. 돌아가자."

가라국 군사들은 말고삐를 돌려 전단량을 향해 되돌아갔다.

우륵은 니문과 함께 황산하를 건너 산길을 오르기 시작했다. 구름이 만어산 중턱에 띠를 두르고 있었다. 우륵과 니문은 만 마리의 물고기 떼가 살고 있다는 설화가 서려 있는 만어산 등갱이로 오르는 너설로 접어들었다. 『삼국유사』 「탑상」 '어산의 부처 그림자(魚山佛影)' 조에 다음과 같이 기록되어 있다. 〈옛 기록에 이렇게 말했다. 만어산은 옛날의 자성산(慈成

山)이요, 혹은 아야사산(마땅히 마야사로 써야 한다. 이는 물고기를 말한다.)이라고도 한다. 그 곁에 가라국이 있었다〉. 발아래로 바위너설이 펼쳐졌다. 황산하 건너편 무척산 골짜기로 운해가 장관을 이루고 있었다.

옛날 동해 용왕의 아들이 수명이 다한 것을 알고 무척산으로 갔다. 산정에는 수로왕을 장사지낼 때 장지에 물이 고여 정상에 못을 파서 물이 고이는 것을 막았다는 전설이 서려 있는 천지(天池)가 있고, 산 중턱에는 모은암이 있다. 용왕의 아들은 신통(神通)한 능력을 지니고 있는 주지 스님을 찾아가서 새로 살 곳을 마련해 달라고 부탁하였다. 주지 스님은 가다가 멈추는 곳이 인연터라고 일러주었다. 용왕의 아들이 황산하에 이르렀다. 황포 돛배를 타고 황산하를 건너기 시작하자, 고기떼가 그의 뒤를 따랐다. 배에서 내려 만어산에 올라 머물러 쉰 곳이 만어사였다. 그 뒤 용왕의 아들은 큰 미륵돌로 변하였고 수많은 물고기들은 불법(佛法)의 감화를 받아 만어산의 바위너설이 되었다.

삐죽삐죽하게 고개를 내민 바위들이 만어산 정상에서부터 강물처럼 흘러 내리다가 골짜기 중턱에 널브러져 있는 너덜겅이 마치 크고 작은 물고기들이 떼거리를 이루어 하늘로 머리를 들고 입질하며 만어산 정상으로 올라가고 있는 것만 같았다. 우륵과 니문은 단청을 새로 입힌 일주문을 지나 만어사 경내로 천천히 걸음을 옮겼다.

만어사의 당우로는 대웅전·미륵전·삼성각(三聖閣)·요사채·객사 등이 있었다. 객사는 2칸 규모의 목조 기와집이었다.

승려들이 바랑을 멘 채 우륵과 니문을 향해 합장했다.

"혜량 스님이 오늘 귀한 손님이 오신다고 했는데……."

턱을 매끈하게 깎은 승려가 말했다.

"이분들이 그 귀한 손님이 틀림없어요."

앳돼 보이는 승려가 호들갑스럽게 말했다.

우륵은 승려들의 뒤를 따라 대웅전으로 갔다.

혜량 곁에 앉아 있던 상좌 승려가 허리를 세워 뒤꿈치를 들고 조심스럽게 그의 곁을 물러났다.

"이렇게 먼 곳까지 어려운 걸음을 하셨습니다."

덕이 있고 위엄이 있어 보이는 혜량은 우륵과 니문을 위로했다.

"예를 갖추지 못하고 이렇게 황망히 찾아오게 되어 대단히 황송하옵니다."

우륵이 예를 갖추어 말했다.

우륵이 가래 섞인 목소리로 말했다.

"잘 오셨습니다."

"저는 가라국을 떠나 좀 더 안정된 곳에 가서 음악을 하고 싶어 황산하를 건너왔습니다."

"나무 관세음보살."

혜량이 눈을 지그시 감고 염주를 돌렸다.

"김무력 장군님을 뵐 수 있도록 도와주시면, 감사하겠습니다."

우륵이 겸연쩍은 듯 황산하를 내려다보며 말했다.

"이곳에서 서라벌로 가는 일이 간단치 않습니다. 객사에 묵으면서 생각해 보도록 합시다."

혜량이 우륵을 향해 따뜻한 눈길을 부었다.

사흘 후 상좌 스님이 우륵과 니문이 머무는 방으로 왔다.

상좌 스님을 따라 우륵은 혜량이 머무는 방으로 갔다.

"자, 이걸 소지하고 서화(西火)로 가서 거칠부 장군을 만나 뵙도록 하세요."

혜량이 소개장을 우륵 앞으로 내밀었다. 서화는 탁기탄국의 옛땅이었다.

"감사합니다. 이 은혜를 잊지 않겠습니다."

"어쩌면 서라벌에서 다시 만날 수도 있을지 모르겠소."

우륵과 니문이 떠나는 날 혜량이 일주문 밖까지 나와 우륵을 배웅했다.

하늘과 황산하가 맞닿아 있는 곳에 가라국의 산들이 희미하게 떠오르기 시작했다. 우륵은 능선을 바라보며 생각에 잠겼다.

우륵은 혜량의 써준 소개장을 들고 신라 군영으로 찾아갔다. 니문이 거칠부 장군에게 보내는 소개장을 들고 왔다고 말하자, 병사가 우륵과 니문을 천막 안으로 데리고 갔다.

"거칠부 장군은 지금 서라벌에 가 있으니, 일단 이들을 서라벌로 데리고 가라."

부대장이 말했다.

우륵과 니문은 교대 근무로 서라벌로 가는 신라 군사들을 따라갔다.

혜량이 써준 소개장을 펼쳐 본 거칠부는 부관을 시켜 우륵과 니문을 김무력 장군에게 데려다주도록 했다. 가락국계 김서현의 아버지인 김무력은 이사부의 부관으로서 단양의 적성 전투에 참전했고 고구려가 차지하고 있던 한강 유역 공략에 참전하여 전공을 세웠다.

우륵과 니문을 만난 김무력은 난감한 표정을 지었다. 이 무렵 가락국 복원 운동을 하는 김연규가 이끄는 가락국 부흥군 때문에 신라 조정은 가락국 유민들을 달갑지 않게 생각하고 있었다. 가락국 유민들 가운데 김연규처럼 가락국 조정과 연결고리를 갖고 있는 사람들도 있었다.

"한 치 앞을 내다볼 수 없는 상황이 서라벌에서 벌어지고 있어요."

"······."

"자칫하면 목숨이 위태로울 수도 있어요. 서라벌에서 멀리 떨어져 있는 낭성(지금의 충청북도 청주시)으로 옮겨 가면 어떻겠소? 으흠······."

김무력이 헛목을 다듬고 나서 말했다.

"낭성이면 백제 국경 가까이 있지 않습니까?"

우륵이 말을 이었다.

"가락국 백성들이 모여 살고 있으니, 자리잡는 데 도움이 될 겁니다. 지금은 정세가 복잡한 때니까, 당분간 낭성에 가서 조용히 살도록 하시오."

김무력이 말했다.

"네 그렇게 하겠습니다."

우륵이 머리를 조아렸다.

"사흘 후 낭성의 죄인들을 서라벌로 압송하러 병사들이 함거(檻車)를 끌고 가는데 그걸 타고 갈 수 있도록 조치를 취해 놓겠소. 그때까지 객관에서 쉬도록 하시오."

김무력이 말을 끝내고 뒤돌아섰다.

14

우륵은 두 마리의 말이 이끄는 함거에 실려 가는 자신과 니문의 처지가 처량하다고 느꼈다. 김무력 장군이 자신들을 보호하려고, 함거에 실어 서라벌에서 멀리 떨어진 낭성으로 보내는 것을 이해하지 못하는 것은 아니지만, 한때는 가락국과 가라국의 궁정 악사였던 자신의 꼴이 말이 아니라고 생각했다.

니문의 가슴은 숨 막히는 불안과 근심이 똬리를 틀고 있었다. 그의 가슴은 한여름의 하늘 아래 햇볕으로 타들어 가는 들판의 수수밭보다도 더 타들어 갔다.

"니문아, 두렵나? 얼굴 좀 펴라."

우륵이 수심이 가득한 니문의 얼굴에 눈길을 부었다.

"스승님, 우릴 죽이려고 하는 건 아니지요?"

니문의 끔벅끔벅 움직이는 눈에 걱정이 가득 실려 있었다.

"걱정을 사서 하는구나."

"……."

"김무력 장군이 누구냐? 걱정하지 마라. 신라 군사들이 가락국 백성들은 가라국 백성들처럼 노예로 끌고 간 사람이 없다. 구형왕이 항복을 하자, 가락국 땅을 식읍으로 주어 다스리도록 하고, 그 자식들은 진골로 편입시켜 높은 벼슬을 주지 않았느냐."

"그게 다, 신라의 유화 정책이라는 걸 저도 압니다."

"유화 정책이라 해도 신라가 가락국 백성을 대하는 태도와 가라국 백성을 대하는 태도는 너무나 차이가 크다."

"저도 그건 알고 있습니다."

우륵과 니문이 탄 함거가 낭성에 이르렀다. 신라 군사들이 우륵과 니문을 강변의 통나무집으로 데리고 갔다.

"김무력 장군님으로부터 연락받았습니다. 얼마 전까지 사람이 살던 곳이라 좀 손질하면 지내기엔 괜찮을 겁니다. 이불을 비롯한 세간들도 준비해 두었습니다. 불편한 게 있으면 촌장한테 부탁하십시오."

투구와 갑옷으로 무장한 부대장이 말했다.

"감사합니다."

니문이 머리를 숙여 보였다.

촌장이 말 위에 싣고 온 쌀 두 포대와 콩 한 포대를 대청에 내려놓았다.

우륵이 가야금을 대청에 내려놓고, 손가락만 한 구멍이 빠끔하게 뚫려 있는 장지문을 열고 안방으로 들어갔다. 뿌연 빛줄기가 눅눅하고 어두침침한 방 안을 비춰주고 있었다.

날이 밝아오자, 우륵은 아침을 먹는 둥 마는 둥 하고 가야금을 어깨에 메고 냇가의 너럭바위를 향해 걸어갔다. 그 뒤로 니금이 점심 보따리를 들고 뒤따랐다. 우륵이 현란한 손놀림으로 가야금을 탔다. 새가 지저귀는 소리와 가야금 가락이 한데 어우러져 냇물 위로 퍼져나가고 있었다. 가락이 냇물 위에 내려앉자, 냇물이 소리를 내며 화답했다. 니금은 가야금 소리에 맞춰 춤을 추었다. 머리가 새하얀 악사가 너럭바위에 앉아 가야금을 연주한다는 소문이 근동에까지 퍼졌다. 우륵이 가야금을 연주하면 학이 날아와 춤을 추고, 나비가 가야금 위를 맴돈다는 소문이 돌았다. 우륵의 연주를 감상하기 위해서 사람들이 모여들었다.

551년 봄 3월, 진흥왕은 고구려 공격을 대비하기 위해 근위병을 거느리고 변경 땅을 두루 돌아보러 나섰다가 낭성으로 행차했다. 그곳의 관원들과 백성들은 성문 앞에 도열해 진흥왕이 탄 수레를 기다리고 있었다. 통통하던 살이 빠지면서 청년티가 완연한 진흥왕이 수레에서 내리자 근위병들이 그를 에워쌌다.

하림궁에서 연회가 시작되었다. 자주색 큰 소매 옷을 입고, 새까만 가죽신을 신은 악공(樂工)들이 연회장의 한구석에 자리 잡고 있었다. 허리가 가느다란 악공이 아래로 둥글게 배가 부른 모양의 쟁을 무릎에 올려놓고 가만히 줄을 손으로 튕겼다. 무희들이 소리에 맞추어 춤을 추고 노래를 불러 흥을 돋우었다. 애절한 가락이 느리게 흐르다가, 어느새 밝고 활기찬 가락으로 바뀌었다. 현을 당기는 악공이 손가락의 힘을 서서히 줄였다.

"어허 이 노래는 내가 처음 들어 보는 노래로다. 이 노래를 누구한테 배웠느냐?"

하늘하늘 터질 듯한 앳된 얼굴의 악공이 뜯는 쟁의 소리에 오롯이 침잠해 있던 진흥왕이 물었다.

"가라국에서 넘어온 우륵이라는 악사와 그의 제자 니문한테 배워 익혔다 하옵니다."

진흥왕 곁에 있던 관원이 엎드려 아뢰었다.

"우륵이라는 악사와 그의 제자 니문을 하림궁 안으로 불러들여라."

진흥왕이 명을 내렸다.

근위대장이 병졸들을 거느리고 강변의 너럭바위로 우륵을 찾아갔다.

"우륵은 왕명을 받들라."

키가 큰 근위대장이 숨을 몰아쉬며 말했다.

우륵이 가야금을 한쪽으로 밀쳐놓고 일어섰다.

"하림궁으로 갑시다."

근위대장이 말했다.

창백하리만큼 하얀 얼굴의 니문은 마을 사람들에게 눈길을 주었다가 얼른 근위대장에게 눈길을 옮겼다. 그는 가라국에서 도망쳐 나온 그 자신을 진흥왕이 가만둘 것인지 불안했다. 전쟁터에서 죽는 한이 있더라도 김무력 장군을 따라갈걸 하고 생각했다. 우두커니 서 있던 우륵은 그 자신이 김무력 장군과 같은 나라 출신인 가락국 사람이라는 걸 밝히면 목숨은 부지하지 않을까 생각도 해보았다.

우륵은 가야금을 앞에 내려놓고 꿇어 엎뎠다.

"그대가 가라국에서 온 악사 우륵인가?"

진흥왕이 물었다.

"네 그러하옵니다."

우륵이 대답했다.

"전하, 가야금의 명인이라고 우리 신라에까지 소문이 난 악사입니다."

진흥왕 곁에 있던 낭성 성주가 아뢰었다.

"정말 그대가 가야금의 명인인가?"

진흥왕이 궁금하다는 듯이 물었다.

"소인은 신라 땅을 떠도는 악사일 뿐입니다."

우륵이 나지막한 목소리로 말했다.

"……떠도는 악사라? 네가 가야금의 명인이라 하니…… 어디 연주를 한 번 해보거라."

진흥왕이 우륵 곁에 있는 가야금에 눈길을 주며 말했다.

잠시 호흡을 고른 우륵이 천천히 가야금을 탄주하기 시작했다. 어쩌면 이승에서 마지막 연주가 될지도 모를 일이었다. 그는 어느 때보다 혼신의 힘을 쏟아 현을 튕겼다. 우륵은 진흥왕 앞에서 가실왕의 명에 따라 만든 가야금으로 가야 소국들의 통합을 위해 작곡한 12곡을 차례로 연주했다. 가야금 소리가 하림궁에 울려 퍼졌다. 진흥왕은 지그시 눈을 감고 용상에 앉아서 미동도 하지 않았다. 이윽고 가야금 소리가 멎었다.

"사람의 마음을 뒤흔드는 음악을 들어 본 적이 없도다. 과연 듣던 소문과 같구나. 가야금의 명인이라는 말이 헛말이 아니었구나."

진흥왕이 입을 굳게 다물었다.

신라 군사들에게 끌려가서 진흥왕 앞에서 가야금을 연주한 지도 한 계절이 지나갔다. 가지 끝에 매달린 복숭아의 빛깔은 뜨거운 햇볕을 받아 날이 갈수록 담홍색으로 변해가고 있었다.

까마귀들이 하늘에서 원을 그리며 빙빙 돌았다. 투구를 쓰고 갑옷을 입은 군사들이 너럭바위로 우륵을 찾아와 국원성 성주의 명에 따라 국원성(지금의 충청북도 충주시)으로 모시고 가겠다고 말했다. 우륵은 올 것이 오고 말았다고 생각했다. 우륵과 니문은 군사들을 따라 너럭바위를 떠났다. 촌장과 마을 사람들이 고샅으로 몰려나왔다. 어느새 하늘은 검은 구름으로 뒤덮였다. 영문을 모르는 마을 사람들은 구새 먹은 느티나무가 뿌리를 내리고 있는 동구에 서서 우륵과 니문을 쳐다보았다. 마을 사람들의 마음속에 여름 한 철의 무더위보다도 더 숨 막히는 불안과 걱정의 파도가 밀려오기 시작했다. 우륵은 굳은 얼굴로 마르고 파리한 촌장을 바라보았다. 늘 온화한 미소를 띠고 있던 촌장의 얼굴이 참담히 일그러져 있었다.

군사들이 수레에 싣고 온 덩이쇠와 병장기를 내려놓고, 낭비성 군사들이 가져온 쌀과 콩을 수레에 실었다. 함거를 타고 왔던 우륵과 니문이 쌀 포대와 콩 포대를 실은 수레에 몸을 싣고 떠나는 모습을 바라보던 촌장은 오른손으로 이마를 짚으며 느티나무에 몸을 기댔다. 기병들의 뒤를 따라 두 마리의 말이 이끄는 수레가 덜커덩거리며 국원성을 향해 갔다.

아무 말도 하지 않고 말을 몰고 수레 뒤를 따라가던 부대장이 음성에서 묵고 가자고 말했다. 기병들은 음성 안으로 들어가 마구간에 말을 묶었다. 대나마 석범의 아들인 부대장은 국원성 성주의 인척인 음성 성주에게 다가가 귓속말하듯 조용조용히 이야기했다.

모처럼 풍성한 음식으로 배를 채운 우륵과 니문은 이불을 깔고 자리에 나란히 눕자마자, 곯아떨어졌다.

아침 일찍 음성을 떠난 부대는 산그늘이 달천강에 음영을 드리울 무렵 국원성에 도착했다.

군사들은 우륵과 니문을 대문산 아래에 방 두 칸짜리 초가집으로 데리고 갔다. 군사들이 쌀 1포대와 콩 1포대를 대청에 내려놓았다.

"촌장에게 말해 놓을 테니 촌장이 찾아오면 도움을 청하세요."

부대장이 군사들을 이끌고 굴뚝에서 연기가 피어오르고 있는 집을 향해 갔다.

흰 터럭이 서리처럼 수염에 성긋성긋 섞인 촌장이 마을 사람들을 데리고 나타났다. 몸집이 우람한 사내가 솥과 불땀이 좋은 희나리를 지게에 지고 왔고, 가냘픈 몸집의 인화가 물통을 이고 왔다.

"오늘 저녁은 저희 집에 가서 같이 합시다."

촌장이 잔주름이 모인 입술을 열어 말했다.

촌장집 대문에 물고기 두 마리가 마주 보는 그림이 새겨져 있었다.

"쌍어문이 아닙니까?"

우륵이 물었다.

"쌍어문을 아세요?"

가냘픈 몸집의 처녀가 물었다.

"알다마다요. 나는 본래 가락국 사람이요."

우륵이 웃으며 말했다.

"가락국 사람이라고요?"

인화의 맑은 눈망울이 초롱초롱했다.

"네 그렇소이다. 우리 선생님은 가락국 궁정에서 악기를 연주하던 악사였습니다."

니금이 어깨에 메고 있던 가야금을 마루 구석에 세웠다.

"인화야, 악사님들을 안방으로 모셔라."

촌장이 말했다.

"네, 아버지."

인화가 치마를 여미며 안방으로 들어갔다.

촌장의 말에 따라 인화와 마을 아낙네들은 저녁을 준비하느라 부산을 떨었다. 저녁을 먹으면서 촌장은 서라벌에서 돌아가는 일에 관해 물었다. 우륵은 듣고 본 대로 이야기해 주었다. 가라국에서 탈출해 서라벌로 갔다가 김무력 장군의 도움으로 낭성에 가게 되었다는 이야기를 하자, 촌장은 눈물을 보였다. 가락국 유민들은 떠나온 가락국을 그리워하고 있었다. 김무력 장군이 그들을 '님의 나라'인 가락국으로 데리고 갈 것이라는 희망을 잃지 않고 있었다. 가락국은 가락국 유민들에게 '언젠가는 돌아가야 할 님의 나라'였던 것이다.

"모처럼 가락국 사람들끼리 만났으니까, 제가 가야금 연주로 인사를 대신하겠습니다. 먼저 연주하기 전에 가락금과 가야금에 대해 말씀드리겠습니다. 여러분들 아시다시피 질지왕이 변한의 금(琴)과 남제의 쟁(箏)을 개량하여 만든 게 가락금이고, 가라국의 가실왕이 가락금을 개량하여 만든게 가야금입니다."

낮은 목소리로 말을 마친 우륵은 가야금을 가져 와 무릎 위에 올려놓았다. 달천강을 거슬러 온 바람이 마당 한가운데를 쓸고 지나갔다. 가야금 소리가 울려 퍼졌다. 그것은 예전부터 들어오던 가락국의 가락이었다. 누란에 봄볕이 쏟아지면 마치 쉬리 떼가 몰려오는 모습을 했던 호양목(胡陽木)의 파릇파릇한 잎들이 파르르 떨며 내는 여린 소리와 같았고, 달천강에 봄이 오면 버드나무 잎사귀들이 파르르 떨며 내는 여린 소리 같았다. 마을 사람들은 서로 얼싸안고 울음을 터뜨렸다.

인화가 된장 한 통과 마른 산나물 세 꾸러미를 들고 마당으로 들어섰다. 그녀의 오뚝한 콧날에 땀방울이 송골송골 맺혔다.

"마른 산나물은 물에 불려 두었다가 된장을 넣고 끓여 먹으면 맛있어요."

인화가 고개를 돌려 니금에게 말했다.

"이렇게 귀한 걸 가져다주었는데 전 뭐로 은혜를 갚지요?"

니문이 말을 끝내고 푸른빛이 일렁이는 달천강으로 눈길을 돌렸다.

"틈이 날 때 저에게 가야금을 가르쳐 주시면 안 될까요?"

인화가 조심스럽게 입을 뗐다.

"가야금을 배우겠다면 가르쳐 드리리라."

니문이 흔쾌히 약속했다.

"고, 고마워요."

인화의 둥그스름한 얼굴에 점차 발그레한 빛이 돌았다. 두 사람은 한참 동안 서서 말을 섞었다.

봉창으로 아침 햇살이 비쳐 들어왔다. 뒤란에서 희나리를 가져다가 니문이 아궁이에 불을 붙이고 가마솥에 쌀을 씻어 안쳤다. 우륵은 부엌에서 들려오는 달그락거리는 소리에 눈을 떴다.

"된장국 냄새가 좋구나."

우륵은 입 안에 고인 침을 삼켰다.

"시장하시지요."

니문이 소반에 아침상을 차려왔다.

"산나물 된장국이 구수하구나."

우륵이 머리를 낮추고 산나물 된장국 그릇에 밥을 더 떠 넣으며 말했다.

속리산 계곡에서 발원하여, 남한강의 본류와 합류하는 달천강은 대문산을 끼고 흘러가고 있었다. 남한강 물과 달천강 물이 하나가 되는 두물머리의 하늘은 파랗게 개어 있었다. 능선을 바라보며 흘러가던 강물이 소(沼)를 만들었다. 파란 하늘이 비친 소의 가장자리에서 해오라기가 먹이를 찾느라 작은 물살을 일구고 있었다. 해오라기가 날갯짓을 하며 날아올랐다.

니문이 말없이 가야금을 받아서 무릎 위에 올려놓고 인화를 바라보았다.

"어서 한 곡 타주세요."

인화가 바위 위에 앉으며 말했다.

니문이 마주 앉은 인화에게 연방 눈길을 쏟아부으며 현을 살짝 튕겼다.

강물 위로 바람이 훑고 지나가자, 푸른 청보리가 일렁였다. 일렁이는 청보리 사이로 인화가 뛰어갔다. 우륵이 대청마루에 앉아 인화의 뒤를 따라 청보리밭으로 뛰어가는 니문을 바라보았다. 인화가 팔을 벌려 니문을 꼭 껴안으며 눈을 감았다. 청보리가 쓰러졌다. 버드나무 가지에 매달려 있던 매미가 낭자하게 울어 댔다.

15

서라벌로 돌아온 진흥왕은 계고·만덕·법지 등을 국원성에 보내 우륵에게 음악을 전수받도록 했다. 앞서거니 뒤서거니 세 사람의 관원들이 마당으로 들어섰다. 그들은 서라벌에서 온 관원들이라고 자신들을 소개했다.

"대나마 계고, 인사드립니다."

"대나마 법지, 인사드립니다."

"대사 만덕, 인사드립니다."

젊은 관원들은 마당에 엎드려 절을 했다.

우륵은 마루에 앉아 진흥왕이 보낸 관원들의 절을 받았다.

"그대들은 신라의 관원들인데 망한 나라 가라국의 악(樂)을 무엇 때문에 배우려 하느냐?"

우륵이 관원들을 바라보며 얼굴을 앞으로 내밀었다.

"전하께서 저희들에게 '공자는 상(上)을 안온케 하고, 민(民)을 다스리는 데는 예(禮)보다 좋은 것이 없고, 풍속(風俗)을 교정하는 데는 악(樂)보다 나은 것이 없다'고 이르면서 예는 민심을 절도있게 하고 악은 민성(民聲)을 화합시키며, 정(政)으로써 시행하고 형(刑)으로써 예방한다고 말씀했습니다."

계고가 나지막한 목소리로 말했다.

"예악형정(禮樂刑政)이 사방으로 두루 미쳐 어그러지지 않으면 왕도(王道)는 달성된다는 말씀이로구나."

"네 전하께서 예는 백성 마음을 절도 있게 하고 악은 백성의 울림소리를 서로 응하게 하며, 다스림으로써 이를 행하고 형벌로써 이를 막는다 했습니다."

법지가 가는눈을 끔벅거리며 말했다.

"전하께서 '예'·'악'·'형'·'정'의 4가지가 사방에 널리 퍼져서 어그러지지 않는다면 곧 왕의 치도가 갖추어진다고 말씀하셨습니다."

만덕이 말했다.

"가야금을 가져와 보게."

우륵이 니문을 향해 말했다.

니문이 대청 한쪽에 놓여 있는 거문고를 가지고 와서 우륵 앞에 앉았다.

"이번에 새로 지은 세 곡을 한 번 연주해 보아라."

우륵이 몸을 일으키며 말했다.

"제가 새로 지은 세 곡을 차례로 들려드리도록 하겠습니다. '오(烏)'는 까마귀를 살펴보고 지은 곡이고, '서(鼠)'는 쥐를 살펴보고 지은 곡이고, '순(鶉)'은 메추라기를 살펴보고 지은 곡입니다."

니문이 말했다.

"세 곡 모두 동물을 살펴보고 지은 곡이군요."

법지가 말했다.

"동물을 살펴보고 지었다는 게 흥미롭군요."

계고가 말했다.

니문이 가야금을 앞으로 당겨 무릎에 받쳐놓고 오른쪽 손을 들어 현을 튕겼다. 니문의 손가락이 현을 튕길 때마다 까마귀가 푸드덕거리며 창공으로 날아올랐다. 세 사람은 니문의 가야금 소리에 빨려 들어갔다. 이윽고 니문이 현을 힘 있게 튕기자, 메추라기 떼들이 푸드덕거리는 소리를 내며 대나무 숲속으로 사라졌다.

"동물의 소리를 가지고 정말 훌륭한 곡을 지었다니 대단합니다."

만덕이 말했다.

"가야금이 대단한 성기(聲器)라는 걸 오늘 알았습니다."

계고가 말했다.

"가야금은 소리를 내는 성기로만 생각해서는 아니 된다. 가야금은 십이율(十二律) 중 양성(陽聲)에 속하는 여섯 가지 소리, 즉 '황종(黃鐘)·태주(太簇)·고선(姑洗)·유빈(蕤賓)·이칙(夷則)·무역(無射)'과 '춘(春)·하(夏)·추(秋)·동(冬)'의 사시(四時)와 '천(天)'과 '지(地)' 그리고 '동(東)·서(西)·남(南)·북(北)·상(上)·하(下)'의 육합(六合)과 '천(天)·지(地)·인(人)'의 삼재(三才)가 융합된 악기다."

우륵이 계고를 향해 말했다.

"가야금이 그러한 깊은 이념을 지니고 있는 악기인 줄 몰랐습니다. 앞으로 열심히 배우겠습니다."

계고가 말했다.

"법지는 노래에 소질이 있어 보이니 노래를 배우도록 해라."

우륵이 말했다.

"열심히 하겠습니다."

법지가 말했다.

"저는 악무(樂舞) 중에서 춤을 추기를 좋아합니다."

"그래, 자고로 예능은 자신이 좋아하는 걸 해야 한다. 만덕은 춤을 배우도록 해라."

그 후 우륵은 세 제자에게 자신이 지은 12곡도 가르쳐주었다. 우륵이 작곡한 12곡을 배운 세 제자는 12곡이 번잡하고 음란하여 우아하고 바르지 못하다고 판단하여 5곡으로 줄여 버렸다. 우륵은 이 소식을 듣고 제자들로부터 뒤통수를 얻어맞은 것 같아 눈알이 곤두섰다. 그러나 그는 새로 줄인 5곡을 모두 듣고 난 뒤에는 눈물을 흘렸다.

"공자께서 '『시경』의 「관저(關雎)」는 즐거우면서도 지나치지 않고, 슬프면서도 마음을 상하게 하지는 않는다'고 말씀하셨다. 즐거우면서도 지나치게 즐겁지 않고, 슬프면서도 지나치게 슬프지 않구나. 이것이 정말 바른 음악이로구나."

우륵이 말했다.

진흥왕은 계고·만덕·법지 등이 학업을 성취했다는 소식을 듣고 서라벌로 불러들여 세 사람에게 연주를 명했다.

"안회(顔回)가 한 나라의 정치 방법을 물었을 때 공자께서 '음악은 순임금의 소(韶)와 무왕의 무(舞)를 쓰고 정(鄭)나라 음악은 내치고 아첨하는 자들은 멀리해야 한다. 정나라 노래는 음란하고, 아첨하는 자들은 위태롭기 때문이다'라고 말씀하셨습니다. 전하, 아니 되옵니다. 가라국은 곧 망할 나라입니다. 망할 나라의 음악을 들어서는 안 됩니다."

귀밑털이 희끗희끗해 가는 상대등이 아뢰었다.

"가라국 음악을 물리치소서."

여러 상신들이 적극 반대하고 나섰다.

"가라국왕이 음탕하고 난잡하며 정사를 바로 못 한 탓으로 스스로 멸망했는데 가라국의 음악에 무슨 죄가 있겠느냐? 대개 성인이 악을 제정하는 것은 인정에 연유하여 조절하게 한 것이지만, 나라의 존망(存亡)과 그 나라의 음악은 별개다."

진흥왕이 말했다.

16

554년 가을 백제는 3만 명에 달하는 대병력을 동원하여 신라 공격에 나섰다. 성왕의 아들 부여창이 지휘한 백제·가라국 연합군은 신라군을 공격했다. 처음에는 백제·가라국 연합군이 승리했다. 성왕은 아들 부여창을 격려하기 위하여 백제·가라국 연합군 진영으로 향하였다. 신라군은 성왕이 몸소 군대를 이끌고 온다는 정보를 간자에게서 들었다.

"너는 천한 종이지만 성왕은 훌륭한 임금이다. 지금 천한 종이 훌륭한 임금을 죽이게 된다면 후세에 전하여져서 세상 사람들의 입에서 잊히지 않을 것이다."

신라의 장수가 말먹이꾼인 고도를 부추겼다.

"천한 저를 이렇게 불러주신 것만도 영광입니다. 백제 임금의 목을 꼭 베어 오겠습니다."

고도는 굵은 목소리로 대답했다.

성왕은 대신들의 만류를 뿌리치고 보병과 기병 50명을 거느리고 사비성을 떠나 관산성을 향했다. 구천 협곡에 신라 군사들은 성왕이 다가오기를 기다리며 매복해 있었다. 신라 군사들이 매복해 있다는 사실을 모른 채 성왕 일행은 구천 협곡에 다다랐다.

"이때다! 공격하라."

갑자기 날아오는 화살에 성왕이 탄 말이 쓰러졌다. 성왕은 땅바닥에 떨어졌다. 이때 재빨리 고도가 성왕을 덮쳤다. 성왕은 신라군에게 사로잡혔다.

"왕의 머리를 베게 해주십시오."

고도는 성왕에게 두 번 엎드려 절을 올렸다.

"왕의 머리는 종에게 맡길 수 없다."

성왕은 늠름한 자세로 말했다.

"우리 신라 국법에는 맹세한 바를 어기면 비록 국왕이라 하더라도 마땅히 종의 손에 죽습니다."

고도가 냉랭하게 그 말을 받았다.

고도의 말을 들은 성왕은 체념한 듯 자기 옆구리에 차고 있던 장검(長劍)을 고도에게 풀어주었다.

"하늘이 백제를 버리는구나."

성왕은 하늘을 우러러 탄식하며 눈물을 줄줄 흘렸다.

"자, 어서 머리를 늘이시오."

고도가 천천히 입을 열었다.

"과인은 매양 뼈에 사무치는 고통을 참고 살아왔지만, 너 같은 종에게조차 구차하게 목숨을 구걸하며 살고 싶지는 않다."

성왕이 울분을 가라앉히기 위해 느릿느릿 말을 마치고 머리를 늘였다.

고도가 장검을 높이 치켜들었다. 까치살모사의 딱 벌린 아가리에 솟아난 이빨처럼 날카로운 검날이 빛살같이 허공을 그었다.

진흥왕은 성왕의 시신 가운데 몸통은 백제 군사들에게 되돌려주었다. 그리고 성왕의 머리는 북청이라는 관청 건물의 계단 밑에 묻어두고, 관원들로 하여금 성왕의 머리를 매일 밟고 다니도록 했다.

이 전쟁에서 백제는 성왕을 비롯해 4명의 좌평이 전사하고 2만 9천 6백여 명에 달하는 군사들이 전사하는 참담한 패배를 당했다.

백제가 차지한 한강 하류 6개 군을 공격하여 빼앗은 신라는 이곳에다 재빨리 신주(新州)를 설치했다. 진흥왕은 아찬 김무력을 신주의 군사 책임자로 임명했다. 그는 가락국 구형왕의 셋째 아들로 신라의 장수가 되어 많은 공을 세우고 있었다.

백제와 가라국 연합군이 관산성 전투에서 신라에게 크게 패한 뒤 신라는 백제의 눈치를 살피지 않고 본격적으로 가야 소국들의 정벌에 나섰다.

"한강 유역을 차지했으니, 남아 있는 가야 소국들을 정복해야 하오. 우선 가라국부터 공격하도록 하시오."

진흥왕이 이사부에게 명령했다.

탁기탄국과 가락국을 병합했던 신라는 534년에서 541년 사이에 탁순국을 병합하고, 나머지 가야 소국들에 압력을 가하면서 영토확장 정책을 펼치고 있었다.

556년 신라는 동해안을 따라 북쪽으로 나아가 고구려 군사들을 북쪽으로 밀어내고 지금의 함경남도 안변군에 비열홀주를 설치하였다. 그리고 이곳을 근거지로 하여 고구려 군사들과 치열한 전투를 벌여 마침내 함흥평야를 차지하는 데 성공하였다.

"한강 유역을 차지했으니, 남아 있는 가야 소국들을 정복해야 하오. 남아 있는 가야 소국들의 중심 세력인 가라국부터 공격하도록 하시오."

진흥왕이 이사부에게 명령했다.

"잘 알겠습니다."

이사부가 머리를 조아렸다.

"상감마마 이번 싸움에 저도 따라나설 수 있도록 도와주소서."

겨우 나이가 열대여섯 살쯤 되어 보이는 사다함이 머리를 숙였다.

"네 뜻은 갸륵하다마는 너는 나이가 어려서 안 된다."

진흥왕이 고개를 가로저었다.

"상감마마 제가 이번 싸움에 이사부 장군님을 따라갈 수 있도록 허락하여 주옵소서."

사다함은 다시 한번 진흥왕에게 머리를 조아렸다.

사다함은 여러 번 싸움터에 나갈 수 있도록 허락해 달라고 청하였다.

그의 의지가 굳다는 것을 깨달은 진흥왕은 마침내 사다함이 싸움터로 나가는 것을 허락했다.

사다함이 싸움터로 나간다는 소문이 퍼지자, 화랑의 무리 또한 따라나서는 사람들이 많았다.

신라 군사들이 쳐들어온다는 소식이 전해지자, 가라국의 도성은 발칵 뒤집혔다.

도설지왕은 신하들을 모아 놓고 대책을 의논했다.

"누가 적을 막을 좋은 방법이 있으면 말해 보시오."

도설지왕이 침통한 얼굴로 물었다.

이사부가 이끄는 신라 군사들은 뗏목을 타고 황산하를 건넜다. 신라 군사들은 전단량 근처의 언덕에 이르렀다. 넓고 깊은 해자가 성벽 주위를 둘러싸고 있어 신라 군사들이 공격하기가 쉽지 않았다. 상수위 고전해가 성벽 주위에 냇물을 끌어들여 해자를 만들고 적의 침입에 대한 방비를 굳건히 하도록 했던 것이다. 가라국 군사들은 전단량을 꼭 닫고 굳게 지키기만 할 뿐 꼼짝도 하지 않았다. 신라 군사들은 활시위를 당겨 전단량을 공격하였으나, 전단량을 좀처럼 열 수 없었다. 신라 군사들은 부대를 둘로 나누어 한쪽은 주산 산성을, 또 다른 한쪽은 전단량을 공격하였다. 주산 산성의 전투에서 가라국 군사들은 필사적으로 신라 군사들에게 저항했다. 가라국의 전략적 요충지인 주산 산성은 가라국 군사들의 완강한 저항으로 신라 군사들은 주산 산성 동쪽 성루만 간신히 점령할 수 있었다.

"적들은 수가 많은 것을 믿고 우리를 깔보는 마음이 있을 것이고, 또 멀리서 오느라 피로에 지쳐 있을 것이니, 이때 신라 군사들을 치면 반드시 깨뜨릴 수 있을 것이다."

도설지왕이 비장한 어조로 말했다. 그의 등허리는 식은땀에 축축하게 젖어 있었다.

수천 명의 신라 군사들은 각자 보릿단을 하나씩 들고 전단량을 향해 달려가 해자에 짚단을 던져 넣고는 뒤로 재빨리 물러서기를 반복했다. 그리고 나서는 신라 군사들이 흙을 날라와 해자를 메꾸기 시작했다. 이사부가 군사들이 흙을 져 날라 해자를 메우는 것을 보고, 그 가운데 가장 무거운 것을 나누어 자기의 말 위에 실었다. 따르던 군관들이 다투어 가면서 흙을 져다가 해자에 부렸다.

신라 군사들은 밤을 낮으로 낮을 밤으로 삼아 5일 동안 흙을 져 날라 해자를 메꿨다.

이사부가 시퍼런 검날을 번뜩이며 전단량을 향해 달려갔다. 그 뒤를 따라 신라 군사들이 붉은 먼지를 일으키며 몰려갔다.

성벽 위에서 가라국 군사들이 일제히 화살을 쏘아댔다. 해자는 신라 군사들의 시체로 가득 채워졌다.

신라 군사들이 해자 뒤로 멀찌가니 물러섰다.

"장군님, 제가 앞장설 수 있도록 허락해 주십시오."

사다함이 이사부 앞으로 나아갔다.

"귀당비장(貴幢裨將)은 안 돼."

이사부가 한마디로 거절했다.

"장군님, 제가 앞장서겠습니다."

거듭 사다함이 앞장서서 싸움터로 나가겠다고 요청했다.

"귀당비장, 나가 싸워라."

드디어 이사부의 허락이 떨어졌다.

사다함은 말을 타고 구덩이를 뛰어넘어 검을 빼어 들고 적진으로 달려갔다. 성벽 위에서 신라 군사들의 모습을 내려다보고 있던 가라국 군사들은 어린 소년이 말을 타고 달려오자, 바라만 보고 있었다. 사다함은 눈 깜짝할 사이에 적진으로 들이닥쳐 검을 휘둘렀다. 가라국 군사들은 우왕좌왕하며 갈피를 못 잡았다. 사다함은 이리 날뛰고 저리 날뛰는 가라국 군사들 사이로 달려가며 검을 휘둘렀다. 가라국 군사들이 피를 뿌리며 쓰러졌다. 사다함은 채찍으로 말을 세차게 후려쳤다. 말이 해자를 건너뛰었다. 쏜살같이 전단량을 향해 달려갔다. 사다함은 이때를 놓치지 않고 가라국 깃발 아래서 장검을 들고 군사들을 지휘하고 있는 가라국의 장군을 향해 활시위를 당겼다. 가라국의 장군이 나무토막처럼 성벽 아래로 떨어졌다. 순식간의 일이었다.

"공격하라."

이사부가 총공격 명령을 내렸다.

신라 군사들은 화살을 성루 위로 쏘아댔다. 화살을 맞은 가라국 군사들이 성벽 위로 꼬꾸라졌다. 북소리와 함성이 하늘과 땅을 흔들었다.

가라국 군사들은 쓰러진 군사를 밀어내고 화살을 성벽 아래로 쏘아댔다. 신라 군사들이 말벌 떼처럼 달려들어 성벽을 향해 연방 화살을 쏘아댔다. 화살이 성벽 위로 새까맣게 날아갔다. 가라국 군사들이 성벽 아래로 계속 떨어졌다. 가라국 군사들은 다시 달려들어 화살을 성 아래로 쏘아댔다. 쏘아대면 막고, 막으면 쏘아대는 싸움이 치열하게 펼쳐졌다. 새까맣게 날아오는 화살에 맞아 죽는 가라국 군사들의 숫자가 급격히 늘어났다. 싸움은 시간이 흐를수록 치열해졌다. 가라국 군사들은 용감하게 싸웠으나 신라 군사들의 줄기찬 공격 때문에 고전을 면치 못하고 있었다.

남쪽으로부터 바람이 세차게 불어왔다.

"하늘이 우리를 돕는구나. 화공(火攻)을 시작하라."

이사부의 명령에 따라 신라 군사들이 장대 위에 올라가 성루에 불을 질렀다. 성루를 삼킨 불이 성안으로 밀려갔다. 불은 남쪽에서 거세게 불어오는 바람을 안고 도성 안의 초가에 옮겨붙었다. 훨훨 타오르던 초가의 불길은 가랑잎에 불붙기란 말처럼 눈 깜짝할 사이에 가무러져 가는 잿불로 변하고 말았다. 궁궐에 옮겨붙은 불길은 거세게 타올랐다. 가라국 군사들과 백성들은 불길을 잡으려고 이리 뛰고 저리 뛰었으나, 워낙 불길이 거세서 불길을 잡을 수가 없었다.

신라 군사들의 불화살이 일제히 불줄기를 뿜어댔다. 가라국 군사들의 비명이 쏟아졌다. 이어서 신라 군사들이 새까맣게 성벽에 달라붙었다. 시뻘건 불길을 뚫고, 가라국 군사들은 신라 군사들과 싸웠다. 그러나 가라국 군사들은 불길을 뚫고 밀려오는 신라 군사들을 당해낼 수 없었다.

"적의 숨통을 끊자."

무관량이 말채찍을 세차게 휘두르며 앞으로 달려 나갔다.

신라 군사들이 성난 파도처럼 전단량으로 들이쳤다. 성벽 위에 포진해 있던 가라국 군사들이 맥없이 무너졌다. 전단량을 무너뜨린 신라 군사들은 궁궐로 향해 달려갔다. 가라국 군사들은 끝까지 싸웠으나 수적으로 우세한 신라 군사들을 막아 낼 수 없었다.

신라 군사들이 대전에 불을 질렀다. 가라국의 도성은 불바다가 되었다.

"아아, 가라국이 여기서 끝나는구나."

도설지왕은 더 이상 싸울 힘을 잃고, 어머니를 말에 태워 주산 산성으로 빠져나갔다. 도설지왕이 이끄는 가라국 군사들은 가야산으로 가던 도중 신라 군사들에게 붙잡혔다. 도설지왕은 신라군의 군영으로 끌려가 이사부 앞에 무릎을 꿇었다. 가라국은 42년 이진아시왕이 나라를 세운 이래 520년 만에 역사의 저편으로 사라지게 되었다.

가야 소국들의 마지막은 『일본서기』권19「흠명기(欽明紀)」'23년(562년)' 조에 다음과 같이 기록되어 있다. 〈봄 정월 신라가 임나 관가를 쳐서 없앴다. 다른 기록에는 '21년에 임나가 망하였다'고 하였다. 통틀어 말하면 임나라 하고, 세분(細分)해서 말하면 가라국·안라국·사이기국·다라국·졸마국·고차국·자타국·산반하국·걸손국·임례국이라고 하여 모두 합하여 10국이다〉안라국을 비롯한 가야의 소국들도 가라국 멸망을 앞뒤로 하여 신라에게 항복했다고 추정된다. 이로써 가야 소국들은 500여 년의 긴 역사를 마감하게 되었다.

17

가라국 멸망 소식을 들은 마을 사람들이 하나, 둘, 촌장 집으로 몰려왔다.

"신라가 나날이 강성해져 가라국이 신라 군사들을 몰아내고 나라를 되찾을 승산은 거의 없습니다. 우리로서는 신라에 순응하면서 사는 게 지금 형편에 제일 나을 거 같습니다."

자그마한 얼굴에 수심이 안개 끼듯 어리어 있는 촌장이 굳게 다물고 있던 입을 열었다.

"신라가 가라국을 멸망시켰지만, 지금 신라는 백제·고구려와 싸우고 있는 사이이니 우리를 당장 끌고 가지는 않겠지만 안심할 수는 없습니다."

염 노인이 말했다. 그는 가끔 염사의 우거수를 지낸 염사치 이야기를 마을의 젊은이들에게 들려주곤 했다.

"그렇습니다. 우리 가락국 유민들은 국원으로 위리안치된 겁니다. 언제 신라 군사들이 우리를 끌고 가 노비로 삼을 줄 모릅니다."

봉황성 쇠부리터에서 골편수 노릇을 했던 영범이 말했다.

"가라국 사람 300명을 잡아다 사다함에게 노비로 주었는데 사다함이 모두 풀어주었다 하지 않습니까. 신라의 노비로 사느니 백제로 도망쳐 산골에 들어가 화전을 일구며 사는 게 나을 듯합니다."

"나도 백제로 가는 거 찬성합니다."

뾰족한 턱을 앞으로 내밀며 이강이 말했다. 황산하를 오르내리며 도사공을 하다, 국원성까지 흘러 들어온 그였다.

"그건 안 됩니다. 반파국 왕족들과 귀족들의 시체를 들판에 내던져 날짐승들이 뜯어 먹게 한 놈들입니다. 나는 이 국원성에 그냥 살겠습니다."

가길이 말했다. 그는 가락국이 멸망하자, 다라국으로 건너가 쇠부리터에서 쇠를 달구고 담금질해서 병장기 만드는 일을 했었다.

마을 사람들의 의견이 서로 엇갈렸다. 마을 사람들 가운데 만노군으로 가겠다는 사람이 열 사람이나 되었다.

우륵은 피곤한 몸을 이끌고 집으로 갔다. 낮 모임에서 열 사람이나 되는 사람들이 만노군으로 가는 것이 좋다고 하지 않았던가. 만노군은 가락국 구형왕의 손자인 김유신의 태가 묻혀 있는 곳이고, 한때 김무력 장군이 성주로 있던 곳이 아니던가. 국원성은 백제 국경이 가까운 데도 많은 사람들이 살고 있었다. 양식과 군사들이 적었다. 백제 군사들이 보름만 포위하고 있으면 신라 군사들과 백성들은 고스란히 굶주려 죽게 된다. 게다가 국원성은 신라의 도성인 서라벌과 외따로 떨어져 있었다. 만약 위급한 상황이 발생할 때는 외부로부터 도움을 받을 수 없었다. 그리고 또 있었다. 백제 군사와 맞서 싸우기에는 수적으로도 너무 적었다. 아무래도 뿌리내리고 살기에는 불안한 곳이었다.

겉옷을 벗지 않은 채 우륵은 잠자리에 누웠다. 그가 겉옷을 입고 잠을 자는 버릇은 가락국을 떠난 온 그날부터 몸에 배기 시작한 습관이었다. '앞으로 어떻게 할 것인가? 앞이 보이지 않아.' 우륵은 몸을 뒤척이며 잠을 이루지 못했다.

옆방에서 인화와 니문이 소곤거리는 소리가 벽면을 타고 들려왔다. 뱃속에서 아기가 발길질을 하는가 봐요. 어디 봐요. 간지러워요. 우륵은 천장을 응시하고 눈을 감았다. 곧 그는 곯아떨어졌다.

인화를 앞세우고 새벽 어스름이 깔리는 마당을 벗어났던 니문이 대문산 위로 빗질하듯 내리고 있는 햇살을 등에 지고 마당으로 들어섰다.

우륵이 대청에 앉아 가야금을 비단으로 감쌌다.

"스승님, 전 어찌하면 좋겠습니까? 먼 길을 떠나는 스승님을 따라갈 수도 없고……."

"회자정리(會者定離)라 했다. 사람은 누구나 만나면 헤어지기 마련이라는 말이다."

"……."

니문이 울음을 안으로 삼키며 울었다.

"인화가 홀몸이 아닌 거 같은데…… 나와 헤어진다고 너무 슬퍼하지 말거라. 세상에 영원한 건 없다. 만남이 있으면 반드시 이별이 있다."

우륵은 니문을 앞세우고 촌장 집으로 갔다.

"난 여기를 떠나기로 했소."

우륵이 말했다.

"서라벌과 멀리 떨어져 있으니, 우리 가라국 유민들이 살아가기에는 서라벌보다 낫지 않겠소?"

촌장이 말끝을 높였다.

"노자의 『도덕경』에 보면 '사람 죽이기를 즐거워하는 사람은 그 뜻을 온 세상에 펼 수 없다'는 말이 있지요. 고구려에 빼앗긴 한강 유역 탈환 작전에 나섰던 백제의 성왕은 목적을 달성하기 위해 백제 군사들을 주축으로 해 신라 군사들과 가라국 군사들로 이루어진 연합군을 일으켜 북진해 백제 군사들이 먼저 고구려의 남평양을 공격해 고구려군을 무너뜨리고, 한강 하류의 6군을 회복했고 신라는 한강 상류의 10군을 차지하게 되었지요. 그러나 신라의 진흥왕은 고구려와 밀약을 맺고 군사를 돌이켜 백제를 공격해 백제가 회복했던 한강 하류 유역을 점령해 버렸지요. 성왕은 신라에 보복하기 위해 군사를 일으켜 관산성에서 전투를 벌였지요. 성왕이 이끄는 백제군은 구천(狗川) 협곡에서 신라 복병의 기습 공격을 받아 성왕은 신라군에게 사로잡혔어요. 신라군은 성왕의 목을 장검으로 베어 성왕의 시신 가운데 몸통은 백제 군사들에게 되돌려주었어요. 지금 동맹을 맺었던 동맹국의 왕도 죽여 그 머리를 북청이라는 관청 건물의 계단 밑에 묻어두고, 관원들로 하여금 동맹국의 왕의 머리를 매일 밟고 다니도록 했던 진흥왕이 우리 가락국 백성들은 물론 가라국 백성들을 가만둘까요. 신라군의 덫에 걸려서 천한 말먹이꾼 고도에게 죽임을 당했던 성왕의 머리를 관청 앞에 묻고 사람들이 밟고 다니도록 했던 건 성왕을 또 죽인 거지요. 이미 죽은 사람의 머리에다 또 검을 휘두른 을 한 거와 같다고 할 수 있지요. 성왕은 이미 저세상 사람인데, 진흥왕이 또 죽였으니…… 검이란 그럴 때 쓰는 게 아니거든요. 검의 무서움을 모르는 사람은 검 때문에 망한다는 사실을 진흥왕은 잊고 있는 거예요."

우륵이 담담한 표정으로 말했다.

"……."

촌장이 얼굴을 굳힌 채 입을 꾹 다물고 있었다.

"가락국 유민들과 가라국 백성들의 앞날은 불을 보듯 뻔합니다."

"언젠가는 떠날 사람이라고 생각했지만, 이렇게 빨리 떠날 줄은 짐작 못 했습니다."

"미안합니다."

"그래 어디로 갈 작정이십니까?

"아유타촌(阿踰陀村)이라고 상해(上海)에 아유타국 유민들이 모여 살고 있는 마을이 있습니다. 일단 그곳으로 가서 형세를 살펴보다가 서역으로 가볼까 합니다."

"……서역으로요?"

촌장의 눈이 휘둥그레졌다.

"이승을 하직하기 전에 천어산묘에 가서 조상님들께 성묘나 드릴까 하고요."

우륵이 말을 이어갔다.

"니문, 자네는 어떻게 할 겐가?"

촌장의 얼굴에 일순 그늘이 드리워졌다.

"어떻게 하긴요? 전 이곳에서 살 겁니다."

니문의 눈에는 어느덧 눈물이 맺혔다.

그때였다. 갑자기 가야금 소리가 봄볕이 가득한 대청마루로 새어 나왔다.

님더러 강물을 건너지 말래도
님은 건너고 말았네.
강물에 빠져 죽었으니
가신 님을 어이할거나.

公無渡河(공무도하)
公境渡河(공경도하).
墮河而死(타하이사)
當奈公何(당내공하).

긴 여운을 끌면서 노랫소리가 사라지고 흐느끼는 소리가 흘러나왔다.

양미간을 좁힌 채 넋이 나간 사람처럼 귀를 기울이고 있던 니문이 벌떡 일어섰다. 인화가 장지문을 열고 뛰쳐나와 촌장의 품에 폭 안겼다.

"아버지, 진즉에 말씀드렸어야 했는데…… 제 몸속에 아이가 자라고 있어요……."

인화가 말끝을 맺지 못하고 엎드려 흐느껴 울었다.

"……."

그 말을 듣는 순간 촌장은 한동안 말을 잃었다. 그의 침묵은 만근이나 되는 돌덩이가 되어 인화의 가슴을 짓눌렀다. 얼굴이 발갛게 달아오른 니문이 고개를 떨구었다. 그는 불안하여 어찌할 바를 몰라 했다.

"음…… 사람의 인연이란 따로 있는가 봅니다. 좋은 혼처를 다 마다하더니……."

촌장이 깊은 신음을 토하며 말끝을 흐렸다.

"촌장님의 따님과 니문이 만나게 된 것도, 제가 촌장님을 만 뵙게 된 것도 분명 인연이 아닌가 합니다."

우륵이 말했다.

18

"이제 이곳을 떠나시면 선생님 연주를 들을 기회가 없을 듯합니다."

촌장이 갑자기 생각났다는 듯이 말했다.

"……."

우륵이 비단으로 감싼 가야금을 들고 와 대청마루 바닥에 앉았다.

"가야금을 연주하는 걸 처음 보는 사람들은 특히 저의 손동작 하나하나를 놓치지 말고 보세요."

우륵이 현을 고르며 말했다.

그는 왼쪽 다리를 먼저 안쪽으로 접고 그다음 오른쪽 다리를 구부려 왼발을 오른쪽 다리 밑으로 넣었다. 가야금의 머리 부분을 오른쪽 무릎 위에 올려놓고, 양이두를 왼쪽 바닥에 닿도록 놓았다. 우륵은 오른손을 좌단 위에 편안하게 올려놓았다. 손날은 현침 바깥쪽에 닿고 엄지, 검지, 중지는 자연스럽게 현 위에 오도록 했다. 우륵은 현을 오른손 손가락으로 뜯기 시작했다. 왼손은 안족(雁足)의 왼편에서 오른손이 뜯는 현을 따라 움직였다. 이어서 현침에 가까운 현을 뜯었다. 굳세고 강한 소리가 났다. 이윽고 우륵이 허리를 곧게 세우고 양어깨와 팔꿈치, 손목 등에 불필요한 힘을 주지 않고 온몸에서 나오는 힘을 손끝에 모으는 느낌으로 현을 튕겼다. 바람 소리가 들리는가 싶더니 새소리가 들렸다. 우륵이 검지로 첫 번째 음을 뜯고 두 번째 음은 튕겨서 소리를 냈다. 시냇물 흐르는 소리가 갑자기 끊어지고 폭포수 소리가 났다. 농현(弄絃)의 깊은 울림이 마을 사람들의 몸속으로 흘러 들어갔다. 마을 사람들은 짧게 한숨을 쉬었다.

"이제 이 가야금은 니문이 간수하거라."

우륵이 가야금을 비단으로 싸서 니문에게 건넸다.

"어찌 스승님 가야금을 제가……."

니문이 울먹였다.

"가야금을 배우고자 하는 사람에게 네가 가야금을 정성을 다하여 가르치도록 해라."

"네. 스승님."

"가야금이 가야의 혼이 담겨 있는 걸 잊지 않도록 해라."

끝까지 국원성에 남아 있겠다는 사람들을 제외하고 마을 사람들은 국원성을 떠났다. 눈가에 또다시 눈물이 고인 니문은 우두커니 서서 멀어지는 우륵과 마을 사람들을 물끄러미 바라보았다. 젊은 사람들이 맨 앞에서 서서 길라잡이 역할을 하고, 그다음에 나이 든 사람들이 따르고, 그리고 맨 뒤에 우륵이 따라갔다.

우륵은 갈림길에서 마을 사람들과 헤어져 북쪽으로 계속 올라갔다. 벌판을 가로질러 가는 길에는 한 사람도 보이지 않았다. 굴참나무 가지에 검푸른색 까마귀가 앉아 있다가, 우륵이 가까이 다가가자, 까악까악 울며 날아갔다.

언덕 아래 납작납작하게 코를 박고 있는 초가집이 몇 채 눈에 띄었다. 어둠이 먹물을 풀어놓은 것처럼 나뭇가지 사이로 스며들고 있었다. 아무 집에나 찾아가 하룻밤 신세를 져야만 했다. 우륵은 불빛을 향하여 걸음을 빨리했다. 돌담 너머로 불빛이 흘러나오고 있었다.

"주인장 계십니까?"

우륵은 목을 길게 빼고 마당 안으로 말을 던졌다.

"누구십니까?"

방문이 열리면서 깡마른 사내가 마루로 나섰다.

"집 떠난 과객(過客)인데 하룻밤 신세 좀 지면 안 되겠습니까?"

우륵은 쭈뼛거리며 사내의 길쭉한 얼굴을 쳐다보았다.

"과객이라? 우리 집은 당신 같은 과객들 재워 주는 집이 아니오. 과객이면 객점 같은 델 찾아가야지. 킁킁."

사내가 콧벽쟁이 소리를 내고 방문을 소리가 나게 닫았다.

우륵은 입맛을 쩝쩝 다시다가 다른 집의 문을 두드렸다. 그러나 그 집도 과객이라 말하자, 잇긋않고 문을 닫았다. 아무래도 오늘 밤은 한뎃잠을 자야 하나 보다. 우륵은 한숨을 길게 내쉬었다.

우륵은 쫓기듯이 고샅을 빠져나왔다. 어둠이 고샅을 뒤덮고, 동구 앞 느티나무 가지를 삼켰다. 그는 걸음을 멈추고 사위를 둘러보았다. 온통 막장처럼 새까만 어둠으로 뒤덮여 있었다. 어떻게 해야 좋을지 그는 잠시 막막한 기분이었다.

바람이 서늘한 기운을 몰고 왔다. 빗방울이 후드득 떨어지기 시작했다. 빗방울이 얼굴을 두드리고, 땅바닥으로 굴러떨어졌다. 우륵은 걸음을 빨리했다. 좀처럼 비를 피할 곳이 눈에 들어오지 않았다. 빗방울은 점점 굵어지고 있었다. 차가운 기운이 목덜미로 허리춤으로 사정없이 파고들었다. 얼마를 걸었을까. 으스스 한기가 온몸에 돌았다. 움막 같은 것이 희미하게 보였다. 우륵은 그곳으로 천천히 다가갔다. 숯막이었다.

'아무튼 다행이군, 역시 사람은 죽으라는 법은 없는가 보구나.' 우륵은 혼잣소리로 중얼거리며 숯막 안으로 들어갔다. 숯막 안의 온돌은 온기가 아직 남아 있었고, 한쪽 구석에는 땟국에 젖은 이불과 베개가 놓여 있었다. 그뿐만이 아니었다. 관솔불을 끼워 켜 놓을 수 있도록 바람벽에 구멍을 뚫어 놓은 고콜 앞에 성냥과 관솔이 놓여 있었다. 사람이 들락거린다는 증거였다. 혹시 주인이 오면 어쩌나 하는 생각이 잠시 들었으나, 이 밤중에 더구나 이 빗길에 누가 올까, 하고 중얼거리며 우륵은 옷을 벗고, 온돌 바닥에 누웠다. 베개를 베고 이불 속으로 발을 들이밀었다.

굵은 빗줄기가 줄기차게 창문을 때렸다. 창문 틈으로 빗물이 스며들었다. 우륵은 으스스 떨며 이불을 고쳐 덮었다. 빗소리가 어둠으로 가득 찬 방안으로 뛰어들고 있었다. 이렇게 가라국을 떠나 신라로 왔건마는 우륵이 애초에 꿈꾸던 길과는 거리가 멀었다. 덧없는 일이었다. 허방을 파며 살아왔던 것이었다. 여태까지 한 것이 모두 헛짓이 되고 만 것인가. 우륵은 현실을 있는 그대로 인정하기가 힘들었다. 서역을 떠나 상해 아유타촌에 정착했던 누란(樓蘭) 사람들의 후예인 자신은 가라국의 악사였으니 가락국 사람인 건 틀림 없는 사실이었다. 그러나 가라국은 멸망했고, 백성들은 왜국으로 신라로 가라국으로 다라국으로 사이기국으로 뿔뿔이 흩어지거나, 가락국 옛터에 남아 목숨을 이어가고 있을 뿐이었다. 우륵은 그 자신이 사이기국 사람도 아니고, 가락국 사람도 아니고, 신라 사람도 아니라는 사실에 생각이 미치자, 치룽구니가 따로 없구나 하고 탄식했다. 길을 떠나긴 떠났으나, 앞으로 어떻게 될지 그 자신도 가늠할 수가 없는 일이어서 울가망한 심정이었다. 나뭇가지가 휘어지는 소리가 귓전을 흔들었다. 낙숫물 지는 소리가 숯막 안으로 줄기차게 뛰어들었다. 우륵은 까칠까칠한 손등으로 두 뺨에 흐르는 눈물을 닦았다.

아랫배에서 꼬르륵 소리가 났다. 배가 고프다 못해 속까지 쓰려오기 시작했다. 그러나 어쩔 수가 없었다. 우륵은 혀끝으로 마른 입술을 핥으며 이불을 목덜미까지 끌어당겼다. 퀴퀴한 냄새가 콧속으로 스며들었다. 관솔불 그림자가 벽에 어른거렸다. 우륵은 두 눈을 지그시 감았다. 싱숭생숭해지는 것이 통 잠을 이룰 수가 없었다. 국원성을 떠나온 뒤 겪은 일들이 하나, 둘 떠올랐다. 눈꺼풀이 무겁게 내려앉았다. 우륵은 허리를 세워 관솔불을 껐다. 어둠이 숯막 안을 가득 채웠다.

우륵은 목다심으로 기침을 한 번 하고 자리에서 일어났다. 창문에 하늘이 희뿌옇게 걸려 있었다. 우륵은 어디로 갈 것인가 생각하면서 멍하니 서 있었다. 그의 모습은 무서리에 오갈든 호박잎 같았다. 우륵은 들판을 가로질러 마을 하나를 지났다. 저잣거리에서 간단히 요기를 한 우륵의 걸음은 한결 가벼워졌다.

언덕길에 올라서자, 나지막한 산봉우리 밑에 웅숭그리고 있는 초가집이 보였다. 우륵은 초가집에 눈길을 줄곧 붓다가 고개를 천천히 돌렸다. 길가의 풀숲 사이에 파리가 들끓었다. 날이 가문 탓이었다. 폭이 삼십 미터 남짓해 보이는 개천의 물도 많이 줄어 있었다. 우륵은 개천을 건너기 시작했다. 가뭄 탓인지 깊은 곳의 물도 겨우 정강이에 와 닿을 뿐이었다. 우륵은 조심스럽게 걸음을 뗐다.

먹빛으로 잦아드는 저녁노을이 오솔길로 내려앉고 있었다. 오솔길이 끝나는 곳에 무너지고 떨어진 초가집 한 채가 보였다. 사람이 살지 않고 버려두어 낡은 초가집의 토벽이 군데군데 갈라져 있었다. 건넌방의 구들장은 모두 주저앉았으나, 안방의 구들장은 성하게 붙어 있었다. 우륵은 안방 벽에 걸려 있는 빗자루로 흙먼지를 쓸어내고 구들장에 등을 붙였다. 눈꺼풀이 무겁게 내려앉았다. 의식이 희미하게 가무러져 가고 있었다.

우륵은 모래 위에 발걸음을 내디뎠다. 모래가 뒤덮고 있는 누란 성읍(城邑) 전체가 햇빛에 잠겨 하얀 은빛 물결을 이루고 있었다. 장안(長安)에서 대략 5천 리쯤 떨어져 있었던 염택(鹽澤, 로프노르 호)의 서안(西岸)에 자리 잡고 있던 누란은 누란 사람들에게 '언젠가는 돌아가야 할 성읍'이었다. 봄볕이 만년설을 밟고 염택에 찾아오면 파릇파릇한 잎이 마치 쉬리 떼가 몰려오는 광경을 보여주곤 했던 호양목들이 모래 속으로 빨려들고 없었다. 무제(武帝)가 한(漢)나라를 다스릴 때 고창국·구자국·누란국·사차국·소륵국·언기국·우전국 등 30여 나라를 이루고 있던 서역의 소국들은 때로는 한나라에 의지하고, 때로는 흉노에 의지하면서 소국들끼리 서로 다투기도 했다.

남로(南路)와 북로(北路)의 분기점에 자리 잡고 있던 누란은 남로와 북로를 오가는 사람들에게 식량·물·낙타 등을 공급하여 비단길의 관문(關門)

역할을 했다. 한나라와 흉노의 틈바구니에서 누란은 언제나 흉노 군사들에게 약탈당했으며, 한나라 군사들이 서역에 들어오면 항상 가장 먼저 한나라에 의지하고, 살아남기 위해 몸부림쳤다. 기원전 77년 누란의 왕 안귀(安歸)가 한나라의 평락감(平樂監) 부개자(傅介子)에게 암살당한 뒤 누란은 한나라 소제(昭帝)의 명에 따라 누란이 흉노와 가까운 곳에 자리 잡고 있다는 이유로 염택의 남안(南岸) 기슭 우니(扞泥)로 성읍을 옮기고 나라 이름을 선선(鄯善)으로 바꾸었다.

우륵은 탑리목하의 물고기가 바위로 변했다는 전설을 간직한 너덜겅을 향해 천천히 걸음을 뗐다. 탑극랍마간사막(塔克拉瑪干沙漠, 타클란마칸 사막)을 넘어온 바람이 끊임없이 하얀 모래를 능선에다 흩뿌렸다. 모래 능선으로 변해버린 비탈 위로 하얀 모래가 물결을 이루며 흘러내렸다. 물고기 모양의 바위들이 모래에 묻혀버린 너덜겅을 지나 호양목 기둥을 향해 느릿느릿 걸음을 옮겼다. 호양목 기둥들이 햇빛 속에 하얗게 젖어 있었다.

천어산묘(千魚山墓) 위로 모래를 휘몰아 오기 시작했다. 모래바람이 줄기차게 우륵의 얼굴을 할퀴었다. 바람 소리가 점점 거세지고 있었다. 우륵은 바람 소리에 빨려 들어가 염택의 서안으로 내던져질 것만 같았다. 한 걸음 뗄 때마다 반걸음 뒤로 미끄러졌다. 목을 길게 빼고 모래 능선 속으로 빠져들고 있는 호양목(胡楊木) 기둥 사이로 모래바람이 파도처럼 굽이쳐 흘렀다. 우륵은 모래바람을 온몸으로 맞으며 꾸부정한 자세로 느릿느릿 올라갔다. 발끝에 힘을 주고 한 걸음 내디뎠다. 모래가 울음을 터뜨리며 미끄러져 내렸다. 모래 능선이 울리는 소리가 났다. 모래가 밀려 내려와 우륵의 발등을 덮었다. 심호흡을 하고 한 걸음 내디뎠다. 바람이 모래를 휘몰고 와 얼굴과 목덜미에 흩뿌리고 염택으로 미끄러졌다. 머리털에서 모래가 흘러 떨어졌다. 그는 눈을 비비고 나서 고개를 들어 호양목 기둥을 바라보았다. 모래의 울음소리가 잦아들고, 바람이 잠잠해졌다. 우륵은 발을 멈추고 천 개의 관이 잠들어 있는 천어산묘를 뒤덮고 있는 모래 능선에 눈길을 쏟아부었다. 모래바람은 육각형과 팔각형으로 깎아 세운 호양목 기둥을 휘감고 있었다. 호양목 기둥에 서로 머리를 맞대고 있는 물고기 두 마리가 선명하게 새겨져 있는 게 눈에 들어왔다. 물고기 무늬 밑에 꽃잎 무늬가 하나 새겨져 있는 것을 확인한 우륵은 '꽃잎이다' 하고 외마디 소리를 내지르며 호양목 기둥 아래에 엎드렸다.

　-우륵아, 우륵아,

　바람 소리에 섞여 목소리가 들려왔다. 새벽안개가 창호에 가득 매달려 있었다. 목소리가 점점 가늘어졌다. 그는 자리에서 벌떡 일어나 앉았다. 옷에 묻은 먼지를 털고 밖으로 나왔다. 새벽안개가 골짜기에 뿌옇게 깔리고 있었다. 우륵은 천어산묘를 뒤덮고 있는 모래 능선을 걷고 있는 것처럼 몽롱했다. 바로 앞이 보이지 않을 정도로 안개가 골짜기에 짙게 끼었다. 멀리 소나무가 빽빽이 뿌리를 내리고 있는 산허리를 안개가 휩싸고 있었다. 안개 사이에 무언가가 어슴푸레 보였다. 짐을 실은 수레를 소가 끌고 가고 있었다.

　우륵은 허위허위 당항성으로 드는 산마루 고개를 올랐다. 산마루는 온통 안개가 바다를 이루고 있었다. 그는 마치 안개의 바다 위를 걷고 있는 것 같았다. 소나무들이 안개의 바다 위에서 조금씩 움직이는 것 같았다. 어느새 소나무들을 휘감고 있던 안개는 구불구불한 오솔길로 내려앉고 있었다. 고갯마루를 내려서자, 골짜기를 뒤덮고 있던 안개는 희끄무레하게 변하기 시작했다.

3. 왕산악 - 김민주

음력 10월 보름, 수확이 끝난 벌판은 누런 볏단이 소복하다. 화려한 가마에 앉은 왕은 제사장의 옷을 입었다. 5부의 귀족들이 모이는 것이 5월 행사 후 처음이다. 뿔 나팔 연주자가 나팔을 불며 앞서자 멜북을 치며 고취악대가 뒤따라갔다. 삼족오의 깃발을 따라가는 고취악대원은 예순 명에 달했다. 전열에는 기마 악대가, 후열에는 보행 악대가 행진했다. 멜북 연주자 뒤로 월금과 종적을 연주하는 여자 악사가 뒤따라가고, 그 뒤에 흰 바지에 점무늬 옷을 입은 무용수 대여섯이 춤을 추며 따라갔다. 무용수들은 발목을 까딱거리며 넓은 소매를 하늘로 펄럭이며 흥을 돋우었다.

국내성의 동쪽 동굴에 모셨던 신체(神體)를 압록강으로 모시고 나오는 날이었다. 동명신(東明神)과 생모 하백녀(河伯女)에게 풍요와 다산의 제를 해마다 올렸다. 왕은 하백녀 유화의 신체를 햇빛이 환한 곳으로 모시고, 천화, 천과, 천탕, 천수, 천엽, 천반, 곡저, 사저를 각 석 자씩 올리고, 제를 드렸다. 그러자 하늘이 열리고, 가을의 선명한 빛이 신상의 몸통에 한 줄기 내렸다.

"우리는 동명성왕의 후손이다. 고구려인이라는 자부심을 가지고 마음껏 즐기거라."

제사가 끝나고 왕은 주위에 모인 신하와 백성들에게 일렀다.

축제 곳곳에서는 곡예를 부리는 이들이 인기를 끌었다. 공 세 개를 두 손에 번갈아 쥐며 허공으로 날리며, 교묘하게 떨어뜨리지 않는 자, 물구나무서기를 하고, 칼 재주를 부리는 자, 입으로 불을 뿜는 자들이 하나로 어울렸다. 또 다른 곳에서는 씨름과 사냥, 말타기 대회가 열렸다. 큰 상금이 걸렸고, 그 주변에서 사람들은 악기를 연주하고, 노래 부르고, 춤을 추었다. 무용수들이 소매를 하늘로 치켜올리고, 무릎을 허리까지 올리며 덩실거리자 바짓가랑이가 펄럭이며 축제의 신명을 돋우었다.

왕은 그 모습을 흐뭇하게 바라보았다. 백성이 웃어야 마음 편하게 웃을 수 있다. 남녀와 노소가 하나가 되어 화합하니, 그보다 좋은 일이 어디 있으랴. 왕은 곁에 앉은 신하에게 말을 건넸다.

"왕산악 공, 그대가 그동안 새로운 소리를 많이 만들었다고 들었소. 어떤 곡들인지 궁금하오. 이렇게 좋은 날 백성들에게도 들려주시오."

"태왕 폐하, 미천한 솜씨지만 자연이 스스로 충실하여 내는 소리와 풍경을 소리로 표현해 보았습니다. 세상에서 자연이 주는 아름다움을 능가할 수는 없는 것 같습니다. 자연의 사계는 인간의 희로애락 애오욕과는 달라 그 자체로 겸허하고 충족합니다. 스스로 충만하고, 때를 맞춰 스러질 줄 아는 이치에 감복하고 있습니다. 바람의 소리를 들어 보십시오. 저 강물 위를 떠도는 바람의 무형처럼 인간이 자연의 일부가 된다면 얼마나 좋겠습니까. 옛 선인들이 신선놀음을 희구하는 것이 이런 연유가 아닌가 하옵니다."

왕산악은 온화한 웃음으로 왕에게 예를 갖추고 말했다. 하늘의 구름도 고요히 머물렀고, 바위 주변의 소나무는 곧게 뻗어 그 끝이 하늘에 닿아 있었다.

"과연 그러하오. 그대의 예악을 높이 칭송하오. 진나라 사신이 와서 칠현금을 내놓았을 때는 고구려의 위신이 무너질까 걱정했는데, 왕산악 공이 내 체면을 살려주질 않았소."

왕의 말에 왕산악은 당시의 일을 떠올리며 가슴을 쓸어내렸다. 음악을 누구보다 귀하게 여기고, 다양한 악기를 잘 다루었던 그에게도 칠현금의 연주는 큰 도전이었다.

어린 시절 왕산악은 세상 만물을 음악으로 받아들였다. 자연의 소리는 높낮이와 리듬이 있었다. 댓돌을 타악기 치듯 두드리며, 지붕에 떨어지는 빗소리를 흉내 냈다. 별이 흐르는 소리를 들었고, 물 흐르는 소리를 악기로 표현하고 싶어 했다. 줄을 드리운 월금과 손으로 치는 요고, 북, 그리고 횡적과 종적 등 피리 종류들을 악공을 통해 하나씩 공부해 나갔다. 새로운 악기를 배우면서 세상에서 일어나는 모든 소리를 음악으로 표현했다. 천둥 치는 소리, 빗소리, 아기 우는 소리, 밥 짓는 소리. 나중에는 소리가 아닌 것을 소리로 바꾸고 싶어 했다. 풍경을 보면 악상이 떠올랐다. 굽이치는 강의 유연함, 기러기의 멋진 비행, 봄의 새싹이 돋는 모습, 가을의 단풍이 소슬하게 떨어지는 풍경을 보며 노래를 지었다. 나중에는 사람의 마음을 담고 싶어 했다. 전쟁터로 낭군을 보내는 아낙의 마음, 나라를 걱정하는 군신의 마음, 엄마를 기다리는 아기의 마음, 간절함, 기쁨, 슬픔, 분노 등의 마음 풍경을 멜로디에 담고, 음조에 담았다. 나중에는 그의 연주를 듣기 위해 조정의 관료들이나 신하들도 몰려들었다.

왕산악은 고구려의 제2 재상으로 다른 나라에 다녀올 일이 종종 생겼다. 그때마다 그 나라의 악기들에도 관심을 가졌다. 그에게는 새로운 악기를 보는 것이 신기한 일이었으며 큰 기쁨이었다. 그 악기가 내는 소리에 귀를 기울였고, 악기들이 각기 다른 소리를 낼 때마다 눈을 반짝거렸다. 소리가 제 자리를 찾고, 잘 어우러지는 소리를 발견할 때의 기쁨은 무엇과도 견줄 수 없었다. 또 자신이 연주하는 소리가 마음에 들지 않을 때는 무엇을 잘못했을까, 어떻게 해야 제대로 소리가 날까 연구하며 밤을 지새웠고, 그렇게 지샌 밤조차 기꺼이 즐거운 마음이었다. 다른 나라에 가는 사신에게 그 나라 악기를 구해달라고 청을 하기도 했다. 왕산악을 잘 아는 사신들은 그의 음악을 듣기 위해 기꺼이 그를 위해 청을 마다하지 않았다.

"관료는 나랏일을 돌보셔야지요. 국정을 돌보지 않고, 음악이나 한가롭게 타고 있는 것이 어찌 한 나라의 재상이 할 일이오?"

어떤 대신들은 왕산악이 정치보다 음악에 열중하는 것처럼 오해하여 좋아하지 않았다. 하지만 왕산악의 생각은 달랐다.

"정치만 나라에서 중요한 일이 아니오. 때로는 눈에 보이지 않는 정치가 더 중하기도 하지요. 백성들의 마음을 보살피고 돌보고, 사기를 올리는 것도 큰일이오. 음악으로 백성을 한마음으로 만드는 것은 무력을 쓰지 않고도 할 수 있는 일이오."

그의 말대로 왕이나 관료들도 심신이 지칠 때면 왕산악에게 연주를 청했다. 한 나라의 고위 관료로 몸도 마음도 바빴으나, 호화로움이나 권력, 명예, 부 이런 희망이 아니라, 여여하고 안연히, 세속의 잡념에 물들지 않는 맑은 세계를 개척하였다. 음악을 벗 삼고, 하늘의 달과 별을 친구 삼고 싶어 했다. 악기 소리가, 멜로디가, 리듬이, 청아한 소리와 고아한 소리가 정치에 물든 욕망을 씻어주었고, 정신을 맑게 해 주었다. 자신만의 세계에서 오롯이 그 자신이 되듯이 귀한 소리를 들으며, 자신을 자랑스럽게 생각할 수 있었다.

그런 가운데 백성들의 한숨 소리가 들려왔다. 전쟁 준비로 인해 나라 살림이 말이 아니었다. 남쪽에 있는 백제와 신라와 자주 국경에서 싸움이 일어났고, 서쪽 바다 건너에 위나라가 있어 전쟁이 끊임이 없었다. 전쟁에 시달리며 백성의 삶도 피폐해지고 있었다. 고구려 사람들은 원래 밝고 씩씩한 음악을 좋아했다. 춤추는 것도 좋아했고, 신나는 음악을 좋아했는데, 어느새 그런 음악들은 자취를 감추었다. 호쾌한 기상은 간데없고, 패배주의적인 음악들과 감상적이고, 유약한 음악들이 유행하기 시작했다. 흘러나오는 음악들이 애잔하고, 슬픈 곡조가 많았다. 공자가 말하길 나라가 피폐해지고 망국으로 갈 때 음악도 슬프다고 하는데 나라의 운이 다한 것이 아닐까, 왕산악은 걱정이 되었다.

그 무렵 진나라에서 사신이 왕을 알현했다. 검은 몸통 위에 7줄이 나란히 매달린 악기를 왕에게 바치며 말했다.

"황제께서 내리신 선물이옵니다. 이것은 고대로부터 내려오는 귀한 칠현금입니다. 청아하고 맑은소리를 가진 악기입니다."

"그 아름다운 소리를 듣고 싶소. 어떻게 연주하는 악기인지 보여주시오."

"황공하오나, 저는 이 악기를 연주할 줄 모릅니다. 고려(고구려)는 오래 전부터 서역과 교역하며 악공이 많다고 들었습니다. 이 악기를 다룰 줄 아는 이가 반드시 있을 것이옵니다."

왕은 궁중 악사들을 불러 모았다.

"진나라에서 보내온 이 악기를 연주해 보시오."

악공들은 저마다 칠현금을 들었다 놓았다, 하며 호기심 가득한 눈으로 살펴보다가 제일 아래 줄부터 하나씩 통겨보았다.

"쟁과 비슷하옵니다. 그런데 소리는 전혀 다릅니다. 소리의 높낮이가 일정하지 않아 이치를 모르겠사옵니다."

왕은 궁에서 악기를 다룰 줄 아는 사람들을 모두 불러 모았으나 아는 이가 없자, 왕산악을 불렀다.

"이 악기를 한 번 보시오. 이걸 가지고 온 사신조차도 연주하는 법은 모른다지 않소. 궁궐의 악사들을 모두 불러 모아 보았으나 아무도 이 악기를 다룰 줄 아는 이가 없으니 왕산악 공이 연구해 보지 않겠소. 그대만큼 악기를 잘 다룰 줄 아는 사람은 아직 내가 보지 못했소. 천상의 악기라 이름이 났다는데 아무도 연주할 줄 아는 사람이 없다는 것이 안타까울 뿐이오."

왕산악은 진나라 사신이 가져왔다는 악기를 조심스럽게 만지고 살펴보았다.

"순임금이 만들었다는 오현금과 비슷하군요. 악기는 사람이 만든 것이고, 사람이 다루는 것이니 연구해 보면 분명 이치를 알 수 있을 것이옵니다. 말미를 주시면 연구해 보도록 하겠습니다."

왕산악은 그날부터 밤을 새우며 줄을 통기고, 뜯고, 눌러보는 등의 다양한 방법으로 소리를 내보고, 소리의 높낮이를 확인했다. 가로로 갈수록 줄의 간격은 넓어지고. 울림통은 가로로 길고, 오동나무와 밤나무처럼 단단한 나무를 썼다. 길이는 석 자 여섯 치 육 푼. 너비는 다섯 치 내외, 머리는 둥글고, 아래쪽은 반듯했다. 악기의 몸통이 길어, 연주하려면 무릎을 빌리지 않으면 안 되었다. 현의 간격이 좁으면 뜯기 힘드니 넓은 쪽을 몸쪽으로 놓았다. 손을 짚는 표시인지 조개껍데기로 만든 13개의 지판이 있었다. 그곳을 왼손으로 짚어 오른손으로 줄을 퉁겨보았다. 지판을 하나하나 눌러가며 소리를 내다보니 손가락 끝에 피가 맺히고 갈라지기 시작했다.

잠시 허리를 펴고 정원을 거니는데 단조롭지만 명쾌한 소리가 들려왔다. 방으로 들어가니 아내인 연화가 장난스레 칠현금을 뜯고 있었다.

"소리가 맑고 투명하오. 어떻게 뜯은 것이오, 부인?"

"월금을 배운 적이 있지요. 손끝은 연약하여 손톱을 썼습니다. 지판을 짚는 왼손도 몹시 아프군요. 바느질할 때 쓰는 골무를 끼면 더 쉽게 연주할 수 있을 것 같습니다."

"아하, 그렇구려. 내가 당신을 위해 칠현금으로 멋진 곡을 연주해 주리다."

영특한 아내였다. 머리를 땋아 감아올려 장식한 연화는 아직도 아름다웠다.

그녀는 본디 형의 아내였다. 형이 전사한 후, 관습에 따라 형수를 아내로 맞이하게 된 것이었다. 왕산악이 태대형의 문관 벼슬을 한 것과는 달리, 형은 대모달로, 무관으로 이름을 떨쳤다. 백제와의 전쟁에 출정하였다가 돌아오지 못했다. 그 후 친정으로 돌아가도 좋다는 허락이 있었지만, 연화는 돌아가지 않았다.

"형을 닮은 도련님이 들려주시는 월금을 들으면 낭군님에 대한 그리움이 조금은 위안받습니다. 그마저도 없다면 무슨 연유로 살아있겠습니까."

왕산악의 아내에 대한 사랑은 지극하였다. 아름답고 어진 아내를 두고 전쟁터로 나가야 했던 형의 마음이 헤아려졌고, 또 전쟁에 출정한 형을 기다리던 형수의 모습을 안타깝게 지켜보았던 까닭이었다.

왕산악은 칠현금의 연주법을 알아내어 진나라 사신 앞에서도 당당하게 연주해 보였다. 소리는 온 궁궐을 청아하게 둘러쌌다. 진나라 사신은 외국인이 자국의 악기를 이렇게나 아름답게 연주할 수 있다는데 감복했고, 왕산악의 연주에서 어린 시절 어머니 생각이 절로 떠오른다고 고마워했다.

"대단하시오. 황제께서 선물을 하신 보람이 있습니다. 이토록 아름다운 음악은 우리나라에서도 들어 보지 못했습니다. 내 돌아가서 황제 폐하에게 그대의 솜씨를 크게 칭찬해 올리겠습니다."

진나라 사신이 크게 감탄하는 것을 본 왕은 내심 기뻐하였다. 왕은 사신이 돌아가기 전에 진나라 황제에게 보낼 인삼과 사향을 전달하였다. 사신은 크게 흡족하게 생각하며, 예를 바쳐 절을 하였다.

"고구려의 문화는 중국과 비교될 만큼 우수하고 화려하옵니다. 황제께서 크게 기뻐하실 것이옵니다."

왕은 진나라 사신이 돌아간 후 왕산악을 불러 크게 칭찬하였다.

"소리도 아름답지만, 그 어려운 악기를 끝내 연주해 내다니 정말 수고 많았소. 장차 진나라와 교역에 있어 자네의 공이 클 것이오. 더구나 좋은 음악은 마음을 맑게 하는구려. 짐의 곁에 오래오래 남아 있어 주오."

왕산악은 무언가 미진한 마음이 들었다. '아름답지만 그것만으로는 부족해. 그것이 무엇일까?' 왕산악이 연주하면 사람들이 하나, 둘씩 모이기 시작했다. 그러나 곧 우울한 표정으로 하나씩 사라졌다. 누군가는 말했다.

"천상의 소리라고는 하나 참으로 슬픈 곡조군요. 지난 전쟁에 큰오빠가 전쟁터에 나가 돌아오지 않았어요. 겨우 잊고 있었는데 부모님이 괴로워하는 모습이 떠오릅니다."

왕산악은 그제야 왜 사람들이 연주를 듣다 자리를 떠나며 한숨을 쉬었는지 알 것 같았다.

'내가 연주하는 소리가 아직 영글지 않아서인지, 신명에 닿지 못하는 것 같구나! 사람들에게 힘을 주는 음악은 어떤 것일까? 고구려의 소리는 어떤 것일까?'

골똘히 생각하던 왕산악은 마을 어귀에서 연회가 벌어지고 있는 것을 보았다. 적삼 자락을 펄럭펄럭 휘날리며 춤을 추는 모습은, 보는 이로 하여금 흥겨움을 돋게 하였다. 그 신명 나는 춤사위에 맞춰 노래를 부르고, 연주하는 모습을 보았다. 갑자기 덩실덩실 춤을 추고 싶은 마음이 일면서, 머리를 한 대 맞은 것처럼 멍해졌다.

'그래. 이런 음악이 고구려의 혼이야. 이런 걸 만들어 내고, 연주해야 해. 그러려면 소리부터 달라야 해. 지금의 칠현금 소리는 너무 슬퍼. 그것은 진나라의 악기이고, 그 음색에 맞는 멜로디와 리듬을 찾다 보니 고구려의 리듬을 담을 수 없어. 그래서 내가 원하지 않는 음악을 만들었던 거야. 곡조가 아름다워도 구슬프고, 애조가 가득하니, 아무리 힘과 패기를 담은 곡을 만들어도 소용이 없지. 그 악기로만 연주하면 애절하고, 정서가 슬퍼지니, 패배감 어린 곡이 될 수밖에 없어. 어쩌면 이렇게 애잔한 음악으로 고구려인의 기상을 죽이려는 심사가 아닌가.'

그즈음 나라에 전염병이 돌기 시작했다. 집마다 우환이 겹치고, 장례가 많아졌다. 안 그래도 전쟁으로 흉흉한데 점점 더 백성들의 근심이 깊어졌다.

'더 이상 안 되겠어. 새로 만들자. 백성의 기를 살릴 수 있는 음악을 만들자.'

그 생각을 연화에게 전하니 그녀도 크게 고개를 끄덕였다.

"당신이라면 새로운 악기를 만들어 낼 수 있습니다. 능히 그럴만한 사람입니다. 고구려의 소리를 만들어 보시지요. 용맹한 고구려의 기상을 담아서요."

연화의 말에 왕산악은 더 용기를 얻었다.

"더 힘찬 소리를 위해서 굵고 단단한 줄을 매고, 울림통도 더 크고 웅장하게 할거요. 그리고, 누구나 쉽게 배우고 즐길 수 있도록 연주법도 바꿀 것이오."

문득 며칠 전 악기장 다로가 새로 구해다 놓은 오동나무 판이 떠올랐다.

왕산악은 다로를 불렀다.

"칠현금은 그 사용법이 너무 복잡하여, 운용하기가 쉽지 않으니, 모양만 그대로 두고, 좀 더 쉽고, 음역이 넓고 힘이 있는 악기를 다시 만들려고 하네. 지난번 자네가 보여 준 오동나무가 적합할 듯싶네."

다로는 그 말에 신명이 났다. 드디어, 좋은 재목이 주인을 제대로 만난 것 같았다.

수일 전, 다로는 길을 가다 허름한 대문 앞에서 발을 멈추었다. 아무리 세월의 흔적이 지나갔어도 노련한 악기장의 눈은 속일 수 없었다. 남의 집 대문으로 성큼 다가가 오동나무 편으로 만든 대문에 코를 갖다 대었다. 잘 마른 짚 냄새와 봄의 오동 꽃향기가 뇌리에서 스며 나왔다. 만져보고 두드려도 보았다. 단단하고 투명한 소리가 났다. 적어도 50년은 더 된 나무였다. 집의 허름함을 보면 백 년은 더 되었을 듯싶기도 했다. 다로는 집 주인에게 금화를 주고, 새 오동나무 문짝도 만들어 주었다.

왕산악은 다로가 가지고 온 오동나무를 보았다.

"참으로 세월의 흔적이 아름답구나."

"어떤 악기를 만들지 모르나 최고의 소리를 낼 것이옵니다. 소리의 비밀은 바로 나무에 있습니다. 얼마나 좋은 나무를, 얼마나 잘 말려서 좋은 소리를 얻느냐가 악기장의 목숨입니다. 나무는 시간을 품고 있습니다. 바람만 견디는 것이 아니라 시간을 견디는 힘이 있습니다. 그래서 깨끗한 산속에서 자란 나무일수록 소리도 맑습니다. 소인은 시간이 생기면 악기 만들 나무를 구하기 위해 명산대천을 찾아가지요. 또, 나무를 찾으면 진이다 빠질 때까지 거꾸로 매달아 놓습니다. 잘 말려서 편을 내야 좋은 소리를 얻습니다. 또 편의 두께가 너무 얇으면, 소리가 흩어지고, 너무 두꺼우면 무거워 소리가 탁해지지요. 그러니 그걸 만드는 사람도 깨끗하고 맑은 마음으로 정성을 들여야 명품이 나오지요. 원하시는 악기에는 최고의 나무이옵니다."

"옳구나. 자네가 고구려의 제일가는 악기장이라는 것을 믿어 의심치 않기에 자네의 도움이 꼭 필요한 것이네."

그날부터 왕산악은 다로와 함께 악기 만드는 일에 열중하였다. 왕산악은 길이 다섯 자에 너비는 한 뼘, 높이는 장지 길이만큼의 울림통을 원하였다.

"강함과 부드러움은 서로 다르지 않아. 폭포의 기상에 기죽지 않으면서, 바위 사이에서 단단히 뿌리 내린 나무는 달라. 뒤판은 밤나무처럼 더 단단한 것을 써야겠다. 그래야 줄이 잘 떨리고 공명하여 밖으로 퍼져나가게 될 것이야."

다로는 둥글게 깎은 앞판과 평평한 뒤판을 정성스럽게 붙이고, 인두로 지져 색깔을 내어 칠현금보다 큰 울림통을 만들었다. 왕산악과 다로는 울림통에서 맑은소리가 날 때까지 깎고 다듬어 불에 그을리고, 향토를 바르는 과정을 한 몸처럼 하였다.

"이제 울림통을 받칠 괘를 만들어야지요. 모든 것이 합을 이루고 어우러져야 합니다. 악기의 줄이 늘어나는 현상을 막고, 음의 높이를 유지하기 위해 단단히 고정해야 하지요."

왕산악은 다로를 시켜 울림통 위에 세로 홈을 열일곱 개 파고, 굵기와 크기가 각각 다른 나무 조각판을 세웠다. 판의 간격은 큰 것에서 작은 것으로 넘어가면서 점점 좁아져야 소리의 높낮이가 맞았다. 그 위에 네 개의 명주실 꼰 줄을 굵기를 달리하여 각각 양 끝에 매었다.

"현을 매달 때도 정신을 모아야지. 너무 팽팽하면 소리에 날이 서고,

너무 느슨하면 힘이 없어 소리는 길을 잃고 말 것이야. 이렇게 줄감개를 당기면 더 선명한 소리가 울리는구나. 그리고 이 줄은 조현하거나, 강약을 조절할 때 사용하는 허현으로 쓰고 싶구나.”

왕산악은 문무를 상징하는 줄을 각각 만들고, 묵직하고 장중한 분위기를 연출할 수 있는 굵은 대현과 섬세하고 부드러운 소리를 표현하는, 선율을 담당하는 유현을 만들었다. 그렇게 하여 너무 가볍지도, 무겁지도 않은 조화로운 소리가 날 수 있도록 하였다. 완성된 악기는 아주 낮은 장중한 소리부터 고음의 꾀꼬리 같은 소리까지 담아낼 수 있었다.

현의 소리는 만족스러웠으나 도무지 손가락의 연약한 살이 뜯기어 나가는 것 같아 연주하기에는 적합하지 않았다. 그렇다고 그 힘찬 소리를 포기할 수는 없었다.

악기가 완성된 후 매일 연습에 골몰하던 왕산악은 숲을 거닐었다. 가을이 소슬하니 단풍이 아름답게 물들고 있던 한나절, 그 볕 아래에서 여자아이가 토끼풀을 연신 헤집고 있었다. 손에는 작달막한 나무 작대기를 쥐고 있었다. 자세히 보니 그것으로 흙의 홈을 파고, 망초 나물과 씀바귀, 민들레를 캐고 있었다.

“이것들이 다 무엇이냐?”

“가을 나물들이옵니다.”

“손에 든 그것은 무엇이냐?”

“이것 말씀이옵니까? 땅파기 좋게 하려고 주운 나뭇가지입니다.”

왕산악은 큰 발견이나 한 것처럼 멍하니 그 모습을 내려다보았다. ‘왜 현을 손으로만 뜯어야 한다고 생각했을까.’ 부러지지 않을 나무를 생각하다가 대숲으로 들어갔다. 단단하고 곧기로 치면 해죽 만 한 것이 없었다.

대나무를 깎아 부드럽게 다듬은 것으로 줄을 튕겨 보았다. 왕산악의 표정이 한순간 환하게 밝아지며 한동안 고민하던 것이 일순 사라졌다. 오른손 집게손가락과 가운뎃손가락 사이에 나무막대를 끼우고 엄지손가락으로 쥐고 현을 위로 아래로 그리고 내려치듯이 퉁겨보았다. 소리는 힘차면서도 더 맑고 투명해졌다. 나직이 연주하면 소슬바람처럼 부드럽지만 힘차게 해죽으로 내려치면 대장부의 힘이 느껴졌다.

연화에게 새로 만든 금에 대해 설명하고, 그 소리를 들려주었다.

"왼손으로 괘를 짚어 음높이를 조절하고, 오른손으로 이 해죽을 이용해 줄을 퉁겨 소리를 냅니다. 나무막대로 내리치거나 뜯는 방법은 중국에서도 사용하지 않는 방법인데 힘을 표현하기에 좋구려."

왕산악의 손끝에서 나는 소리는 각기 다른 무게와 질감을 가지고 퍼져 나갔다. 연화는 고요히 눈을 감고 그 소리를 감상했다. 고요한 격정의 울림이 풍랑처럼 지나갔다.

"칠현금은 애절하고 구슬픈 느낌이 나는데, 새로 만든 금은 중후하면서 묵직한 소리를 내는군요. 제 심장이 뛰는 것 같은 힘이 느껴집니다. 정말 고구려와 잘 어울리는 악기입니다. 대단하십니다."

"그대의 말을 들으니 더 기쁩니다. 허현은 마음을 비우게 하고, 술대로 내려쳐야만 간신히 소리 나는 대현은 허영을 털어내어 심지를 곧게 할 것입니다."

"대현의 소리는 투박한데 정직합니다. 참으로 정겹습니다."

묵직한 선율 속에서 연화의 마음이 조용히 녹아났다. 잦은 전쟁으로 피비린내를 품은 세월도 시간의 힘으로 버텨낸 오동나무를 휘돌아 나오며 묵직한 위로를 건넸다. 전쟁에서 돌아오지 않는 낭군을 기다리던 마음도 떠올랐으나, 비통한 마음도, 애절하고 고달픈 마음도 가뭇없이 흩어졌다.

하늘과 바람과 구름과 비와 눈이 빚어낸 시간은 스스로 감각이 되어 왕산악의 손끝에 전해졌다. 왼손으로 현을 떨 때마다 그의 짙은 고뇌도 훨훨 날아갔다. 때로는 호랑이와 사자의 포효가 들릴 듯 힘찬 소리가 격정을 잠재웠다.

왕산악은 그때부터 숲으로 들어가 새 금을 연주하였다. 머리 위로 학과 백로, 쇠기러기 떼가 열을 지어 날아갔다. 나뭇잎이 현의 떨림에 맞춰 파르르 몸을 떨었고, 주위에 짐승들도 소리를 멈추었다. 여우의 울음도, 늑대의 포효도, 오소리가 숨는 소리도 들리지 않았다. 어느 순간 천지 만물이 숨을 멈추었다.

어린 시절 기억하는 부모 형제는 모두 떠났으나, 산천은 그대로였다. 누군가의 아버지와 형제를 앗아간 전쟁도 모두 사라졌다. 전쟁이 앗아간 형제도 하늘에서 너울너울 춤을 추었다. 인간의 일이란 자연 앞에서 참으로 보잘것없었다. 인간 역시 자연의 한 미물이니 자연 속에서 하나가 되는 것이 당연했다. 소리는 모든 것을 나지막이 가라앉히며 그것을 깨닫게 해 주었다.

어느 날 왕이 왕산악을 불러 연주를 청하였다.

"왕산악 공, 요즘 무슨 일을 그리 골똘히 하고 있소. 필시 음악과 관련된 일인가 보오"

"황공하옵니다. 그동안 칠현금과는 다른 악기를 만들어 보았습니다. 우리나라에 맞게 개량하였습니다."

"그렇다면 공이 만든 새 악기의 연주를 들어보고 싶소."

왕산악은 왕을 향해 절을 한 후 왼발을 오른 다리 아래로 가도록 가부좌 자세를 하였다. 새 금을 두 무릎 위에 올리고 시선을 왼쪽 사선으로 응시하다 눈을 감았다. 손으로는 무현과 문현을 차례대로 쓰다듬었다. 왼손으로 줄을 흔들면서 술대를 앞뒤로 퉁기자, 깊은 소리가 무겁게 올라와 공중으로 날아들었다. 다시 대현을 퉁기자 소리는 옥좌와 내실 가득하여 오랫동안 소리의 존재가 사라지지 않았다. 그 소리의 긴 여백은 백마가 지나간 자리의 뽀얀 연기처럼 마음을 한곳으로 모아 주었다.

크고 힘차고 용맹스러운 음률이 왕의 가슴에도 전해졌다. 이제껏 들어보지 못한 소리였다. 과연, 칠현금에서 얻지 못하는 차분하고 진중한 소리는 남성적 힘이 있었다. '그렇다. 이 소리다.' 왕은 속으로 감탄했다.

"폭포에서 떨어지는 거대한 물줄기 소리와 맑고 청아한 소리가 동시에 나는구나. 내 그대의 소리를 듣고 있으니 선왕께서 요동과 만주를 호령하던 시절 압록강을 무연히 바라보던 모습이 그려지오. 가슴이 웅장해지는 이 기분은 정말 오랜만인데, 이 악기가 그 웅장한 소리를 담아내다니, 공의 부드러우면서 강직함이 이 악기에도 들어있는 듯하오. 내 요즘 선왕의 모습이 자주 보이고, 그리운 마음이 드는데, 선왕의 또 다른 모습이 현신처럼 다가오는구려."

왕은 기쁨과 그리움이 함께 서린 얼굴빛으로 왕산악을 내려다보았다.

"태왕 폐하, 저의 마음이 조금이라도 폐하의 염원에 다가간다고 생각하니 더 기쁘옵니다. 선왕처럼 이 악기는 눈보라와 비바람과 4계절의 변화무쌍함을 모두 견뎌낸 나무의 기상을 고스란히 담고 있습니다. 강함이 부드러움을 밀어내지 않도록 기운을 뻗치되 몸을 사리고, 난폭함을 잠재우는 부드러움이 평화로운 세상이 되도록 문현이 무현을 잠재웁니다. 문무가 조화롭고, 강함과 부드러움이 결코 서로를 배척하지 않도록 하였습니다. 폐하."

"이제 이 고구려의 음악이 제자리를 찾았도다. 그대가 내 신하라는 것이 이렇게 기쁠 때가 없구려. 앞으로도 고구려의 기상과 얼을 고취시키는 곡을 많이 만들도록 하시오."

가을 연잎이 춤을 출 무렵 왕산악은 날마다 금을 들고 계곡으로 가서 너럭바위에 금을 무릎에 얹고 금에 어울리는 곳을 만들기에 여념이 없었다. 하루는 바람의 소리를 담았고, 다음날은 강렬한 해와 폭풍우를 담았다. 월금이나 칠현금의 연약함보다 힘이 있어서 자연의 소리를 담기에 좋았다. 때로는 야장을 찾아가 풀무질 소리를 담았다. 한 곡이 완성될 때마다 왕에게 바쳤다.

"소리가 무척이나 고상하고 요사스럽지 않으니, 양반들이 예를 따르고, 마음을 가다듬는 데도 좋을 듯싶소."

왕의 말에 왕산악도 맞장구를 쳤다.

"맞습니다. 유희를 넘어선 마음의 수양을 위한 악기를 만들어 보고 싶었는데, 이 금이 정신 수양에 참으로 도움이 되옵니다."

왕산악의 연주를 들으며 달을 바라보던 연화는 말했다.

"서방님의 음악에는 무색무취에 현란함도 없으니, 정신을 들었다 놓았다 하는 몸과 마음의 정념이 가지런해지는 듯합니다."

"내 머릿속의 달에도 그대의 모습이 가득 차 있구려."

왕산악은 흐뭇해하며 답했다.

그즈음 마을에 짐승들이 내려온다는 소문이 들리기 시작했다. 민가 가까이에서 늑대가 울고, 승냥이가 왕산악의 집 근처에서 어슬렁대다가 산속으로 돌아가는 일이 잦았다. 사람들은 무서워 꼭 필요한 일이 아니면 밤에 돌아다니지 않았다. 여우 한 마리가 담벼락 아래에서 달을 보다가 조용히 사라지는 것을 보았다고도 했다. 사람이 해를 입었다는 소문은 좀처럼 나오지 않았다. 사람들은 필시 그 짐승들도 왕산악의 음악에 취하였을 거라고 말하였다.

제천 행사가 모두 끝나갈 무렵 왕은 왕산악에게 새 금의 연주를 청했다.

"왕산악 공, 이렇게 하늘도 맑고 빛이 좋은 날 그대의 연주를 듣고 싶소. 새로 만든 곡을 들려주오."

왕의 청에 압록강이 내려다보이는 너럭바위에 정좌를 하고 왕산악은 거문고를 무릎에 올렸다. 눈앞에 수려한 강산이 있었다. 굽이굽이 흐르는 계곡과 첩첩이 쌓인 등성이가 부채처럼 접힌 광경이 눈앞에 펼쳐졌다. 다른 쪽으로는 햇살 그득한 가을볕 아래 압록강의 은결이 보석처럼 영롱하게 반짝였다. 그 위를 지나가는 바람 한 줄기가 겨울이 오기 전의 한기를 더했다. 왕산악이 초연히 눈을 감고 소매 넓은 옷자락을 하늘로 펼쳤다가 가지런히 내려놓았다. 명주를 꼬아 만든 줄 하나를 퉁기고, 그 소리가 가을빛을 휘감아 돌다 멈추기 직전, 다른 현으로 손가락을 옮겨, 다시 줄 하나를 빠르게 퉁기며 소리가 소리를 이끌듯 연주를 이어갔다. 그 울림은 바다보다 넓고, 땅끝보다 깊은 곳에서 올라왔다. 바람과 물소리와 풀벌레 소리와 계곡을 스치는 살아있는 것들의 소리를 들으며 줄을 뜯었다.

나뭇잎 끝에 맺힌 물방울이 떨어지고, 그 물방울이 모여 내를 이루고, 거친 물살로 굽이치는 계곡의 물이 되었다가, 거품을 내며 힘차게 떨어지는 폭포수가 되는 격정이 절정을 치달았다. 가을바람 사이로 눈을 감으면 고구려의 사계가 지나갔다. 한여름의 비바람과 가을의 꽃단풍과 삭정이 사이의 바람과 송림 위의 눈발과 눈 녹은 개울의 물소리가 차례대로 지나갔다. 그 소리 사이에 휘몰아치는 인간의 감정이 모두 담겨있었다. 마음속에 쌓인 멍울이 오동나무와 밤나무 사이를 휘돌아 마침내 다시 창공으로 훌쩍 뛰어올라, 새로운 세상을 향해 힘차게 날개를 펼치는 기운이 솟아났다.

곡이 끝나자 왕은 고요히 감았던 눈을 뜨고 말했다.

"새 금의 소리는 갈수록 기품이 있고, 정신을 매료시키는구나. 절제된 아름다움과 정중동의 고요함과 더불어 힘찬 맥까지 품었구나. 인생은 짧고, 음악은 영원한데, 소리는 더욱 신비스럽게 한가한 것 이상이로구나. 내 그대의 연주를 듣고 있으니 내가 신선이 된 것 같소."

"모두 폐하의 은덕이옵니다."

왕이 다시 연주를 청하였다. 서쪽으로 해가 질 무렵 역광으로 두루미 떼가 검은 날개를 활짝 펼치고 하늘 높이 날다 되돌아오기를 반복했다. 왕산악 역시 꿈속인 양 몽롱한 기분이 되어 신선이 되어 하늘로 날아가는 듯했다. 격정이 한차례 지나고 다시 우아한 선율이 시작될 무렵 사람들의 웅성거리는 소리가 들리기 시작했다.

"저것 좀 보아라."

신하들은 왕의 손이 가리키는 곳을 보았다.

왕산악 역시 고요한 가운데의 소란에 고개를 들자, 퍼드덕 소리와 함께 검은 물체가 눈앞을 지나갔다. 검은 학이 왕산악의 연주 소리에 맞춰 춤을 추는 것이 아닌가. 신하들 역시 그것을 넋을 놓고 바라보았다.

역광이 비치는 쪽에서 검은 학 여섯 마리가 기다랗고 쭉 뻗은 다리로, 폭포 위를 오르내리며 너울너울 춤을 추고 있었다. 새 금이 마치 검은 학을 위한 악기인 것처럼, 가느다란 두 다리를 거문고의 음률에 맞게 들었다 놓았다가 고개를 까닥였다. 검은 날개를 활짝 펼친 학의 춤은 고아했다. 왕의 얼굴에 놀라움과 경이로운 미소가 떠올랐다. 검은 학들은 하늘로 날아올랐다가, 열을 지어 군무를 이루었다. 쭉 뻗은 깃을 마음껏 펼치는 학의 모습은 깃옷을 펄럭이며 하늘로 올라가는 여인의 모습이었다.

그 순간 세상의 살아있는 것들이 내는 소리가 모두 사라졌다. 거문고의 소리만이 검은 학과 어우러져 또 다른 신선의 세상을 만들고 있었다.

4. 미마지 – 이진

1

푸른 바다가 주홍빛으로 물들기 시작했다. 오늘도 그는 오지 않으려나 보다. 아라연은 수평선 아래로 꼴딱 넘어가는 붉은 햇덩어리를 하염없이 바라보았다. 수많은 배들이 들고 나건만 오색 깃발 휘날리며 오리라던 미마지의 배는 약속된 날짜에서 백일이 훌쩍 넘어가도록 소식이 없다. 저물어 가는 하늘가로 갈매기들이 떼를 지어 날아올랐다.

아라연은 품속에서 조그만 가루라(인도 신화 속 상상의 새)를 꺼내 보았다. 원래 독수리 얼굴에 봉황의 날개를 한 황금빛 새라지만, 미마지가 손수 빚어 도공의 가마에서 구워온 토용(土俑, 흙으로 빚어 만든 인형) 가루라에게선 도무지 그런 위용을 찾아볼 수 없었다.

"늙지도 죽지도 않는다는 전설 속의 새, 가루라야. 사랑하는 이들이 헤어질 때 하나씩 나눠 갖고 있으면 반드시 다시 만나게 된대. 딱 1년이야. 기다려 줄래?"

사실인지 지어낸 말인지 알 수 없으나 속삭이는 미마지의 눈빛이 너무도 촉촉하여 아라연은 고개를 끄덕여 주고 말았다. 한 시도 떨어지지 말고 함께 하자던 미마지가 느닷없이 머나먼 중국으로의 유학길에 나선 건 지난해 봄이었다. 유달리 연희를 즐기는 성주(城主) 소마씨의 눈에 띈 탓이었다.

"도저히 뿌리칠 수 없었어. 내 재능을 인정해준 것만도 감사한데, 더 배우고 싶다면 후원해 주겠대. 학비는 물론 1년 동안의 체재비까지 몽땅! 엄청난 기회 아니야? 내 처지에 이런 제안을 받다니, 꿈만 같아!"

그날 미마지는 피리를 불었고 거문고를 뜯었고 요고(작은 장구처럼 생긴 북)를 두드렸다. 혼자서 악인 서너 사람 몫을 해낸 것이다. 아라연은 그의 악기가 바뀔 때마다 박자와 가락에 어울리는 춤사위를 펼쳐내려고 높낮이와 빠르기를 조절하느라 진땀을 뺐다. 연희가 끝나자 소마씨는 미마지와 아라연을 각각 따로 불렀다. 미마지에겐 중국 남쪽 오나라로의 유학 기회를, 그리고 아라연에겐 소마성의 전속 무희가 될 것을 제안했다. 각자에겐 꿈같은 최고의 제안이었다. 하지만 아라연은 그리 기쁘지 않았다. 소마씨의 눈길이 자신의 옷자락 안쪽을 헤집고 더듬어 대는 것만 같아 불쾌하기까지 했다. 마냥 흥분하여 떠들어대는 미마지가 야속하기만 했다.

"같이 보내달라고 청해볼까? 넌 백제 최고의 춤꾼이잖아. 너랑 같이 가면 훨씬 더 많은 것을 배워올 수 있을 거야. 생각만 해도 가슴이 벅차."

소마 성주에게 간절히 부탁해 보겠다며 혼자 들떠있는 미마지를 아라연은 말리지 않았다. 거절당할 게 분명했지만 혹시나 하는 기대 또한 없진 않았다. 성에 다시 들어갔던 미마지는 코를 쑥 빠뜨리고 돌아왔다. 아라연은 미마지와 떨어져 지내야 할 시간이 몹시도 두려웠다.

무역선을 타고 가면 보름 남짓 거리라지만 풍랑도 해일도 적지 않을 바닷길이었다. 오고 가는 도중에 무슨 일이 벌어질지 아무도 예측할 수 없는 게 또한 바다였다. 아라연의 아버지도, 미마지의 아버지도 머리카락 한 올 남기지 않고서 삼켜버린 바다였다. 그런 바다로 미마지가 배를 타고 떠난 지 1년, 그리고 다시 또 100일 하고도 7일째, 아라연은 저물녘 바다를 하염없이 바라보았다. 성주는 더 이상 기다려 주지 않을 것이다. 자신의 너그러움을 자랑처럼 떠벌리며 거들먹거린 게 며칠 전이었다.

"너한테만 특권이 주어진다고 생각하면 오산이야. 지난 1년은 상전다운 의리로, 최근 석 달은 남자로서의 호의로 넘어가 주었을 뿐이다. 내 인내심을 더는 시험하지 마라."

누군가가 자박자박 아라연의 등 뒤로 다가와 어깨를 감싸 안았다. 빨리 마음을 정하라고 날마다 독촉이던 어머니였다.

"성주님께서 사흘 뒤로 날짜를 잡아 통보하셨다. 그러게 내가 뭐라든? 어차피 이리될 거, 네가 먼저 고개 숙이고 들어가는 게 낫다고, 남자의 고집을 꺾으려다 복수심만 부추기게 된다고 말하지 않았더냐?"

"어머니, 저는 진정으로 싫습니다. 성주의 속셈을 알아버린 마당에 어찌 그와 한 몸이 될 수 있습니까? 미마지를 중국에 보낸 것도, 아직까지 돌아오지 못하는 것도 어쩌면 다 성주의 계략입니다. 죽으면 죽었지 그렇게는 못합니다."

"기나긴 세월 동안 소식 한 자 없는 놈이다. 거기서 중국 여자와 딴 살림이라도 차렸는지 또 어찌 아느냐? 제발 정신 차려. 너 하나 처신하기에 따라 이 에미도 네 동생들도 처지가 달라진단 말이다. 둘째 부인이면 어떻고 셋째면 또 어떠냐? 다시는 여기 나와 있지 않겠다고, 미마지를 아주 잊어버리겠다고 약속해다오."

아라연은 한숨을 푹 내쉬었다. 언제나 어머니는 맏딸인 아라연이 아버지 없는 집안의 기둥이 되길 바랐다. 남동생들이 누나 덕에 출셋길에 오르기를 바라 마지않았다. 아라연은 문득 자포자기하는 심정이 되었다. 미마지를 잊어버리기만 한다면 온갖 부귀영화가 그녀의 것이었다. 한순간에 지위 높은 마님이 되고, 집안을 일으킨 효녀가 되고, 동생들의 장래를 열어준 우애 깊은 누나가 될 것이다. 아라연은 하늘을 향해 외쳐 물었다.

미마지는 결국 돌아오지 않는 겁니까? 나의 기다림은 그저 한순간의 모래바람이었을 뿐입니까? 진정 이 길이 저의 길입니까?

2

마침내 미마지는 궁리 포구에 도착하였다. 그립고 또 그리웠던 고향의 냄새에 미마지는 왈칵 눈물을 쏟고 말았다. 힘겹고도 지난한 귀향길이었다.

몇 달 전, 오나라의 무역선에서 내릴 때만 해도 미마지는 건물개(제물포의 옛 이름)에 도착한 줄만 알았다. 거기서 고향 궁리까지는 육로를 택

하더라도 열흘을 넘지 않을 거리였다. 하지만 고구려의 비사성보다 훨씬 더 북서쪽으로 올라간, 수나라의 산하이관 근처 항구인 걸 알았을 땐 그가 탔던 배가 떠나버린 지 한참 후였다. 몇 군데를 더 들러서 가는 무역선이라 하루 이틀 늦어지긴 하겠지만 가장 저렴한 배표라며 생색내던 선원을 다시 찾을 길은 없었다. 미마지의 짐들을 앞장서서 내려주고 또 선창의 짐꾼을 불러 실어주는 등, 유난히 친절하게 굴던 자였다.

하지만 기막힐 일은 거기서 끝나지 않았다. 분명 미마지가 꾸린 것과 똑같은 짐보따리들이었으나 놀랍게도 흙과 지푸라기로 가득 차 있었다. 비싼 돈을 주고 사들인 특이한 중국 악기들과, 후원자인 소마 성주와 홀로 계신 어머니, 그리고 아라연에게 선물할 생각으로 사 모은 진귀한 물건들도 무엇 하나 남아있지 않았다. 여비에 쓰려고 아껴 놓았던 엽전 꾸러미조차도 거짓말처럼 사라져 버렸다. 타고 왔던 배가 떠나버린 마당에 범인을 잡을 길은 막막하였다. 미마지는 선창가에 주저앉고 말았다. 앞날이 막막하였다. 입고 있는 옷 한 벌 이외엔 아무것도 없는 빈털터리 신세가 되고 말았다. 미마지는 고개를 떨구고 한숨을 푹푹 내쉬며 정처 없이 길을 걸었다. 환청처럼 무슨 소리가 머릿속을 울렸다.

굳이 백제로 돌아갈 필요가 있겠소? 그대 실력이면 중국 땅 어디서든 대환영일 텐데. 나와 함께 넓디넓은 중국 땅을 돌아다니며 한평생 주유천하 해보지 않으려오? 그대는 춤꾼 몇 명을 구해 재주를 부리고 난 구경꾼을 모으고!! 큰 부자 되는 건 순식간 아니겠소?

그 무역선을 타기 전, 항구 근처의 숙소에서 우연히 만난 백제 상인 호루무가 한 말이었다. 그는 중국 전역을 훑고 다니며 백제의 도기들을 팔아 부자가 된 이였다. 어려서부터 악에 심취하여 백제, 신라, 고구려 3국은 물론 중국의 여러 나라들을 쏘다니며 다양한 예인들의 연희를 보아왔다면서, 그중 미마지의 기악무가 최고였다고 상인 호루무가 추켜세웠다.

미마지가 중국 남방의 오나라로 유학을 와서 얻은 가장 큰 소득이라면 바로 그 가면이었다. 악기와 춤으로 이루어진 그의 음악 세계에, 사람살이의 이야기와 인간의 섬세한 감정을 표현해 주는 다양한 가면이 더해지게 된 것이다.

사실 백제에도 가면 비슷한 게 없었던 건 아니다. 사자나 땡중, 못된 부자나 착하고 불쌍한 거지 등을 표현하는 탈바가지를 만들어 쓰고서 한바탕 신명난 굿판을 벌이는 탈패가 어느 고장마다 하나 정도는 있게 마련이었다. 하지만 그들의 악은 대부분 타악기 일색인 데다 남의 잘못을 꼬집고 비판하는 정도에 그치는 것이어서, 잠깐의 흥분과 속 시원한 일탈 이외엔 오래도록 남는 울림이랄까 감동이랄까가 부족했다. 미마지는 그 까닭이 지나치게 웃기려고만 하는 가벼운 이야기와 웅숭깊은 음악의 부재에 있다고 보아왔다.

미마지의 그런 아쉬움은 오나라의 스승을 만남으로써 어느 정도 해소되었다. 그의 스승은 관악과 타악, 현악을 아우르는 대규모 악패를 한 자리에 배치하여 수많은 악기가 내는 조화롭고도 우렁찬 소리로 구경꾼들에게 감동을 안겼다. 또한 뛰어난 춤꾼들을 기용하여 단순한 풍자를 넘어서는 불교의 지혜로운 이야기들을 가면과 춤사위로 풀어내게 하였다. 각자 독특한 표정으로 그 개성을 드러내는 가면들은 구경꾼들에게 폭발적인 인기를 끌었다. 하지만 악패든 탈패든 춤패든 간에 동원되는 인원이 너무 많고, 연희가 베풀어지는 장소가 웬만큼 넓지 않으면 안 되어서 일반 백성들에겐 평생 한 번도 만나기 어려운 그림의 떡이었다.

미마지는 스승의 기악무를 보다 최소화할 방법이 없을까 고민하였다. 그는 과감하게 노래꾼들의 역할을 없애고 음률과 춤사위에만 집중하도록 묵극(默劇, 무언극)의 형태로 개편하였다. 가면의 표정이 노래를 대신하고 있으므로 구경꾼들은 악기의 가락과 율조에 따라 천변만화하는 춤사위에 집중할 수 있었다. 여러 가지 악기의 성질과 쓰임새에 정통한 미마지로선 가면의 움직임과 표정에 딱 어울리는 악기를 고르는 게 어렵지 않았다. 그러다 보니 악기 하나에 가면 하나를 연결하는 방식의 아주 조촐한 공연도 가능하게 되었다. 언제 어디서든 연행이 가능한 그의 기악무는 중국 남방의 여러 고을들에서 폭발적인 인기를 끌었다.

그래, 하늘이 무너져도 솟아날 구멍은 있다고 했지. 미마지는 마음을 고쳐먹고 장터거리로 나섰다. 늘 품속에 지니고 있었기에 그나마 남은 세 피리 하나로 1인 기악무를 선보일 작정이었다. 가면까지 있다면 좋겠지만 없으면 없는 대로, 자신의 표정과 몸짓으로 가면을 대신할 생각이었다.

시끌벅적한 장터 한가운데서 미마지는 피리를 불기 시작했다. 백제 사람이라면 누구나 알고 있는 서동요 가락이었다. 이젠 백제의 임금이 되고 왕비가 된 서동과 선화공주의 젊은 시절 사랑 이야기가 수나라의 한 장터 거리에서 아름답고 신비롭게 울려 퍼졌다. 장꾼들이 몰려들기 시작했다. 미마지는 흥에 겨워 피리를 불며 춤을 추었다. 펄럭이는 옷자락이 바람인 양 강물인 양 흩날리고 내달았다.

"하늘에서 내려온 신선인가?"

푹 빠져들어 헤어나지 못하는 건 사람만이 아니었다. 달구지를 끌던 마소도, 나뭇가지 사이로 정처 없이 날던 새들도, 하늘 가운데를 떠돌던 구름마저도 숨을 죽였다. 미마지가 깊이 고개 숙여 절하는 것으로 연주와 춤이 끝났음을 알리자 한 곡조 더해 달라는 청이 빗발쳤다. 그의 발치께로 엽전들이 날아와 쌓였다.

"어디서 굴러온 개뼈다귀가 우리 동냥 바가질 박살 냈단 말이네?"

걸량(집집을 돌아다니며 축원해 주고 돈과 곡식을 얻는 일) 패거리에게 끌려가 흠씬 두들겨 맞고 장터에서 벌어들인 돈을 몽땅 빼앗긴 건 그날 밤이었다. 걸량패의 두목은 이미 초주검이 된 미마지를 한 번 더 걷어찼다.

미마지는 필사적으로 그의 바짓가랑이를 붙잡고 늘어졌다. 고향에 돌아갈 뱃삯만 벌게 해달라고, 그 이상도 이하도 바라는 게 없다고. 친절하기 짝없던 선원에게 사기를 당해 빈털터리가 된 사연을 구구절절 풀어놓자 패거리들의 낯빛이 한결 누그러졌다. 미마지는 그들에게 구걸 대신 연행으로 돈을 벌 수 있게끔 악무를 가르쳐주겠다는 제안도 해보았다. 여러 종류의 북이나 크고 작은 쇠, 하다못해 목탁이라도 두들기며 구걸에 나서는 자들인지라 타악기엔 다들 나름의 재능을 가지고 있었다.

미마지에게 악과 춤을 배운 걸량패의 수입은 평소보다 몇 곱절로 늘어났다. 덩달아 미마지의 이름도 널리 알려져 그를 스승으로 모시겠다는 치들이 몰려들기까지 했다. 돈도 인기도 싫은 것은 아니었지만 미마지는 아라연이 기다리는 백제 땅 궁리 마을로 돌아가고만 싶었다. 집으로 돌아갈 뱃삯은 물론 잃어버린 악기들과 선물들을 새로 장만할 여유까지 생겨났으므로, 미마지로선 더 이상 귀향을 미룰 까닭이 없었다.

고향 궁리의 하늘은 쏟아지는 별빛들로 찬연하였다. 미마지는 주체할 수 없는 그리움을 안고서 동네 끝자락 골목 안쪽에 낮게 엎드려 있을 아라연의 집으로 향했다.

3

골목은 미마지가 생각하는 예전의 그 골목이 아니었다. 초입의 오두막들은 다 헐려 간 곳이 없고, 마차가 지나다녀도 될 만큼으로 널찍하고 반반하게 닦인 길은 한밤중인데도 훤하기만 하였다. 아라연의 집이 있었던 길 저 안쪽에는 휘황한 기와집 한 채가 홀로 우뚝하였다. 솟을대문이 위용을 뽐내는 가운데 문간에는 파수꾼들이 번을 서고 있었다.

"어떤 놈이냐?"

미마지의 발소리가 들렸는지 파수꾼 하나가 눈을 부라리며 주변을 살폈다. 흩어져 있던 그의 동료들이 허리에 찬 칼을 빼 들고서 순식간에 몰려들었다. 미마지는 담장 그늘 아래로 납작 엎드렸다. 한동안 주위를 돌며 인기척의 흔적을 찾던 자들이 금세 하품을 하며 털썩 주저앉았다.

"거 참, 쥐새끼 한 마리 지나갈 때마다 소리 좀 지르지 말라! 그런다고 아라연이 네 품에 쏙 안겨들기라도 할까?"

"에그, 입조심!! 이게 죽을라고 환장을 했나? 내일 밤이면 성주님의 부인이 되실 분 이름을 어디서 함부로?"

"여자 마음은 그래서 믿을 수 없는 기여. 그 미마진가 이바진가를 기다린다고 날이믄 날마다 바다로 나가 두 눈이 물캐지두룩 쪼그려 앉았었든들 뭘 혀? 고작 1년 반도 되기 전에 돈이며 패물이며 권세에 고개가 돌아가 부렀자녀."

미마지는 자신의 귀를 의심했다. 1년 후면 반드시 돌아오마 약속을 했고, 아라연에겐 끝까지 기다리마는 약조를 받았다. 백제로 들어가는 인편을 만날 때마다 꼬박꼬박 소식도 전하였다. 조금 늦기는 했으나 온갖 풍상 속에서도 끝내 살아 돌아왔다. 그런데 죽는 한이 있더라도 기다리겠다던 그날의 굳은 맹세를 아라연이 저버렸다는 말인가?

설마 아닐 것이다. 설마 그럴 리가 있는가? 미마지는 터져 나오려는 울음을 삼키며 땅바닥에다 이마를 짓찧었다. 파수꾼들은 자기네끼리 시시덕거리다 그도 지쳤는지 담장에다 머릴 기대고선 졸기 시작했다.

흙투성이가 되어 돌아온 미마지를 부둥켜안고 그의 어머니가 숨죽여 통곡했다.

"귀하디귀한 내 아들! 널 보았으니 이 어민 죽어도 여한이 없다. 가거라. 두 번 다시 돌아올 생각 말고. 여기선 살아도 산목숨이 아닐러니! 동트기 전에, 누구 눈에 띄기 전에, 어여 가거라."

주먹밥 몇 덩이를 보퉁이에 쑤셔 넣어주며 어머니는 미마지의 등을 밀어냈다. 어찌 그러는지 연유를 말해 주지도, 귀향길의 기막힌 신산을 들어보려 하지도 않았다. 무엇엔가 쫓기듯 그저 막무가내였다. 어머니의 뜨거운 가슴을 한 번 안아보는 걸 끝으로, 미마지는 선걸음으로 쫓겨났다.

미마지는 터벅터벅 해안가로 내려갔다. 돌아갈 길은 어쩌면 바다뿐이었다. 어머니의 걱정대로라면 고향의 땅바닥에다 발을 딛고 서 있는 자체가 위험천만이었다. 하나 어찌 그냥 돌아선단 말인가? 죽음을 뚫고 왔거늘, 죽음을 피해 도망쳐야 하는가? 아라연을 만나 보지도 않고, 진심을 들어보지도 않고, 그렇게 비겁하게 뒷걸음질 쳐야 하는가?

미마지는 먼바다를 바라보았다. 뾰족한 방법이 떠오르지 않았다. 어디선가 닭 울음소리가 났다. 짙푸른 새벽을 찢고 동트는 하늘 가 저 멀리서 제법 큰 범선 한 척이 포구 쪽으로 다가드는 게 보였다. 미마지는 행여 그들의 눈에 띄지 않도록 땅바닥에다 배를 깔고 엎드렸다. 배가 가까워질수록 뭔가 미마지의 주의를 끄는 소리가, 그러니까 악기를 연주하는 것도 같고 여러 사람이 목청을 합하여 노래를 부르는 것도 같은 범상찮은 소리가 시끌벅적 울려 퍼졌다.

배가 포구에 닿자 화려한 복색으로 차려입은 남녀 예인들이 줄줄이 내렸다. 각종 악기는 물론 장식용 소품들이며 갈아입을 옷가지와 오만 가지 소지품까지, 그들의 짐은 어마어마했다. 그것들을 가득 실은 나귀와 나귀꾼들도 줄지어 내려섰다. 성주가 혼인 잔치의 흥을 돋우기 위해 불러들인 외지의 연희패들인 게 분명했다. 한판 거나하게 어우러질 저녁 행사를 위해 미리 준비하고 또 각각의 순서에 맞게 총연습을 해보려고 서둘러 온 게 틀림없었다. 미마지는 옳다구나 싶어 슬그머니 그들의 뒤로 따라붙었다.

"어머나, 이게 누구야?"

미마지에게 알은체를 한 사람은 호루무였다. 미마지가 유학을 마치고 오나라를 떠날 때 묵었던 숙소에서 만난 적 있는 상인, 미마지에게 춤꾼 몇을 모아 함께 주유천하 하자던 바로 그자였다. 자신의 꿈대로 제법 규모 있는 연희패를 거느린 주인이 된 모양이다.

"아, 맞다! 당신이 빠질 순 없지. 소마 성주의 혼례식인 만큼 당신의 기악무가 연행될 거란 예상을 내가 왜 못했을까? 아무튼 그야 그렇고, 그 여인과는 어찌 되었소? 혼인은 했소? 악인 남편에 춤꾼 아내라, 아주 천생 연분인데 말씀이야."

미마지는 턱없이 길게 이어지는 호루무의 이야기를 어디서 끊어야 할지 몰라 초조하기만 했다. 아라연의 이름이 그의 입에서 튀어나오려는 순간 쉿, 미마지는 그의 입을 틀어막았다. 호루무의 패거리 중 누군가가 혹 들을세라 미마지는 그의 귀에다 대고 지금 자신이 처한 입장을 간략히 설명해 주었다. 오랜 장사 감각으로 단련된 재바른 눈치꾼 호루무의 눈이 휘둥그레졌다. 한참 동안 말을 잇지 못하고서 미마지를 쳐다보던 그가 불쑥 한마디를 던졌다.

"당신을 우리 연희패의 예인으로 지금 당장 채용하겠소. 마침 오공 역을 맡을 만한 인물이 없어 고민하던 중이었소."

얼떨떨한 미마지의 귀에다 대고 호루무가 속살거렸다. 한 번 부딪혀 보시오. 당신이 들은 말들이 반드시 진실이라곤 단정할 수 없으니! 그러고는 자기 패거리들에게 미마지의 이름과 내력을 꾸며 적당히 둘러대 주었다. 미마지는 전혀 뜻밖의 장소에서 만난 호루무가 지옥에서 만난 지장보살이라도 된 양 몹시도 반갑고 든든하였다.

미마지는 중국 유학길에 오르면서 아라연과 한 마리씩 나눠 가진 가루라를 오랜만에 꺼내 보았다. 솜 주머니에 담아 늘 품고 다녔음에도 부리 끝은 깨지고 한쪽 날개는 부러져 있다. 지나온 날들의 고단한 역정을 생각하니 가여운 마음이 앞섰다. 사랑하는 이들이 헤어질 때 하나씩 나뉘 갖고 있으면 반드시 다시 만나게 된대. 아라연에게 속삭였던 그 말이 그대로 현실이 될 수 있을지, 미마지의 가슴 속에서 기대감과 불안감이 교차했다.

4

아라연은 성주가 지어 보낸 화려한 예복을 차려입고 가마에 올랐다. 오늘 밤이 지나고 나면 미마지를 다시는 보지 못할 것이다. 무슨 사연으로 아직도 종무소식인가? 두 사람 사이의 사랑과 약속을 잊을 만큼 음악이 그렇게도 좋은가? 혹여 좋지 못한 일을 당한 건 아닌가? 살아 있기는 한 것인가?

혼인 날짜를 일방적으로 통보받은 그날, 아라연은 어머니의 강권에 못 이겨 성주 소마 씨의 처소에 들었다. 무작정 하염없이 미마지를 기다리고만 있기엔 깃들일 오두막 한 채 없이 떠돌아야 하는 식구들의 처지가 서럽고도 기막혔다. 성주가 마을을 정비한다면서 아라연의 집을 향후 자신의 별궁으로 삼으리라며 대대적인 건축 공사를 벌이는 바람에 오갈 데 없이 쫓겨나고 말았다. 겨우 밥벌이를 할 만한 나이에 이른 동생들은 어렵사리 들어간 일터에서마다 이런저런 트집을 잡혀 쫓겨나기 일쑤였다. 젊어 과부가 된 이래 붙일 농토 한 뼘 없이 세 남매를 키우느라 지문이 다 닳아 없어진 어머니의 간절함을 아라연은 차마 모른 척할 수 없었다.

"너와 미마지가 장래를 약속한 사이라기에 성주로서의 체통을 지키려 1년을 기다려 주었다. 불경스럽게도 후원자인 내게조차 소식 한 자 없는 그 녀석을 네가 며칠만 더 기다리게 해달라며 넉 달 가까이 질질 끌 때도 여인의 정절이 아름다워 그 또한 기다려주었다. 내게 더 요구할 무엇이 아직 남아있는가?"

"성주님의 처분에 따르겠습니다. 모쪼록 헤아려 살펴 주소서."

소마 씨가 그녀의 어깨를 끌어당겼다. 두텁고 끈적거리는 손이 그녀의 볼을 쓸고 목덜미를 스치더니 이내 젖무덤 위로 미끄러져 내려왔다. 뱀이 맨살 위로 꼬리를 끌며 기어가기라도 한 양 온몸에 소름이 쫙 끼쳐 들었다. 아라연은 그러나 두 눈을 꼭 감고서 그 시간을 견디어 냈다.

"이리 고분고분하니 얼마나 어여쁘냐? 진작에 그럴 것이지. 사서 고생은 왜 했누?"

아라연은 자기도 모르게 터져 나오는 눈물을 어쩌지 못하여 훌쩍거렸다.

"왜 우는 것이냐? 발칙하게도 두 마음을 가지고 이 소마 성주를 시험하려 들었던 것이냐?"

아라연은 황급히 무릎을 꿇었다. 다 된 밥에 코 빠트리지 마라, 어머니는 신신당부했었다. 이미 항복한 마당에 억울하다, 서럽다 울어댄들 무슨 이득이 있으랴, 제법 철든 생각이 그녀를 밀어붙였다.

"그런 오해는 거두소서. 진작에 이랬으면 얼마나 좋았을까, 어리석은 자신을 책하는 후회의 눈물인즉 너무 나무람 마옵소서."

"허허, 내 한 번은 속아주지. 물러가거라. 혼례식 날, 백제의 사내라면 그가 설령 왕이라 할지라도 날 부러워하게끔 공들여 치장하고 오너라."

아라연은 곰처럼 둔해 뵈는 외모와 달리 창날보다 날카롭고 바늘보다 뾰족한 성주 소마 씨가 두렵기 그지없었다. 그는 아라연의 속마음을 이미 다 읽어낸 지 오래다. 그동안 아라연에게 공들인 시간과 열정을 그는 어떻게든 돌려받고자 할 것이다. 이제 아라연은 지금껏 자신이 알던 아라연이 아니어야 함을 알고 있다.

행사가 치러질 성의 안마당엔 산해진미가 넘쳐흘렀다. 소마 씨가 아라연을 훑듯이 바라보았다. 이글거리는 그의 눈빛이 아라연에겐 지옥의 화염처럼만 보였다. 성주의 다른 쪽 옆에 자릴 잡고 앉은 정부인이 삐죽거렸다.

"천한 계집 하나한테 홀려 이 무슨 야단법석이람? 네년 속셈이 무엇이냐? 구미호가 환생이라도 한 것이냐?"

아라연은 녹록지 않을 앞날에 더욱 기가 질렸다. 정부인의 가시 돋친 언행에 잠깐 눈살을 찌푸리는 것으로 그만인 소마 씨가 야속하게 여겨질 지경이었다. 왁자지껄 성문 밖에서부터 들려오는 길놀이패의 북소리, 장고소리, 타령소리들이 그나마 아라연의 복잡한 심경을 달래주었다.

해가 설핏 기울어지자 본격적인 연희가 시작되었다. 한 무리의 악패들이 깽깽 깨개갱, 둥둥 두두둥, 쿵쿵 쿵더쿵, 타악을 두드리며 중앙 마당을 한 바퀴 휘돌았다. 이어 물처럼 바람처럼 흐늘거리며 살포시 날아오르다, 소리 없이 내려앉고 다시금 회오리바람으로 빙글거리는 아름다운 무희들이 초청객의 눈길을 사로잡았다. 아라연은 자신이 있어야 할 자리가 바로 거기이건만 왜 어울리지 않는 이 자리에서 구경꾼으로 앉아있는지, 누구보다 화려하게 성장했건만 하염없이 작아지고 초라해지는 자신을 견딜 수가 없었다.

"널 위해 중국에서 특별히 불러온 연희패가 저기 성문을 들어서는구나. 배은망덕한 녀석에 대한 기대감으로 행여 들뜨진 말렷다! 이젠 한낱 무희가 아니라 백제에서 제일가는 소마성의 안주인이 될 터인즉, 우리 백제의 가무와 저들의 것이 어떻게 다른지, 우리가 무얼 취하고 무얼 버려야 하는지, 주의 깊게 보도록 하라."

아라연은 성주의 말을 귓등으로 흘려들었다. 이렇게나 백제의 악을 아낀다는 사람이 그토록 뛰어난 미마지를 중국 유학이라는 미명 하에 쫓아버렸단 말인가? 아라연은 혹시나 하는 마음에 중국에서 왔다는 예인들을 하나하나 뚫어지게 살펴보았다. 어디에도 미마지는 보이지 않았다. 아릿한 슬픔이 가슴 가득 차올랐다.

백제 땅에선 본 적 없는 기이한 악기들과, 머리 장식에서부터 갓신의 궁글림에 이르기까지 특이하기 이를 데 없는 차림새의 예인들 무리가 성안의 모든 시선을 사로잡았다. 무엇보다 좌중을 압도한 건 그들의 엄청난 숫자와 규모였다. 여러 종류의 다양한 악기가 어우러져 내는 울림 또한 태풍이 휘몰아치는 망망대해의 거대한 파도처럼 웅혼하고 장엄하였다. 그런데도 아라연은 도무지 흥이 나질 않았다. 그나마 가면을 쓴 춤꾼들이 없었다면 그녀는 아예 눈을 감고 말았을 것이다.

그들의 가면은 백제에서 흔히 보는, 얼굴만 가리는 탈바가지와는 달랐다. 정수리로부터 덧씌워 얼굴 전체를 감싼 가면은 뭔가 다른 새로운 느낌을 주었다. 가면의 표정이 곧 춤사위가 되고 춤사위는 곧 악의 일부인 듯 녹아들었다. 아라연은 언젠가부터 그들과 한 동작으로 흐늘거렸다. 온몸이 그들의 춤사위에 빨려 들어가 같이 뛰어오르고 내닫고 휘돌았다. 오공 가면을 쓴 춤꾼이 그런 아라연을 슬그머니 춤판으로 끌어당겼다. 구경꾼들의 우렁찬 박수 소리가 성안을 열광의 도가니로 몰아갔다. 그에 화답하듯 악을 치는 이들의 박자가 더욱 빨라지고 격렬해졌다. 마치 십만 대군의 말발굽 소리가 휘몰아 오는 것만 같았다.

"천한 태생이 어디 가겠어? 제 혼례식인 것도 모르고 체통 없이 춤판으로 끼어들다니!"

정부인이 무대 중앙으로 나아가는 아라연을 흘겨보며 혀를 찼다. 약간의 취기로 불콰해진 성주는 장내의 흥분과 열기에 동화된 것인지 아라연의 돌발 행동을 그리 문제 삼지 않았다. 아라연이 오공으로부터 건네받은 오녀 가면을 뒤집어쓰고 두 남녀의 이별 장면을 애절하게 표현하자 벌떡 일어나 박수를 치기까지 했다.

아라연은 그녀를 이끄는 오공 역할의 남자 춤꾼이 어딘지 익숙하고 편안했다. 다정한 듯 쓸쓸하고, 무심한 듯 따스하고, 우아한 듯 허허로운, 도대체 이 사람은…? 아라연의 가슴이 와스스 무너져 내렸다. 설마 미마지인가? 천상의 아름다운 새 가루라가 두 날개를 활짝 펴 오공과 오녀를 한꺼번에 안아 들이는 순간, 아라연은 오공에게서 미마지의 체취를 맡아내고 말았다.

5

나와 함께 가지 않을래?

오공이 오녀에게, 아니 미마지가 아라연에게 속삭였다. 가루라의 넓고도 풍성한 두 날개 안에 갇힌 두 연인은 험하고도 먼 도망길을 향해 두 손을 꼭 잡았다. 두 눈 가득 차오른 눈물은 가면에 갇혀 한 방울도 새 나가지 않았다. 관악기들이 내는 구슬픈 음률에 맞춰 가루라의 날개가 서서히 펼쳐지고, 오공과 오녀는 가루라의 양 날개 위로 올라탔다. 붉은 저녁놀이 가루라의 날개에 서려 오공도 오녀도 하늘조차도 온통 붉게 타올랐다. 우와, 관중들의 입에서 절로 탄성이 흘러나왔다.

지금이야.

오공이 오녀의 손을, 아니 미마지가 아라연의 손을 더욱 꼭 쥐어 잡았다. 그들의 사랑을 방해했던 왕과 사자가 비상하는 가루라를 끌어 내리려고 안간힘을 썼다. 금강역사와 바라문들이 두 남녀와 가루라를 보호하려고 몇 겹으로 둘러쌌다. 오현금과 칠현금이 둥기당둥당 길을 열었다. 가루라는 더 높이 더 멀리 날개를 펼쳐 날아올랐다. 사랑하는 두 남녀의 앞날을 축원하는 악사들과 춤꾼들이 한데 어우러져 덩실덩실 성 안마당을 휘돌았다. 숨죽여 바라보던 구경꾼들도 일어나 얼쑤덜쑤 한 패거리로 어우러졌다. 하늘이 어스름에 잠겨가는 사이 음악이 돌고 춤이 돌고 술이 돌았다. 성안은 너나없이 흥에 겨워 오공과 오녀가 슬그머니 사라진 걸 아무도 눈치채지 못했다.

하지만 한 사람, 소마 성주만은 아라연의 행방이 묘연함을 얼마 지나지 않아 알아차렸다. 곧이어 거행될 혼례식의 주인공이 춤판이 끝났음에도 곧장 자리로 돌아오지 않는 걸 수상쩍게 여긴 그는 눈치 빠르고 발 빠른 사병 몇을 불렀다.

미마지는 아라연의 손을 잡고 미친 듯이 내달렸다. 음악 소리가 아직 울려 퍼질 때, 사람들이 흥에 겨워 덩실거릴 때, 그 누구에게도 들키지 않고 선창에 도착해야 했다. 호루무는 거기다 거룻배 한 척을 대기시켜 놓았다며, 절대로 실패하지 말라고 신신당부했다. 워낙에 흥청망청한 잔칫집 분위기라 그런지 성문 수비병은 두 사람의 행로에 별 관심을 두지 않았다. 성문을 벗어나자 그들은 겨우 한숨을 돌렸다.

"아라연, 미안해! 내가 너무 늦었지?"

"더 늦지 않아서 얼마나 다행인지 몰라. 이렇게 널 만나다니 꿈만 같아! 그동안 왜 그리도 무심했던 거야?"

"그건 오해야. 누가 내 편지를 중간에서 가로챈 게 틀림없어."

바로 그때 성 저 안쪽으로부터 따각거리는 말발굽 소리가 울려왔다. 잡아라, 저 연놈을 잡아!! 기병이 고래고래 소릴 지르자 성곽을 지키던 병졸들이 우르르 두 사람을 쫓아오기 시작했다.

둘은 다시금 손을 잡고 뛰기 시작했다. 여기서 붙잡히면 그대로 죽은 목숨일 것이다. 포구가 그리 멀지 않았다. 둘은 신발이 벗겨지는지, 버선이 찢어지는지, 발바닥이 흙 자갈에 쓸리는지도 모르고 정신없이 내달렸다. 화살이 씽씽 귓전을 스치며 날았다. 한가롭게 파도를 타고 있던 거룻배가 그들을 맞았다. 미마지는 아라연을 배에 태우고는 황급히 버릿줄을 풀었다. 바다 가운데로 있는 힘껏 고물을 밀어붙이면서 동시에 올라탔다.

저기다, 저기! 병졸들이 바다 가운데로 첨벙거리며 금방이라도 배를 잡아챌 듯한 기세로 몰려왔다. 미마지는 죽을힘을 다해 노를 저었다. 화살이 두 사람의 머리 위로 빗발쳤다. 배는 점점 더 깊은 바다로 나아갔다. 물이 허리께까지 차오른 병사들이 더 이상 쫓지 못해 발을 굴렀다.

하지만 그대로 말 성주가 아니었다. 포구 일대에 여기저기 화톳불이 켜지고 여러 척의 범선이 닻을 올렸다. 미마지는 숨 쉴 틈도 없이 오로지 노를 젓는 데만 집중했다. 아라연도 보조 노를 바닷물에 잠그고 미마지와 호흡을 맞춰 힘껏 젓기 시작했다. 두 번 다시 소마 씨의 손아귀에 들고 싶지 않았다. 채무자처럼 구는 도도하고 야멸찬 눈빛을 다시는 마주하고 싶지 않았다. 아니 그 무엇보다 다시는 미마지와 헤어지고 싶지 않았다.

어깨에서 또 팔꿈치에서 뭔가 축축하고 끈적한 것이 흘러내렸지만 아라연은 개의치 않았다. 그들의 조그만 거룻배 한 척으로는 규모로도 속도로도 소마성의 범선들을 결코 이겨낼 수 없을 것이다. 그러니 그들이 출항 준비로 한창인 지금 최대한 멀리 달아나야 했다. 미마지와 아라연은 미친 듯이 노를 저어댔다. 어디로 향해 가는지, 어느 바다 위를 떠가는지, 따지고 살필 여유도 없이.

얼마나 지났을까? 소마 성주의 범선 서너 척이 대낮처럼 불을 밝히고서 어두운 밤바다를 탐색하는 광경이 하나의 풍경처럼 멀어져 갔다. 다행스러운 건 어둠이 충분히 바다를 뒤덮었다는 점이다. 돛이 없는 작은 거룻배는 어두운 바다에서 쉽게 눈에 띄지 않을 것이다. 그제서야 그들은 고개를 들어 서로의 얼굴을 제대로 바라보았다. 땀에 젖어 할딱거리는, 몹시도 허기져 보이는 얼굴에 서로는 피식 웃고 말았다. 미마지는 새벽녘에 어머니가 챙겨 넣어준 주먹밥을 꺼내 아라연에게 내밀었다. 아라연이 살포시 웃으며 손을 내밀었다. 바로 그 순간 아라연이 뱃전에 머릴 기대며 풀썩 쓰러져 버렸다.

"아라연! 왜 이래? 정신 차려!"

세상에나, 이럴 수가! 미마지는 아라연의 어깨를 관통한 화살을 그제야 발견했다. 오로지 도망치는 데만 급급하여 그런 위중한 상태를 알아채지 못했다. 미마지는 서둘러 화살을 빼내고서 저고리 자락을 찢어 그녀의 어깻죽지를 친친 동여맸다. 옷자락 사이로 핏물이 벌겋게 번졌다. 미마지는 아라연을 보듬어 안고서 끄윽 끅, 소리 죽여 울었다.

저 멀리 소마성의 범선들이 몇 갈래 방향으로 흩어지는 게 보였다. 어둠 속에 숨은 미마지의 거룻배를 여러 방향에서 추적하려고 배들을 산개하는 모양이었다. 하지만 미마지는 모든 의욕을 잃고 말았다. 성주에게 붙잡혀 죽은들, 운이 좋아 붙잡히지 않고 살아남은들, 다 무슨 소용이랴 싶었다. 아라연이 죽는다면, 아라연을 더 이상 볼 수 없다면, 그게 무슨 의미이랴 싶었다.

"노를 저어. 왜 바보같이 울고불고 야단이야? 어서 가자고!"

잠시 정신을 잃었던 아라연이 깨어났다. 미마지는 아라연이 무사한 것에 너무도 감격하여 더욱더 큰 소리로 울어 젖혔다. 아라연이 그의 등을 쓰다듬으며 속삭였다.

"내 기다림이 결코 헛되지 않았음을 오늘에야 알았어. 너 정말 대단하더라! 우리가 살 땅에 도달하면 너의 악과 춤을 제대로 배울 테야. 가면을 쓰고 너랑 춤추는 동안 깨달았어. 내가 평생 하고 싶은 일이 바로 그거라는 걸."

미마지는 아라연을 이윽히 바라보았다. 파리한 입술이 너무도 애처로웠다. 바람이 불고 물결이 일렁였다. 미마지는 아라연의 차갑고 파리한 입술에다 길고도 긴 입맞춤을 했다.

6

떠들썩한 소리가 미마지를 흔들어 깨웠다. 그는 이맛살을 찌푸리며 돌아누웠다. 쨍쨍한 햇살이 눈을 찔러오고 입안엔 모래가 한가득이었다. 바닷물이 찰방찰방 그의 등허리를 간질였다. 여러 개의 사나운 눈동자가 미마지를 내려다보았다. 무장한 병사들이었다. 아, 이제야말로 끝장이구나. 미마지는 소마성의 높은 망루에 자신의 목이 내걸려 있는 사위스러운 풍경을 떠올렸다. 아라연, 너는 지금 어디에 있느냐?

　분명 동터오는 검푸른 바다 위였다. 아라연을 껴안고서 그새 잠깐 졸았던가? 이마를 때리는 사나운 바람에 화들짝 놀라 깨났더랬다. 우르르쾅쾅, 비바람이 몰아치고 풍랑은 걷잡을 수 없이 거세졌다. 조그만 거룻배는 금방이라도 뒤집힐 듯 심하게 출렁였고, 아라연은 식은땀을 흘리며 끙끙거렸다. 몇 방울 남지 않은 물로 아라연의 입술을 적셔 주었다.
　바로 그 순간 멀지 않은 곳에서 함성이 일고 불화살이 날아들었다. 미마지가 정신없이 노를 젓는 사이 뱃머리가 불길에 휩싸였다. 어느 순간 배가 두 조각으로 갈라지며 가라앉기 시작했다. 그는 아라연을 등에 업고서 필사적으로 헤엄을 쳤다. 날 꼭 붙들고 있어. 아라연에게 외치며 부표처럼 떠내려가는 뱃조각을 휘어잡았다. 그리고선 아라연을 거기다 올려태우고 미친 듯이 팔을 휘저었다. 거대한 파도가, 수없이 날아든 화살에 꿰뚫린 성난 파도가 그들을 덮쳤다.
　미마지이! 아라연의 간절한 외침이 사나운 파도에 휩쓸려 들었다. 흑수정처럼 반짝이는 아라연의 머리칼이 수평선 저 멀리 가물가물 사라져 갔다. 아라여언! 또다시 덮쳐온 집채만 한 파도가 미마지의 울부짖음을 삼켜버렸다.
　그리고, 그리고 그다음에는?
　미마지는 알아들을 수도 없는 말로 뭐라 뭐라 지껄이며 자신을 끌고 가는 병사들이 무슨 허깨비들만 같았다. 아직도 기나긴 악몽에서 깨어나지 못한 것인가? 미마지는 대나무로 엮어 올린 이상한 건물로 끌려갔다. 신라인가? 탐라인가? 그렇다면 저들의 말 중 몇 마디는 알아들어야 하지 않는가?

"너는 누구냐? 신라의 첩자더냐?"

꽤 높아 보이는 자의 곁에서 역관임에 분명한 자가 물었다. 백제 말인 듯 신라 말인 듯 다소 어색했지만 알아듣긴 어렵지 않았다.

"난 백제인이오. 도대체 내가 왜 여기에 있는 거요?"

"그건 내가 묻고 싶은 말이다. 무엇을 염탐질할 계획으로 우리 일본에 잠입한 것이냐? 정체를 대라. 추호라도 거짓이 있을 시 이 칼이 널 가만두지 않을 것이다."

관리는 칼집에서 장검을 꺼내 흔들며 한껏 겁을 주었다. 미마지는 말로만 듣던 왜 나라에까지 자신이 어떻게 흘러들었는지 도무지 이해할 수 없었다. 아라연을 휩쓸어 간 파도가 단지 악몽이기만 한 게 아니었더란 말인가?

"나는 백제의 악인 미마지라 하오."

미마지는 끔찍한 악몽이 어쩌면 끝장날지 모른다는 기대를 안고, 지나온 시간들을 거슬러 올라갔다. 아라연을, 소마 성주를, 그 혼인 잔치를…, 관리는 꽤나 흥미롭다는 듯 두 눈을 빛내며 들었다.

"제법 그럴듯한 이야기로구나. 그렇다면 한 번 보여다오. 너의 기악무인가 뭔가 하는걸."

미마지는 정신을 잃고 바다에 표류하는 동안도 자신의 품속을 떠나지 않은 조그만 피리가 고마울 뿐이었다. 수나라의 산하이관에서 그러했듯 미마지는 또 한 번 자신의 운명을 바꿀 세피리 연주를 시작했다.

달하, 노피곰 도다샤~ 어긔야 머리곰 비취오시라~~

백제를 잃고 고향 땅 궁리와 어머니를 잃고 아라연마저도 잃은, 이젠 더 이 상 갈 곳도 나아갈 곳도 없는 미마지였다. 그는 아라연을 생각하며 백제의 노래 정읍사를 피리의 음률에다 실었다. 멀리 떠난 님을 그리며,

둥근 달에게 높이 높이 떠올라 내 님의 오는 길을 비추어 달라 기원하는 노래였다. 애절하고도 구슬픈 가락이 관가 마당의 은빛 모래를 촉촉이 적셨다. 나비들이 그 위로 날개를 접고 내려앉았다. 미마지는 설움에 겨워 흐늘흐늘 춤을 추기 시작했다. 파르르, 바람결에 날린 갈잎이 가면인 양 그의 얼굴에 달라붙었다.

어기야 어강됴리, 아으 다롱디리~~! 미마지의 피리 가락에 맞춰 누군가가 후렴구를 따라 불렀다. 아라연인가? 미마지는 간절한 바람을 귓전에다 실었다. 하아, 아니었다. 일본의 관리며 역관이며 관원들이었다. 미마지의 피리는 하늘을 가르고 그의 옷자락은 땅을 갈랐다. 바다 갈매기들이 후드득 날아들고 갈대숲의 노루들이 발길을 돌려 왔다.

"지금껏 백제의 악인들을 숱하게 보아왔다만 네가 최고로다. 너의 나라 백제도, 그 여인도 이젠 잊도록 하라. 너의 뛰어난 재주를 여기 일본의 후예들에게 물려주는 게 어떠한가? 너로부터 우리 일본의 기카쿠(기악무)가 새롭게 시작되리라."

관리는 부하들을 시켜 미마지의 거처를 마련해주고, 재주 있는 아이들을 모아 가르치게끔 도우라 명했다. 미마지는 털썩 주저앉고 말았다. 무슨 이런 운명이 다 있는가? 백제인의 섬세한 숨결과 깊은 감성에다 오나라 악무의 넓이를 더해 자신만의 음악 세계를 만들어 온 미마지였다. 평생 춤추며 살고 싶다던 아라연과 함께 백제만의 기악무를 새롭게 완성하려던 그였다. 그런데 이제 백제가 아닌 일본 땅에서, 아라연도 없이 홀로 해나가야 하는가? 미마지는 망연한 눈길로 서쪽 하늘을 올려다보았다. 구름 한 점 없이 높고도 푸른 백제의 가을하늘이 저 멀리서 아른거렸다.

일본의 역사서인 『일본서기(日本書紀)』 권22에 미마지에 관한 기사가 다음과 같이 전해오고 있다.

'스이코 천황 20년(612, 백제 무왕 13년)에 백제 사람 미마지가 귀화했다. 이 사람은 오(吳)나라의 기악무를 배웠다고 하므로 사쿠라이에 살게 하고, 소년들을 모아서 기악무를 가르치게 하였다. 이때 마노노오바토데시와 이마키노아야히토사이몬 두 사람에게 그 춤을 배워서 전하도록 하였다.'

5. 원효 - 김세인

1

원효는 의상과 함께 당나라로 유학을 떠나는 길이었다.

십여 년 전에도 한번 시도한 적이 있었는데, 압록강 쪽에서 고구려의 순라군에게 잡혀서 실패했다. 이번에는 이곳 당항성에서 뱃길을 이용하기로 했다. 먼젓번에도 그렇고 이번에도 의상이 먼저 제안해 왔다. 원효는 마흔넷이고 의상은 서른여섯으로 여덟 해 차이가 난다. 사문에 든 법랍도 그 정도로 차이가 나긴 하지만 지향하는 관점이 같고 뜻이 잘 통해서 든든한 도반이 된 지 오래되었다.

원효가 당항성에 도착했을 때 주변엔 벌써 어둠이 깔리고 있었다. 서둘렀지만 초행길이다 보니 예상보다 시간이 지체되었다. 의상이 왔나 하고 두리번거리는데 시선을 잡아끄는 이가 있었다. 뚜렷하게 보이지는 않지만 삿갓을 쓰고 등이 눌리다시피 등짐을 진 것으로 보아, 먼 데로 떠나는 승려인 건 확실했다. 의상이었다.

원효가 손을 들자, 의상이 뒤뚱거리며 뛰다시피 원효 쪽으로 왔다. 언제 보아도 반가운 도반이다. 원효가 의상의 손에 든 짐을 나눠 들며 먼저 인사했다.

"어서 오시게."

"네, 스님, 제가 좀 늦었습니다."

"나도 온 지, 얼마 안 되니 괘념치 마시게나."

후드득 빗방울이 떨어지기 시작했다.

장마가 시작되기 전에 길을 나선다고 날을 잡았는데 비가 오다니 난감한 일이었다.

"장마는 아닐 겁니다, 스님."

의상의 말이었다. 동행자의 마음을 편하게 해주기 위한 배려라는 것을 원효는 알았다. 의상의 말이 채 떨어지기도 전에 빗줄기가 굵어졌다. 이번엔 원효가 말했다.

"비를 피할만한 자리를 찾아보세나."

"그래야겠습니다, 스님."

더 지체하다가는 옷은 물론이고 등짐이 비에 젖을 수도 있는 상황이었다. 옷이 젖는 거야 마르면 상관없지만 책이 젖으면 큰 낭패가 아닐 수 없어서 부지런히 발걸음을 옮기다 보니 어느결에 비는 멎었다. 지나가는 비였다.

날은 금세 깜깜해져서 주변이 먹빛으로 물들었으므로 마음이 바빠졌다. 허방지방 헤매던 끝에 쉴만한 곳을 발견했다. 동굴 같았다. 동굴로 기어들어 가서 등짐을 벗고 몸을 뉘어보니 벽에 발이 닿긴 했지만 아쉬운 대로 쉴 수는 있었다. 여독에 쌓인 몸은 금세 잠을 불러들여서 두 사람은 세상 모르고 깊은 잠 속으로 빨려 들어갔다.

원효는 목이 말라서 깼다. 그런데 마침 물이 있어서 그 물을 단숨에 마셔버리고는 이내 잠 속으로 들어갔다. 요의가 느껴져서 일어나서 볼일을 보고 나서보니, 뭔가 좀 이상했다. 동굴인 줄 알고 들어왔는데 파묘 같았다. 잠자리의 주변을 자세히 살펴보니, 묘의 일부가 무너진 거였다. 시체가 묻혔던 자리는 움푹 파인 그대로였고 시간이 지나면서 나무뿌리가 생기고 그 위에 흙이 덮여서 동굴 모양이 되었던 것 같았다.

'파묘라니, 그럼 간밤에 내가 마신 물은?'

구토를 할 것처럼 속이 좋지 않았다. 그때 순간적으로 한 생각이 꼿꼿이 일어섰다.

'지난밤에 마신 그 물은 갈증 해소에 도움이 되었는데, 그 물이 어떤 물인지를 알고 나니 욕지기가 나는구나…… 변한 건 아무것도 없는데……'

생각이 여기에 이르자 언제 그랬냐 싶게 메스꺼움이 가라앉았다.

갑자기 천둥 번개가 치면서 비가 쏟아졌다.

날이 완전히 밝았지만, 오도 가도 못한 채 붙들려 있다가 그곳에서 또 하룻밤을 묵게 되었다. 원효는 쉽게 잠이 오지 않았다. 송장 썩는 냄새가 나는 것 같고, 이상한 소리도 들리는 것만 같았다. 냄새와 소리는 점점 더 심해졌고 급기야 귀신의 눈동자들이 여기저기에서 번뜩거렸다. 현재 벌어지고 있는 상황이 실제 일어나고 있는 것인지, 아니면 귀신의 농간으로 원효 자신만 당하고 있는지 물어보고 싶었지만 의상은 태평해 보였고 야속하게도 시간은 더디 흘렀다.

원효는 일어나 가부좌를 틀었다. 차분하게 마음을 정리하면서 속으로 게송을 외웠다. 심신이 안정되어 갔다. 의상은 코까지 골며 자고 있었으므로 원효는 소리 내어 게송을 외웠다. 열심히 게송을 외우다 보니 어느새 빗소리가 멎었으며 원효는 평상심을 회복했다. 차차 머릿속이 명경처럼 맑고 투명해지는 가운데, 간밤에 겪어낸 일들을 정리해 보았다.

어저께 밤에는 의심 없는 맑은 마음이었던 것이, 오늘 밤에는 두려움으로 오염되다니, 맑음과 탁함, 그 상반된 대립이 다름 아닌 내 한 마음에서 일어났구나.

원효는 무릎을 탁, 치고 나서 큰 소리로 말했다.

"마음이 일어나면 갖가지 법이 일어나고, 마음이 사라지면 동굴과 무덤이 둘이 아니구나!"

신기하게도 진언처럼 '일심(一心)' 두 글자가 선연하게 허공에 그려졌다.

원효는 중요한 의식이라도 치르듯이 고개를 크게 세 번 끄덕였다.

의식의 전복이 일어나는 것을 경험한 원효는 육체도 탈피한 것 같은 기분이 들었다. 여리고 미약한 육신이 굳기 전에 맑고 향기로운 영양분을 공급해 주어야겠다는 생각으로 게송을 외웠다. 밤을 꼬박 새웠지만 몸은 새털처럼 가벼워졌다.

현상계의 어둠도 한 겹 물러나고 있었다. 설에 있었다면 도량석을 할 시간이었다.

　원효는 목탁을 들고 밖으로 나갔다. 잠깐의 인연이긴 하지만 그곳에 잠든 중생들을 깨우기 위해 조심스럽게 목탁을 쳤다. 부지런한 새들이 먼저 일어나고 뱀들도 개미들도 일어나고 풀꽃들도 이슬을 털며 일어날 것이었다. 당항성 포구에 목탁 소리가 울려 퍼지자 어둠이 서서히 뒷걸음질 치며 물러났다. 멀리 산들이 성큼 눈앞으로 다가왔고 군데군데 박혀 있는 바위들도 제 모습을 드러냈다. 나뭇잎과 꽃들도 말간 얼굴로 낯선 이방인을 바라보았다. 어둠이 완전히 물러난 것이었다.

　자기들의 언어로 노래하며 창공으로 날아가는 갈매기의 날갯짓을 무심하게 바라보는데, 의상이 다가오고 있었다.

　"항해하기에 더없이 좋은 날씨입니다, 스님."

　의상의 목소리는 밝고 차분해서 마음이 놓인 원효는 갈매기를 쫓던 눈길을 거두지 않고 조용히 입을 열었다.

　"삼계가 오직 마음이요, 만법은 오직 인식일 뿐인 것을, 마음밖에 법이 없는데 어찌 따로 구할 것이 있을까!"

　의상이 의구심이 이는 낯빛으로 원효를 바라보았다.

　"당에 있는 것이, 신라에는 없을 꼬!"

　의상이 아, 하고 짧은 탄성을 뱉었다. 그가 천천히 고개를 끄덕이고 나서 다시 물었다.

　"당나라에 진리가 있다면 그것이 왜 신라에는 없겠느냐, 그런 뜻이지요, 스님?"

　원효는 잔잔한 미소로 대답했다.

　길동무를 잃은 의상은 섭섭한 내색을 애써 감추며 원효에게 하직 인사를 했고 원효는 아무 일도 일어나지 않았다는 듯이 의상이 떠나는 길을 배웅해 주었다.

2

당항성에 남은 원효는 숨 고르기를 하듯이 그곳에 남아서 지난날을 회고해 보았다.

아명이 '서당'이었던 시절의 그는 예의 바르고 총명하다는 소리를 자주 들었다. 부모님을 기쁘게 해드리려고 훌륭한 사람이 되기로 했는데, 그 본보기로 삼은 사람이 김유신 장군이었다. 김유신처럼 되려면 먼저 화랑이 되어야 했으므로 원효는 화랑에 입문했다. 화랑은 신라의 폐단이라고 할 수 있는 골품제 사회에서 계층 간의 갈등을 누그러뜨리고 숨통을 트이게 하는 구실을 했으므로 이미 출중한 무예의 실력과 빼어난 신체조건을 갖춘 신라 제일의 낭도들이 삼국을 통일하고야 말겠다는 일념으로 모인 집단의 일원이 된 것이었다. 글공부를 기본으로 하면서 말 타고 활쏘고 무예를 익히는 군사훈련 틈틈이 풍류를 가미한 수련 과정은 아직 여물지 않은 원효의 육체와 영혼을 굳세고 아름답게 단련해주었다. 원효는 점점 군사훈련이 재미있어졌다. 그것은 아마도, 노나라의 성현 공자는 젊은 시절부터 말타기와 활쏘기 등이 상당한 수준이었고, 당나라의 시선 이백과 두보도 검술에 능했다는 등의 정보를 입수하였기 때문일지도 몰랐다.

전쟁 중이었으므로 화랑은 전투에 참여해야 했다. 죽고 죽이는 나날이 이어졌다. 어느 날, 친하게 지내던 동료가 적의 화살을 맞고 급사했다. 원효는 불과 몇 시간 전에, 무운을 빌며 서로의 어깨를 두드려 주던 동료의 주검을 등에 지고 전장을 빠져나왔다. 그 얼마 전에, 동료들과 사냥을 나간 일이 있었다. 그날 무리 중 누군가가 쏜 화살에 어린 사슴이 맞았는데, 어미는 도망가지 않고 새끼 옆에 앉아서 눈물을 흘리고 있었다. 원효는 그 일이 자꾸만 떠올랐다. 정신이 흐트러졌으며, 나라에 충성하고 이름을 떨친다는 것이 이념에 불과하지 않은가, 하는 회의가 일었다. 죽음은 무엇이고 삶은 또 무엇이란 말인가, 하는 의문에 원효는 무사의 옷을 벗어버리기로 결단을 내렸다.

부모님의 묘소에 찾아갔다. 며칠을 묵고 나니 마음의 주름이 좀 펴졌다.

팔 베고 누워서 하늘을 보았다. 어떻게 살지 그것이 문제로 남았다.

'부모를 잃고 스승도 없는 나는 삶의 방향을 누구에게 물어야 하나……!'

맑은 하늘에는 흰 구름이 무심한 듯 한쪽으로 흘러가고 있었다. 황룡사 쪽이었다. 어머니를 여의고 슬픈 시간을 보내던 시절 아버지의 손에 이끌려 찾아갔던 황룡사. 뜻 모를 염불 소리를 들으며 아버지를 따라 부처님께 절을 하다 보니 마음에 고여 있던 슬픔이 몸 밖으로 빠져나가는 경험을 했고, 그 후, 아버지마저 돌아가시고 외톨이가 되었을 때 혼자 찾아가 부모님의 극락왕생을 빌던 그곳이 원효는 그리워졌으므로 몸을 일으켰다.

황룡사에 찾아가서 부처님께 예를 올렸다. 그런데 그 순간 어린 사슴이 눈에 어른거렸고 동료의 주검을 등에 업었을 때 숨은 멎었지만 채 식지 않았던 동료의 체온이 기억나는 것이었다. 원효는 그 죽음들에 대한 극락왕생을 빌면서 절을 올렸다. 그동안 쌓은 악업을 씻으려면 몇 날 몇 밤을 빌어도 모자랄 것 같았다. 정강이가 뻐근하고 숨이 찼지만 절을 계속했다. 몸은 무척 힘든데도 정신은 점점 편안하게 이완되었다. 그동안 정처를 잃었던 마음이 제 자리를 찾은 듯 지극히 평온해지는 경지를 맛보았다. 그 경지를 그대로 간직하고 싶어졌다.

'아, 이건가보다, 내가 가야 할 길이!'

원효는 방금 생성된 그 마음을 소중하게 받아들이기로 했다. 출가를 결심하게 된 것이다.

사미승이 되어 계를 받고 '원효'라는 법명을 받았다. 원효는 '으뜸가는 진리'라는 의미였다.

절 생활을 하는 동안, 스스로 택한 길이었음에도 불구하고, 이 길이 진정 내가 가야 할 길인가 회의가 일기도 했다. 사문에 입문하는 승려에게 길잡이가 될 안내서나 지침서가 있으면 도움이 될 텐데 싶었으나 그런 요목을 갖춘 책은 없었다. 단단한 껍질이 마모되어 가는 시간의 흐름 속에서 차츰 불경의 진리에 눈이 뜨였다. 죽음에 대한 불안감도 시나브로 사라졌고 맑은 생각들이 샘물처럼 솟아올랐다. 불경의 진리는 참으로 위대하다는 것을 깨달으면서 소중한 사람들에게도 전파하고 싶어졌다. 자신이 살던 집터에 절을 세웠다. 고향 사람들이 불교 신자가 될 터전을 마련해 준 후, 원효 자신은 더 많은 진리를 탐구하고자 분황사로 거처를 옮겼다.

분황사에는 도 높은 스님들이 있었으며, 다른 사찰에 계신 스님들이 자주 찾아오곤 했다. 또한 당 유학파들이 가져온 서적이 많이 소장되어 있는 데에 원효는 놀라고 흥분되었다. 이제 절 생활은 몸에 배었으므로 원효는 갈등 없이 불교 공부에 열중했다. 공부가 쌓여갈수록 지혜에 대해 욕심이 났고 배운 지식을 공유하고 싶어졌으며 책을 써보고 싶은 욕구가 일었다. 원효는 우선 자기가 겪은 일들을 일목요연하게 정리해 나갔다. 지나고 보면 별일 아니지만 절에 들어와서 겪었던, 당시에는 너무 힘들어서 좌절할 뻔했던 일화들이었다. 원효는 사문에 입문하는 초심자들을 위한, 일테면 실용서를 쓰기로 했다.

그 내용은 대략 이러하다.

마음속의 애욕을 떨쳐 버린 이를 사문(沙門)이라 하고, 세속을 그리워하지 않는 것을 출가(出家)라 한다. 수행하는 자가 비단을 걸친 것은 개가 코끼리 가죽을 덮어쓴 격이며, 도를 닦는 이가 애욕을 품는 것은 고슴도치가 쥐구멍에 들어간 격이다. 비록 부지런히 수행하더라도 지혜가 없는 자는 동쪽으로 가고자 하면서 서쪽을 향해 나아가는 것과 같다. 지혜가 있는 사람의 수행은 쌀로 밥을 짓는 것과 같으며, 지혜가 없는 사람의 수행은 모래로 밥을 짓는 것과 같다. 행과 지혜는 마치 수레의 두 바퀴와 같으며 스스로를 이롭게 하고 나아가 다른 이를 이롭게 하는 것은 마치 새의 양쪽 날개와 같다. 절하는 무릎이 얼음같이 시리더라도 불기운을 그리워하는 마음이 없어야 하며, 주린 창자가 끊어지듯 하더라도 음식을 구하는 마음이 없어야 한다. 죽을 얻고서 축원하면서도 그 뜻을 이해하지 못한다면 자비심으로 조건 없이 양식을 베풀어 준 단월에게 수치스러운 일이다. 세간의 시끄러움을 버리고 천상으로 오르는 데는 계행(戒行)이 훌륭한 사다리이다.

찬술하는 동안 원효 자신의 마음에 발심이 다져지는 경험을 했다.

내용을 정리해서, 사언절구 형식으로 총 706자를 적어서 제목을 「발심수행장」이라 지었다.

책을 완성한 후, 한 권을 챙겨서 머리맡에 두고 무시로 펼쳐 들게 되었고 먼 데 갈 때도 친구처럼 동반하곤 했다.

3

원효는 점점 새로운 학문에 대한 호기심과 열정이 생겼고 도반 중에서도 그런 성향을 가진 사람과 자연 가까워졌는데 그중 한 명이 의상이었다. 의상은 법문에 대한 탐구심이 강했으므로 구법을 위한 길이라면 그곳이 비록 적국일지라도 시도하는 열정이 있었으므로 원효는 그와 함께하곤 했다. 언제나 의상이 앞장섰고 원효는 그를 쫓아갔다. 보덕 대사의 법문을 들으러 간 적이 있었는데 그때도 의상이 그 일을 먼저 추진해서 이뤄졌다. 보덕 대사는 본디 고구려 사람이었는데, 연개소문의 억불 정책을 피해서 백제로 넘어왔다고 했다. 신라인인 원효와 의상은 고구려 사람인 보덕 대사를 만나러 백제로 가기로 한 것이었다.

가서 보니, 이미 각처에서 모여든 구법승들이 초만원을 이루고 있었다.

보덕 대사의 법문은 각성을 일깨워 주는 알맹이가 있어서 원효는 정신을 바짝 차리고 들었다. 설법이 끝나고 나자, 귀 밝은 구법승들이 앞다투어 질문했다. 문밖에서는 삼국이 이권을 다투느라 치열한 전쟁을 치르는 중이었다. 보덕 대사와 거기 모인 구법승들은 국제 정세나 시간이 흐름 따위는 아랑곳하지 않고 각자의 견해를 피력하는 데만 온 정신을 쏟았다.

보덕 대사는 어떤 자세로 구도자의 길을 걷고 있는지 원효가 질문했다. 보덕의 대답은 이러했다.

상구보리 하화중생, 자리이타(上求菩提 下化衆生, 自利利他) 즉, 위로는 깨달음을 구하고, 아래로는 중생을 교화하고, 자신을 위해서뿐만 아니라, 남을 위해서 불도를 닦을 것.

이것은 일찍이 유마거사가 했던 말이긴 했다.

그러나 보덕은 경전 속에 갇혀있던 그 문장을 살아 움직이게 날개를 달아주는 것 같았다.

보덕의 강설을 듣고 돌아온 원효는 유마경에 풀이말을 달아서 책을 만들었다.

중생에게 병이 있는 한 나에게도 병이 있고, 그들이 나으면 나도 낫는다. 보살의 병은 자비로 치유된다, 는 의미가 담긴 책이다.

사문에 들었지만 딱히 스승이 없던 원효는 당나라 국자감에 파견하였던 견당 유학생들을 통해서 그쪽 환경에 대해 많은 정보를 들었다.

스물일곱의 나이에 화엄경의 주석서인 『수현기』를 지은 지엄 스님은 화엄종의 일가를 이루고 있으면서도 세속의 영화에 담을 쌓고 오로지 자신의 수행에 힘쓰며 몇몇 제자들을 성심껏 가르치고 있다. 그리고 인도의 나란다 사원에 들어가 현지의 고승 밑에서 불교 연구에 힘쓴 현장법사는 많은 경전을 가지고 당나라에 돌아와서 경전을 한역하고 있다.

이런 정보를 입수한 원효는 당나라에 한번은 다녀오리라, 벼르던 중에 의상에게 제안을 받아서 두 사람이 유학길에 오른 적이 있었다.

압록강 쪽으로 해서 요동으로 갔다가, 고구려의 순라군에게 정탐자로 오인당하여 옥에 갇혔다가 풀려나서 당 유학을 중도 포기했었다. 십여 년이 흐르고 그동안 국제 정세가 변해서 백제 땅이었던 당항성이 신라 땅이 되었으므로 그쪽으로 길을 잡았던 것이었다.

4

의상이 당으로 떠나고, 원효는 머물고 있던 분황사로 갔다.

원점으로 돌아오긴 했지만 한바탕 회오리바람을 일으키며 넋이 나간 경험을 한 뒤이므로 원효는 공들여서 자신의 마음을 새롭게 닦는 데에 힘썼다.

몸과 정신을 닦고 나니 몸과 정신이 명경처럼 맑아졌으며 의욕이 샘물처럼 솟아올랐다.

그동안 충분히 읽어둔 책에 소를 다는 작업을 하기로 했다.

『대승기신론』에 소를 달아서 『대승기신론소』를 찬술했다.

대승이란 곧 마음이고 기신론은 믿음이다. 마음이 대승불교의 믿음을 일으키는 원동력이자 뿌리이다. 모든 대승 경론들을 뚫어 꿰는 하나의 원리는 일심(一心)이다. 이때의 '일(一)'은 오직 하나이며, 동시에 전체를 의미한다.

원효는 『화엄경』에 주석을 달아 『화엄경소』를 찬술했다.

화엄경은 석가모니 부처가 성도한 깨달음의 내용을 그대로 설법한 경문으로, 부처의 만행(萬行) 만덕(萬德)을 칭양한 글이다.

원효가 찬술한 책이 세상에 퍼지자, 원효에게 강설을 요청하는 주문이 쇄도했다.

원효는 불교의 대중화를 위해서 분황사에서 한 달에 한 번씩 부처님의 진리를 강설하기로 했다. 각처에서 대중이 모여들었는데, 무열왕의 둘째 딸인 요석공주도 섞여 거기 있었다. 차림새가 요란하거나 호위하는 사람이 곁에 있거나 하지는 않았지만 사람들은 그가 요석 공주라는 걸 알아보았고 원효도 그랬다.

원효가 단상 위에 올라서자, 요석 공주는 두 손을 모으며 경청했다.

옛날, 어느 나라에 부처님이 되리라는 큰 서원을 세운 왕이 살았다.

그런데 어느 날 비둘기 한 마리가 비명을 지르면서 왕의 품속으로 날아들었다. 왕이 품속을 여미면서 주위를 살펴보니, 매 한 마리가 나뭇가지에 앉아 비둘기를 노려보고 있었다. 나는 부처가 되려고 서원을 세울 때 모든 중생은 다 구호하겠다고 결심하였다, 라고 왕이 점잖게 말했다. 그러자 매가, 왜 내 저녁거리를 착취하느냐, 나도 중생인데 왜 나에게는 자비를 베풀지 않느냐고 라고 항의했다. 그러자 비둘기가 바들바들 떨었다. 왕은 차마 그 여린 비둘기를 매에게 줄 수도 없고, 그렇다고 배고프다는 매의 청을 거절할 수도 없었다. 왕은 용기를 내어 자신의 다리 살을 베어서 매에게 주었다. 그런데 매는 비둘기와 똑같은 무게의 살덩이를 요구했다. 왕은 한쪽 다리의 살을 더 베어서 달았지만 그래도 부족했다. 발목과 엉덩이 살도 베어 달게 했으나 이상하게도 비둘기의 무게보다 가볍기만 했다. 마침내 자비가 뭔지를 깨달은 시비왕은 자신이 저울 위에 올라섰다. 그때야 비둘기와 균형을 이루게 되었다.

"고해에 빠진 중생을 구하기 위해 내 살을 베어서 나누어주었다. 그렇게 나는 부처님이 되겠다는 서원을 지키게 되었으니 기쁘도다!"

이렇게 외치는 순간 신기하게도 왕의 몸은 본래대로 회복되었더라.

원효의 강설이 끝을 맺자, 우레와 같은 박수 소리가 났다.

원효가 단상을 내려오자, 요석 공주가 다가와 신분을 밝히며 정중히 인사 했다. 기회가 있으면 요석궁에도 와서 법문을 해달라고 요청했지만 원효는 가타부타 대답하지 않은 채 자기 처소로 돌아왔다.

그 뒤 원효는 공부에 매진하느라 한동안 법회를 열지 않았고 요석 공주의 이야기가 세인의 입에 회자 되었다.

무열왕의 둘째 딸인 요석 공주는 화랑 김 모라는 사람과 결혼했는데, 그 김 모가 전사했다. 과부가 된 요석 공주를 위해 무열왕은 요석궁을 지어주었다. 부처님께 마음을 의탁하고 지내던 어느 날, 원효의 강설을 들은 뒤부터 부쩍 불교에 부쩍 심취하게 되었다. 그런데 그것은 표면적인 이유이고 요석은 원효를 깊이 사모하게 되었다. 그래서 분황사에 찾아갔지만 원효가 더 이상 법회를 열지 않아서 요석은 상사병이 나고 말았다.

이런 이야기가 원효의 귀에까지 들어왔다.

그러나 원효는 불가에 귀의한 몸일뿐더러 공부하기에도 시간이 모자랐으므로 풍문에 괘념치 않았다. 좋은 책은 너무나 많은데 몸은 벌써 불혹을 바라보는 터라서 원효는 촌음을 아껴가며 공부에 열중했다. 책을 집필한 사상가의 관점과 논점이 환하게 보이기 시작하면서부터 원효는 자고로, 아는 만큼 보인다는 이치를 터득하게 되었다. 무릎을 칠 정도로 탁월한 식견에 감탄했지만 더러는 모호하고 난해한 부분도 눈에 들어왔다. 문장이나 논조 때문일 때도 있었고 그 자신의 공부가 아직 미천해서 일 때도 있었다. 원효는 그렇게 막힐 때면 주로 혜공 스님을 찾아갔다.

혜공 스님이 계신 절은 황사사였다. 그러나 스님은 절에 있을 때보다 술에 취해서 길거리에서 헤매고 다닐 적이 더 많았다. 거리에서 아무 하고나 어울리며 노래하고 춤을 추면서 염불을 외울 적도 있는데 그럴 때면 원효도 그 판에 끼어서 함께 어울렸다. 공부하느라 옥죄었던 정신을 이완

시키고 웅크렸던 육체도 풀어줄 때 육신이 편안해졌다. 주인 된 입장에서 육신에게도 보시를 해야지 그동안 몸을 함부로 방치했다는 자각이 일었다. 원효는 자주 혜공 스님을 찾아서 함께 춤추고 노래 불렀다. 어울리는 사람은 각양각색이었지만 그 순간만큼은 한 호흡으로 뭉쳐서 일심으로 춤추고 노래 불렀다. 혜공 스님을 정신 나간 미치광이라고 했고 원효도 슬슬 미쳐가는 중이라고 사람들이 수군거렸다.

그때 원효의 머릿속에 다음과 같은 글귀가 떠올랐다.

진속일여(眞俗一如) 염정불이(染淨不二) 즉, 진과 속이 별개의 것이 아니며 더러움과 깨끗함이 둘이 아니다. 깨달음의 세계에 이른 자는 아직 염오한 단계에 있는 중생을 이끌어가야 한다.

어느 여름날, 황사사에 갔을 때의 일이다.

계곡에서 물고기와 새우를 잡아먹고 나자 똥이 마려웠다. 혜공도 그랬는지 거침없이 바지를 까 내리고 똥을 눴고 원효도 그랬다. 그러자 똥은 보이지 않고 물고기 두 마리가 헤엄을 치더니, 한 마리는 위로 올라갔고 한 마리는 물결 따라 아래로 내려갔다.

혜공이 장난기 어린 목소리로 지껄였다.

"저것은 내 물고기이고 저것은 네 똥이다."

원효는 혜공의 말을 헤아려 보았다. 그 말인즉, "너(원효)는 똥을 누었고 나(혜공)는 고기를 누었다"로 풀이가 되었다.

똥을 물고기로 만드는 혜공의 높은 도력에 원효는 정신이 어질어질해졌다.

이후부터 '여시오어(如是吾魚)'라는 의미로 사람들이 항사사를 오어사(吾魚寺)라고 부르기 시작했다.

바야흐로 꽃피는 춘삼월 어느 날 원효는 봄 신령이 지핀 듯 괜스레 들뜨고 객쩍은 흥분이 일어났다. 아직도 시들지 않은 몸에 춘희가 동한 듯 좀이 쑤셔서 남산으로 봄 구경을 하러 나갔다.

그런데 난데없이 혜공 스님이 홀연히 나타났다. 도력을 부리지 않고서야 어떻게 이렇게 귀신처럼 짠, 하고 나타날 수가 있나 싶었다.

"대중의 고통을 감싸주는 것이 부처님의 진리거늘 쯧쯧 ……."

혜공 스님은 그렇게 선문답 같은 소리를 하고는 홀연 사라져 버렸다. 원효는 이게 꿈인가 하면서 눈을 비비고 다시 보아도 혜공 스님의 실체는 온데간데없었다. 원효가 눈을 정신을 차리고 보니 이번에는 화려한 궁이 눈에 잡혔다. 요석궁이었다.

그때 요석궁 쪽에서 관속으로 보이는 웬 사내가 원효를 보고 합장하며 다가오고 있었다.

원효는 마치 수인사라도 나누듯이 합장하고는 농조로 말했다.

"누가 자루 없는 도끼를 내게 빌려주겠는가? 내가 하늘 떠받칠 기둥을 깎으리……."

고개를 갸웃하는 그 사내를 뒤로 하고 원효는 남산에서 내려왔다.

문천교에 다다랐을 때, 상큼한 봄바람이 한 줄기 불어왔고 나뭇잎이 날개 달린 새처럼 팔랑거리며 다리 아래로 떨어졌다. 냇물에 실려서 살랑살랑 흔들거리며 시야에서 멀어지는 낙엽을 바라보다가 원효는 그만 발을 헛디뎌 물에 빠졌다. 난감한 지경에 이른 원효가 옷의 물을 쥐어짜고 있는데 멀리서 어떤 사람이 "스님, 스님!"하고 부르며 다가왔다. 아까 그 사내였다. 원효는 사내의 안내를 받으며 따라갔는데 바로 요석궁이었다. 옷을 갈아입고 음식 대접을 받고 나자 요석 공주가 나타났다. 반가움과 원망의 빛이 어린 요석의 눈에 그렁그렁 차오르는 눈물을 보자 원효의 마음이 무너지고 말았다. 그곳에서 요석 공주와 함께 꿈같은 시간을 보내면서 아들까지 낳았다. 아들의 이름을 설총이라 지었다. 원효의 속성을 따른 것이다.

정신을 차리고 보니 승려인 원효는 설총의 아버지이자 요석 공주의 지

아비가 되어 있었다.

이 길은 내 길이 아니다, 라는 자각과 함께 원효는 미련 없이 요석궁을 나와서 다시 사찰로 들어갔다.

신라에서는 불교를 국교로 숭앙했으므로 승려들 대부분이 왕실과 귀족들의 존경을 받으면서 성내의 대사원에서 귀족 생활을 했다. 궁에서는 백 명의 고승을 초청하여 백고좌강회(百高座講會) 등을 열어서 만민이 안락하고 국토가 안온하기를 축원하였다. 국왕도 배석하는 아주 뜻깊은 자리라서 당대의 이름 좀 있다는 고승들은 다 모였지만 원효는 배제되었다. 기득권을 가진 승려들이, 원효가 제멋대로 행동하고 다닌다는 것을 문제 삼아서 배척한 것이었다.

어느 날, 왕후의 몸에 종기가 났는데 국가 차원에서 고승을 불러다 불공도 드리고 약을 처방했지만 왕후의 병은 날로 심해졌다. 왕은 좋은 약과 의술에 능한 사람을 구해오라고 당나라로 사신을 보냈다. 사신 일행이 바다 한가운데 이르자 바닷물 속에서 한 노인이 나타나더니 사신 일행을 용궁으로 안내했다. 금해(鈐海)라는 용왕이 말하기를 “경들 나라의 왕비는 바로 청제(靑帝)의 셋째 공주요. 우리 용궁에는 일찍부터 『금강삼매경』이라는 불경이 전해 오는데 시각(始覺)과 본각(本覺)으로 되어 있으며, 보살을 설명하여 주는 불경이오. 신라 왕비와 좋은 인연을 생각해서, 이 불경을 널리 알리고자 당신들을 부른 것이오.”라고 하면서 종이 묶음을 내놓았다. 유실을 염려한 용왕은 사신의 허벅다리를 갈라 직접 그 안에 경전을 넣은 다음 납 종이로 동여매고 약을 발라주었다. 궁에 돌아온 사신 일행은 이 일을 임금에게 보고했다.

임금은 고승들을 불러서 경전의 풀이를 맡겼으나 아무도 푸는 자가 없었다. 대안 스님이 불려 가서 경전을 배열했다. 모두 부처님의 뜻에 합치하였다. 그것을 쉽게 주석을 달아서 대중에게 강설할 일이 남았는데 대안은 그 일을 원효만이 할 수 있다고 임금에게 권고했다.

대안의 말을 들은 임금은 사신에게 경전을 들려서 원효에게 보냈다.

그 경전을 훑어본 원효는 사신에게 말했다.

"이 경전은 시각과 본각의 두 깨달음을 근본으로 하고 있으니, 소가 끄는 수레를 준비해서 소의 두 뿔 사이에 책상을 놓고 지필묵을 비치해 주시오."

원효는 사신이 준비한 수레를 타고 앉아 궁으로 가면서 다섯 권의 주석서를 지었다.

왕과 왕실의 승려들 그리고 신라의 이름 좀 있다는 고승들이 모두 모여 기다리고 있었다. 이들은 원효의 주석서를 보고 찬탄을 금치 못했고 왕은 즉시 법회를 열 것과 원효에게 이 경전을 설법할 것을 명했다.

스스로 고승이라고 자처하며 왕실에서 기거하는 승려들을 보며 원효는 지나가는 말처럼 한마디 던졌다.

"지난날 나라에서 백 개의 서까래를 구할 때는 낄 수도 없더니 오늘 단한 개의 대들보를 가로지르는 마당에서는 나 혼자 그 일을 하는구나!"

고승들 모두가 원효의 일갈을 들었지만 반박하는 승려는 한 사람도 없었다.

법회는 황룡사에서 진행되었다.

왕과 왕비는 물론이고 신하와 승려 그리고 일반 대중들이 구름같이 몰려들었다.

원효는 중관 불교의 공(空)사상과 유식 불교의 유식 사상과 화엄의 삼계유심(三界唯心) 사상에 대해서 간략하게 포문을 열고 나서 문제의 『금강삼매경론』을 법했다. 『금강삼매경』의 가치가 현양되고 그 진의가 대중들에게 전해졌다. 그의 강설은 흐르는 물처럼 도도하고 질서정연하였고, 오만하게 앉아 있던 고승들의 입에서 찬양하는 소리가 저절로 흘러나왔다.

왕비의 병은 씻은 듯이 나았고 이제 원효의 위상은 한 차원 높아졌다.

신라의 불교는 여전히 종파주의적인 방향으로 흐르고 있었다.

쟁론(諍論)은 집착에서 생긴다. 유견(有見)은 공견(空見)과 다르고 공집(空執)은 유집(有執)과 다르다고 주장할 때 논쟁이 생기는데, 그렇다고 하여 이들을 같다고만 하면 자기 속에서 서로 쟁(諍)할 것이다. 그러므로 이(異)도 아니요 동(同)도 아니다. 또한 백가(百家)의 설이 옳지 않음이 없고 팔만법문(八萬法門)이 모두 이치에 맞는다. 그런데 소견이 좁은 사람은 자기의 견해에 찬동하는 자는 옳고, 견해를 달리하는 자는 그르다 하니, 이것은 마치 갈대 구멍으로 하늘을 본 자가 그 갈대 구멍으로 하늘을 보지 않은 사람들을 보고 모두 하늘을 보지 못한 자라 함과 같다고 하는 것과 무엇이 다른가. 즉, '말은 다르지만 뜻은 같다.'

원효는 위와 같은 근거를 바탕으로 하여 화통하는 길을 모색했다.

불교의 여러 이론을 십 문으로 분류한 다음 한데 묶어서 『십문화쟁론(十門和諍論)』을 찬술했다.

그동안 원효가 지은 책은 신라는 물론이고 국외로까지 퍼져나갔다. 불교계에서도 원효대사가 신라 불교의 통합을 이뤄냈으며 불교를 대중화했다고 평하기 시작했다.

그러나 정작 당사자인 원효의 관심은 다른 방향으로 흘러갔다.

'일체무애인(一切無碍人) 일도출생사(一道出生死)'—모든 것에 장애가 없고 거리낌이 없는 사람이라야 한길로 생사의 고통에서 벗어난다.'—라고 주장하며 마침내 승복을 벗어 던지고 거리로 뛰쳐나갔다. 정처 없이 떠돌며 여염집에서도 묵고 명산대천을 찾아 좌선도 하면서 걸림 없는 생활을 이어가던 원효는 어느 날 한 광대가 큰 표주박을 가지고 춤추는 걸 보게 되었다. 기이할 정도로 큰 표주박을 두드리면서 신명 나게 춤추고 노래하고 있었는데 사람들이 꿀단지에 파리 꼬이듯이 모여들었다. 행색은 볼품없었지만 그들의 얼굴에는 함박꽃처럼 환한 웃음꽃이 피어있었고 몸에는 흥이 넘쳐난 걸 보던 원효는 자신도 모르게 몸이 들썩거려서 그 판에 끼어 한바탕 놀아 제쳤다. 온몸이 땀으로 흠씬 젖도록 놀고 나니 육신이 개운해졌다.

번뇌의 얽매임과 미혹의 괴로움에서 벗어나는 일을 두고 해탈이라고 한다면 그때 원효가 느낀 감정은 해탈이었다.

그때 거기 모인 사람들의 면면이 눈에 들어왔다. 그들의 행색은 하나같이 노추했고 개중에는 몸이 성치 않아 보이는 이도 있었다. 그런데 춤추고 노래하며 스스로 흥을 만들어 내며 자가 발전기를 돌리고 있었다.

저들이 더 행복해질 수 있도록 기왕이면 불교의 이치를 노래로 지어 세상에 유포해야겠구나! 이제부터 내 이름은 원효(元曉)가 아니라 소성거사(小性居士)'다. '으뜸가는 진리'가 아니라, 그냥 불교를 믿는 하찮은 자로 돌아가겠다!

이렇게 마음의 각오를 품은 원효는 광대에게 받아달라고 넙죽 절을 하며 했고 그 광대도 원효에게 맞절했다. 주변 사람들도 모두 광대의 우두머리를 따라 원효에게 절을 했다. 광대의 우두머리는 표주박을 원효에게 건넸고 원효는 자연스럽게 광대의 우두머리가 되었다.

광대들은 원효에게 여러 색깔로 엮은 머리띠와 새의 깃털을 선물로 주었다. 원효는 광대의 우두머리로 치장했다. 원효는 거리에 나서기 전에 먼저, 표주박에 '일체무애인(一切無碍人) 일도출생사(一道出生死)'라고 썼다. 화엄경에서 따온 말이며 노래로 부를 땐 무애가(無碍歌)가 되는 것이었다.

원효가 거리로 나서서 목탁을 두드릴 때의 그 박자로 표주박을 두드리며 천지신명께 고했다.

"나는 소성거사다!"

모인 사람들이 제를 올리듯이 일제히 엎드리며 읊었다.

"소성거사 니임, 절 받으소서!"

원효는 계송을 외웠다.

"모든 것에 거리낌이 없을 때 생사의 편안함을 얻나니……!"

원효의 선창에 맞춰서 광대들도 따라 했다.

"더럽고 깨끗함이 둘이 아니고, 성(聖)과 속(俗)을 일심으로 아우르는 것이 곧 본각이다, 나무아미타불, 나무아미타불, 나무아미타불!"

대중은 원효의 진언을 가만히 듣고 있다가 '나무아미타불'에 가서 모두 복창했다.

원효는 삿갓을 쓰고 누더기를 걸치고 예의 그 표주박을 두드리며 지방의 촌락과 저잣거리의 뒷골목을 다니면서 나무아미타불을 외쳤다. 많은 사람이 그의 염불을 들으며 동화되어 갔다. 때로는 석공들이 쇠칼과 쇠망치를 가지고 다니며 원효의 입에서 나오는 나무아미타불을 나무나 바위에 새기기도 했다.

이렇게 외치며 춤을 추는 원효를 보고 동네 개들이 짖었고 개들의 소리를 듣고 동네 코흘리개들이 몰려나와서 원효의 꽁무니에 따라붙었다. 그 애들이 나무아미타불을 외치자 이번엔 노인들이 나와서, 그게 무슨 뜻이냐고 물었다.

"나무아미타불을 마음을 다해 열 번만 외우면 극락에 갈 수 있지요. 죽음의 문턱이라 해도 일념으로 부르면 극락 갈 수 있습니다."

원효의 대답을 들은 노인들도 나무아미타불을 외치며 노래하고 춤을 추었다.

원효가 모이는 곳에는 항상 음주 가무가 벌어졌고 흥이 넘쳐났다. 평민은 물론이고 천민, 부랑자, 거지들이 상하 귀천을 따지지 않고 원효를 따랐다.

세월이 흐르는 동안 삼국을 통일한 신라는 평화로웠으며 부처님 말씀을 무애가로 부르는 원효는 한없는 자유와 행복을 느꼈다.

어느 날 아침 원효가 머무르던 이름 없는 혈사에 감로운무가 내려 강당을 덮었다. 그 순간 원효는 요석공주와 설총 생각이 났다. 그동안 요석 공주와 설총 이야기를 간간이 풍문으로 들은 적이 있었다. 요석공주가 설총을 안고 분황사 부근 암자에 머물면서 조석으로 불공을 드린다는, 그래서 왕과 왕비가 딸과 손자를 보러 그 암자에 들른다는 소식, 설총이 아주 영특하게 잘 크고 있다는 소식 등이 바람을 타고 원효에게 들려왔다. 한동안 뜸했는데, 이승을 하직하는 마지막 순간에 요석과 설총이 자신을 찾아왔구나, 하는 느낌이 들었다.

원효는 보살행으로서 민중 교화행을 마감할 때가 되었음을 알아차리고 근처의 혈사를 찾아가서 차분하게 죽음을 기다렸다. 지극히 편안한 마음으로 죽음을 맞이하였으니. 686년(신문왕 6년) 3월 30일의 일이었다.

6. 옥보고 - 하아무

1

"옥보선인(仙人) 님, 이렇게 부탁드립니다."

"원하는 건 무엇이든 다 들어드리겠습니다. 그러니 제발……."

안종(安宗)과 청음(請音)은 번갈아 가며 옥보고에게 매달렸다. 하지만 그는 아예 귀가 먹기라도 한 듯, 말을 잊은 듯 묵묵부답이었다. 헤진 옷을 수십 군데 기워 입었지만 미동도 없이 꼿꼿하게 앉은 그에게서 설명하기 어려운 위엄이 서려 있었다.

"나는 선인도 아니고 선사도 아니라니까. 그저 그런 늙은이일 뿐이라니까 그러네."

두어 번 선인이나 선사로 부르지 말라고 했으나 두 사람이 계속 그렇게 부르자 두 손 두 발 다 들었다는 듯 듣기만 했다.

"거문고는 고구려 왕산악이 진나라 칠현금을 들여와 개작한 것입지요. 그런 이래 거문고는 점차 백악지장(百樂之丈)으로 숭상되는 악기가 되어가고 있습지요."

"그럴 수밖에 없는 것이, 거문고야말로 악기 중에 음역이 가장 넓으니까요. 그러니 백 가지 악기 중 가장 으뜸가는 소리를 낸다고 하는 것이지요. 부드러운 소리, 우렁찬 소리, 바르고 중후한 소리 등 다양하고 변화무쌍한 음색을 가지고 있지요."

"한데 우리 궁중에 거문고를 다루는 악사가 없습니다. 제발 가셔서 가르쳐 주십시오."

"부탁드립니다. 가셔서 보여주시고 들려주시기라도 해주십시오."

안종과 청음은 번갈아 가며 하소연했다.

차가 식어가고 있었다.

"끄응……."

한 식경이나 듣고 있던 옥보고는 더 듣기 싫다는 듯 문득 몸을 일으켰다. 두 사람도 따라 일어서면서도 어떻게 해야 할지 몰라 서로 눈치만 보았다. 그러거나 말거나 옥보고는 부들 짚신을 꿰어 신고는 나설 채비를 했다. 대기하고 있던 제자 명득이 명아주 지팡이를 옥보고에게 건네자 그는 뒤도 돌아보지 않고 운상원(雲上院) 뒤 숲으로 들어섰다.

"스승님 산보 나가시는 시각입니다요."

다른 제자 경구가 두 사람에게 넌지시 일렀다.

"아~, 산보……."

옥보고의 뒤를 따르려던 둘은 무르춤해져 옥보고의 뒷모습만 망연하게 바라보았다.

안종과 청음은 신라 왕실의 악사(樂師)로 옥보고를 초대하기 위해 보름 걸려 운상원에 찾아온 터였다.

"어허, 이거 쉽지 않겠는걸. 어떡하면 좋겠소이까?"

"이대로 물러설 순 없지요. 좀 더 설득해 보아야지요."

둘은 그제서야 주위를 두리번거리며 살펴보았다. 올라올 때까지만 해도 보이지 않던 구름바다가 발아래 깔려 있었다. 운상원이라는 말 그대로 구름 위의 집에 서 있는 것이 실감 났다. 어쩐지 발아래가 허전해지는 것만 같은 기분이 들었다.

"서 계시지 말고 좀 앉으시지요."

경구가 두 사람에게 권했다. 두 사람은 엉거주춤 앉다가 경구의 존재를 의식한 듯 그의 얼굴을 살피며 조심스레 물었다.

"혹시 아찬 김백일 공의 자제분 아니신지……?"

갑자기 공손해진 그들은 경구와 명득을 번갈아 보며 대답을 기다렸다. 볕에 그을고 덩치가 큰 명득보다는 귀티가 나는 경구의 입을 주목했다.

"우리 아버지를 아십니까?"

안종이 그럴 줄 알았다는 듯 경구를 향해 반색했다.

"그럼요, 알다마다요. 온 서라벌 사람들이 다 알고 있을 것입니다."

안종에게 지지 않겠다는 듯 청음도 경구에게 비굴한 웃음을 날렸다. 왕족인 성골과 진골에는 미치지 못하지만 6두품인 아찬도 귀족 가운데 최고 위층이기 때문이다.

"귀공이 지리산 운상원에서 거문고를 배운 지 어언 삼 년이 넘었지 않았소. 아찬 공도 그렇고 임금님께서도 귀공에게 거는 기대가 매우 크다오."

기분이 좋아진 경구는 가족들의 안부부터 물었다. 아버지와 가족들, 그리고 이 사람 저 사람 서로 아는 사람들을 맞춰보고 대답하는 대화가 한동안 이어졌다.

그사이 무르춤하게 서 있던 명득은 그들이 하는 양을 살피다가 슬쩍 지게 쪽으로 다가갔다. 지게의 새고자리를 잡고서 밀빵을 왼쪽 어깨에 걸친후 경구에게 말했다.

"이야기 나누고 있어. 나는 나무 좀 해 오께."

경구는 아랫사람에게 시키듯 응답했다.

"응, 오늘은 손님도 있으니까 많이 좀 해와. 밤에는 추우니까."

"그럴라고 허네."

명득은 대답을 하는 둥 마는 둥 하고 길을 나섰다.

명득이 세 살 많은 데다가 스승 옥보고도 형과 아우로 호칭하라 했지만 지켜지지 않았다. 스승이 있는 자리에선 서로를 잘 안 부르거나 말끝을 흐리고, 없을 땐 서로 편하게 얘기했다. 아니 실제론 경구만 편하게 말하는 편이었다. 경구 집안이 왕족 다음가는 귀족이지만 명득의 집안은 3두품에 지나지 않았기 때문이다. 말이 3두품이지 신라가 통일된 이후에는 거의 평민과 다름없는 처지가 되었다.

"이 세상에는 율려(律呂)가 있고 음악에 고저와 장단은 있을지언정 계급은 없다! 알겠느냐?"

옥보고는 경구와 명득을 앉혀놓고 강조하곤 했다.

"하늘과 땅과 사람이 서로 어울리는 것을 소리로 표현한 것이 음악이다. 조화롭게 어울리는 것이 중요하지, 그 안에 귀하고 천한 것은 없느니라."

그럴 때마다 경구는 입을 삐죽이곤 했다. 차마 스승 앞에서야 그럴 수 없지만 경구와 둘만 있을 때 사뭇 달랐다.

"첫, 스승님이 고구려 유민의 자식이니 저런 소릴 하는 거지. 솔직히 사회적으로 대우를 못 받으니 산속에 들어온 거잖아. 그나마 거문고 장인이 되었으니 이 정도 대접을 받는 것이고. 안 그래?"

경구의 눈은 명득에게 '3두품인 너도 그래서 거문고를 배우려는 거잖아'라고 말하는 것 같았다. 그럴 때마다 명득 역시 '너희 집안도 권력욕 때문에 더 높은 계급을 바라고 거문고에 집착하는 것이지 않으냐'라는 말이 목구멍까지 차올랐지만 뱉지는 않았다. 어쨌거나 세상과 멀리 떨어진 깊은 산중이었지만 현실적인 계급의 차이는 어쩔 수가 없었다.

명득은 걸음을 서둘렀다. 땔감을 하고 저녁 준비까지 하려면 시간이 넉넉하지 않았다. 가을이 오고 쌀쌀해지기 시작하면 여름보다 일이 더 많아졌다. 가장 중요한 거문고 연습 시간이 줄어들지는 않지만 땔감이며 겨울을 나기 위한 식량과 옷 등을 준비해야 하기 때문이었다. 더군다나 손님들이 오늘 하루만 있을 것 같지 않으니 더 준비를 해야 할 판이었다.

2

"그런데 말이오, 도령. 꼭 옥보선인 님을 임금님께 모셔가고 싶은데 어떻게 하면 설득할 수 있겠소?"

안종은 은밀하게 비법을 캐내려는 듯 목소리를 낮추어 경구에게 물었다.

"맞아. 우리는 옥보고 선생을 꼭 도성에 모셔가고 싶다오."

그러기로 약속이라도 한 듯 안종이 말하면 그에 이어 청음이 한마디를 더 보태었다. 그 모양이 재미있다는 듯 경구는 피식 웃어 보였다.

"쉽지 않을걸요. 우리 스승님은 욕심이란 게 쥐꼬리만큼도 없는 분이시거든요. 거문고 금법(琴法)에 있어서 나라 안에 스승님을 능가하는 사람이 없을 정도로 최고지요. 그런데 연주 솜씨를 많은 사람들에게 자랑하고 싶은 욕심이 없어요. 그걸 가지고 돈을 많이 벌어야겠다는 욕심도, 높은 벼슬을 해야겠다는 욕심 따위도 없다니까요. 그러니까 옆에서 보고 있으면 좀 뭐라고 할까……."

경구가 잠시 적당한 말을 찾는 동안 청음이 무어라 하려 하자 안종이 그를 제지했다. 경구가 스승에 대해 하고 싶었던 속엣말을 자유로이 하게 두자는 뜻이었다.

"좀 뭐랄까, ……조금 답답하지요."

"아~!"

안종과 청음은 거의 동시에 짧은 감탄사를 내뱉었다.

"그러니까 스승님은 거문고를 탄다는 게 자기 수련의 과정이라고 생각하시거든요. 천지자연과 조화로 우면서 그 질서를 거스르지 않는 것, 그러면서 마음을 깨끗이 해야 한다는 것이지요. 그걸 최고로 치시니까, 늘 우리한테도 강조하시거든요, 그러니까 좀……."

이번에도 경구가 잠시 말을 멈추자 두 사람은 그의 입만 바라보았다.

"좀 뭐랄까, ……조금 어려웠지요."

둘은 이해한다는 듯 가만히 고개를 주억거렸다.

"가까이서 모시고 배우자면 답답하기도 하고, 어렵기도 했을 것 같구려……."

안종은 경구의 말을 곱씹듯 되뇌었다. 오십여 년 동안 쌓아온 경험을 전수받는 과정에서 젊은이가 느꼈을 고충이 이해되었다.

"예, 맞아요. 답답하고 어려웠어요."

안종의 되새김질에 자신의 말이 인정받은 것 같은 느낌이 든 경구는 맞장구를 쳤다. 경구는 이제야 말이 통하는 상대를 만났다는 듯 두 사람 앞으로 당겨 앉았다.

"제가 여기서만 삼 년이 넘었거든요. 그동안 어땠느냐 하면, 와…… 들으면 깜짝 놀랄걸요."

두 사람은 들을 채비가 되었다는 듯 귀를 열어 보였다.

"처음에는 세상의 모든 소리를 들어보라고 하더라고요. 빗소리, 바람소리, 대바람 소리, 처마의 낙숫물 소리, 가랑잎 굴러가는 소리, 그런 것들을 귀담아듣고 가락을 느껴보라는 거지요. 처음에는 그래야 되는가 보다 하고 열심히 들었지요. 그런데 말입니다. 그걸 몇 달씩 하는 겁니다. 어제 바람 소리, 오늘 바람 소리, 내일 바람 소리가 다 다르다면서 말이지요."

"아, 몇 달씩이나……."

"예, 몇 달을 그랬다니까요. 게다가 바람은 왜 그리도 종류가 많답니까 그래? 계절 따라 봄바람, 꽃샘바람, 갈바람, 겨울바람 소리, 그리고 골바람, 산바람, 높새바람 따라 소리가 다르대요. 세기에 따라서는 또 실바람, 산들바람, 건들바람이 있고 된바람, 센바람, 큰바람, 왕바람도 있어요. 건들바람, 마파람, 소소리바람, 왜바람, 회리바람 소리가 다 다르니 구별해서 들어보라는데……."

경구는 눈을 동그랗게 뜨고 말을 이었다.

"그걸 또 구음으로 표현해 보라지 뭡니까. 그런데 바람 소리만 있느냐 하면 빗소리, 물소리, 댓잎 소리, 세상에 소리는 많지 않습니까? 한 달 넘어가니까 미치겠더라고요. 그게 거문고 타는 거랑 뭔 상관이 있다는 건지, 지금도 잘 모르겠어요. 더 황당무계한 건 뭐냐면……."

경구는 고개를 절레절레 저었다.

"해가 뜨는 소리가 어떤지 아십니까? 그걸 들어보라지 뭡니까. 별이 뜨고 지는 소리는요? 꽃이 피는 소리는요? 구름이 내는 소리 들어보셨습니까?"

"구름이 내는 소리? 글쎄, 뭉게뭉게?"

청음이 확신이 서지 않는다는 듯 작게 말했다.

"구름에서 뭉게뭉게 소리가 나는 걸 들어보셨습니까? 그건 소리가 아니라 모양이지요. 아무튼 그런 것도 다 소리가 있다지 뭡니까. 그 짓을 거의 예닐곱 달을 했습니다. 낮에는 주로 그런 것만 하다가 밤이면 이것저것 강론하시는 걸 들었지요. 불도 켜지 않고 캄캄한 곳에서. 방에서 할 때도 있고 토굴에서 할 때도 있고요."

경구는 그동안 겪었던 모든 것을 늘어놓을 태세였다. 그가 말하는 것을 지켜보고 있던 안종은 경구가 일일이 묻지 않아도 제 흥에 겨워 주절주절 푸념을 늘어놓는 성격임을 알아챘다. 경구는 당연히 그간의 경험이 고생스러웠음을 과장스럽게 부풀리고 어떤 건 지어내기도 하는 것 같았다.

"뭐 강론이란 게 그렇잖아요. 멀쩡한 대낮에 들어도 잠이 솔솔 쏟아질 판에 한밤중에, 그것도 캄캄한 데서 들으면 십중팔구 졸기 마련인데……."

경구는 그럴 때가 생각나는 듯 어깨를 매만졌다.

"벼락 치는 소리를 내며 죽비가 어깻죽지를 때리는데, 따끔한 죽비 소리가 어찌도 그리 서늘하던지."

안종과 청음은 마치 자신들이 죽비를 맞은 듯이 어깨를 움찔거렸다.

"고생 많으셨소. 그런데 그 강론이란 게 무슨 내용인지……?"

경구는 그런 걸 궁금해할 줄 몰랐다는 듯 한 번 되묻고 말을 이었다.

"강론 내용 말입니까? 처음에는 그런 내용이었습니다. 네가 앉아 있는 여기가 어딘 줄 아느냐? 네가 어떤 이야기를 깔고 앉아 있으며, 그게 세상 이치와 어떻게 맞물려 있는지 아느냐 말이다. 그러시면서 칠불사며, 운상원, 그리고 지리산, 뭐 그런 이야기들을 차례로 들려주시곤 했지요."

옥보고는 후대에 두고두고 회자될 일곱 왕자 이야기부터 들려주었다.

금관가야를 세운 김수로왕에게는 인도 아유타국에서 온 허황옥과의 사이에 열 명의 왕자와 두 명의 공주가 있었다. 왕자들 가운데 첫째 거등은 왕위를 잇게 했고, 둘째와 셋째는 허황옥의 성씨를 따 허씨의 시조가 됐다. 나머지 일곱은 허황옥의 오빠이자 왕자들의 외삼촌인 보옥장유화상과 함께 이곳으로 들어왔다. 딸 둘은 시집갔다.

　일곱 왕자는 가야산으로 들어가 3년을 수도하다가 다시 지리산 반야봉 아래 운상원이란 허름한 초막을 짓고, 등 너머에 바위굴을 토굴 삼아 2년간을 수행했다. 일곱 왕자가 수도할 때 허왕후는 왕자들이 보고 싶어 자주 운상원을 찾았으나 장유화상이 왕자들의 불심을 어지럽힌다 하여 만나지 못하게 했다. 그러던 중 팔월 보름날 장유화상이 일곱 왕자들이 부처가 돼 승천(昇天)을 하게 됐다고 전하며 수도원 아래 연못을 가리켰다. 허왕후가 그곳을 보는 순간 연못에 일곱 왕자의 모습이 비치더니 이내 사라져 버렸다. 수로왕은 왕자들이 성불했다는 소식을 듣고 기뻐하며 아들들이 수도한 자리에 절을 세웠다. 한꺼번에, 그것도 한자리에서 일곱 명의 부처가 났다고 해서 칠불사가 됐고, 이 절을 '동국제일선원'이라고 한다. 왕자들이 비친 연못을 영지(影池)라고 한다. 수로왕이 왕자들의 성불 소식을 듣고 달려가 머물렀던 곳이 칠불사 아래 범왕(凡王)마을인데, 그곳에 임시 궁궐인 태왕궁(太王宮)이 있었다. 아들들을 보러왔던 허왕후가 임시로 거처했던 곳은 뒤에 마을을 이루어 천비촌(天妃村)이 되었다.

　"그게 지금으로부터 육백 년 전쯤의 일이랍니다."

　경구가 대략의 위치를 가리키며 설명했다.

　"아~, 그러면 옥보선인께서 이곳에 자리를 잡으신 이유가……?"

　"몸과 마음을 닦아 득도를 했듯이 금법을 익혀 완성하겠다는, 뭐 그런 의지였던 것이지요."

　"금법을 익히기 위해서라……."

　청음이 되새김질하듯 경구의 말을 작게 중얼거렸다.

"그렇습니다. 거문고를 우주의 이치를 알려주는 신령한 악기라고들 하지 않습니까. 사람들이 우리 스승님을 신선처럼 높이 모시는 이유도 그렇고요. 음악으로 인간의 마음을 감화시키고 세상을 치유하려면 깨달음을 얻어 부처가 되는 것과 같은 법력을 쌓아야 가능하겠지요."

경구의 대답에 안종이 말끝을 흐렸다.

"그런데 일각에서는 말입니다. 좀 다르게 말을 하는……."

"예? 다르게 말하는 자들이 있다고요?"

"그게 그러니까 아주 일부이긴 한데……."

"그러니까 그 아주 일부 사람들이 생각하는 이유가 뭐랍니까?"

"고구려 유민들을 모으기 위해서라는……."

"예? 고구려 유민을요? 뭐 하려고요?"

"그러니까 이런 깊은 산속에서 고구려를 다시 부흥시키려고 하는 것 아니냐는 것이지요."

"에이, 우리 스승님이요?"

경구는 가볍게 손을 저었다.

"아니, 예전에 안승을 고구려 왕으로 추대하고 검모잠이 군사를 일으켜 한참 동안 부흥 운동을 벌였던 일이 있었으니까, 그런 걱정을 하는 사람도 있을 수 있지 않겠소?"

안종의 얘기를 듣던 경구가 고개를 갸웃거렸다.

"간혹 선생님의 거문고 소리를 들으러 오는 사람들이 있긴 한데……."

청음이 그거 보라는 표정으로 경구를 바라보았다.

그때 안종과 청음 일행을 호위하고 온 무사 노달이 다가왔다. 그는 두 사람에게 따로 무언가 낮게 속삭였고, 안종과 청음은 알았다는 듯 고개를 끄덕였다.

3

그 시각에 또 다른 무사 상치는 조심스레 산길을 올랐다. 옥보고의 걸음은 느렸지만 어쩐 일인지 자꾸 멀어지고 있었다. 모퉁이를 돌거나 숲에 가려서 보이지 않을 때마다 상치는 그를 놓치게 될까 봐 속이 타들어 갔다. 앞서가고 있는 그를 불러 멈추라고 하고 싶을 정도였다.

'노인네가 맞나? 아님 내가 귀신을 쫓고 있는 건 아닌가?'

상치는 거의 뛰다시피 해서 옥보고를 따라잡으려고 했다. 하지만 그와의 거리는 조금도 좁혀지지 않았다. 도무지 어떻게 된 일인지 이해되지 않았지만 그런 생각보다는 우선 그를 따라잡아야 한다는 생각에 급급해 다른 생각할 겨를이 없었다. "자네는 옥보선사를 철저히 감시하게. 누구를 만나는지, 어디에 가서 무엇을 하는지 일일이 살펴야 하네." 도성을 떠나 지리산에 당도할 때까지 무시로 안종이 당부하던 말들만 귀에서 쟁쟁거렸다. "혹여라도 고구려 유민들을 만나는지 잘 보란 말일세. 고구려 부흥이니 뭐니 해서 반역을 꾀하는지 어쩌는지." 청음의 말도 마치 후렴구처럼 귓속을 맴돌았다.

"아차차······."

나뭇가지 하나가 상치의 이마를 때렸다. 이미 청미래덩굴과 찔레나무 가시에 팔과 다리 여기저기가 긁혔다. 그러나 그런 걸 의식할 틈조차 없이 걸음을 재촉했다.

"어딜 그리 급히 가는기요?"

바위를 돌아갈 때 갑자기 명득이 눈앞에 나타났다. 상치는 돌연한 명득의 출현에 엉덩방아를 찧을 정도로 놀랐다.

"사람을 보고 어찌 그리 놀라고 그런데요?"

"아, 아니, 놀란 게 아니고······."

아니라고 부인은 했지만 무어라 변명할 말이 생각나지 않았다. 자칫 옥보고 선생을 미행한 것이 아니라고 말할 뻔했다.

"그나저나 여긴 어떻게……?"

분명 상치는 옥보고를 뒤따라왔고 명득은 지게를 지고 반대 방향으로 갔다. 물론 산길이란 게 방향이 아무리 달라도 이어질 수 있겠지만 그렇다 손 치더라도 명득이 여기까지 오려면 그 거리가 멀 수밖에 없다. 게다가 자신은 숨을 헐떡이며 거의 뛰다시피 해서 여기까지 오지 않았는가.

"아~, 천날 만날 나무하러 댕기는 산인데요 뭘."

명득은 아무렇지 않은 듯 대답했다. 그리고는 돌아서며 무심하게 한마디 툭 던졌다.

"방금 스승님 가셨은께 천천히 따라가 보이소. 이리로 쪼매만 더 가믄 계실 낍니더."

나타날 때처럼 명득은 지게를 덜거덕거리며 다른 길로 사라져갔다.

상치는 어안이 벙벙했다가 좌절감에 휩싸였다. 자신이 옥보고를 미행하고 있다는 걸 명득이 알고 있다. 그렇다면 옥보고 역시 알고 있을 가능성이 있다. 모른다 치더라도 나중 명득이 이야기할 것이다. 생각이 거기에 미치자 상치는 그만 다리에 맥이 풀렸다. 그대로 산을 내려가고 싶었다.

'아니지. 기왕 이리된 것 끝까지 가보지 뭐.'

그는 생각을 고쳐먹고 다시 옥보고를 찾아 나섰다.

활 한바탕 거리쯤 갔을 때 돌연 앞이 확 트이고 밝아졌다. 숲이 끝나고 푸른 하늘이 드러나 드넓은 세상이 내려다보이는 곳이었다. 생각지도 못한 장면에 상치는 눈이 크게 떠졌다. 무언가 상쾌한 바람이 가슴 한가운데를 뚫고 지나갔다. 그제야 가장 큰 바위 위에 앉아 있는 옥보고의 모습이 보였다. 그는 가부좌를 틀고 앉아 참선에 든 채 미동도 하지 않았다.

상치는 그 자리에 털썩 주저앉았다. 그곳에는 옥보고 외에 누구도 보이지 않았다. 군사를 일으켜 역모를 준비한 흔적은 고사하고 병장기의 작은 쇳조각 하나 발견할 수 없었다.

4

술시(戌時)가 되자 옥보고와 두 제자가 율방에 모였다. 옥보고가 좌정하여 마주 보고 제자가 거문고를 놓고 그 앞에 앉았다. 안종과 청음도 윗목에 자리를 잡고 앉았다.

꾸르륵……. 청음은 뱃속이 편치 않은지 연신 배를 쓰다듬으며 얼굴을 찡그렸다. 저녁밥으로 반찬도 없는 밥, 그것도 뽀리뱅이와 지칭개, 고들빼기 따위 나물을 잔뜩 넣어 밥알은 찾기도 어려운 것으로 끼니를 때웠기 때문이다. 일행이 가져온 고기와 해산물을 옥보고는 거들떠보지도 않았다. 그런 마당에 일행만 고기반찬을 먹을 수는 없었다.

"어험……."

옥보고가 헛기침과 함께 죽비로 바닥을 가볍게 쳤다. 시작하라는 신호였다.

먼저 경구가 술대를 힘주어 내리쳤다. 덩……, 대현(大絃)을 쳤는지 깊고 장중한 선율이 율방을 가득 채웠다. 무거운 첫 음에 이어 둥, 당, 하고 느린 진양조 가락이 구슬프게 이어졌다. 연주는 치현(熾絃)과 우현(羽絃)을 오가면서 소나기가 내리고 물이 범람하는 듯한 분위기를 자아냈다. 탄주가 끝나고 경구가 숨을 몰아쉬며 무거운 공기를 털어내었다.

"어험……."

옥보고가 헛기침과 함께 다시 죽비로 바닥을 쳤다. 이번에는 명득의 차례라는 뜻이었다.

명득은 자세를 바로 하며 사랑하는 연인을 어루만지듯 문현, 유현, 대현, 괘상청, 괘하청, 무현 등 거문고 여섯 줄을 부드럽게 쓰다듬었다. 이어 경구와 마찬가지로 술대로 대현을 치고 진양조 가락으로 넘어갔다. 그 율음은 가슴 속에 가득 들어찬 숲을 깨우고 가만히 흔들었다. 그러다 차츰 신비한 기운에 술렁이던 숲은 생명의 활기에 환호하더니, 어느새 또 하늘을 경배하듯 장엄한 분위기로 바뀌었다. 분명 율방에 앉아 있건만 숲속 한가운데 있는 것 같은 느낌을 주었다.

연주가 끝나자 옥보고는 안종과 청음을 보고 물었다.

"어떠시오? 들어보니……."

안종이 두 제자를 보며 잠시 동안을 두고 입을 열었다.

"대단히 감명 깊게 들었습니다. 가히 옥보선인 님의 제자다운 실력이다 싶습니다. 당장 경주에 가서 궁중 악사들과 겨루어도 될 정도로 훌륭합니다."

청음이 이어서 답하였다.

"물론 궁중 악사들 중에 거문고를 하는 이가 없긴 합니다만 훌륭합니다. 저는 특히 경구 공자의 실력이 좀 더 마음을 움직이는 것 같아 좋았습니다."

옥보고는 두 사람의 말에 반응하지 않고 제자를 바라보았다.

"너희들이 연주한 곡은 「상원곡(上院曲)」이다. 내가 이곳 운상원을 소재로 만든 곳이지. 한데 이 곡을 연습한 지 두 계절이 다 되어 가는데도 아직 만족스럽지 못하구나. 먼저 경구 넌 중모리로 넘어갈 때 장지부터 짚어야 한다고 그리 일렀거늘 오늘도 약지로 잘못 짚었다. 아예 습이 들어버린 것 같구나. 그 외에도 운지법이 여러 군데 틀렸다. 그리고 명득이는 술대 쓰는 운시법(運匙法)을 그리 강조했는데 아직도 가벼워. 좀 더 진중해야 한다."

경구와 명득은 받들겠노라 대답하며 머리를 조아렸다.

"그리고 두 분 악사께서 인사치레로 훌륭하다고 한 말을 곧이들어선 안 될 터. 너희는 이제 겨우 두 곡째 배우고 있을 뿐이라는 걸 잊어선 안 된다. 알겠느냐?"

"예, 잘 알겠습니다."

둘은 다시 한번 머리를 조아렸다.

5

"선인 님, 부탁드립니다."

"아무래도 그러는 것이 선생님께도 이로울 것입니다……."

안종과 청음 일행이 운상원에 온 지 엿새가 지났다. 그들은 첫날에 그랬던 것처럼 옥보고에게 경주로 가달라고 부탁했다. 하지만 그때와 분위기는 사뭇 달랐다.

"그래야 이런저런 소문도 그렇고, 오해도 없앨 수 있을 테고……."

안종이 말끝을 흐리자 옥보고는 반문했다.

"소문? 오해? 나에 대해?"

묻기는 했으나 평온한 표정으로 보아 그다지 궁금한 것 같지는 않았다. 오히려 내막을 다 안다는 듯한 어투마저 읽혔다. 그것을 눈치채지 못한 청음이 나섰다.

"선인 님 명성은 자자한데 도성과 멀리 떨어져 있으니까 그럴 수도 있지 않겠느냐 하는, 뭐 그런 말씀……."

안종이 청음의 말을 저지했다.

"단도직입적으로 말씀드립지요. 일부 성골과 진골에서 옥보선인 님을 의심하고 있습니다. 선인 님이 고구려 유민의 후손이기 때문입지요."

청음이 당황해서 안종을 말리려 했지만 안종은 눈짓으로 청음을 눌렀다.

"그래서 내 뒤를 미행하고 감시도 했던 게로군."

"눈치채셨으니 뭐, 솔직히 말씀드리자면, 그렇습니다. 아직도 왕족과 귀족 중에는 아막성 전투에 치를 떠는 이들이 많습지요. 그때 왜와 백제, 그리고 고구려의 협공이 성공했다면 신라는 멸망했을 테니까요."

"그럴 뻔했었지……."

"게다가 선인 님의 조부 때 고구려 유민들이 반란을 일으키기도 했습지요. 그 때문에 금마저(지금의 익산시)에서 남원 소경으로 이주해야 했었지요."

옥보고는 찻사발을 소리 내어 내려놓았다.

"허나 그건 모두 오래전 일 아닌가. 내 조부 때, 또 수 세대가 지난 시절의 이야기지. 기억은커녕 이젠 아는 이조차 드물어."

틈을 보고 있던 청음이 끼어들었다.

"그렇지만 신라 사람들에겐 절대 잊을 수 없는 일이기도 하지요."

옥보고는 청음을 쏘아보았다.

"그래, 다들 내가 반란을 일으킬지 모른다고 의심하고 있다는 말이렸다. 그래서 경주로 와달라고 한다는 말이고? 그래야 가까이서 쉽게 감시할 수 있을 테니까."

시선을 피하며 청음은 그게 아니라고 말할 수도, 맞다고 하기도 어려워 입맛만 다셨다.

"그래, 그럴 테지. 권력자들이란 참······."

옥보고는 대답을 기다리지 않고 미지근하게 식어버린 차를 마셨다. 찻사발을 내려놓은 그는 생각을 궁굴리듯 수염을 서너 번 쓰다듬었다. 그 사이 명득을 불러 뜨거운 찻물로 새로 차를 우려내었다. 천천히 진행되는 그 과정이 부담스러운 듯 안종과 청음은 어쩔 줄 몰라 하며 옥보고가 부어주는 차만 붕어처럼 홀짝거렸다.

세 순배 돌리기를 마치자 옥보고는 두 사람을 응시하며 자세를 바로 했다.

"가세, 경주로."

"예? 정말이십니까?"

"자네들이 약조한 대로 제자들을 가르칠 수 있는 집을 남산에 지어주게. 내가 제자 가르치는 것에 절대 관여하지 말고. 그러고 나를 일 년 삼백육십오 일 감시하는 건 상관없네."

"아, 아이고. 그럴 리가 있습니까요. 경주에 가주신다면야."

"시도 때도 없이 연회에 오라 가라 해서도 안 되네. 큰 명절 딱 두 번, 그리고 왕실 행사에 한 번, 일 년에 세 번뿐이네."

"아, 그건…… 아, 아닙니다. 말씀드려 보겠습니다."

"중요한 것 하나 더. 내가 가기는 하나 이거 하나만은 분명히 하세. 권력자들이 날 의심한다 해서 오해나 풀고 일신의 안위에만 급급해서가 아니란 말일세."

"예? 그렇다면 무엇 때문에?"

옥보고는 주변의 풍경을 눈에 담듯 휘 돌아보았다.

"내가 지리산에 들어온 지 오십 년이 지났네. 그동안 나는 우주의 질서를 깨닫고 내 안의 무질서를 다스리려고 온 생을 바쳤네. 그 과정에서 거문고가 가장 큰 도움이 되었지. 이제 내 안의 무질서를 다스렸듯 바깥세상으로 눈을 돌리게 된 것이라네."

안종이 물었다.

"그게 무슨 뜻인지……."

하지만 그사이 옥보고는 명득과 경구를 불렀다.

"경주로 가자. 준비하거라."

명득은 무엇을 어떻게 준비해야 할지 난감한 표정이 되었고, 경구의 얼굴은 대번에 밝아졌다.

6

옥보고의 거문고 탄주를 위한 연회는 이듬해 청명(淸明)이 되어서야 열렸다. 옥보고와 제자들이 경주에 도착한 건 늦가을이어서 날이 풀리는 봄까지 기다렸던 것이다. 안종과 청음은 임금과 왕족들만을 위해 연주를 부탁해 보았으나 옥보고는 거절했다. 왕족과 귀족뿐 아니라 백성들까지 모여야 연주를 할 수 있다고 고집을 부렸다. 입춘과 경칩이 거론되기도 했으나 왕자와 공주들이 번차례로 고뿔을 앓아 할 수 없이 연기가 되었다.

날씨는 더없이 화창했다. 연회가 열리는 동궁(東宮)에는 아침 일찍부터 부산한 움직임이 이어졌다. 임해전(臨海殿)에는 임금과 왕비를 비롯한 갈문왕 등 왕족이 앉을 자리가 놓였다. 마당에 십수 개의 차일을 치고 멍석을 깐 위에 방석을 준비하였다. 차일 바깥쪽으로는 백성들이 함부로 들어가지 못하도록 금줄을 쳤다.

"이놈들아, 곧 해가 중천이다. 더 서둘러라."

아찬 김백일은 구실아치들을 진두지휘하며 연회 준비에 여념이 없었다. 아들 경구가 옥보고의 제자이기에 그가 이번 연회 일을 맡게 되었다. 그동안 소외되어 있던 김백일은 오랜만에 역할을 맡게 되어 꽤나 들떠 있었다. '권력의 중심부로 더 들어가려면 거문고를 익히게 하라'고 조언해 준 국사(國師) 지염 스님에게 수만 금이라도 시주를 더 하고 싶은 마음이었다. 그런데 바삐 움직이는 중에도 간간이 터져 나오는 푸념을 막지는 못했다.

"연회에 술과 음식이 빠지다니, 이 무슨 말도 안 되는 일인지 원."

음주 가무가 빠지면 그게 무슨 연회란 말인가 싶었지만 옥보고의 고집은 황소보다 더 세었다. 자식놈의 스승이라 더 무어라 할 수 없었지만 터져 나오는 푸념까지 막을 수는 없었다.

월지가 내려다보이는 이곳은 처음부터 풍류와 연회 장소로 만든 곳이었다. 조성 후 때마침 당나라가 철수하자 기나긴 삼국 통일 전쟁이 마무리되고 평화 시대가 시작되었다. 그런 분위기에 많은 연회가 동궁에서 이어졌고, 근자에는 먹고 마시는 것에 더하여 기녀들과 뒤섞이고 황음한 일까지 일쑤 벌어지곤 했다. 왕자들이 화랑들과 어울려 그 정도가 더욱 심해졌지만 임금은 젊은 치기 정도로 치부했다.

"그런 분위기에선 절대 거문고를 켤 수 없소이다."

옥보고는 완강했고 임금은 거문고 명인이 그렇다면 하자는 대로 하라는 식이었다. 기녀만 빼자고 해도, 술을 빼더라도 음식은 먹으면서 들으면 되지 않겠느냐 해도 옥보고는 완강하게 손을 내저었다. 그리하여 온전히 거문고만을 위한, 전무후무한 연회가 시작된 것이다.

"우리 땅에서 우리 신라인의 손으로 만든 율려를 듣게 되어 기대가 크노라. 당나라의 간섭 없는 우리 율려를 즐기면서 우리만의 풍속을 만들어 나가자."

임금은 모여든 백성들을 향해 '우리 신라인'을 힘주어 강조했다.

먼저 경구와 명득이 「상원곡」과 「입실상곡(入實相曲)」을 연주했다. 각자가 익힌 곡 중에 가장 자신 있는 곡을 선택했는데, 경구는 스승이 운상원을 소재로 만든 곡을 택했다. 명득이 연주한 「입실상곡」 가운데 '실상(實相)'은 불가에서 '모든 존재의 참된 본성'을 가리키는 것으로, 그가 참선하기 위해 즐겨 켜는 곡이었다. 대현을 칠 때면 온갖 애환이 녹아나고 유현이 울릴 때면 눈앞에서 두루미가 노니는 것만 같았다.

"어허허허, 거 참 잘헌다. 어허허허……."

경구의 연주가 끝났을 때 김백일은 실성한 사람처럼 박수를 치며 웃어 댔다. 모두들 그의 야망과 아들에 거는 기대를 알기에 그러려니 하고 보아 넘겼다.

마침내 옥보고가 자리에 들어섰다. 거문고를 놓고 책상다리하고 앉은 다음 그는 거문고와 술대를 가볍게 쓰다듬었다. 이어 술대에 힘을 주어 대현을 치니, "덩~" 하고 장중한 음이 백포장 차일 위를 흔들고 월지를 스치듯 사방으로 퍼져나갔다. 단지 첫 음이 울렸을 뿐인데도 그것만으로도 임금과 신하들, 백성들까지 모두를 압도하는 위엄을 느낄 수 있었다. 잇달아 계면으로 한 진양조장단이 사람들 가슴으로 스며들었다가 들로 산으로 퍼지더니 하늘의 흰 구름에 실리어 갔다. 그 구슬픈 그 소리는 어쩐지 가슴 속 깊이 숨겨져 있던 깊은 슬픔과 한을 이끌어내는 듯했는데, 그 슬픔과 한들을 거느리고 지리산 숲들을 흔들고 깊은 골짜기로 스며드는 것만 같았다. 그러다 돌연 중모리에서 중중모리로 솟구쳐 넘어 자진모리로 감기며 흘러들었다. 계곡의 맑은 물소리를 들으며 걷다 불시에 뇌성벽력이 치며 천지가 무너지는 것처럼 큰 소리가 들리는 듯하였다. 뇌우가 무섭게 진동하니 천지가 아우성이고 뭇짐승이 일제히 일어서서 포효했다. 이윽고 휘모리로 들어가면서 가슴속 응어리진 한이 복받쳐 회오리바람이 만물을 휘젓는 듯했다. 마치 지리산의 네 계절을 앉은 자리에서 경험한 것만 같은 느낌이었다.

탄주를 마친 옥보고는 큰 숨을 길게 내쉬었다. 좌중은 잠시 찬물을 끼얹은 듯 조용했다. 곧 박수갈채가 쏟아지고 각자 가슴을 쓸어내리거나 땀을 닦아내기도 했다.

임금이 옥보고를 향해 물었다.

"내 가슴이 요동치다가 긴장되는 것 같더니 청량해지기도 하는구려. 이 곡은 어떤 곡이오?"

"예, 「유곡청성곡(幽谷淸聲曲)」으로 제가 만든 곡입니다. 지리산의 계곡과 골짜기, 꽃과 나무, 비와 바람과 눈을 표현한 것이옵니다."

"대단하오. 과연 듣던 바대로 훌륭하구려. 이제 내 옆에 있으면서 나를 좀 도와주시오."

"저는 일개 악사일 뿐이옵니다."

임금은 옥보고의 손을 잡고 적극적으로 나섰다.

"아니오. 지난번 당나라 사신이 왔을 때 들은 이야기가 있소. 요임금의 악관(樂官)에 대한 이야기였소."

그 이야기라면 옥보고도 익히 알고 있었다. 훌륭한 군주로 잘 알려진 요임금에게는 기(夔)라는, 다리가 하나뿐인 악관이 있었다. 그는 산천 계곡의 소리를 모방하여 대장(大章)이라는 음악을 만들었는데, 그 음악을 들은 사람들은 마음이 평온해져 싸움을 하지 않게 되었다는 것이다. 심지어 박자에 맞추어 온갖 동물들이 춤까지 추었다고 했다.

"나라를 평화롭게 하고 백성들을 즐겁게 해주고 싶은 임금님의 마음 잘 알겠사옵니다. 허나 저는 곡을 만들고 제자 가르치는 것이 제 일이라 생각하옵니다. 그래서……."

임금은 고개를 끄덕이며 웃어 보였다.

"그 뜻은 알겠소. 그대의 요구사항도 들어서 알고 있소. 난 그저 일 년에 몇 번만이라도 오늘처럼 해주기를 바라는 것이오. 그 외에는 아무 방해도 받지 않고 그대 일을 하게 도와주겠소."

"성은이 망극하옵니다."

옥보고는 부복하며 예를 올렸다.

7

옥보고는 경주 남산 금송정에서 거문고를 타고 제자를 가르쳤다. 벌써 경주에 온 지 다섯 해가 지났다.

운상원에서와 마찬가지로 그의 일상은 변한 것이 없었다. 황룡사 대종이 서른세 번 울리면 옥보고는 금송정에 앉아 거문고를 탔다. 그의 거문고는 술대가 가는 대로 때로는 부드럽게, 때로는 우렁차게, 그러다가 바르고 중후하게 새벽 공기를 가르고 빛을 불러왔다. 변화무쌍한 율음은 새벽에 더욱 생생히 살아 펄떡이며 세상을 깨우는 것이었다. 하루 종일 금송정을 차지하고 제자들이 연습을 할 때면 석공들이 여기저기서 불상을 쪼는 걸 구경하기도 하고 절집에 불쑥 들어가 차를 얻어 마시기도 했다. 저녁이면 제자들이 종일 연습한 걸 점검하고, 율려 이야기로 하루를 마감했다. 약속한 대로 밖에 나가 연주하는 건 일 년에 단 세 번뿐이었다.

단조롭고 반복되는 일상이지만 변화가 없지는 않았다. 그간의 가장 큰 변화라고 하면 경구의 파문이었다. 경주로 돌아온 후 한결 표정이 밝아진 그는 숙식을 같이하며 연습을 했지만 이런저런 핑계를 대며 집에 가는 횟수가 늘어났다. 산해진미 풍성한 밥을 먹고 편안한 잠자리가 그를 유혹했다. 게다가 아버지 김백일이 왕족들과 귀족들을 불러 접대하는 자리에 아들을 불러내 거문고를 타게 했다. 그런 자리를 티 나게 싫어하는 옥보고를 대신하게 함으로써 자신의 영향력을 키워나가고 있었다. 더욱이 그런 생활이 일이 년 계속되다 보니 경구 자신이 거기에 빠져버린 게 문제였다. 술을 마시고 기녀들과 어울리면서 금송정보다 기방에 머무는 일이 더 많아졌다. 달포 넘게 비깜을 하지 않다가 나타난 날 옥보고는 아예 금송정 근방에 접근조차 하지 못하게 막았다. "너는 더 이상 내 제자가 아니다" 냉정하게 뿌리친 것이다. 경구는 울고불고 손이 발이 되도록 빌었으나 입금도 들어가지 않았다.

　그날 저녁 옥보고는 명득을 앉혀놓고 이야기 하나를 들려주었다.

　"옥황상제가 저파룡(猪波龍)이라는 동물을 불러 음악을 연주하게 했느니라. 이놈은 음악에 대해 문외한이었지만 제 뱃가죽을 꼬리로 두드리면 듣기 좋은 소리가 난다는 걸 알았지. 그 소리를 좋아하는 사람이 많아지자 여기저기 가서 자랑을 해댔어. 그러자 사람들은 별다른 재능이 필요하지 않지만 저파룡 가죽만 있으면 그 소리를 들을 수 있다는 걸 알게 된 거야. 그러니 어찌 되었겠느냐? 사람들이 저파룡과 그 종족, 후손들까지 그것들을 잡아 가죽을 벗겨 북을 만들고 말았다 그 말이야."

　영민한 명득은 스승의 뜻을 충분히 알아들을 수 있었다.

　경구뿐만이 아니었다. 안종과 청음이 그동안 십여 명의 제자를 뽑아 옥보고에게 보내었으나 끝까지 남은 제자는 없었다. 대부분 보름을 넘기지 못하였고 제일 오래 버티었다 해봐야 백일 정도에 불과했다.

　하루는 안종과 청음이 옥보고를 찾아왔다. 보낸 이들이 대부분 머리도 좋고 음악적 재능도 있는 젊은이들이었는데 왜 오래 버티지 못했는지 궁금하게 생각했다.

"그 답은 간단하네. 여긴 지리산과는 환경이 달라. 거문고를 배우는 것보다 재미있는 게 너무 많아. 놀 데도 많고 같이 놀 사람도 많지 않은가. 산속과 비교하면 완전히 딴 세상이지."

옥보고의 말에 청음이 고개를 끄덕였다.

"아아, 경구 공자도 그래서……."

하지만 청음은 이내 입을 다물고 말았다. 뜨거운 찻물을 가지고 명득이 들어왔기 때문이다. 경구와는 다르게 명득은 여전히 거문고 금법을 익히는 것에 몰두해 있었다. 경주에 온 이후에도 하루 이틀거리의 고향 집이건만 겨우 한 번만 다녀온 게 전부라고 했다.

어색한 분위기를 바꾸려는 듯 안종이 입을 열었다.

"헌데 옥보선인 님, 지리산에서 나오시기 전 하셨던 말씀 말입니다."

"무슨 말?"

"고구려 유민과 반란을 일으키려는 것 아니냐고 의심받고 있다고 했을 때 말입니다. 그런 오해를 풀려고 경주에 가는 건 아니라고 하셨던……."

"그게 아니라면 무엇 때문이었냐 그게 궁금하다는 거로군."

"그렇습니다."

"부패와 무질서를 막고 좀 더 건강하게 만들어 보려고 했지."

옥보고의 설명은 이어졌다. 세상이 부정부패가 만연하고 타락하면 음악과 예술도 음탕하고 부패한다. 이때 의식 있는 자가 나타나 새로운 음악을 만들어 낸다. 옛날 순나라에는 순임금의 음악이 있고, 우나라엔 우임금의 음악이 있었다. 새 음악으로 백성의 마음을 감화시키고 세상을 건강하게 만드는 것이다.

"신라가 통일의 위업을 달성했지만 내가 보기에 나라가 점점 썩어들어가고 있었어. 그걸 막고 싶었어. 고구려 유민 반란? 그건 우리 고조부나

증조부 때 얘기야. 내가 이미 얼마 안 가 북망산천 갈 나이가 되었는데……."

옥보고는 안종과 청음을 돌아보며 빙긋 웃었다.

"자네들 설마 아직도 나를 감시하려고 온 것인가?"

둘은 황급히 손을 내저었다.

"아닙니다요. 무슨 그런 말씀을……."

당황하는 둘을 보며 옥보고는 너털웃음을 터뜨렸다. 그제야 두 사람도 겸연쩍게 웃었다.

"나는 이제 할 일을 다 했어. 이제부터는 명득이 이어받아서 계속할 것이네. 속명득이 내 유일한 제자야. 내가 가진 건 제자한테 다 주고 더 줄게 없어. 이제 나는 세상을 자유롭게 떠돌며 비어 있는 내 곳간을 채울 거야."

"예? 그럼 떠나신다는 말씀이십니까?"

두 사람은 언제 어디로 가는지, 임금이 찾을 텐데 떠나면 안 된다며 중구난방으로 떠들었다. 하지만 옥보고는 대답하지 않고 금송정 아래 펼쳐진 세상을 내려다보았다.

8

월여가 지난 어느 날 옥보고는 온다 간다 말없이 사라지고 말았다. 그 후로 누구도 옥보고를 본 사람이 없었다.

7. 월명사 - 김주성

1

'뎅~ 데엥~ ' 사천왕사의 저녁 예불을 알리는 범종 소리가 서라벌의 수미산 낭산 기슭에 울려 퍼지면서 불국(佛國)의 하루는 은은히 저물어 갔다. 범종 소리가 잦아든 뒤에 잰걸음으로 내달리는 북소리는 신유림(神遊林, 선덕 여왕이 자신이 묻힐 도리천이라 지목하고 호국 사찰 사천왕사가 들어선 땅)을 지키는 호국 영령들의 결기를 깨우고 신문, 선덕 대왕들의 천년 염원을 되살리는 듯했다. '후다닥 뚝딱 후다다닥 뚝딱, 둥당둥당 둥다당 둥당……' 절로 가슴을 뛰게 하는 북소리에 백성들은 지친 연장들을 챙기며 또 하루 고단했던 일상을 마무리했다.

이윽고 문풍지 너머로 아련하던 목탁 소리마저 잦아들어 예불이 끝났구나 싶을 때 그 애잔한 젓대 소리는 시작되었다. 저녁 밥상을 물린 뒤 등잔불 주위에 둘러앉아 논밭에 가꾼 곡식들 여무는 보람이며 우물가 아낙들의 수다를 풀어놓고 도란거리던 식구들은 문득 이 신기한 젓대 소리에 귀를 기울였다.

"저게 어디서 나는 소리여?"

"예불이 끝나기를 기다렸는가 보네."

"누굴까. 누가 불길래 이리도 애간장을 녹이는가."

'삐~ 이이힝, 휘이어워어 힝~' 나그네 바람 한 자락이 사립문 께에 설핏 머물렀다 달아나듯 허전하면서도 마음 한구석을 낚아채는 이 소리. 사람들은 너나 할 것 없이 조용히 방문을 열고 마당으로 나섰다. 자욱하던 풀벌레 소리조차 숨을 죽이고 휘영청 밝은 달마저 걸음을 멈춘 듯했다. 이 집에서도 저 집에서도 사천왕사 앞마을 사람들은 사립문을 나와 당나무 아래 공터로 모여들었다. 종소리, 북소리, 목탁 소리가 때맞춰 불국의 백성임을 일깨워 고된 사바(娑婆)의 시름을 잠재우는 소리라면 대체 이 젓대 소리는 어찌 이리도 사람의 마음을 울렁이게 한단 말인가.

초저녁부터 들머리 어딘가에서 이따금 한 토막씩 내쉬는 부엉이의 한숨 소리, 깊이깊이 어두운 허공을 찍어내는 소쩍새의 하소연, 밤늦도록 뭐가 그리 명랑한지 지칠 줄 모르고 불어대는 호랑지빠귀의 휘파람, 적막을 뚫고 곤한 잠까지 깨우는 밤 부엉이의 귀기 어린 단말마……. 이 귀익은 소리들을 한데 섞거나 꿰어서 딴 세상의 소리를 꾸미는가. 그것은 마음먹고 꼭꼭 다져서 내뿜는 숨결이요 혼을 토해내듯 곡진하게 들렸다. 길고 짧게 이어지는 사이사이 '힝!' '힝!' 하고 결을 가르는 꺾임새는 사천왕사 금당 처마 끝 풍경의 여운과 흡사했지만 사월 초파일 법단 위 고승의 사자후만큼이나 우렁찼다. 사람들은 그저 혼을 빼앗긴 듯 이 소리에 빨려들었다. 강보에 싸인 젖먹이들은 꿈결에서 들었고 운신이 어려운 노인네들은 짚벼개를 돌아 고이며 문지방 너머로 들었다.

사람들은 아직 가시지 않은 저녁연기와 밤안개가 그윽하게 섞이는 저기, 사천왕사 쪽을 바라봤다. 그리고 마침내 일주문 기둥에 기대앉은 실루엣 하나를 보았다. 왼쪽 어깨 쪽으로 느긋이 꺾은 고개 아래 팔 하나 길이가 넘음 직한 큰 젓대는 그의 가슴을 가로질러 오른쪽 어깨너머로 평평하게 뻗었고 더불어 그의 두 팔과 손가락들이 그것을 받치고 누르며 그 신기한 소리를 자아내고 있었다. 그의 고개가 위아래로 출렁일 때 함께 뛰는 손가락들이 곡의 소절을 바꾸며 사위의 고요를 밀어냈다. 달마저 숨죽여 걸음을 멈춘 그 소리가 끊어질까 두려워 아무도 더는 그에게 다가가지 못했다.

그런 시간이 얼마나 흘렀을까, 이윽고 그가 젓대를 거두고 자리에서 일어났다. 그는 죽비를 치듯 젓대를 손바닥에 몇 번 툭툭 털고 나서 허리춤의 자루에 담았다. 여럿이 자신의 젓대 소리를 듣고 있었다는 사실을 아는지 모르는지 그는 고개를 들어 남녘 하늘에 두둥실 떠오른 달을 바라보았다. 그리고 닫힌 일주문 앞의 공터로 나와 잠시 거니는가 싶더니 절을 끼고 흐르는 개울가 오솔길 쪽으로 돌아섰다. 달빛 머금은 납의(衲衣) 자락이 자욱이 되살아난 풀벌레 소리를 헤치며 숲 그늘 사이로 총총히 사라졌다. 사람들은 꿈에서 깨어난 듯 서로를 바라보며 한마디씩 주고받았다.

"오, 저 항아님도 걸음을 멈춘 것 보소!"

"원주실 곁문으로 들어가시네."

"언제부터 사천왕사에 계셨는가?"

"아직 하안거(夏安居) 기간이고 동안거 결제는 멀었는데 아마도 객승이신 게지."

"사천왕사로 말하자면 명랑(明朗) 대덕께서 창건하신 서라벌의 근본 호국 도량 아닌가. 어찌 안거 기간에 젓대 부는 객승을 들인단 말이오."

"보고도 모르는가. 여기 계시지 않는다면 어찌 이 야심한 시간에 저 문으로 들어가시겠소."

사람들은 이렇게 궁금증을 토로하며 그가 사라진 오솔길 쪽을 한동안 더 바라봤다. 집으로 돌아가는 걸음에도 몇몇은 궁금증에 좀전의 감동과 기대를 보태 얘기를 이어갔다.

"아무튼 예사 스님이 아닌 건 틀림이 없소."

"그러게요. 저잣거리에서 뭇사람의 발길을 붙잡던 방랑 예인의 비파 소리가 이리 혼을 깨우지는 못했소."

"나도 같은 생각이요. 주지 스님께서 이번 중추절에 범패(梵唄)라도 차리시려 모셔 온 스님이 아닐까."

이런저런 추측의 가지 수만 늘어날 뿐, 어느 날 귀뚜리 소리를 데리고 율안으로 문득 가을이 들어서듯 홀연히 사천왕사에 나타난 그 젓대 부는 스님의 정체를 아는 이는 없었다.

사람들은 서둘러 저녁 밥상을 물리고 아예 그 젓대 소리가 나기를 기다렸다. 하루는 일주문 문설주에 기대앉지 않고 절 앞길을 거닐며 불었고 어느 날은 대숲 속 어딘가에서 소리만 흘려보냈다. 하나 같이 심금을 울려 듣는 이의 사족을 잠재우는 힘은 다르지 않았다. 어느 고승 대덕의 법문이 이러했던가. 어느 예불, 어느 탑돌이 정근이 이토록 무념무상의 세계로 이끌던가. 아니 그 소리는 법문이며 정근이 인도하는 참회와 자비행의 언덕을 넘을 것도 없이 곧바로 저 피안(彼岸)의 화원을 거닐게 했다.

신기한 젓대 소리의 소문은 이웃 마을로 저잣거리로 퍼져나갔다. 모여든 사람들은 누가 먼저랄 것 없이 그 젓대 소리의 주인공을 월명(月明)이라 불렀다. 그들에게 그의 법명(法名)은 크게 중요하지 않았다. 그가 사문(沙門)인지 화랑(花郎)인지 그저 떠돌이 예인지도 따질 필요가 없었다.

사람들의 마음을 사로잡는 그의 젓대 소리는 달빛의 숨결과도 같이 포근하여 오랜 친구가 가까이서 속삭이는 것처럼 은근했다. 그리하여 그는 저만치 떨어져 있었으나 눈부신 법석(法席)에 올라 사자후를 토하는 대덕보다 훨씬 가깝고 친근하게 느껴졌다. 사람들은 이내 그에 대한 경외와 존경의 마음을 담아 월명사(月明師)라 높여 불렀다. 또 월명사가 거닐며 젓대를 부는 사천왕사 앞길이며 그 마을을 월명리(月明里)라 불렀다.

공양간 일을 거드는 절 앞마을 아낙들과 원주실에 소채를 대고 장작을 나르는 남정네들의 입을 통해 월명사에 대한 궁금증이 하나둘 풀리기 시작했다.

2

어느 늦은 가을 오후. 삿갓을 눌러쓴 한 탁발승이 솟을대문 앞에 서서 목탁을 두드리고 있었다.

"마하반야바라밀다심경 관자재보살 행심반야바라밀다……."

대개 토담이나 사립으로 두른 집들에서는 이 염불 세 구절을 넘기 전에 주인 아낙이 시주(施主) 바가지를 들고나오는 것이 보통이었다. 하지만 길지 않은, 그렇다고 짧다고도 할 수 없는 이 염불이 끝나갈 때까지도 솟을

대문 안에서는 기척이 없었다.

"아제아제 바라아제 바라승아제 모제사바하."

탁발승은 마지막 구절을 세 번 송(誦)하고 합장 배례(拜禮)한 뒤 돌아섰다. 그때, 찌거덩 하는 소리와 함께 빼꼼히 열린 대문 사이로 열두어 살이나 됐을까, 남루한 차림의 한 사내아이가 탁발승을 불렀다.

"스님."

탁발승이 돌아섰다.

"이것이라도……."

아이의 손에 미처 흙도 털어내지 못한, 겨우 어른 손가락 서너 개를 합친 굵기의 무 한 뿌리가 들려 있었다.

"나무 관세음보살."

탁발승은 발우로 무를 받아 들고 합장한 채 깊이 허리 숙인 아이를 그윽이 바라보았다. 그리고 휑뎅그렁한 안뜰을 휘이 둘러본 뒤 이렇게 말했다.

"정지간에 가서 큰 바가지를 가져오너라."

"예."

아이가 바가지를 들고나왔다. 탁발승은 지고 있던 바랑을 벗어 그날 시주받은 곡식을 아이가 가져온 바가지에 쏟아부었다.

"어서 들어가거라."

"스님……."

아이가 머뭇거리고 있는 사이 지팡이를 짚은 중년의 여인이 탁발승 앞으로 비틀비틀 걸어와 합장했다.

"부처님께 바칠 공양을 어찌……."

탁발승이 아이에게서 받은 무를 들어 보였다.

"부처님께서 방금 이 무 한뿌리야말로 만 석의 알곡보다 귀하니 오늘의 탁발 물이나마 우선 이 댁에 부리라 하셨습니다."

이 탁발승이 바로 능준대사(能俊大師)였다. 능준은 대청에 걸터앉아 여인이 들려주는 사연을 들었다. 차림은 남루할망정 몸짓이 가지런하고 얼굴이 박꽃처럼 하얀 사내아이 또래의 여자아이가 냉수 한 대접을 들고나와 능준에게 드렸다.

이 집안은 금관성(김해)의 가야 귀족 후예로 신라가 삼국 통일 대업을 이룰 때 큰 무공을 세웠다. 그리하여 한때 녹봉이 천 석에 이를 만큼 부귀와 권세를 누렸으나 문관 득세의 그늘에서 해마다 힘이 빠지더니 아이의 조부 대에 이르러서는 녹봉의 양도 백석을 채우기 어려웠다. 기백이 꺾인 아이의 부친은 세월을 한탄하며 부화방탕한 나날을 보내다가 마흔을 넘기지 못하고 세상을 하직했다. 요 몇 해 내리 흉년이 이어지자 아이의 집안은 연명하기도 어려웠다. 큰 자식들은 뿔뿔이 흩어지고 어린 두 남매와 병든 어미만 남아 근근이 피폐한 집안을 지키고 있었다.

여인의 얘기를 듣고 난 능준대사가 입을 열었다.

"업장이 큰 만큼 그 소멸에 들일 공 또한 지극해야 할 것입니다."

마당으로 내려선 능준대사가 문득 돌아서며 사내아이에게 말했다.

"따라가겠느냐?"

아이는 말없이 모친의 얼굴을 올려다봤다.

"부처님의 가피를 입기가 어디 쉬울쏘냐. 대사께서 이끌어 주시니 이 어찌 큰 은혜가 아니겠느냐."

사내아이는 능준대사의 뒤를 따라 천성산 죽림사로 향했다. 멀리 가지 못해 사내아이가 뒤돌아보았다. 대문 앞에 쓰러질 듯 서 있는 어머니와 옷고름으로 눈가를 찍어내는 누이의 모습이 사내아이의 눈에 애처롭게 찍혔다.

아이의 절간 생활은 혹독했다. 보통 여섯 달 길어야 일 년이라는 행자살이는 3년을 채우고서야 끝이 났다. 그리고도 5년을 더 경을 읽고 수행을 쌓은 후에야 은사 능준을 따라 통도사 금강계단에서 구족계를 받았다.

능준은 잊지 않고 있었다. 당장 땟거리도 없던 형편이라 대문 밖 탁발 승의 염불이 끝날 때까지 무얼 시주할까 고심하던 아이가 뒤란 텃밭으로 달려가 무 한 뿌리를 뽑아 들던 갸륵한 행실. 아이의 그 때묻지 않은 마음 은 그에게 다시금 무명의 구렁으로 빠져들고 있는 이 불국의 미래를 밝힐 미륵의 현현과도 같은 감동이었다. 이것이 바로 하해와 같은 공덕이 아니 며 대자대비의 실상이 아니고 무엇인가. 능준은 그에게 해덕(海德)이란 법 명을 주었다.

능준대사는 다섯 제자 중에 제일 어렸음에도 제일 뛰어났던 해덕을 자 신의 미륵 사상을 이어갈 수제자로 키우고자 했다. '염촉(이차돈) 성인께 서 이 땅에 순백의 피로 부처님의 가피를 부른 지 200여 년, 그동안 불국 토를 이룬 나라가 삼국 통일의 대업까지 달성했으나 그 후로 나날이 문무 귀족의 대립이 극성하고 민심이 어지러워지는 세상을 어찌할꼬. 다시금 무명에 빠져든 중생들을 구제하려면 미륵의 가피가 절실하니 그로써 이 나라는 불국을 완성할 것이다.' 이런 염원을 함께 이루어 갈 제자요 도반 으로서 그는 해덕을 꼽은 것이었다.

능준은 스스로 이 고장 저 마을, 이 절 저 절, 이 법회 저 제(祭)를 가리 지 않고 드나들지 않았다. 그런데도 그의 법력은 나라 안에서 높이 인정받 아 몇몇 대찰의 법회나 강원, 금성의 화랑단에 초빙되어 강설했다. 이 중 에서 그가 각별히 관심을 둔 것은 화랑단이었다. 그는 불법과 세속의 도리 를 이어 장차 나라의 향도가 될 낭도들을 기르는 데 힘을 보태고자 했다. 그는 이것이 중생구제에 이바지하는 길이라고 믿었다.

능준은 해덕이 행자 생활 3년 차 무렵부터 그를 낭도 법회에 데리고 다녔다. 처음에는 서책과 필묵을 챙기고 강설 내용을 갈무리하는 일을 맡 겼으나 구족계를 받은 후로는 초심자들을 대상으로 강설을 맡기기도 했 다. 봄, 가을에 한 달씩 벌였던 죽림사 화랑단 안거 수련회 때는 활동의 길잡이 역할을 맡겼다. 이런 인연이 해덕을 화랑과 밀접한 사이가 되게 했다.

그런데, 언제부턴가 해덕은 이 사문의 길이 버겁게 느껴지기 시작했다. 눈만 뜨면 밥 짓고 나무하고 청소하느라 눈코 뜰 새 없던 행자 시절에는 몸이 잡념을 몰아냈다. 경전을 독파하고 참선 수행으로 보낸 시절에는 법사가 던져준 화두에 마음 가지를 하나로 모을 수 있었다. 하지만 계를 받고 정식 사문의 길에 들어서자 오히려 다 물리친 줄 알았던 번뇌 마구니가 고개를 들었다. '나는 지난 10년여 동안 무얼 찾으려 했던가. 스승님이 설파하시던 참 나의 자리는 어디에 있는가. 채워졌다고 믿었던 마음자리는 왜 이리 허전하며 반석은 못 될지언정 스승의 뜻만은 굳건하게 따르자던 다짐은 왜 이리 희미해지는가. 내가 출가한 중이 맞기나 한가.'

해덕의 뇌리로 출가 전 속가에서의 한 장면이 문득 떠올랐다. 열 살 무렵 가을인가. 한 나그네가 찾아와 가을걷이와 겨울 땔나무를 해주겠으니 잠만 재워달라고 간청했다. 어린 해덕은 밤마다 그가 기거하는 문간방에 가서 이런저런 세상 얘기를 들었다. 나그네는 낯선 고장의 신기한 얘기 말고도 아이의 마음을 사로잡은 물건을 하나 갖고 있었다. 대나무로 만든 거무죽죽한 몽둥이 같은 것이었다. 길이가 아이 키의 반만이나 됐고 알맞은 간격을 두고 구멍이 여럿 뚫려 있었다. 나그네는 벽에 등을 대고 앉아 그걸 오른쪽 어깨 쪽으로 느긋이 비껴들고서 불곤 했다. 그것을 그는 젓대, 큰 젓대(대금)라고 불렀다.

"이게 큰 젓대면 작은 젓대도 있겠네요?"

"그럼 있지. 이보다 한 뼘 남짓 짧고 굵기도 좀 가늘단다."

"소리도 다르겠지요?"

"이게 뻐꾸기, 소쩍새 소리라면 작은 젓대는 꾀꼬리, 호랑지빠귀 소리라고 할까."

"나는 이 소리가 좋아요."

아이는 금세 그 소리에 반했고 따라 하고 싶어 했다. 집안에 양식이 떨어져 나그네가 더 머물 수 없게 될 때까지 석 달 동안 아이는 그로부터 젓대 부는 법과 스무 가지가 넘는 곡을 배웠다. 나그네는 아이에게 '타고난 예인'이라고 칭찬했다. 그리고 '또 만들면 돼.'라며 제 젓대를 작별 선물로 주었다. 아이가 어설프게 부는 젓대 소리에 연년생 누이 말고는 가족 누구도 귀 기울이지 않았다. 출가할 때 능준대사가 '속세의 물건은 챙기지 말거라'고 했지만 아이는 이 젓대만은 자루에 담아서 가져왔다.

해덕은 행자 살이를 시작하던 날 원주실 다락 한구석에 던져두었던 그 젓대를 기억해 냈다. 젓대를 담았던 자루는 삭아 바스러졌으나 곰팡이마저 말라 찌든 젓대는 제 모양을 지키고 있었다. 다만 그 길이가 퍽이나 짧아지고 무게 또한 가볍게 느껴졌다. 그것을 손에 쥔 순간 뭐라 이르기 어려운 감동이 울컥 목구멍으로 차올랐다. 그것은 행자 시절 '발심수행장' 첫 장을 배우기 시작할 때와 고단했던 행자 살이를 끝내고 금강경을 받아 펼쳤을 때의 뿌듯함과는 비교할 수 없는 감격이었다.

해덕은 젓대를 들고 절 뒤 대숲으로 들어갔다. 하나둘 되살아나는 기억을 따라 그의 젓대 가락도 하나둘 흐름을 맞춰 나갔다. 그는 그 자리에서 나그네가 주고 갔던 스무 곡을 모두 되살려냈다. 긴장한 입술 사이로 뿜어지는 숨결이, 대통 속에 흐르는 숨결을 가두고 틔우는 손가락 끝마디들이 곡의 소절 소절을 이어냈다. '어허이~ 농부님네 밭 갈고 스님네 염불하니⋯⋯.' '서라벌 빛나는 불국토 천수관음 내리시어⋯⋯.' '넘실대는 파도여 임 그리는 내 마음⋯⋯.' 젓대를 불기 전에 나그네가 눈을 지그시 내리감고 읊조리던 노랫가락의 구절들도 토막토막 되살아났다.

비로소 해덕은 다시금 아련하기만 하던 자신을 찾은 것 같았다. '나는 누구인가. 참 나란 여기 젓대를 불고 있는 나와 다른 데에 있는 것인가. 이 낡은 젓대의 취구에서 풍기는 곰팡이 찌든 내, 귀청을 울리는 청공, 지공 열 개의 구멍에서 솟아나는 바람 소리와 더불어 나는 지금 여기 있지 않은가. 왜 나는 법사의 화두에, 금강경에만 몰두해야 하는가. 그마저 다 비운 자리에 참 나가 있다고 했으나 어찌 나는 그걸 버리기도 전에 이 젓대에 집착하고 있는가.'

"한두 번으로 그칠 줄 알았건만 네가 정녕 파계로 가려느냐?"

대숲에서 나오는 해덕에게 능준대사가 말했다. 그는 저녁 예불 후마다 대숲으로 향하는 해덕의 발길을 내내 지켜보고 있었다.

"어릴 때 배웠던 작은 여기(餘技)일 뿐이옵니다. 본마음은 부처님 전에 엎드려 반석 같사오니 파계라는 말씀은 거두어 주소서. 그저 밤새 우짖는 소리라 여기소서."

"여기를 넘어섰구나. 색성향미촉법(色聲香味觸法)이 본디 공(空)이요 그에 감응하는 안이비설신의(眼耳鼻舌身意) 또한 공이거늘, 이를 모르지 않을 네가 어찌 그 마구니의 꾐에 빠져들고 있느냐!"

말은 이러하되 거기 실린 능준의 심사는 질책이라기보다 실망에 가까웠다. 그에게는 이 총명하고 믿음직한 제자와 더불어 꾸려야 할 불사가 산적해 있었다. 미륵 세상을 이루려면 얼마 남지 않은 자신의 생을 넘어 대 이을 재목이 필요했다. 10년을 공들인 결실이 이리 허무할 줄이야. 애초에 그 젓대를 가져오지 못하게 막았어야 했다. 그가 내뱉고 만 파계라는 말에는 실망과 더불어 후회, 상실의 염이 실려 있었다. 대숲에서 들려오던 젓대 소리는 여기로 부는 범인의 예사 가락이 아니었다. 그 경계가 달인의 경지임을 직감하는 순간 능준의 가슴은 쿵 내려앉았다.

이제껏 그는 기예(技藝)라는 마구니를 이긴 불심(佛心)을 본 적이 없었다. 강설을 다니던 중에 혹 노래 짓기에 재주를 뽐내거나 비파, 젓대 소리에 넋을 빼앗긴 낭도를 보면 '향도의 얼이 아니다!'라며 단호하게 물리쳤다. 인간사에서 제일 큰 탐심(貪心)을 품은 것이 기예였다. 이 자의 탐욕은 아귀와 같아서 만족의 끝이 없는데 그 갈구하는 도정은 질퍽거리는 음란의 구렁이요 시도 때도 없는 증오, 분노, 질투와 같은 온갖 악심으로 넘쳐난다. 흔쾌하되 환해야 할 세상을 어지럽혀 종래 뭇 중생을 어두운 방탕의 늪으로 끌어들인다. 이는 일체가 공인 것을 깨닫지 못하는 무명의 결과이니 그리하여 기예는 탐진치(貪瞋痴) 삼독을 하나의 꿰미로 엮어서 걸머진 마구니에 불과하다. 이것이 능준이 경계하는 기예의 실상이었다.

저녁 예불 후 대숲에서 들리던 젓대 소리는 멈추었다. 그러나 그 시간 해덕의 자취 또한 알 길이 없었다. 능준은 조용히 대숲 언저리로 나가 먼 곳으로 귀를 열었다. 밤의 숲속 짐승들의 울음소리가 그리 새롭게 들린 적이 없었다. 그리고 이내 그 울음소리들의 결 사이에서 끊겼다 이어지는 젓대 가락을 찾아냈다. 해덕은 대숲을 빠져나가 더 깊은 골짜기로 들어간 것이었다.

젓대에 불어넣은 숨결은 구멍 구멍으로 빠져나와 숲의 잎새들을 흔들고 어둠을 헤집은 뒤 다시 그의 고막을 뚫고 들어와 혼을 깨웠다. 깨어난 혼이 소리를 노래로 바꾸었다.

고요히 찬 하늘에 반짝이는 별이여
그 애절한 빛 졸졸졸 골짜기의 물소리를 듣는가.
나 여기서 젓대를 불어 부르노니
저 별빛은 누이의 눈동자
이 물소리는 어머니의 자장가라네.

혹은 먼저 떠오른 노래가 저절로 소리를 지어냈다. 소리가 노래로 노래가 소리로 꼬리를 물고 이어지는 길은 화두에 몰입하여 마침내 그 화두마저 사라진 자리와도 같은 법열에 이르게 했다. 이것이 집착이요 탐이라면 화두 또한 집착이요 탐이 아닌가.

능준은 엇나가는 해덕의 발길을 멈춰보려는 염을 내려놓았다. 이것도 인연인 것을. 입적하기 사흘 전 능준은 해덕에게 말했다.

"속세로 돌아가거라. 불심이 네 얼에 차꼬를 채우는구나. 효를 다하고 이웃을 보듬거라."

해덕은 은사의 유언에 큰 충격을 받았다. 한낱 여기를 두고 이리 실망이 크셨을 줄이야. '따라가겠느냐?' 15년 전 어린 자신을 바라보던 스승의 형형한 눈길이 선히 떠올랐다. '아니옵니다. 지금껏 스승님의 뜻을 한시도 거스른 적이 없습니다.' 그는 거처로 달려가 젓대를 꺼내 들고나왔다. '스승님의 뜻이라면 이제라도 기꺼이 버리겠나이다.' 그는 다비 불꽃을 향해 젓대를 쳐들었다.

"그게 아니다."

맏사형 현중(玄中)이었다.

"은사님은 네 불심을 의심하지 않으셨다. 빈손으로 돌아서는 늙은 탁발승을 진정으로 불쌍히 여긴 그 갸륵한 자비심, 덜 여문 무 한 뿌리나마 탁발승께 바치던 그때 너는 이미 성불한 것이라고 하셨다. 비파의 달인이었던 스승님의 속가 아버지는 부모 처자를 버리고 방랑길에서 객사했다고 하셨다. 너의 타고난 기예가 다시금 너를 풍파에 몰아넣지 않을까 하여 우물가의 아이를 바라보는 어미의 심정으로 안타까워하셨다. 네 재주가 중생을 구제하는데 이롭게 쓰인다면 그 또한 부처님의 뜻이 아니겠느냐. 원효 대덕께서 본보인 대로 너 또한 노래로써 불법을 펼칠 것이요, 젓대소리마저 뛰어나니 뭇 중생의 고달픔을 쓰다듬지 않겠느냐고 하셨다. 거슬러 오르면 저잣거리, 여염의 골목길에서 술에 취해 노래하고 춤추며 불경을 외웠다는 삼태기 스님 혜공도 항간에 불법을 펴는 데 큰 공을 이루지 않았느냐고도 하셨다."

아, 그러셨구나. 해덕의 눈에서 눈물이 흘러내렸다.

"스승님 극락왕생하시옵소서."

"다만 스승님은 그 기예가 선량한 풍속을 북돋는 데 그치지 않고 종종

광기로 치달아 마구니의 소굴로 뛰어드는 것을 경계하셨다."

해덕은 스승의 다비식을 마친 뒤 곧바로 하산했다. 먼저 발길이 닿은 곳은 출가할 때의 고향 집이었다. 그러나 그를 반길 어머니도 누이도 거기에 없었다. 솟을대문은 무너졌고 울안과 안채 지붕까지 쑥대 잡풀이 뒤엉켜 도깨비 소굴로 변해 있었다. 마을 사람들은 3년 전에 모친이 돌아갔고 임종을 지킨 누이는 홀아비 소금 장수를 따라 남해 바닷가 어딘가로 떠났다고 했다. 한 철에 두어 번 들리는 소금 장수가 누이의 소식을 전한다고 했다.

해덕은 한곳에 오래 머물지 않았다. 영취산, 가야산, 대운산. 그의 사형(師兄)들이 주관하는 사암에 들러 한철 머물거나 금성 일대 친분 있는 화랑들을 찾아 또 며칠, 길면 몇 달을 머물며 문답하고 강설했다. 낭도 중에 노래(향가) 짓기에 능한 자를 만나면 서로 지은 노래를 주고받으며 밤이 새는 줄 몰랐다. 그의 이런 행보는 분명 화랑들이 숭상한 풍류의 일면이었다. 하지만 그는 이 풍류의 멋이 흥으로 고조될 때 꼭 불러들이는 술과 춤은 좋아하지 않았다. 사형 현중을 통해 전한 스승님의 경계가 아니라도 생래적으로 그는 음주 가무에 끌리지 않았다. 그러했으니 일견 맹숭맹숭한 그의 풍류가 마구니들과 친할 리 없었다.

그가 지은 노래들은 다시 젓대 구멍을 뚫고 세상에 없던 새로운 소리로 태어났다.

해 넘은 산중에 웅얼거리는 부엉이여
봄은 왔으나 부황 든 들녘은 쓸쓸하기만 하네
관세음보살 관세음보살
끝없는 자비 원력에 올해는 풍년이리.

지필(紙筆)로 옮겨진 노래들은 대가의 사랑에서 회자되거나 때로 여염집 인방(引枋) 위에 부적처럼 나붙기도 했다.

이런 행보의 사이사이 그는 충청도, 전라도의 산천경개를 주유했다. 발길이 감포 보덕암에 머물 즈음 '이번 중추절에 범패를 차릴까 하니 짬 나면 한번 들러주게.' 사형 현중(玄中)의 부름을 받고 사천왕사에 이른 것이었다.

3

벌써 3년째 흉년이 이어지다 보니 사천왕사의 중추절 법회 역시 장엄한 축제가 되지 못하고 조촐한 기원 불사로 차려졌다. 금당 앞마당에 내걸린 부처님 괘불은 드높았으나 바칠 공양물이 넉넉지 않으니 그 앞에 쌓은 단은 전에 없이 야트막했다. 인근 말사의 승려들이며 근동에서 모인 신도의 수도 예년의 반이나 될까 하게 적었다. 겉모습은 그랬어도 사부대중의 불심만은 넉넉하여 법회 내내 맑은 가을 경내는 국태민안을 기원하는 열기로 뜨거웠다.

큰 불사에서 빼놓을 수 없는 범패에 가무가 빠진 것은 사천왕사 창건 이래 처음이었다. 예년 같으면 궁중 산화공덕에 버금가던 악사, 소리꾼, 춤사위가 모두 빠지고 범패사 한 분의 축원과 화청 소리만으로 갈음되었다. 이 아쉬운 빈자리를 메운 이가 월명사였다. 긴 하루 법회를 밝히느라 지친 해가 낭산 너머로 기울 즈음 단 앞으로 월명사가 걸어 나오자 기다렸다는 듯 너나 할 것 없이 사부대중의 입에서 환호의 탄성이 터졌다. 월명사는 대중을 향해 깊이 합장하고 목청을 가다듬었다.

사바의 삶은 가시밭길

어린 자식이여 늙은 부모여
어디나 중생의 길은 고달프도다.
진흙 펄에 핀 연꽃을 보고
누가 아름답다 했는가
오늘 우리네 불심 모아 향불 피우니
대자대비 관음보살
그 빛나는 꽃송이 여기 계시네.

노래는 곧 젓대 소리에 실려 다시금 사부대중의 심금을 울렸다. 금당 앞에 퍼지는 석양처럼 은은한 여운을 끌며 젓대 소리가 끝나자 사부대중은 모두 일어나 월명사를 향해 합장했다. 사형 현중이 말했다.

"이번 불사는 그대가 있어 어느 해보다 성대했네."

사천왕사를 나온 월명은 태백산맥의 줄기를 따라 북으로 방향을 잡았다. 먼저 주왕산 대전사에 들러 여름 한 철을 난 뒤 동해 쪽 산줄기마다 터 잡은 숱한 사찰들과 골골이 박힌 마을들에 들러 승려들과 대화하고 백성들에게 부처님의 자비행을 전했다. 그렇게 걷고 걸은 지 두 해째, 설악, 고성을 지나 금강산에 이르렀다. 거기 진표대사의 원력이 깃든 장안사에서 겨울을 나고 다시 길을 돌이켜 남쪽으로 향했다. '산천엔 봄이 왔어도 바닷물은 여전히 차구나. 남해 물은 따뜻하려나.' 해금강 물에 발을 담근 월명의 눈앞에 문득 소금 장수를 따라갔다는 누이의 모습이 떠올랐다. 그리 가자꾸나. 손위 형제들은 하 오래전에 집을 떠나 종적을 알 길 없으나 그 자취나마 들을 수 있었던 게 누이였다.

그의 발길이 포항을 지나 웅촌에 이르렀을 때였다. 고향 마을을 찾아 누이의 소식을 듣고자 한 여염집 행랑에 막 바랑을 내린 참이었다. 뽀얀 흙먼지를 일으키며 말 한 필이 토담 밖에 숨 가삐 달려와 서더니 관복을 입은 한 사내가 말 등에서 뛰어내렸다.

"월명대사께서 이리 가셨다는 말을 들었습니다."

"대사라니, 만부당하나 소승을 그리 부르오만. 어디서 오신 뉘시온지?"

"어명을 받들고 있사옵니다. 지난 사월 초이틀부터 아흐레째 금성 하늘에 해가 둘 떠 있어 임금님께서 심려가 깊으시옵니다. 이에 산화공덕을 차리려 덕 높으신 성범(聲梵) 스님을 찾던 중에 사천왕사에서 대사님의 행적을 들었습니다."

"어허, 변괴로군요. 허나 떠돌이 낭승이 무슨 도움이 될는지……."

어쨌든 나라님의 명이니 받들 수밖에 없었다. 월명은 행랑 마루에 부렸던 바랑을 다시 지고 관리를 따라 밤이 이슥토록 서둘러 금성에 당도하였다. 월명은 이튿날 임금 앞에 나아가 배알했다. 조원전 앞뜰에 산화공덕 제단이 장엄하게 차려져 있었다. 거기 궁내 제관들이며 육두품 벼슬아치들, 화려하게 차려입은 악사, 범패사들이 줄지어 있었다.

"들건대 대사께서는 국선이셨던 능준대덕의 문하로 성범에 밝다 하니 오늘 이 산화공덕을 이끌 도솔가(兜率歌)를 지어 주시오."

"그 은혜 망극하오나 소승은 그저 항간의 노래나 짓고 젓대 부는 낭승에 지나지 않사옵니다. 성범에는 익숙지 못하나이다."

"젓대 소리에 실린 대사의 노래는 뭇 백성의 시름을 달래고 밤하늘 항아의 수레마저 멈추게 한다 들었소. 사양치 말고 향가라도 좋으니 이 변괴를 물리칠 영험한 노래를 지어 주시오."

월명사는 임금의 곡진한 청을 사양할 수 없었다. 그는 임금이 가리킨 하늘을 올려다보았다. 하늘은 구름 한 점 없었으나 바로 볼 수 없을 만치 눈부셔야 할 해가 불그레한 테두리를 두른 채 한껏 움츠러져 보였다. 삼월이면 사라지던 황사가 때아니게 기승인 데다 전례 없이 짙은 탓인가. 주위에 또 다른 해가 있는지 없는지 그의 눈으로는 알 수 없었다. 그 불그레한 테두리를 또 다른 해라 한다면 정말 한 자리에 두 해가 겹쳐 있다 할 수도 있었다. 이 아니 불길한 징조인가. 월명이 임금께 아뢰었다.

"마마 이 그림자를 보소서. 정녕 해가 둘이라면 그림자도 둘이어야 하거늘 엄연히 하나이지 않사옵니까. 이 나라 임금님이 한 분이시듯 저 하늘의 해도 필시 하나임이 분명하나 삿된 기운이 하늘과 땅에 서리어 심기를 어지럽히는가 하옵니다. 미약하나마 소승이 노래를 지어 이 삿된 기운을 물리는 데 보태겠나이다."

산화제가 시작되었다. 호국안민을 비는 제관들의 주문이 낭독되고 이어 비파, 횡적, 바라, 요고 소리에 맞춰 적·청의 제복을 떨쳐입은 무용수들이 화려한 춤사위를 펼쳤다. 장중한 제의 소리가 봄날의 기운을 화창하게 깨우며 대궐 성곽 너머 멀리까지 울려 퍼졌다. 제단의 분위기가 한껏 고조될 즈음 산화가를 창영할 범패사들이 단 앞으로 나와 합장했다. 그 뒤로 꽃바구니를 든 신녀들이 주욱 늘어서고 꽃을 뿌릴 산화사들이 그 사이사이에 자리했다. 이윽고 막 붓을 놓은 월명사가 도솔가를 펴들고 단 앞으로 나왔다.

> 오늘 여기서 산화가를 부르며
> 뿌린 꽃이여 그대
> 올곧은 마음 모아 간절히 명하노니
> 미륵좌주 뫼셔라!

> 今日此矣散花唱良(금일차의산화창량)
> 巴寶白乎隱花良汝隱(파보백호은화량여은)
> 直等隱心音矣命叱使以惡只(직등은심음의명질사이악지)
> 彌勒座主陪立羅良(미륵좌주배립라량)
>
> ─ 『삼국유사』에 전하는 「도솔가」

네 구절로 짜인 월명사의 도솔가는 길지 않았다. 그러나 그 느릿한 노랫소리 속에 스민 곡진한 염원, 호흡 마디마다 실린 힘찬 기개는 듣는 이들의 마음을 깊은 한 곳으로 이끌기에 부족하지 않았다. 구절구절이 구송되는 동안 임금도 벼슬아치들도 제관과 범패사들도 그 구절들이 품은 뜻을 숨죽여 새겨나갔다. '오늘 이 용루에서 산화공덕을 펼칩니다. 푸른 하늘에 흩날린 공덕의 길잡이여. 그 빛나는 뜻 여기 선연히 피어납니다. 꽃은 깨끗하고 올곧은 마음 바로 그것이니 미륵보살님이여. 부디 우리의 곧은 마음 살피시어 변괴를 물리쳐 주소서.'

구송을 마친 월명사는 바로 젓대를 꺼내 들고 방금 구송한 도솔가의 뜻을 구성진 소리로 풀어나갔다. 젓대 소리는 제단에 흐르는 향내와 섞여 듣는 이들의 심금을 타고 미묘한 감흥을 일으켰다. 노래에 담긴 염원이 소리에 실리면서 간절함은 더해지고 마침내 씩씩한 의기를 솟게 하였다. 이 의기가 솟아난 자리는 사람들의 마음 구석에 도사린 불안과 근심을 쓸어내 아침 동산에 퍼지는 새날의 햇발처럼 찬란했다.

이어 두 범패사가 한 구절씩 번갈아 부르는 산화가가 은은한 가운데 신녀들과 짝맞춘 산화사들이 제단을 돌며 허공에 꽃잎을 날렸다. 제관의 인도에 따라 임금님도 드높은 청양루에 올라 온 나라와 만백성의 품을 향해 꽃을 뿌렸다. 제가 시작된 지 한나절, 임금이 하늘을 우러러 탄성을 발했다.

"오, 신묘한지고!"

주위에 불그레하니 둘렸던 테두리가 간데없이 사라지고 홀로 눈 부신 태양이 빛나고 있었다. 대낮인데도 어둑하던 사위 또한 씻은 듯 맑고 밝아 멀리 낭산, 토함산 기슭의 소나무 가지들까지 훤히 보였다. '기적이 일어났네.', '우리 나라님 산화공덕에 미륵보살께서 감응하셨어.', '월명사의 젓대 소리야말로 영험하지 않은가.' 다들 막 잠에서 깨어난 듯 주위를 둘러보며 웅성거렸다.

"대사의 도솔가와 젓대 소리가 변괴를 물리쳤소. 그 공의 크기를 헤아릴 수 없구려."

임금은 월명에게 금성 제일의 장인이 빚은 다기(茶器) 한 벌과 수정 백팔염주를 상으로 하사했다.

"정처 없는 소승에게 다기는 짐일 뿐이요 수정 백팔염주는 사치이옵니다. 변괴를 물리친 것은 미륵보살님이옵니다."

월명사는 임금이 하사한 다기와 수정 염주를 제단에 모신 미륵보살 탱화 앞에 받쳐 올리고 세 번 절했다. 이에 감복한 임금이 재차 비단 백 필을 하사했다. 월명은 그 또한 여염의 백성들에게 베풀라며 사양했다.

4

궁을 나온 월명은 며칠 전 관원을 따라왔던 고향 쪽 길을 잡았다. 해금강 바닷물에 발을 담그면서 그 찬 기운에 문득 떠올랐던 누이의 안부가 내내 마음속에서 떠나지 않았다. 그는 가는 길에 잠시 사형 현중의 얼굴이라도 보고 가려 사천왕사에 들렀다.

"이게 몇 년 만인가. 안 그래도 이제나저제나 기다리던 참이었네."

반색하는 현중이 그의 발길을 잡았다. 그는 화랑단 같은 지도층뿐 아니라 항간에까지 널리 퍼져 애송되고 있는 향가가 포교에 큰 소임을 할 것으로 셈하고 있었다. 그리하여 널리 애송되는 향가들을 모아 그 가치를 따져 가리고 뜻풀이를 맡길 적임자로 월명사를 염두에 두고 있었다. 그저 정각(亭閣)의 호사들 술잔에 실려 읊어지고 말거나 여염에서 부적처럼 떠돌도록 할 게 아니라 내심 짜임새 있게 꾸려지기를 바라왔던 월명으로서도 사형이 그 일을 벌이고 있다는 게 여간 반갑지 않았다.

'그래, 한 철 늦는다 하여 누이와의 인연이 끊어질 리 없지 않은가.' 그는 현중이 모아 둔 노래들을 살피고 그 가락의 울림을 따져 경중을 가리고 뜻을 풀어 간추리는 일을 시작했다. 그러기를 얼마나 보냈을까. 한철을 셈했던 기한은 두 철이 지나서야 겨우 끝이 났다.

그렇게 하여 월명이 다시 길을 나섰을 때는 산천에 단풍도 지고 성급히 겨울을 걱정하는 나무들이 잎을 떨구기 시작할 무렵이었다. 그런데 고향에서는 뜻밖의 소식이 기다리고 있었다.

"이를 어쩐다. 한 걸음 늦으셨구려. 사십구재나 보시려나⋯⋯."

누이는 셋째 아이의 난산 끝에 세상을 뜨고 말았던 것이다. 연락이 닿는 유일한 피붙이인 월명에게 알리려고 소금 장수가 보낸 사람이 한 달 전에 마을을 다녀갔다고 했다. 사천왕사에 들르지만 않았어도 임종을 지킬 수 있지 않았을까. '이 또한 인연인 것을.' 월명은 언젠가 스승 능준대사가 자신의 엇나간 길을 가리켜 했던 말을 무심코 뇌었다.

누이가 살았다는 남도 바닷가 마을까지는 사흘이 걸린다고 했다. 속세 인연을 벗어난 사문답게 태연하려고 해도 심사는 아리고 걸음은 빨라졌다. 가을걷이가 끝난 들녘은 어디든 텅 비어 쓸쓸했다. 한낮의 햇살은 여전히 뜨거운데 가끔 빈 들녘 여기저기서 남루한 차림의 아이들과 허리 굽은 노인들이 이삭을 줍고 있었다.

누이는 한 살 아래였다. 어머니는 사철 병치레로 자리에 누워 있고 가장 없는 집안에 손위 형제들마저 제 살길을 찾아 떠난 집안에서 누이는 유일한 말벗이요 동무였다. '이제 오라버니가 가장이니까 젤 많이 먹어야 해.' 어린 나이에도 마치 손위 누이처럼 그를 챙겼다. 양식이 떨어져 자주 이웃집에서 밥을 구걸해야 했는데 바가지에 동냥해 온 밥을 누이는 오라버니 그릇에 제일 많이 담곤 했다. 얻어온 밥이 적은 날은 '나는 그 댁에서 먹고 왔어.' 늘 그렇게 말하곤 물만 마셨다.

능선을 타고 넘는 바람에 우수수 마른 잎들이 떨어졌다. 고갯마루에서 내려다보이는 마을의 지붕들 위로 자욱한 저녁연기가 석양에 물들고 있었다. 출가하던 날 대문 앞에 서서 옷고름으로 눈물을 찍어내던 어린 누이의 모습. 그 아련한 시절이 자꾸 눈가를 흐리게 했다. 살아 환하게 웃는 모습으로 만날 줄 알았더니.

아 이승에 가로놓여 누구도 벗어날 수 없는 이 삶과 죽음의 길은 무엇인가. 어째서 태어난 것은 죽어야 하는가. 그것도 이토록 새파란 서른셋의 나이에. 누이의 죽음은 미처 깨닫지 못한 생사의 길에 대한 화두를 떠올렸다. 스승 능준은 죽음 앞에 의연했다. 원근의 제자들이 온갖 약초며 처방을 들고 왔으나 모두 물리쳤다.

"생기소멸(生起消滅)이 피할 수 없는 연기(緣起)의 길 위에 있으니 나 또한 육도윤회(六道輪廻)의 한고비를 넘는 것이니라. 나아가 일체개공(一切皆空)인 것을."

그래서였을까. 가부좌 튼 채 선에 든 모습으로 입적한 스승을 보면서 그의 심중에 슬픔 같은 감정은 일어나지 않았었다. 다만 숙연했고 그 낯선 광경이 경외심에 잠기게 했을 뿐이었다.

세속과 절간을 떠돌던 여러 곳에서 그는 숱한 죽음과 마주쳤었다. 병들어 죽은 자, 굶어 죽은 자, 물에 빠져 죽은 자, 목매 죽은 자, 싸우다가 살해당한 자…… 저마다 견딜 수 없는 육신의 고통, 억울함, 원한, 절망, 증오의 사연이 있었을진대 이 죽음들 앞에서 천도재를 지내던 자신은 의연했었다. 스승의 말씀처럼 '생과 사가 연기의 길이요 육도 윤회의 한고비, 그리고 일체가 공임'을 진정 깨달아서였을까. 그런데 지금 누이의 죽음 앞에서는 왜 이토록 애달프고 서러운 것일까. 떨친 줄 알았던 번뇌의 사슬에 여전히 매여 있는가. 그렇구나. 내가 지금껏 만났던 죽음들은 그저 나와 한 걸음 건너에 있었기에 의연하다 착각하고 있었다. 어머니의 죽음은 예견한 일이었고 불도의 길로 인도했던 스승님은 스스로 한걸음 떨어져 계셨다. 뭇사람들의 죽음이야 나와 엮인 인연의 끈조차 알 수 없었다. 그렇다면 누이의 존재는 무엇이란 말인가. 혈육, 어린 날 기쁨과 슬픔을 나누고 미래의 꿈을 함께 꾸었던 형제, 한걸음 건너가 아닌 바로 나 자신의 운명에 가장 가까운 존재였기 때문이 아닐까. 그렇다면 나의 이 슬픔은 번뇌가 맞다. 누이가 이렇게 불러 번뇌의 실상을 깨닫게 하는구나.

"이토록 늦게야 뵙게 되어 송구합니다. 어느덧 20년이 흘렀군요. 장모님 장례를 치르고 부인을 데려오던 날 같이 스님을 뵈러 죽림사에 들렀지요. 산에 나무하러 가셨더군요. 기다리려 했으나 방장 스님의 뜻이라며 원주 스님께서 그냥 돌아가라 하셨지요. 그 길이 이렇게 멀어졌습니다."

속세 인연으로 매부가 되는 소금 장수는 자기보다 족히 열 살은 더 들어 보였으나 꼬박꼬박 스님이라 경대했다. 초면이기까지 하니 월명 또한 매부라 부르기 어색하여 처사님이라 불렀다.

"그랬군요. 처사님의 덕이 크십니다."

"종종 스님 얘기를 했습니다. 오라버니 중에 제일 총명하고 효심이 지극했다 했습니다. 젓대를 잘 불었다는 얘기도 하면서 꼭 찾아올 거라며 기다렸지요."

매부는 정성을 다해 사십구재 제상을 차렸다. 열두 살, 일곱 살 두 아이도 제상 앞에 엎드렸다. 월명은 천도 의식에 따라 이승에 머문 마지막 날을 고하고 나서 저승길로 떠나는 누이에게 바치는 노래를 지어 읊었다.

> 삶과 죽음은
> 이승에 놓인 길이니 두렵구나
> 나는 간다 이르지도 못한 채
> 누이여 떠나갔는가.
> 가을 이른 찬 바람에
> 여기저기 떨어지는 나뭇잎처럼
> 한 가지에 나고도
> 서로 가는 곳을 모르는구나.

아, 미타찰에서 만날 그날까지
나 여기서 도 닦으며 기다리련다.

生死路隱(생사로은)
此矣有阿米次肹伊遣(차의유아미차힐이견)
吾隱去內如辭叱都(오은거내여사질도)
毛如云遣去內尼叱古(모여운견거내니질고)
於內秋察早隱風未(어내추찰조은풍미)
此矣彼矣浮良落尸葉如(차의피의부량락시엽여)
一等隱枝良出古(일등은지량출고)
去奴隱處毛冬乎丁(거노은처모동호정)
阿也彌陀刹良逢乎吾(아야미찰량봉호오)
道修良待是古如(도수량대시고여)
　　　　　　　　　—『삼국유사』'도솔가(月明寺兜率歌)'조에 전하는「제망매가」

　구송을 마친 노래를 젓대에 실어 다시 부를 때, '휘이잉~' 망자의 작별 인사인가, 한 줄기 바람이 제상을 가로질러 불더니 그 위에 놓인 지방(紙榜)이며 지전(紙錢)을 공중으로 띄워 올렸다. 떠오른 지방과 지전들은 팔랑팔랑 나부끼며 서쪽 하늘을 향해 날아갔다. 월명은 거기 박꽃처럼 화사하게 웃고 있는 누이의 얼굴을 보았다.
　"극락왕생하소서."

　이튿날 아침 매부와 조카들이 사립께에서 떠나는 월명과 마주 섰다. 바랑에 노자를 찔러넣는 매부와 이런저런 덕담을 건네는 사이 큰아이가 월명의 허리춤에 매달린 젓대 자루를 만지작거렸다.
　"이게 궁금한 게로구나."

월명은 자루에서 젓대를 꺼내 들었다. 아이가 수줍게 웃었다.

"불어보고 싶으냐?"

"너무 신기한 소리예요."

"어머니가 참 좋아했단다."

월명이 젓대를 아이에게 내밀었다.

"네게 주는 선물이다."

쭈뼛거리던 아이가 받으려고 손을 내밀자 아이 아버지가 가로막았다.

"스님의 소중한 물건인데 들기에도 벅찬 아이가 불 줄도 모르면서 무슨 소용이겠습니까."

"처음 이 젓대를 만든 이는 누구에게 배웠겠습니까. 저는 또 만들면 되지요."

아이는 젓대를 받아 들고 이리저리 어루만졌다. 한참을 가던 월명이 뒤돌아보았다. 거기 사립짝께서 아이들과 매부가 손을 흔들었다. 이내 돌아선 그는 동구 밖 느티나무 고목 뒤로 총총히 사라졌다. 그의 가는 길을 아는 이는 아무도 없었다.

8. 정과정 – 은미희

정서는 하늘을 올려다보았다. 음력 춘삼월을 하루 앞둔 하늘이 잘 닦아놓은 유기그릇처럼 눈부셨다. 한 사람의 생이 저물었는데 무심하게도 하늘과 사방은 생명의 기운으로 가득했다. 그래, 저 하늘빛은, 세상은, 죽은 자의 것이 아니라 산 자들의 것이다. 음력 이월 그믐날. 천지는 생명의 기운으로 가득 차 있는데, 생명의 기운으로 들썩이는데, 그는 이 세상을 떠났다. 이제 서른여덟 살. 무어 그리 바쁘다고 덜컥 숨줄을 놓아버렸을까. 이승을 떠나기에는 너무 이른 나이였다.

좀 더, 불혹을 지나고 지천명을 넘어 이순과 고희의 나이까지 살아도 좋았을 것. 정서는 이승을 떠난 왕이 몹시 아쉬웠다. 그의 죽음을 둘러싼 소문들이 아쉬운 죽음만큼이나 해괴하고도 괴이했다. 정정하던 왕이 갑자기 병이 들어 시난고난 생기를 잃어갈 때 용하다는 의원들이 줄지어 왕을 찾아 맥을 짚고 약을 지어 올렸지만 신병에 차도는 없었다. 행여 싶어 왕후와 주변에서는 점쟁이를 불러 왕의 점사를 맡겼다. 그 점사의 내용이 끔찍했다. 일찌감치 왕을 내세워 왕의 권세를 자신들의 탐욕을 위해 사용했던 이자겸과, 척준경, 묘청 같은 이들이 저승으로 가지 않고 귀신으로 구천을 헤매다 어느 순간 왕의 숨줄을 붙들고 쥐락펴락한다는 내용이었다. 그 말에 화들짝 놀란 왕후가 무당을 불러 굿까지 했으나 효과는 없었다. 그렇게 명줄이 짧을 줄 몰랐다.

왕이 누구이던가. 저를 친동기간처럼 아끼고 위해주던 사람 아니던가. 그 총애로 왕자 못지않은 영화를 누려온 정서였다. 한 배에서 난 자매들을 앞서거니 뒤서거니 부인으로 맞은 동서지간이 바로 왕이었다. 그러니까 정서 부인의 언니가 공예 왕후였던 것이다. 왕은 수시로 정서를 처소로 불러 내밀한 속내를 털어놓고 지혜를 구했다. 하소에 가까운 그 이야기들은 그만큼 왕이 정서를 신뢰한다는 방증이었다. 한데 그런 왕이 세상을 떴으니 예전만 한 권력을 가지기도 힘들 것이다. 일찍 세상을 뜬 왕도 아쉬웠지만 무엇보다 왕의 총애를 잃게 된 것이 정서는 아쉽고 애통하기만 했다.

그때 새 한 마리가 하늘을 가로지르며 날아갔다. 몸집이 큰 것이 매인 모양이다. 우아하게 큰 날개를 펄럭이다가, 어느 순간에는 그 날개에 바람을 실으며 창공을 직선으로 미끄러지듯 날았다. 그 새가 왕처럼 보였다. 먼 길을 떠나는 왕이 그 새로 변한 듯싶었다.

"잘 가시오. 전하. 그대는 덕인(德人)이었소. 그대 앞에 충성을 맹세했지만 내가 배웅할 수 있는 길은 여기가 다요. 그곳에서는 부디 행복하소서. 하지만 살아있는 것이 최고요."

새를 좇다 정서는 혼잣말을 했다.

어제 보화전, 왕의 침소에서 그를 알현할 때까지만 해도 잘 견딘다 싶었는데 그새 병세가 위중해졌었나 보다. 옆에 내로라하는 의원들이 있으니 여느 때처럼 그저 잘 넘기리라 생각했었다. 한데 이번에는 달랐던 모양이다. 하긴 그동안 버텨낸 것만도 용하다면 용할 일이었다. 왕의 몸으로 보건대 진즉에 이승의 사람이 아니라 해도 이상하지 않을 일이었다. 그동안 용한 의원들 덕분에 이때까지 부지한 목숨이었다.

정서는 왕이 마지막 숨을 놓는 순간, 그 자리에 있지 못한 것이 못내 아쉬웠다. 생사의 기로에 선 자의 마지막 순간을 함께 하는 일이 뭐 그리 중요한 일이겠는가마는 그래도 숨을 다하는 순간, 그를 위로하고 그 죽음의 증거자가 되는 것도 나쁘지 않았다. 그리 덜컥 명줄을 놓을 줄 알았더라면 왕궁에 남아 왕의 마지막 순간을 지켜보며 그가 홀로 감당해야 할 죽음의 공포를 위로해 주어도 좋았을 일이다.

하지만 이제 왕은 없다.

나라의 옥좌가 비었다. 슬픔은 온전히 백성들 몫이었다.

정서는 숨을 놓아버린 왕의 마지막 얼굴이라도 보기 위해 서둘러 부인을 대동하고 집을 나섰다.

보화전 비단 금침에 누운 왕의 얼굴이 말간 것이 어느 때보다도 평온해 보였다. 그간의 병고에서 벗어난 얼굴이 옛날 건강하던 얼굴로 돌아가 있었다. 저게 죽은 자의 얼굴이던가. 죽었다기보다는 마치 깊은 잠이 든 사람의 얼굴처럼 보였다. 서른여덟 살, 일러도 너무 일렀다. 아직 서른여덟 해를 더 살 수도 있는 나이인데, 아직 성성한 기운으로 옥좌를 지킬 수 있는 나이인데.

유명을 달리한 남편을 바라보는 왕후의 얼굴이 비장함과 슬픔으로 범벅이 되어서는 석상처럼 굳어있었다. 울어 눈가가 붉게 물들어있었지만 입술만큼은 결연하게 다물려 있었다. 그 옆에서 세자 현이 주니(몹시 따분하고 지루해서 느끼는 싫증) 어린 얼굴로 긴 잠이 든 왕을 지켜보고 있었다. 이제 스무 살, 상좌에 앉기엔 아직 어린 나이였다. 하긴 그의 부왕, 해는 열네 살에 왕이 되었으니 이르다고 할 수는 없었다.

현은 일찌감치 세자로 책봉되었고, 왕이 되는 교육을 밟고 있었다. 그 역시 선왕의 지혜였다. 선왕 해(인종)가 왕의 자리에 있을 때 왕의 자리를 탐하는 자들의 모반과 역린을 겪었고, 그는 만일에 대비해 자신의 뒤를 이을 후계자를 미리 점하고 그 자리를 견고케 만들어 주려 했다.

그때, 현(의종)을 세자로 선포할 때 해(인종)는 이렇게 말했다.

"세자 현은 충효의 미덕을 갖추고 타고난 자질을 가지고 있으니, 덕업이 융성하여 세상 사람들이 우러르고 따를만한 덕성을 갖추었다. 이에 마땅히 왕위에 오를 수 있도다. 제사는 하루를 달로 계산하고 산릉의 제도는 검약하게 하라. 성현의 철칙을 깊게 생각하고 조종의 영광을 저버리지 말라. 모든 신하는 다 같이 협력하여 국정을 이끌어 나가고 왕가(王家)를 보우하라. 중외(中外)에 이를 포고해 짐의 뜻을 알게 하라."

왕의 명령이자 선포였다.

하지만 처음부터 세자 현이 왕위를 이을 후계자로 낙점한 된 것은 아니었다. 장남이었지만 현은 놀기 좋아해 공부와는 담을 쌓으며 살았고, 천품이 경박해 선왕과 왕후의 근심을 샀다.

선왕과 왕후는 장남 현보다 그의 아우 경을 세자로 삼고자 했다. 현이 즉흥적이고 사치스럽고 경박한 반면 경은 듬직하고 지혜로우며 덕이 있었던 때문이었다. 한 배에서 난 형제지간이었지만 둘은 극명하게 대비되었다. 정서가 보기에도 왕의 재목으로는 지금의 세자보다 그의 아우, 경이 더 맞춤했다. 하지만 세자는 하늘이 정해주는 법.

경으로 세자를 삼으려는 왕과 왕후의 속내를 간파한 문신 정습명은 머리를 바닥에 닿게 조아리며 주청했다.

"일찌감치 상감마마께서는 이자겸의 난과 묘청의 난을 겪으셨습니다. 하지만 상감마마께서는 지혜롭게 난을 평정하고 오늘의 나라를 이루셨습니다. 나라가 위태로울 지경에서도 이만큼 안정된 나라를 만드신 것은 순리를 따랐기 때문입니다. 정도, 바른길을 좇아 덕을 베푸는 일. 그것은 상감마마께서 언제나 강조하신 통치 철학이십니다. 장남인 현을 세자로 삼으심이 평소 상감마마께서 가지고 계신 정도 통치에 마땅한 일인 줄로 아옵니다. 장자가 아닌 대령후 경을 세자로 삼았다간 이것이 나중에 분란의 불씨가 되지나 않을까 심히 저어됩니다. 처음부터 아예 분란의 씨를 만들지 않는 것이 나라를 위해 좋은 일이고 백성을 위하는 일이며 두 왕자에게도 좋을 일입니다. 순리를 따라 장남인 현을 세자로 삼으신다면 두 왕자분들의 우애도 지금처럼 잘 이어질 것입니다."

정습명의 목숨을 건 간언에 왕은 마음이 움직였다.

"과연 네가 충신이로구나. 순리와 기본이 흔들리면 나라의 기강도 무너지는 법. 그래, 어찌 모든 것이 처음부터 난 것이 있다더냐. 부족하면 지금부터라도 만들어 가면 될 터. 이제부터 너는 현을 왕으로 만들도록 하라.

선왕은 그에게 세자의 교육을 맡겼다.

하지만 왕후는 여전히 경에게 마음을 두고 있었다. 현도 이 사실을 알고 있었다. 부왕과 모후가 자신을 왕의 재목으로 생각하지 않는다는 사실을. 아우인 경을 세자로 삼으려 한다는 것을. 부왕과 모후의 심중을 눈치챘을 때, 현은 발작하는 것처럼 분노했지만 미래를 위해 얼굴빛을 꾸몄다. 하지만 바탕이 달라진 건 없었다. 그저 보여주기 위해서 말하고 움직였을 뿐.

왕의 주검이 놓인 보화전 침소에는 왕후와 세자 말고도 그의 소생들인 경과 옹주들이 와있었다. 대령후 경의 얼굴에도 눈물 자국이 남아 있었다. 아직은 자신의 든든한 버팀목이 되어줄 지주가 필요한 나이였다. 지주이자 길라잡이일 그런 존재, 아버지. 아비 부(父), 아버지란 단어는 손에 채찍을 들고 가족을 거느려 가르친다는 의미였다. 그러니 그들은 자신들을 이끌어 줄 어른을 잃었다.

그러나 아버지를 잃은 그들의 처지와 속셈은 저마다 달랐다. 세자 현은 이제 옥좌에 앉을 것이고, 대령후 경은 자신에게 바람막이가 돼 주던 아버지를 잃었다. 바람막이가 제거된 세상에 어떤 일들이 도사리고 있을지, 그 세상은 감히 상상도 할 수 없을 것이다.

"혼자 오셨습니까? 부인은요?"

공예 왕후가 물었다. 한껏 틀어 올린 머리가 오늘따라 유난히 무거워 보였다. 잘못 하면 목이 꺾일 듯 그 머리 장식이 위협적으로 느껴졌다. 슬픔이 왕후에게서 짱짱한 힘을 녹여내고 있었다.

"같이 왔습니다. 처는 왕후마마를 위로하겠다고 연덕궁으로 갔습니다."

연덕궁은 왕후의 처소였다.

"그랬군요. 조금 이따 만나지요."

그사이 세자는 왕의 곁을 지키는 일이 따분하고 싫증이 났는지 진중하게 있지를 못하고 자꾸만 몸을 움직이고 자세를 바꾸었다. 그런 세자를 훑는 공예 왕후의 시선이 마뜩잖았다. 그 시선을 감지할 때마다 세자는 움찔, 표정과 몸가짐을 단속하며 다시 자세를 고쳐 잡았지만 얼마 가지 못했다. 흠. 알 듯 모를 듯 왕후의 입에서 긴 한숨이 새어 나왔다.

"마마. 이제 습을 하고 상청으로 모셔야 합니다. 그러니 잠시 처소로 자리를 옮기셔야겠습니다."

내시가 보화전에 모인 왕의 가족들에게 잠시 자리를 비워 줄 것을 요청했다. 이제 왕은 산 자가 아닌 죽은 자의 예를 따라 대우받게 될 것이다. 죽은 자와 산 자, 그 차이는 죽어야만 메꿔질 수 있는 간극이었다. 한 생명의 끝, 한목숨의 사멸, 한 존재의 무화. 유에서 무로 돌아가는 그 엄혹하고도 지엄한 과정. 그것처럼 또 아섭고 무섭고 허무한 것이 있을까. 한데 이승과 저승은 한발 차이 아니던가. 한발만 잘 못 디디면 금방 갈 수 있는 곳이 또 그곳이었다.

"알겠소."

공예 왕후는 채근하듯 물러서지 않고 기다리고 있는 내시에게 대답하고는 한동안 왕의 얼굴을 바라보았다. 왕의 얼굴을 보는 것은 지금이 마지막이었다. 그 마지막이, 그 순간이 아쉬운 듯 왕의 얼굴을 더듬는 공예 왕후의 시선이 진득했다.

"세자마마도 잠시 동궁에 가 계시지요."

내시가 다시 독촉하듯 이번에는 현을 향해 입을 열었다.

공예 왕후가 마지못해 일어나자 다들 왕후를 따라 자리에서 일어났다. 움직일 때마다 비단 자락 스치는 소리가 요란하게 살아났다. 봄바람에 나뭇잎들이 저들끼리 몸을 비벼대는 소리이거나, 한여름 대숲에서 나는 소리이거나, 잠에서 깨어난 누에가 뽕잎 갉아 먹는 소리이거나, 산들바람이 귓가를 스치며 지나가는 소리처럼 들렸다. 그 소리들은 모두 살아있는 것들에게서 나는 소리이고, 살아있는 것들만이 들을 수 있는 소리들이었다. 왕은 이 소리를 들을 수 있을까? 애틋하게 은애하던 왕후의 옷자락 스치는 소리를. 어쩌면 지금 여기 어디 혼으로 떠돌고 있는지도 모르겠다. 그 생각을 하니 정서는 온몸에 소름이 듣는 듯했다. 행여나 싶어 주변을 둘러보기도 했다. 하지만 눈에 밟힌 건 슬픔에 찬 왕후와 가솔들의 얼굴이었다.

왕후는 몇 걸음 걷다, 잠깐 휘청했다.

"마마."

경이 놀라 왕후의 팔을 붙잡기 위해 팔을 뻗었다.

"아니다. 괜찮다."

왕후는 손사래로 물리치고 끙, 단전에 힘을 모으는 듯 아랫입술을 감쳐 물었다. 목울대까지 차오르는 울음을 억누르는 중일 것이라고 정서는 생각했다. 하긴 저도 오랫동안 자리를 지키고 있었던 탓인지 관절 마디마디가 굳어진 느낌이었다.

정서는 나가려다 말고 다시 고개 돌려 왕의 얼굴을 내려다보았다. 여전히 왕의 얼굴은 평온해 보였다.

침전을 나서자 봄 햇살이 환하게 펴져 있었다. 그 햇살이 금분 같았다. 음력 이월 그믐날. 춘삼월을 하루 앞둔 이 환한 날씨에 이승을 떠나는 그의 영혼도 아쉬울 것이다. 그래도 살아 그의 장례를 치르는 사람들에게는 퍽 다행한 일이었다. 동토(凍土)를 뒤집지 않아도 되고, 또 얼음 섞인 흙으로 봉분을 올리지 않아도 되니 참으로 다행이었다. 더 다행한 일은 땅속의 얼음이 풀리면서 흙이 부드럽게 부풀어 올라 떼를 입혀도 잘 자란다는 것이다. 그런 점에서 선왕은 끝까지 사람들에게 덕을 베풀고 떠났다.

평소에도 선왕은 지나치게 관대했고, 관대하다 못해 무르다는 소리까지 얻었다. 심지어 살인을 한 죄인들에게조차 함부로 단죄하지 말고 죄를 지을 수밖에 없던 형편과 사정을 물어 죄의 값을 최소로 물게 했다. 그것도 그 죄를 확인하고 증명할 수 있는 증인들을 두 명 이상으로 두어 억울함이 없도록 했다. 그가 가진 힘과 권력으로 함부로 사람들을 처단하거나 내치거나 하지 않았다. 사람을 귀히 여길 줄 아는 성군이었던 것이다. 하긴 사람보다 더 귀한 것이 어디 있을까.

"이제 곧 있으면 사방이 꽃으로 환해질 텐데. 꽃이라도 보고 가셨으면 좋았을 것을."

경이 혼잣말하듯 말했다. 그 어투에 아쉬움이 눅진하게 배어 있었다.

"그러게 말입니다."

정서는 경의 혼잣말에 저 역시 혼잣말처럼 중얼거렸다.

그날 밤. 정서와 함께 집으로 돌아온 부인은 정서에게 왕후의 속내를 전했다. 연덕궁에서 왕후는 자신의 속마음을 동생에게 내비쳤던 것이다. 왕후는 여전히 현보다 경을 왕으로 삼고 싶어 했다.

그 소리에 정서는 벌떡 자리에서 일어나 앉았다. 돌연한 반동에 놀란 쪽은 부인이었다. 부인은 적삼의 앞섶을 부여잡으며 놀란 가슴을 쓸어내렸다.

"방금 뭐라 하셨소? 경을 왕으로 앉힌다 그랬소? 그럼 세자마마는? 세자마마는 어떻게 한단 말이오?"

말을 하다 말고 정서는 혹여 방문 너머 그림자가 있는지 확인하고는 다시 소리 낮춰 물었다.

"분명히 그리 말하셨소?"

"네. 돌려 말하지도 않으셨어요."

"하."

정서는 짧게 탄식을 내질렀다. 아직까지 그 뜻을 접지 못하다니. 그간 왕후의 의중을 짐작했지만 설마 했었다.

"그게 쉽게 되겠소?"

정서의 물음에는 부정적인 확신이 바탕으로 자리하고 있었다. 몰라서 묻는 것이 아니라 하지 못한다는 확신이었다.

"아마 자신을 도울 사람을 모을 모양입니다."

"그 일이 쉽게 되는 일이 아니오. 선왕께서도 처음에는 경을 마음에 두고 계시다가 순리를 따라 현을 세자로 삼았으니 왕후로서도 그 뜻을 거스르지 못할 것이오. 더구나 선왕께서 승하하실 때 정습명에게 특별히 세자를 부탁했다고 들었소. 또한 세자더러 정습명의 말을 따르라는 유언을 남기셨다 들었소. 정습명, 그는 올곧고 강직한 인물이니 왕후의 말을 듣지 않을 것이오. 그러니 왕후께서도 실제 나서지는 못하겠지요."

선왕 역시 경을 세자감으로 생각했다가 정습명의 간언에 장남 현을 세자를 삼았었다. 그것이 삼 년 전의 일이었다.

하지만 현은 세자로 책봉된 뒤에도 놀기 좋아해 공부는 뒷전이었다. 하루도 거르는 일 없이 무장들과 어울려 격구 놀이를 즐기며 왕으로서 갖춰야 할 위엄과 공부는 태만하였다. 선왕은 이를 못마땅하게 여겨 세자 지위를 박탈하고 경을 세자로 세우려 했지만 이때도 예부시랑 정습명이 나서서 현을 지켰다.

그는 자신이 책임지고 세자를 왕의 재목으로 만들겠다고 약속했다. 선왕은 미심쩍어했지만 정습명을 믿고 세자를 바꾸려는 마음을 접었다.

세자 현(의종)의 그 같은 방종함과는 달리 선왕(인종)의 경우는 달라도 너무 달랐다. 선왕은 일찌감치 세자로서 영민함과 위엄을 갖추었다. 관속이 잘못하면 엄히 꾸짖었고 배우는 것을 게을리하지 않았으며, 생각이 많아 지혜가 깊었다. 그런 해(인종)를 신하들은 세자 시절부터 두려워하고 무서워해 조심했다. 그런 해였으니, 아들인 현의 경망스럽고도 잔망스러운 언행이 마음에 들지 않은 것은 당연했다.

정서는 갑자기 가슴이 옥죄어왔다. 무언가 불안한 징조처럼, 그 동통이 숨 쉬는 것을 방해했다.

선왕 해(인종)도 왕위에 오르지 못할 뻔했다. 당시 열네 살에 부왕을 잃었던 선왕은 나이가 너무 어리다는 이유로 신하들이 즉위를 반대하고 나섰다. 그러나 외척 이자겸과 묘청의 도움으로 가까스로 왕의 자리를 물려받을 수 있었다. 하지만 권력은 왕이 아닌, 그들의 손에 있었다. 이자겸은 두 딸을 왕후의 자리에 앉혀 자신의 권력을 지켰고, 묘청은 끊임없이 현의 생각을 어지럽혔다. 왕이 그들에게서 권력을 거두려 하자 그들은 난을 일으켰고 왕은 그들을 제압했다.

"부인은 어떻게 생각하시오? 정말 왕후가 대령후 경을 왕의 자리에 앉힐 거 같소?"

"정습명이 바른 학자인 데다 그를 따르는 문신들이 많으니 여의찮겠지요. 선왕의 유지도 있고…….."

부인 역시 정서와 같은 생각이었다. 정서는 자신의 마음 내밀한 곳에서 작은 소용돌이 하나가 이는 것을 느꼈다.

정서는 자신의 마음을 알 수 없었다. 현이나 경, 둘 다 처조카라는 점은 같지만 친밀감을 두고 보자면 둘은 달랐다. 정서의 마음에 양가감정이 일었다. 자신과 내남없이 자란 대령후 경이 왕이 되면 좋겠다는 마음과 분란 없이 그냥 순리대로 세자 현이 왕이 되었으면 좋겠다는 생각이 서로 팽팽하게 맞섰다.

경이 왕이 되면 자신의 권력은 더 탄탄해질 것이다. 그와 독대하며 그와 눈맞춤하고, 은밀하게 정사를 논하면서 선왕이 이뤄놓은 안정된 나라를 보다 더 견고하게 다져놓을 수 있을 것이다. 무엇보다 자신에게 더해질 그 권력에 정서는 저도 모르게 뜨거운 침이 꿀꺽 넘어갔다. 그 뜨듯한 기운이 기분 좋게 목울대를 통해 느껴졌다. 힘은, 권력은 언제나 기분 좋은 것이었다. 그만한 위험도 있지만 충분히 감내할 만한 아편 같은 것이 바로 권력이었다. 하지만 만약 실패한다면, 무위로 돌아간다면, 그 여파와 파장은 감히 상상도 할 수 없는 일이 될 것이다. 그 일은 생각만으로도 진저리가 쳐졌다.

정서는 기대감으로 한껏 고양돼 있던 감정을 다스리듯 긴 날숨을 내뱉었다. 그 날숨으로 팽팽하게 부풀어 오른 기대감이 어느 정도 가라앉는 것 같았다. 물은 거슬러 흘러갈 수 없는 것처럼 세상일은 순리대로 흘러가는 게 옳다. 그래야 폐해가 적은 법. 게다가 한쪽 편에 선다면 어떤 식으로든 파장이 미칠 것이다. 그러니 섣불리 한쪽 편에 발을 담그고 일을 도모하기보다는 한걸음 뒤로 물러서서 조용히 일의 추이를 지켜볼 일이다. 경에게는 미안한 일이지만 그래도 선왕의 선택이고 결정이었지 않은가. 선왕의 유지는 지켜져야 했다. 이승을 떠났다고 유지가 흔들린다면 나라의 질서는 흐트러질 테고 그렇다면 나라의 안녕을 장담할 수 없다. 그리 마음을 정하고 나니 마음이 차분해졌다.

왕궁의 분위기가 예전과 달랐다.

선왕인 해가 살아있을 때보다 움직임들이 더 바빴다. 왕의 장례도 장례였지만 은밀하게, 그리고 재빠르게 힘의 재편이 시작되었다. 어떤 이는 관망했고, 어떤 이는 발 빠르게 자신의 이득을 찾아 움직였다. 힘의 재편에 슬픔은 장식으로 작용했다. 곡소리는 그냥 연기일 뿐, 마음이 실리지 않았다. 졸지에 남편을 잃은 왕후와 든든한 버팀목이 돼 줄 아비를 잃은 왕자와 옹주들만이 그 상실감으로 진득한 눈물을 흘릴 뿐.

왕궁의 주인이 되는 일, 옥좌의 주인이 되면 나라의 주인이 될 수 있었다. 주인까지는 아니더라도 그 주인의 지근거리에서 주인을 움직일 수 있다면 힘은 저절로 생기기 마련이었다. 그러니 사람들은 옥좌의 곁에 서기 위해 부지런히 얼굴색을 단속하고 말을 꾸몄다.

왕후는 경을 왕위에 올리려는 뜻을 세웠지만 이루지는 못했다. 나라의 운명이 걸려있다는 점을 강조하면서 왕후는 정습명의 고집을 꺾으려 했지만 그의 강단이 왕후보다 한 수 위였다.

왕후는 마지못해 세자의 왕위 즉위를 윤허했다. 선왕의 결정이어서 끝까지 고집부리지 못했다. 하지만 왕후의 얼굴 어느 어름에는 찜찜한 기색이 가시지 않았다. 그것은 걱정이기도 했고, 미심쩍음이기도 했고, 불만이기도 했다. 그리고 또 다른 그 무엇. 막연한 불안감이 왕후의 마음을 어지럽혔다. 왕후는 내심 정체를 알 수 없는 그 찜찜함이 부디 기우이기를 바랐다.

정습명은 마지못해 현을 왕으로 삼은 왕후의 뜻에 머리를 조아리며 다짐하고 다짐했다.

"제가 잘 보필하겠습니다. 세자께서도 명민한 분이시니 금방 깨우치실 겁니다. 게다가 선왕께서 아니 계시니 세자마마께서도 마음 무겁게 현실을 받아들이고 자신의 본분을 잊지 않으실 겁니다."

개경의 연덕궁이 분주했다. 왕의 자리는 비워둘 수 없는 지존의 자리라 선왕의 붕어에 이어 즉위식이 바로 진행되었다. 모후의 처소인 연덕궁에서의 즉위식은 왕후의 마음이 경에서 현에게로 옮겨갔음을 모든 대신들에게 알리는 계기가 되었다. 연덕궁에서 즉위식을 가진 이유이기도 했다. 일심, 마음을 한데 모아 나라의 안녕과 번영을 기원하는 것. 즉위식에 담은 왕후의 마음이었다.

대례에 맞춰 의관을 갖춰 입은 대신들의 모습이 주변의 봄꽃들보다 더 새뜻하고 화려했다. 햇빛이 그 옷자락에 앉았다 미끄러져 내렸고, 움직일 때마다 비단 자락 스치는 소리가 바람 소리처럼 떠다녔다. 정서는 그 햇빛에서 비늘이 느껴졌다. 뭔지 모를 비늘.

왕의 얼굴이 달떠있었다. 그를 지켜보는 대령후 경의 얼굴도 봄 햇살에 붉게 달아올라 있었다. 하지만 왕후의 표정은 여전히 밝지 않았다. 환한 햇빛이 올라 있는 그녀의 얼굴이 어딘지 그늘져 보이는 것이 지금 그 순간도 어쩌면 왕후는 자신의 결정을 걱정하고 있는지도 몰랐다.

정서는 경과 함께 그 모든 의례들을 지켜보았다.

"왕후마마의 표정이 어둡군요. 새 상감마마께서 잘하셔야 할 텐데. 무엇보다 환관들과 거리를 두어야 할 텐데 걱정입니다. 지금도 틈만 나면 그들과 어울려 놀 궁리만 하시는 데 왕의 자리에 오른 뒤에도 계속 그러신다면 큰일입니다. 그 습관을 고치지 않으면 안 될 텐데, 실로 나라의 내일이 걱정입니다…….”

새로운 왕 현을 지켜보던 정서는 뒷말을 흐렸다.

“달라지겠지요. 세자와 왕의 자리가 천지 차이인데, 형님도 그 점을 모르지는 않겠지요. 이제 왕의 자리에 올랐으니 놀기는 그만하고 나랏일에 마음을 쏟겠지요. 지켜봅시다. 걱정은 그만하고.”

정서의 말에 경은 왕 바라보며 말했다. 그 말은 경의 바람이었다. 경은 누구보다 형의 즉흥적이고도 예민하며 놀기 좋아하고 가볍기까지 한 성정을 잘 알고 있었다.

옆에서 정습명이 쉴 새 없이 왕에게 무언가를 고하고, 안내하고, 조언하고, 설명했다. 왕은 작은 일에도 정습명의 말에 귀를 기울이고 수긋하게 따라했지만 그 모습이 어딘지 어색하고 불안해 보였다. 정습명의 말을 따르다가도 순간순간, 왕의 얼굴에 짜증과 마뜩잖은 기색이 깃들다 사라지는 것을 정서는 놓치지 않았다.

노력한다고 천품이 어디 가겠는가. 저도 모르게 빠져나온 말이었다. 그 말이 입술을 빠져나온 순간 정서는 화들짝 놀라 주변을 둘러보았다. 행여 그 소리를 누가 들었을까 봐 저어하며 둘러보는데, 경이 입가에 웃음을 띠고 있었다. 그 웃음이 밝지 않고 씁쓸했다. 정서는 그 웃음에 가슴이 덜컥, 내려앉았다. 들었구나.

하지만 경이라서 다행이었다.

무언가 불안했다. 즉위 초에는 그런대로 정습명의 말을 좇아 사리 분별을 하고 정사에 신경을 쓰며 나라를 돌보는가 싶더니 어느 순간 옛 버릇 그대로 환관이나 타락한 문인들과 어울리기 시작했다. 오히려 자신을 나무라던 선왕이 사라지면서 현의 게으르고 놀기 좋아하는 성정은 더 노골적이고, 더 자극적이 되어 갔다. 나라의 살림과 안위는 뒷전이었다. 게다가 매사에 반대하고 나무라는 정습명을 멀리하는 일이 잦아졌다. 정습명과 정습명을 우두머리로 하는 나이 든 문신들과 사사건건 부딪쳤고 현은 자신의 일거수일투족을 문제 삼는 정습명과 나이 든 문신들을 멀리하기 시작했다.

왕을 부추기는 그 중심에 내시 김돈중과 환관 정함이 있었다.

환관은 거세된 사내들이었고, 내시는 명문 집안 자제들로 구성된 직위였다. 음서제도로 관직을 얻은 그들은 내시라는 벼슬을 자랑스러워했는데, 김존중은 삼국사기를 쓴 김부식의 아들로, 부(父)의 공로로 내시가 된 자였다.

정습명은 어느 날 병을 이유로 왕궁에서 모습을 감추었다. 그가 없는 틈을 타 지근거리에서 왕을 보필하는 근위 세력인 총신 김존중과 환관 정함은 정습명을 버리라고 종용했다.

"나라의 지존은 전하이십니다. 전하께서 어찌 한갓 신하의 말에 꼼짝하지 못하십니까? 도대체 이 나라의 왕은 누구이옵니까? 상감마마이옵니까? 정습명, 그자입니까? 아니면 정습명 그자를 추종하는 문신들이옵니까? 이것은 나라의 질서가 걸린 문제입니다. 다들 정습명의 눈치를 보느라 그 앞에서는 언행을 조심한답니다. 폐하보다 그자를 더 두려워하고 조심한다니 이 또한 반역 아닙니까?"

김존중이 왕의 질투심을 자극했다.

"지금 그는 병을 참칭하여 집에 쉬고 있지 않은가? 당장 내 눈앞에 보이지 않으니 다행이다."

현은 귀찮다는 듯 김존중의 말을 무질렀다.

"전하. 지금 당장은 편하실지 모르지만 언젠가는 그가 돌아오지 않겠습니까? 그때도 마찬가지일 겁니다. 지금 집에 있는데도 백성들의 신망이 두텁다고 합니다. 나중에 전하의 말보다 그자의 말이 더 위엄을 가질까 걱정됩니다. 그러니 애초에 환란의 씨는 제거해 버리시는 것이 좋을 듯합니다."

일찌감치 부친의 권세로 권력의 달콤함을 온몸으로 체득한 김존중은 왕을 올바른 길로 인도하기보다는 자신의 권력을 확장하고 견고하게 만들기 위해 왕을 미혹의 길로 인도했다.

환관 정함 역시 김존중의 말을 거들었다.

"마마. 총신의 말이 맞습니다. 이참에 정습명을 제거하여 전하의 권위와 위엄을 더 세우십시오. 아무도 왕의 말을 거스를 수 없다는 것을 만천하에 드러내십시오."

사람들이 자신보다 오히려 정습명의 말을 두려워한다는 김존중과 정함의 말에 현의 얼굴이 마뜩잖으므로 붉어졌다.

"그런단 말이지? 나보다 그자를 더 두려워한단 말이지? 그자가 가진 권력은 짐이 내린 것이다. 한데 그 권력으로 나를 위협한단 말이지? 이 또한 반역이다. 당장 정습명에게 내린 벼슬을 거두어들이라!"

왕은 분노에 차 정습명에게 내린 모든 관직을 박탈해 버렸다. 그리고 정습명의 벼슬과 권한을 김존중에게 주었다. 술에 취한 왕의 눈이 벌겋게 물들어서는 기이하게 번들거렸다. 그 소식은 득달같이 정습명에게 전해졌다.

"선왕과 왕후의 심정을 이제야 알겠다. 왕의 품성이 절대 바뀔 수 없음을 그들은 안 거야. 내가 오만했다. 세자를 바꿀 수 있다고 자신했던 내가 교만하고 오만했던 게야. 그러니 잘못은 나에게 있다."

정습명은 자신의 잘못을 인정하고 스스로 약을 먹고 세상을 떠나버렸다. 왕에 대한 보복이며 선왕과 왕후에 대한 사죄이자 자신에 대한 스스로의 단죄였던 것이다.

그 소식을 들은 왕은 파안대소했다.

"그자가 처음으로 짐에게 충성을 보이는구나. 묵은 체증이 이제야 내려가는 것 같도다. 오늘은 매우 즐거운 날이다. 그러니 오늘은 마음껏 취해 보자꾸나."

무희들과 아첨꾼들과 환관들과 중들과 타락한 문신들이 왕궁으로 모여들었다. 풍악 소리가 그치지 않았고, 기름진 냄새가 대궐을 넘어 저잣거리까지 흘러갔다.

그렇게 즉흥적으로 열리는 유연은 왕의 방탕함을 더 자극했고, 그 수위는 날로 깊어만 갔다. 왕은 기분 내키는 대로 모든 것을 결정했다. 골치 아픈 것은 싫어했고 오로지 쾌락만을 좇았다. 아첨하는 무리들에게 즉흥적으로 관직을 내렸고, 진귀한 보물을 바치는 자에게도 역시 후한 상을 내렸다.

그들은 왕의 귀에 달콤한 말만 흘려보냈고 왕은 그 달콤한 말과 흥에 취해 정사는 뒷전이었다. 아예 환관과 내시들에게 나랏일을 맡겨놓은 채 자신은 노는 데만 신경 썼다. 왕의 웃음과 술판이 떠들썩하면 할수록 술상의 안주가 기름지면 질수록 백성들의 삶은 피폐해져만 갔다. 끼니를 때우지 못하는 사람들이 늘면서 백성들의 원성은 높아만 갔지만 그 소리는 왕에게 전해지지 않았다.

"전하의 선정에 나라는 태평한 날들이 이어지고 있습니다. 여기 이것들을 보십시오. 이 기름진 음식들, 모두 다 전하의 선정에 이만큼 잘 사는 것입니다. 그러니 전하! 부디 만수무강하시옵소서."

환관 존함은 얼굴에 웃음을 띠며 왕의 비위를 맞췄고, 왕은 그 소리에 흐뭇한 표정으로 거드름을 피웠다.

어느 날 왕은 귀법사에서 놀다 흥에 취해 돌발적으로 혼자 달령다원까지 말을 몰았다. 두두두두. 힘껏 질주하는 말 밥굽 소리에 땅이 진동했다. 그 진동에 살아있는 생물들이 놀라 숨기 바빴다.

순식간에 달령다원에 도착한 왕은 크게 웃음을 터트리고는 큰 소리로
말했다.

"정습명, 그자가 죽기를 잘했지. 그가 있었다면 어찌 여기를 올 수 있겠
느냐? 분명 그자가 안 된다고 말렸을 텐데. 그렇다면 지금 이 자유는 없었
을 거 아니냐?"

그가 흥에 취해있을 때 말은 푸륵푸륵, 가쁜 숨을 몰아쉬며 제자리걸음
으로 관절에 남은 질주의 본능을 달래고 있었다.

놀기 좋아하는 그의 성품은 시간이 흘러도 바뀌지 않았다. 정사는 환관
과 내시들에게 맡기고 자신은 오로지 노는 일에만 열중했다. 정습명을 따
르던 문신들이 왕의 잘못을 지적했지만 모른체 했다. 오히려 그들을 자신
을 위협하는 세력으로 여기고 환관과 내시들에게 더 많은 권한을 주어 친
위세력으로 만들었고, 그 세력으로 하여금 자신의 곁을 지키도록 했다.

왕은 해가 거듭될수록 더 깊숙이 여흥의 자극 속으로 빠져들었다. 웬만
한 놀이에서는 짜릿한 쾌감을 얻을 수 없었고, 더 자극적인 놀이를 얻기
위해 매번 그 놀이와 방법을 달리했다. 하지만 여간해서는 만족을 느낄
수 없었다. 좀 더 자극적이고, 좀 더 화려한 것을 좇아 그의 마음과 생각
은 내달렸다.

왕의 그런 취향에 맞게 타락한 문신들과 환관과 내시들은 서로 경쟁적
으로 진귀한 것을 찾아 백성들의 집을 뒤졌고, 백성들의 물건을 빼앗았다.

그는 풍경이 빼어난 곳이면 그곳에 별궁이나 정자를 지어 여흥의 공간
으로 삼았고, 마음에 드는 곳이면 백성의 소유라도 개의치 않고 빼앗았다.
풍경도 자연도 왕의 것이었고, 백성의 것도 모두 다 왕의 것이라 여겼다.

백성들은 가난해 끼니를 거르는 일이 허다한데 민가를 빼앗아 지은 관
북별궁과 태평정은 화려하기 그지없었다. 정자의 지붕을 청자로 덮고 기

둥의 받침대를 옥으로 장식했으며 연못을 파고 그 주변에는 온갖 기화요초들을 심었다.

백성들의 삶은 갈수록 피폐해져만 갔다. 백성들은 어디에서도 위로받고 내일의 안전을 도모할 수 없었다. 게다가 왕은 앞날의 길흉을 점쳐보는 술법에 빠져들면서 중들은 제지 없이 왕궁에 출입했다. 그 중들의 아첨과 은근한 협박에 왕은 앞뒤 계산 없이 불사를 일으켜 백성들을 더욱 힘들게 만들었다.

왕에게 진언하는 자는 없었다. 진언하는 자에게는 정습명처럼 죽음만이 기다리고 있을 뿐이었다.

정서는 내시낭중, 내시를 관장하는 총책임자이면서도 정함과 같이 왕의 눈과 귀를 어지럽히는 자들과는 일정 정도 거리를 두었다. 정서 또한 시인이자 문신이었으면서도 왕의 눈앞에서 광대처럼 구는 문신들과는 마음에 맞지 않았다. 그들은 지나치게 즉흥적이고, 지나치게 경박하고, 지나치게 탐욕스러웠으며, 지나치게 노골적이었다. 본디 문학은, 시는, 의미를 배면으로 깔고, 은은한 향기를 품으며, 그 향기가 알게 모르게 배어 나와야 하는 것인데 왕과 그들은 그러지 않았다.

그런 정서를 환관 존함은 아니꼬워했다. 아니꼬워함을 넘어 눈엣가시처럼 여겼다. 왕궁에서 마주치면 상사로서 존대는 했으나 어투에는 비아냥이 들어있었고, 정서를 바라보는 눈빛에도 시기와 질투가 섞여 있었다. 정서가 왕과 조카 사이가 아니었더라면, 뒷배로 건재한 공예 왕후만 없었더라면, 정습명처럼 진즉에 가만두지 않았을 것이다. 오히려 그 점이 정함에게서 질투심을 불러왔고, 제거해야 할 대상으로 찍혔다.

정서는 자신을 대하는 정함의 태도와 눈빛이 거슬렸지만 내색은 하지 않았다. 정습명도 다스리지 못한 자였다. 정서는 그를 만나면 온몸에 오물을 뒤집어쓴 듯 불쾌하고 역겨웠다. 하지만 힘을 가진 자는 그들 무리였다.

정서는 마음이 답답할 때마다 대령후 경을 찾아 속내를 나누었다. 그 자리에는 경뿐이 아니라 정서의 처남인 임극정도 있었다. 임극정은 공예 태후의 동생이자 정서의 부인인 임씨의 오빠이기도 했다.

"나라 꼴이 말이 아닙니다. 지금은 금과 송이 조용하지만 언제 다시 발톱을 드러낼지 몰라 조마조마합니다. 나라가 이 지경인 줄 저들도 알 터인데…… 하루빨리 전하께서 정신을 차리셔야 할 텐데 큰일입니다."

"상감마마도 상감마마지만 상감마마의 눈과 귀를 어지럽히는 자들이 더 문제입니다. 그들이 상감마마를 에워싸고 바른말을 하는 사람들의 접근을 막고 있으니 더 큰일입니다."

그때 뒷마당에서 수상한 그림자가 어른거렸다.

"누구냣!"

수상한 그림자는 재빨리 어둠 속으로 사라졌다. 정서는 무언가 찜찜했다. 누굴까. 도대체 누구였을까. 짐작이 가지 않은 것은 아니었다. 사람들이 대령후 경을 자신보다 더 신뢰한다는 것을 왕은 알고 있었고, 왕의 속내를 간파한 그 모리배들이 경을 감시하면서 제거할 빌미를 찾고 있었을 것이다.

"아무래도 조심하셔야겠습니다."

정서의 당부에 경은 군은 표정으로 말을 아꼈다.

대령후 경은 그 일이 있는 뒤 여간해서는 왕궁 출입을 하지 않았다. 모후인 공예 왕후에게 문안 인사를 드리기 위해 가끔 찾았을 뿐. 공연히 눈에 띄어 저들에게 애꿎은 빌미를 주지 않기 위해서 거리를 두었다.

모든 것이 조심스러웠다. 걷는 것도 조심스러웠고, 말하는 것도 조심스러웠고, 웃는 것도 조심스러웠고, 사람을 만나는 일도 조심스러웠다. 하지만 조심한다고 했는데도 저들이 쳐놓은 올가미를 피해 갈 수는 없었다.

정서와 대령후 경을 눈엣가시로 여기던 정함은 왕에게 그들의 일거수일

투족을 일러바쳤다. 경과 정서, 정서의 처남인 승선 임극정 간의 모임이 유난히 잦다는 이유를 들어 이들이 혹여 모반을 계획하고 있는지 모른다며 왕의 의심을 부추겼다. 왕은 내시 김존중과 환관 정함을 총애했지만 처음에는 믿지 않았다. 피는 물보다 진하다고, 설마 하며 그들의 밀고를 물리쳤다.

"전하, 밤마다 정서, 임극정 등이 대령후와 만나 자주 술자리를 가지는 것이 아무래도 심상치 않습니다. 저들이 모여 모반을 계획하고 있는지도 모를 일입니다. 그러니 저들이 함께하지 못하도록 일단의 조치를 취하심이 옳을 듯하옵니다."

"내시낭중과 승선 임극정, 그리고 대령후 경은 서로 친족 간이니 그럴 수 있지 않겠느냐?"

"방심한 가운데 허를 찔리고 믿는 도끼에 발등이 찍히는 법입니다. 폐하처럼 다들 그렇게 여길 것이고, 그들은 사람들의 그런 믿음을 바탕으로 자유롭게 만나면서 분명 무슨 일인가를 획책하고 있을 것입니다. 그러지 않고서야 은밀하게 야밤에 모임을 가질 이유가 어디 있겠습니까? 정습명 역시 전하께서 일찌감치 싹을 잘랐기에 변고가 일어나지 않았습니다. 이번에도 마찬가지일 줄 아뢰옵니다. 미리 싹을 자르소서."

김존중과 정함은 왕에게 저들의 일거수일투족을 고하며 왕의 마음에 의심의 불씨를 지폈다. 그것도 모자라 재상 최유청과 간관들을 매수해 자신들의 의심을 왕에게 고하도록 만들었다.

계속되는 신하들의 요청에 왕은 드디어 정서를 의심하기 시작했다.

"그래? 그런단 말이지? 정서를 잡아다 철저히 조사하라!"

정서는 어사대에 투옥됐다. 하지만 공예 왕후의 설득으로 왕은 대령부를 없애고 경의 가솔 가운데 종과 악공을 유배 보내는 것으로 사건을 마무리 지었다. 정서도 풀어주었다. 하지만 좌간의 왕식을 비롯해 대간들은 끊임없이 정서와 경의 처벌을 주장했다. 심지어 왕의 침소에까지 들어가 정서를 파면하고 귀양 보내도록 종용했다.

왕은 지겨워 체머리를 흔들었다.

"그만하라! 그만하라! 제발 그만하라! 내 정서를 귀양 보낼 것이니 이쯤 그만하라!"

왕은 지겨워했고, 왕의 마음을 자신들 편으로 되돌린 간신들은 저들끼리 축배를 들었다.

"밤마다 종친들과 더불어 모의를 획책한 죄. 너희들이 더 잘 알고 있으렷다. 오늘부로 왕경의 모든 지위를 박탈하고 유배형에 처할 것이며 함께 모반을 모의한 정서 또한 관직을 폐하고 동래로 귀양을 보낼 것이니 한순간도 지체하지 말고 곧바로 시행하라!"

왕의 명이었다.

"전하. 모반이라니요? 당치도 않으신 말씀입니다. 저희는 한 번도 모반을 획책한 적이 없습니다. 다만 종친들끼리 만나 술잔을 나누었을 뿐. 다른 모의는 없었습니다. 억울하옵니다. 다시는 종친들끼리 만나 술잔을 나누지 않겠사오니 부디 용서해주십시오."

정서는 자신의 무고함을 아뢰었다. 자신은 그런 적이 없다고 하소했다. 하지만 왕은 옷에 앉은 먼지를 털어내듯 귀찮은 표정으로 말했다.

"오늘의 일은 조정의 의논으로 급하게 결정된 것이니 하는 수 없다. 가 있으라. 가서 조용해지면 마땅히 소환할 것이다."

정서는 곧 다시 부를 것이라는 왕의 말을 믿고 귀양길에 올랐다. 그 발걸음에 힘이 없었다.

경과 정서가 사라진 왕궁은 환관 정함의 손에 돌아갔다. 외척의 세력을 한 번에 쳐낸 저들은 완벽한 승리에 취해 왕을 손에 넣고 쥐락펴락했다. 왕이 더 향락에 빠져들도록 인도했고, 달콤한 술로 왕의 이성과 지혜와 분별심을 마비시켰다. 그 중심에 내시 김존중과 왕의 침소에서 저들의 파면을 종용한 최윤의 들이 있었다.

동래에서의 삶은 소박했다. 강기슭에 터를 잡은 정서는 오이밭을 일구고, 시간 나는 대로 망산 마루에 올라 왕과 가족이 있는 개경 쪽을 바라보며 그리움을 달랬다.

오이에게서 배우는 지혜가 컸다. 살면서 겪어보니 가장 정직한 것이 농사였다. 농자천하지대본(農者天下之大本). 농부가 천하의 근본이었고, 그렇게 근본으로 삼는 데는 농부의 삶이, 그 삶의 이치가 하늘의 뜻과 같았기 때문이었다.

뿌린 대로, 정성을 들인 대로, 부지런한 만큼, 오이는 자라주었다. 정성을 다하면 오이는 푸릇푸릇 잘 자라주었고, 조금이라도 게으름을 피우면 금방 표가 나곤 했다. 사람살이도 이와 같았다. 그러고 보면 자신은 오이와 같았다. 아니, 자신이 곧 오이였다. 순간순간 최선을 다하면 삶이 맑았고, 게으름을 피우면 생각이 어지러웠다. 정서는 자신이 오이라는 의미로 스스로를 과정이라 불렀다. 그 소박한 삶에서 이전에는 느끼지 못했던 생명의 경이로움과 겸손함과 사람과의 관계를 깨달았다.

왕에게서는 아무런 소식이 없었다. 일이 정리되면 부르겠다는 왕의 말은 산들바람이 소멸하듯 자취도 없이 사라졌다. 정서는 왕이 야속했다. 인간사(人間事)도 허무했다. 기실 이전의 그 화려한 권력의 세상으로 돌아가고 싶다기보다는 억울한 누명을 벗고 싶은 마음이 더 컸다. 대령후 경이 왕재로 마땅하다는 생각은 품었었다. 그것이 죄라면 죄일 것이다. 하지만 왕을 끌어내리고 경을 왕으로 앉히려는 생각은 하지 못했다. 아니, 하지 않았다. 정서는 그 억울함을 벗고 싶었다. 신하 된 자는 충성으로 한 군주를 섬겨야 하는 법. 그래, 죄가 있다면 또 있다. 왕을 올바른 길로 인도하지 못한 죄. 그러고 보니 죄가 많구나.

저도 모르게 정서는 탄식처럼 시 한 수를 읊조렸다.

내 님을 그리사와 우니다니 (내 임금을 그리워하여 울며 지내니)

산 접동새는 비슷하여이다 (두견새와 난 비슷합니다.)

아니시며 거츠르신 달 아으 (옳지 않으며 거짓인 줄을)

잔월효성(殘月曉星)이 아라시리이다 (지는 달과 새벽별이 알고 있을 것입니다.)

넋이라도 님은 한데 녀져라 아으 (넋이라도 임을 한데 모시고 싶어라. 아!)

벼기더시니 뉘러시니잇가 (헐뜯은 이가 누구입니까?)

과(過)도 허물도 천만 없소이다 (잘못도 허물도 결코 없습니다.)

말 히사리신뎌 살읏브뎌 아으 (뭇사람들의 참소하는 말입니다.)

님이 나를 하마 니즈시니잇가 (임께서 나를 벌써 잊으셨습니까?)

아소 님하 도람 드르샤 괴오쇼셔 (임이시여, 돌이켜 들으시어 사랑해 주옵소서.)

정과정이었다.

한 음 한 음, 입 안에 머금고 토해내는 그 소리들이 애절했다. 끊일 듯 끊일 듯하다가도 이어졌고, 잦아지다가도 어느 순간에는 절절하게 끊었다. 그것은 시이자 하소였고 각혈이었다. 마음속 울혈이 터져 그대로 쏟아진 것이었다. 하지만 자신의 하소가 개경에까지 들릴 리 만무했다. 아무도 자신의 소리를 귀담아들어 주지 않았고, 자신의 존재조차 잊어버린 듯했다.

새가, 새가 날았다. 너희는 좋겠다. 혹여 개경에 가거든 내 말을 전해다오. 여기 이렇게 앉아 전하의 부름을 기다리고 있다고.

들리는 소리들이 참담했다.

성서가 그 소리들을 피해 망산 마루에 지은 정과정으로 몸을 옮겼지만 어김없이 소리들은 그곳에까지 따라왔다.

왕의 사치와 향락은 끝이 없었다. 왕은 사흘이 멀다 하고 저를 따르는 문신들과 질펀한 여흥을 즐겼고, 흥건히 술에 취하면 온갖 기행을 일삼았다.

백성들의 원망과 한탄이 곳곳에서 터져 나왔다. 거기에 더해 타락한 문신들은 무신들을 업신여기고 조롱하기까지 했다. 무신들의 불만도 이만저만이 아니었다.

김존중이 죽고 조정은 환관 정함의 손에 떨어졌다. 김존중의 몫까지 그러쥔 정함은 자신의 권력을 더 공고히 하기 위해 왕의 눈과 귀를 가리고 삿된 길로 안내했다. 하지만 그에게도 한 가지 걱정거리가 있었다. 그것은 경이었다. 그가 살아있는 한 언젠가는 돌아올 것이고, 그렇다면 자신의 안위는 장담할 수 없었다. 도려내야 할 근심거리였고, 제거해야 할 장애물이었다.

정함은 다시 경에게 모반의 혐의를 씌어 아예 목숨을 빼앗아버렸다. 그 파장은 정서에게까지 미쳤다. 정서 역시 동래에서 거제도로, 더 먼 곳으로 유배를 보내버린 것이다.

경이 죽었다. 들리는 소문에 의하면 왕이 탄 수레에 화살이 떨어졌는데, 정함은 그 화살이 경의 화살이라 했고, 경이 왕의 목숨을 노리고 쏜 것이라 우겼다. 하지만 그것은 경을 제거하기 위해 그가 꾸며낸 사건이었다. 그 화살에 겁을 먹은 왕은 이번에는 경의 목숨을 빼앗아버렸다.

이제 환관들의 세상이었다.

경의 죽음은 정서의 마음에서 복권에 대한 꿈마저 앗아갔다. 가면 저도 경처럼 죽을 수 있겠구나.

1170년, 경인년. 그날도 왕은 보현원으로 가기 위해 길을 나섰다. 왕이 앞서고 문신들이 뒤를 따랐다. 놀기 위해 가는 그 행차가 와자하고 난잡했다. 그 곁을 무관들이 지키며 따라갔다.

가다가 왕은 느닷없이 행진을 멈추고 한 가지 제안을 했다.

"잠깐 쉬었다 가자. 쉬는 동안 오병수박(五兵手搏, 무술 대련)이나 하자. 어떤가?"

"오병수박, 좋지요."

냉큼 아첨꾼들이 왕의 말에 장단을 넣었다.

무관들의 표정이 굳었다. 호위하는 일도 버거운데 갑자기 오병수박이라니. 게다가 가난한 무신들은 끼니조차 제대로 해결하지 못한 이들이 많아 대련을 힘들어했다.

문신들은 그런 무신들의 형편을 이해하고 돕는 것이 아니라 자신들보다 아랫길로 보고 조롱하고 업신여겼다.

문신들은 거들먹거리며 자리를 잡고 앉아 무신들을 채근했다.

"뭐 하느냐? 왕의 명령이 있지 않은가. 빨리 시작하라."

한참 나이 어린 문신 하나가 지긋이 나이 든 무신을 향해 하대하며 종용했다. 한뢰였다. 그의 입가가 지분거린 안주 때문에 기름기로 번들거렸다. 마지못해 종3품 대장군 이소응이 나왔다. 그리고 그는 부하 한 명을 지목해 대련장에 세웠다.

으쌰으쌰. 문신들은 환호했고 무관들의 표정은 어두웠다.

대장군 이소응은 몇 번 싸워보지도 못하고 포기하고 말았다. 나이 탓인지 그의 입에서는 황소처럼 거친 숨이 뿜어나왔다.

"감히 뉘 안전인데 포기하느냐. 죽을 때까지 싸워야 충신이 아니더냐. 지금 이곳이 전장이라면 네 놈은 상감마마를 두고 도망간 꼴이구나."

한뢰는 제 아버지뻘 되는 이소응의 뺨을 때렸다. 연로한 이소응은 문신 한뢰의 손길에 뒤로 나둥그러졌고, 왕과 문신들은 그런 이소응을 비웃으며 야유하고 욕까지 했다.

"어찌 대장군이란 자가 한낱 문신의 손에 뒤로 나자빠지는 게냐. 그래 가지고 전하를 호위할 수는 있겠느냐?"

한뢰는 마뜩잖은 듯 이소응을 나무랐다.

무신들의 표정이 더욱 굳어졌다. 무신들을 이끌던 장수 하나가 한뢰에게 다가가 따져 물었다.

"당신은 그동안 뭘 배웠소? 나이 든 사람에게 그런 무례한 행동을 하다니. 어른을 공경하라는 말쯤은 먹물께나 묻혔으니 알만할 텐데. 무례함을 사과하시오."

정중부였다. 그 역시 얼마 전에 문신에게 모욕을 당한 적이 있었다. 문신이 그의 수염에 불을 지른 적이 있었는데 그때는 애써 참았었다. 참느라 칼을 쥔 그의 손이 악력으로 부르르 떨리기까지 했다. 그때 부하가 참지 못하고 문신을 공격하려 할 때 정중부는 그 부하를 향해 이를 악문 채 말했다.

"참아라. 언젠가 때가 올 것이다. 지금은 아니다. 때를 기다리자."

정중부의 약속은 아직 살아있었다. 언젠가는 실현될 약속이었고, 모반이었다.

한뢰는 이소응에게 사과하라는 정중부의 요청을 무시했다. 오히려 정중부를 향해 비아냥거리며 나무랐다.

"당신 부하가 잘 못한 거야. 장수면 끝까지 싸워야지 포기를 하다니. 오히려 부끄러운 줄 알고 부하를 나무라야지, 나한테 사과를 하라고?"

취기로 얼굴이 붉게 달아오른 한뢰는 침을 튀기며 정중부를 향해 소리 질렀다.

그들을 지키는 무관들의 표정이 좋지 않았다.

평소에도 왕은 무관들을 무시했다. 종3품까지 높은 직책은 모두 문신들의 차지였고, 보수 역시 문신들에 비하면 터무니없이 작았다. 무관들은 언제나 그들의 무시와 조롱을 감내해야만 했다. 문신들은 방자했다.

한뢰의 말에 정중부가 눈을 부라리며 다시 말했다.

"사과하시오!"

그때였다. 왕이 웃으며 제지했다.

"야. 중부야! 뭐 그런 일로 호들갑을 떠느냐! 분위기가 한창 달아올랐는데 너 때문에 분위기가 엉망이 됐다. 그만둬. 인마!"

왕의 말에 문신들과 무관들의 시선이 일제히 정중부에게로 날아왔다. 정중부는 꿀꺽, 침을 삼켰다. 그리고 두 주먹을 불끈 쥐었다. 손톱이 손바닥을 파고들 만큼 힘이 들어갔다. 왕의 제지에 정중부는 붉게 상기된 얼굴로 입을 다물었고, 그 모양을 본 한뢰와 문신들은 다시 낄낄거리며 무신들을 조롱하고 비웃었다.

정중부는 천천히 뒤로 돌아 제자리로 돌아왔다. 하지만 그 표정과 눈빛은 신호였다. 왕의 말은 무신들의 마음에 불을 지폈다.

오늘, 결행한다.

무신들은 정중부의 마음을 읽었다.

무신들은 눈빛으로 말했다. 지금이다. 왕이 보현원에 도착하면 세상을 바꾼다. 우리 무신들의 손으로. 우리들의 칼로.

왕이 보현원에 도착하자 한뢰는 정중부의 칼에 목이 잘렸다. 한뢰의 몸에서 선홍빛 피가 솟구쳤다. 비명이 매미의 울음을 덮고 피비린내가 연희상의 고기 냄새를 지웠다. 음력 팔월 그믐날, 더위가 한창일 때, 보현원에서는 피비린내가 진동했다. 피가 흘러들어 연못을 채웠고, 왕은 두려워 이를 딱딱 부딪치며 정중부에게 목숨을 구걸했다.

"중부야. 왜 그러느냐? 응? 내가 잘못했다, 제발, 제발 살려다오. 뭐든 말만 하여라. 내가 다 들어줄 테니. 그러니 제발 살려다오!"

왕은 음력 구월 이튿날 폐위되어 정서가 있는 거제현 둔덕기성으로 유폐되었다.

정서는 왕이 자신이 있는 그 섬으로 왔다는 소리를 들었다. 이상하게 가슴이 뛰었다. 비로소 나라의 우환이 사라졌다는 안도감인지, 아니면 미래에 대한 불안감인지, 그도 아니면 복수의 기쁨인지 그 감정의 정체는 알 수 없었다. 다만 같은 유배자의 신분으로 한날한시 한 공간에 있다는 현실에 마음이 착잡할 뿐이었다.

정서는 섬 안에 갇힌 왕의 소식을 듣고 싶기도 하고 또 듣고 싶지 않았다. 그 양가적 감정이 널뛰기를 했다. 그래도 한때 주군으로 모시던 인물이었다. 지금은 비록 폐위되어 생살여탈권을 저들에게 빼앗겼지만 과거 인연까지 끊어낼 수는 없는 관계였다. 그는 군주이기 이전에 처조카이기도 했으니까. 사람 된 도리로서 마땅히 그를 살펴야 했지만 저 역시 유배된 몸이라 자유로운 거동이 불편한 터였다. 정서는 마음으로나마 그의 안위를 빌고 그가 천심, 농부의 마음과 지혜를 깨닫기를 바랐다.

새로 왕이 된 현의 동생, 익양공 호는 정서를 개경으로 불러들였다. 그가 현(의종)의 뒤를 이어 새롭게 왕위에 오른 명종이었다.

운명이 뒤바뀌었다. 하지만 정서는 마냥 좋지만은 않았다. 애초에 일어나지 않았으면 좋을 일이었다.

정서는 말과 행동을 조심했다. 대령후 경도 죽고 가까운 인척들도 모반의 누명을 쓰고 화를 당한 뒤로 모든 것이 조심스러웠다. 죽음 앞에 권력이 무슨 소용이던가. 모두가 헛것이고, 잠시뿐일 것을. 그저 주어진 목숨, 소박하게 살다 가면 그만인 것이다. 오이가 가르쳐준 삶의 순리였다.

거제도에 있던 현이 죽었다. 폐위돼 유배된 지 삼 년 만이었다. 그 죽음이 비참했다. 살아서 방탕한 생활로 삶을 분탕질하던 그답게 죽음도 예사롭지 않았다. 그는 폐위되어서도 옛 습성을 버리지 못했다. 그 버리지 못한 습성이 그를 죽음으로 인도한 것이다.

곤원사 연못가에서 그가 총애하던 장수 이의민과 질펀하게 술을 마시다 그 장수에 의해 죽임을 당한 것이다. 이의민은 현과 함께 주거니 받거니 술잔을 나누나 어느 순간 입가에 실린 웃음을 거두더니 현을 힘주어 끌어안았다. 그 우악스러운 팔이 현의 허리를 꺾었다. 통증으로 얼굴이 일그러진 현을 보고 이의민은 다시 현의 온몸의 마디와 관절을 부러뜨렸다. 나무가 꺾이듯, 나무줄기가 꺾이듯, 그렇게 현은 마디마디 관절이 꺾여 마침내 숨까지 분절되었다. 그는 숨이 멎은 왕을 목각 인형 들듯 들어 미련 없이 동경(지금의 경주)의 한 연못에 던져버렸다. 한 나라의 군주가 맞는 최후치고는 너무 비참했다.

정서는 그의 소식을 듣고 깊은 한숨과 함께 흐느끼듯 정과정을 읊조렸다. 그에게 보내는 애도의 헌시였다. 제문처럼 곡조가 애달팠다.

집필 작가 소개(가나다순)

김민주   2010년 문화일보 신춘문예 단편소설 당선. 김만중 문학상 수상. 김
만중 문학상 수상, 대구 가톨릭대학 철학과 및 상명대 문화기술대학
원 소설창작과 졸업. 소설집 『화이트 밸런스』, 공동창작집 『쓰다 참,
사랑』 출간.

김세인   1997년 계간 『21세기 문학』 신인문학상 단편소설 당선. 숭의여대
문예창작과와 한국방송통신대 국문과 및 중앙대 예술대학원 문예창
작과 졸업. 소설집 『무녀리』, 『동숙의 노래』, 장편소설 『오, 탁구!』
·『어린 새들이 울고 있다』 등 출간. 전 장안대학교 강사. 현 세종시
평생교육원 강사.

김종성   1986년 월간 『동서문학』 신인문학상 중편소설 당선. 경희문학상 소
설 부문 수상. 고려대 국문과 및 경희대 대학원 국문과와 고려대 대
학원 국문과 졸업(문학박사). 소설집 『마을』·『탄(炭)』·『연리지가
있는 풍경』·『말 없는 놀이꾼들』·『금지된 문』 등 출간. 연구서 『한
국 환경생태소설 연구』·『글쓰기의 원리와 방법』·『글쓰기와 서사
의 방법』·『한국어 어휘와 표현 I·II·III·IV)』 등 출간. 전 고려대 문
화창의학부 교수. 현 한국작가회의 소설분과 위원회 위원장.

김주성   1986년 서울신문 신춘문예 단편소설 당선. 삼성문학상 수상. 황순
원문학연구상 수상. 중앙대 문예창작과 및 동 대학원 문예창작과와
경희대 대학원 국문학과 졸업(문학박사). 소설집 『어느 통개의 여
름』, 『공명조가 사는 나라』(공저), 장편소설 『사랑해 수니야』, 대표
작품집 『불울음』 출간. 전 경희대 후마니타스 칼리지 강사.

은미희   1999년 문화일보 신춘문예 단편소설 당선. 삼성문학상 수상. 광주
대 문예창작과 및 같은 학교 대학원 문예창작과 졸업. 동신대 한국
어교원학과 박사과정 수학. 소설집 『만두 빚는 여자』, 장편소설 『소
수의 사랑』, 『바람의 노래』, 『바람남자 나무여자』, 『나비야 나비야』,
『흑치마 사다코』 등 출간. 전 동신대 강사.

이 진   2001년 무등일보 신춘문예 단편소설 당선. 전남대 생물학과 및 광
주여대 대학원 문예창작과와 목포대 대학원 국문과 졸업(문학박사).
소설집 『창』·『알레그로 마에스토소』·『꽁지를 위한 방법서설』, 장
편소설 『하늘 꽃 한 송이, 너는』·『허균, 불의 향기』, 연구서 『'토지'
의 가족서사 연구』 등 출간. 전 광주여대 교수. 현 오월문예연구소
사무처장.

정우련   1996년 국제신문 신춘문예 단편소설 당선. 부산소설문학상·부산작
가상 수상. 부산여대 문예창작과 및 경성대 대학원 박사과정 국문과
수료. 소설집 『빈집』·『팔팔 끓고 나서 4분간』, 산문집 『구텐탁, 동
백아가씨』 등 출간. 전 부산외대 겸임교수.

하아무   2007년 전남일보 신춘문예 단편소설 당선. MBC 창작동화공모 대
상 수상. 남명문학상 수상. 소설집 『마우스브리더』·『푸른 눈썹』, 동
화집 『두꺼비 대작전』·『일어선 용, 날아오르다』 등 출간. 현 평사리
문학관 사무국장.